James Douglas *Der Fall Amos*

James Douglas

Der Fall Amos

Thriller

LANGENMÜLLER

MIX
Papier aus verantwortungsvollen Quellen
FSC® C014889

Satz: VerlagsService Dietmar Schmitz GmbH, Heimstetten
Druck und Binden: Friedrich Pustet GmbH & Co.KG, Regensburg
Printed in Germany
ISBN: 978-3-7844-3611-1

www.langenmueller.de

PROLOG

Das Virus rieselt herab, sacht, aber immerfort, unfühlbar, doch mit großer Geduld, und keiner schert sich …

Jens Amos war Virologe, kein Philosoph, doch seine Fantasie blühte, er zauberte Bilder vor sein geistiges Auge. Wie der gewaltige schwarze Ball, der sich bedrohlich vom Reich der Mitte über die Länder wälzte, ihm jetzt am Horizont erschien, verwandelt zu einer blauen gläsernen Kugel, gespickt mit roten Stacheln … Amos schüttelte sich, das Bild war weg, das Unheilvolle blieb. Nieselregen beschlug die Windschutzscheibe, und beinahe hätte der zerstreute Forscher die Abzweigung zum Institut verfehlt.

Das ungenügend gesicherte Hochsicherheitslabor lag in einer friedlichen Landschaft unweit der Hauptstadt, umgeben von spärlich bewachsenen Feldern. Eine Schafherde zog langsam an der Forschungsanlage vorbei.

Jens Amos irritierte das Fehlen eines Sicherheitszauns. Eine scharfe Eingangskontrolle mit Roadblocker und Videoüberwachung blieb Wunschdenken. Er parkte seinen in die Jahre gekommenen Mitsubishi neben dem protzigen Mercedes mit Tarnanstrich und Suchscheinwerfern. Er gehörte dem Sicherheitsoffizier Elmar Ludwig, den Amos für gefährlich hielt.

Das Virenforschungsinstitut VIMF ergründete nicht nur hoch ansteckende Tierseuchen. Qualifizierte Virologen sequenzierten auch tödliche Viren und laborierten an Impfstoffen. Nicht von ungefähr nannte eine deutsche Zeitschrift das Institut die Virenschmiede der Schweiz.

Am Empfangspult in der Halle saß die Frau mit dem aufgetürmten Haarschopf. Sie musterte ihn über die golden gerahmte Brille, tippte dann seine Ankunft in die Präsenztabelle. Als sie hochschaute, war Amos bereits in den Schleusen verschwunden. Sie beugte sich wieder über ihr Kreuzworträtsel.

In der Garderobe schlüpfte Amos in den weißen Schutzanzug, stülpte die Kapuze über und schnallte den breiten Gürtel mit dem Sauerstoffgerät um, machte den Schlauch an der Kapuze fest, dann ein paar Atemzüge zum Testen des Lufteinlasses – Handgriffe, die er automatisch vornahm, während sein Forschergeist bereits die nächsten Schritte plante. Die Schleusentür glitt zur Seite. In der Druckkammer musste er sich eine Weile aufhalten, dabei stramm vor *Shorty* stehen. Der kleinwüchsige schokobraune Roboter stakste auf dünnen Kunststoffbeinen daher, desinfizierte, seine Greifer legten ein Thermometer an Amos' Stirn, die sphärische Stimme krächzte: »Okay, Doc.«

Als Nächstes öffnete sich mit sattem Klicken die Stahltüre des Sicherheitsblocks. »Viel Erfolg, Doc«, wünschte *Shorty.* Amos trat ein, die Tür klackte zu. Er stand im Hochsicherheitslabor. »Guten Tag, neue Welt«, grinste er.

Er befand sich allein im sensiblen Bereich. Auf einem Tisch standen die Stereomikroskope, Volumenmessapparate und andere Laborgeräte, auf einer Wandablage der übliche Wirrwarr von Glasschalen, Microtiterplatten, daneben Pipetten, Tuben und Phiolen. Die Einrichtung glänzte in antiseptischem Weiß, kein Staubkorn lag auf dem schwarzen Fußboden.

Amos setzte sich auf einen Drehstuhl, rollte darauf zum Herzstück des Labors. Der hellgraue Apparat hatte die Größe eines gängigen Druckers, sah auch so aus, mit dem Unterschied allerdings, dass am oberen Geräteteil ein Bildschirm mit Tastatur angedockt war. Jens Amos repetierte im Geist die Anleitung, danach entnahm er dem kleinen Kühler eine Petrischale, öffnete die Klappe der Nova-6000-Sequenziermaschine. Sorgfältig legte er seine SARS-Virusprobe in den schmalen Einlass, verschloss ihn mit sanftem Druck. Nach Eingabe der siebenstelligen Zahlenfrequenz hielt er den Atem an, drückte *Enter*. Die Maschine blieb stumm, der Bildschirm schwarz, und Amos überlegte, was schieflaufen könnte, als der Monitor plötzlich aufleuchtete. Die Genomsequenz, also der Bauplan der untersuchten Virenprobe, erschien gestochen scharf, in wässrigem Grün, harmlos scheinbar und einfach, doch höchst brisant.

Amos tippte auf *Drucken.* Nach ein paar Sekunden glitt das Blatt in das Ausgabefach. Hastig entnahm er es, überflog den Text. Die Digitaluhr auf dem Regal zeigte 12.35 Uhr, als Jens Amos den Reißverschluss seines Schutzanzugs öffnete, zuerst die Petrischale mit dem Virus in den Hosenbund schob, dann die ausgedruckte Sequenz faltete und neben die Schale steckte.

Seine heikle Mission wäre erfüllt gewesen. Die supermoderne Maschine hatte gerade eine Variante des neuartigen Teufelsvirus sequenziert. Amos hatte es schon länger auf genetische Veränderungen untersucht. Weder darüber, wie er sich die Virenproben beschafft hatte, noch was er mit ihnen plante, ließ er eine Silbe verlauten. Der Argwohn der Kollegen im VIMF war ihm ebenso wenig entgangen wie das Misstrauen seiner Vorgesetzten im weltweit renommierten ABC-Labor der Schweizer Armee. Er sagte nichts zu niemandem, ein klarer Regelverstoß, schottete sich ab, und im Moment, als er sich vorsichtshalber die Schutzhandschuhe mit Desinfektionsspray absprühte, war ihm sonnenklar, dass er das Hochsicherheitslabor für immer verlassen würde.

In der Hand hielt er eine Tüte. Darin lagen, eingefroren in flüssigem Stickstoff, ein Dutzend halbfingerlange Fläschchen, die er im Kühlschrank verborgen hatte. Sie enthielten den patentierten Wirkstoff *Xaurum,* ein Mycobacterium. Es war Jens Amos' Wundermittel mit dem Potenzial, Viren und Krebszellen zu zerstören.

In der Austrittsschleuse positionierte er sich vor *Shorty*, der keck blinkend einen monotonen Dialog begann. Dabei ging es um das automatisierte Ausgangsritual. Amos antworte kurz, verneinte die übliche Frage, ob er Material aus dem Labor mit hinausgenommen hatte. Er tätschelte *Shortys* blinkende Fratze. »Hör zu, kleiner Wicht, sie wollen mir die Forschung klauen«, murmelte er, »ich habe ein Gegenmittel, weißt du … Man will mich neutralisieren … ins Gasterntal verbannen, das ist das kleine *Guantanamo* der Armee … Ich soll für sie im Bunker forschen … Mein *Xaurum* verstärkt die Immunabwehr, es wird die T-Zellen mobilisieren, es kommt zum Zweikampf mit dem Virus … Zum Gemetzel, und das Virus ist besiegt … Ja, *Shorty*, ich werde es zu Ende bringen.«

Er hatte zwei Fliegen mit einer Klappe geschlagen. Die Genomsequenz der Virus-Variante war der Beute erster Teil, seine sichergestellten *Xaurum*-Proben der zweite.

Allerdings drohte Gefahr. Ein paar mediengeile Twitter-Virologen wollten ihre Sequenzierungen des Virus veröffentlichen. »Weißt du, *Shorty*«, sagte Amos, »die Deppen haben eine genaue Anleitung vorgelegt, wie man das Virus im Labor erzeugen kann, und jeder halbgebildete Techniker kann es nachbauen.«

»Schlimm, schlimm«, krächzte *Shorty*.

»Hör zu, du Intelligenzbüchse, pack das mal in dein Chips-Gehirn, wenn das Protokoll mit der Anleitung öffentlich ist, können Terroristen, Weltuntergangsapostel oder die geschäftstüchtige Mafia irgendwo eine Epidemie lostreten. Ich gehe jetzt duschen.«

Unter dem warmen Strahl beschlich ihn Angst. Er ahnte, dass ihn seine Vorgesetzten im ABC-Labor zwingen wollten, seine Geheimnisse preiszugeben.

Er trat er aus der Dusche, trocknete seinen muskulösen Körper mit einem Frotteetuch, föhnte den krausen Haarschopf, schlüpfte in beige Cordhosen, streifte das dunkelblaue Hemd über. Im Spind wühlte er im Bündel seiner Sportsachen, fand den öligen Lappen, zog ihn hervor und entrollte daraus die Waffe. Er schraubte den Schalldämpfer auf den Lauf der Beretta, setzte das Magazin mit zwölf Patronen ein, wog die Pistole gedankenvoll in der Hand, dann steckte er sie entschlossen in den Hosenbund und zog im Hinausgehen den Blazer über.

In der Empfangshalle knallte er die braune Reisetasche, die seine Beute enthielt, auf den Tresen. »Ich bin mit dem Boss verabredet.«

Wie eine Garnspule thronte der Dutt der rabenschwarzen Frisur auf dem Kopf der Rezeptionistin. Sie runzelte ihre Brauen; denn sie wusste, dass Doktor Amos ein Spezialfall war. Manieren hatte er auch keine.

»Er ist nicht da, tut mir leid«, antwortete sie, aber Amos stand bereits vor der Bürotür, riss sie, ohne anzuklopfen, auf, trat ein.

Elmar Ludwig wirbelte auf dem Stuhl herum, schnauzte: »Was fällt Ihnen ein? Platzen einfach herein.« Er klickte ein Organigramm vom Bildschirm weg und stand auf. Er überragte Amos um einen Kopf, hatte breite Schultern, die von seiner ledernen Kampfjacke noch betont wurden. Amos argwöhnte, dass Ludwigs Aufgaben im Kompetenzzentrum ABC-KAMIR der Schweizer Armee in einem Dunstkreis von geheimdienstlichen Aktivitäten lagen, vermutlich mit hoher Sicherheitsfreigabe. Amos blieb auf der Hut. Er wusste, die Militärische Sicherheit hielt ihn scharf im Auge.

Ludwigs Büro lag in einer Ecke des Erdgeschosses. Eine Fenstertür führte auf eine breite Terrasse hinaus. Amos sah ein paar geparkte Wagen, dann schweifte sein Blick über das modulare Büchergestell zu den bequemen Lederfauteuils rund um einen gläsernen Couchtisch. Ludwigs Welt waren Kontrolle und Macht. Er wirkte durchtrainiert, aber ungepflegt. Er trug unter seiner martialischen Jacke schwarze Jeans, und seine Füße steckten in blauweißen Sneakers.

»Sie sind eine Kampfsau, Ludwig«, spottete Amos. »Was haben Sie eigentlich in dieser Aufmachung in einem Forschungsinstitut verloren?«

Elmar Ludwig hatte gerade von *Shorty* die Austrittszeit erhalten und wusste, dass sich Jens Amos nur eine kurze Zeitspanne im Hochsicherheitslabor aufgehalten hatte. Ungewöhnlich. Zudem hatte ihm der vorgesetzte Sicherheitschef der Operationszentrale bestätigt, dass Jens Amos unter erhöhter Beobachtung stand. Dubios. Die Info des CSOZ war ohne Zweifel eine Warnung, dass ein schwerer Verdacht eines Fehlverhaltens auf dem Kerl lastete, dessen überhebliches Auftreten ihm längst ein Dorn im Auge war. Forschungsgenie hin, Topimmunologe her, Amos hatte nach seiner Meinung Dreck am Stecken.

Doch Ludwig blieb gelassen. »Das sehe ich nicht so, Amos. Wir müssen reden. Es gibt Probleme. Ein Abweichler sind Sie. Ich war immer dagegen, Sie an die Mikroben heranzulassen.«

Amos sagte nichts. Er stand ihm gut drei Schritte gegenüber und bemerkte das Gewicht in seiner linken Jackentasche. Elmar Ludwig machte jetzt einen Schritt zurück und entschied: »Ich lasse Sie festnehmen, Amos. Der Heli des Sonderermittlers wird in Kürze da draußen landen.« Seine Hand zeigte zum Fenster hinaus, dann fuhr sie blitzschnell runter zur Jackentasche.

Jens Amos war gefasst. Und schneller.

»Keine gute Idee, Ludwig. Los, umdrehen, Hände hoch gegen die Wand. Ich will die Hände sehen.«

Ludwig starrte ungläubig in den Lauf der Beretta. »Moment, Amos, was soll der Scheiß …?«

Amos kickte ihm die Schuhspitze ans Schienbein. »Schnauze! Umdrehen, gegen die Wand!«

»Sie machen einen großen Fehler, Amos«, keuchte Ludwig, stellte sich breitbeinig gegen die Bücherwand und ließ sich widerstandslos durchsuchen. Amos nahm ihm die Brieftasche ab, ein Offiziersmesser und die Autoschlüssel. Seine Waffe in der linken Tasche erwies sich als SIG Sauer P226 mit eingesetztem Magazin, schussbereit. In der Gesäßtasche hatte er Plastikhandschellen. *Wozu eigentlich? Um Viren zu bändigen?*

»Ludwig, hör gut zu, wir machen jetzt einen Spaziergang. Schön gemütlich. Über die Terrasse, dann zu deinem Mercedes. Du tust, als sei nichts geschehen, sonst …« Amos stieß ihm die Waffe in die Nierengegend.

Ludwig maulte, aber ging schimpfend voran zur Tür hinaus zu den geparkten Wagen.

Vor seinem SUV beorderte Amos ihn zur Beifahrertür. Er musste einsteigen, dann hinter das Lenkrad rutschen, während Amos ihn die ganze Zeit mit der Waffe in Schach hielt. Dann kletterte Amos auf den Beifahrersitz, hielt die Beretta ununterbrochen auf Ludwigs Kopf gerichtet, durchsuchte das Handschuhfach, fand einen kleinen Browning. »Aha, eine Lady-Gun«, brummte er, steckte die Waffe im Westentaschenformat in seine Jackentasche.

»Was verstehen Sie schon davon?«, höhnte Ludwig und fuhr abrupt los.

»Ein Sammlerstück, sechs Komma drei Millimeter, sechs Patronen. War bis in die Siebzigerjahre die beliebte Waffe von Polizistinnen … Da vorne, nach rechts. Apropos Lady … Ich ziele genau auf deine Eier.«

»Verdammt, Amos, was haben Sie vor, wir können das regeln.«

Amos sagte nichts.

Auf der A12 Richtung Westschweiz herrschte mäßiger Verkehr. Eine sanft gewellte, bewaldete Hügellandschaft erhob sich über dem Ufer eines langen Stausees. Nach knapp einer halben Stunde kündigte sich die Ausfahrt an. Ludwig musste langsamer fahren, dann an der Ausfahrt abbiegen. Sie mündete in eine Straße, die weiter vorne in einem großen Wald verschwand. Ein Langholztransporter dröhnte hupend an ihnen vorbei. Amos schaute auf das breite Display des GPS-Navi und erkannte den Punkt, wo der Weg in den dichten, bunten Mischwald hineinführte. Ein schwacher Wind trieb Wolkenfetzen über die Wipfel gegen die Voralpen.

Minuten später bremste Ludwig auf Befehl, bog ab und lenkte den SUV langsam auf eine enge Karrenspur, die sich im Halbdunkel des Walds zwischen hohen schwarzen Stämmen verlor.

»Weiter, weiter«, herrschte Amos.

Wenig später erreichten sie die kleine Lichtung mit dem völlig verfallenen Schuppen. Ludwig musste anhalten. Sie stiegen aus. Amos befahl ihm, die Arme vor dem Bauch zu verschränken. Amos fesselte seine Hände mit den Plastikverschlüssen, danach zog er unter der Matte im Kofferraum das Werkzeugset hervor. Er fand den Hammer.

Amos bugsiert Ludwig in den dunklen Schuppen, befahl ihm niederzuknien.

Er nahm sich Zeit. Draußen zwitscherten Vögel. Eine Motorsäge sirrte in der Entfernung. Kein Mensch verirrte sich in diese Einsamkeit. Amos hatte zu tun. Er musste quälen, Schmerzen zufügen, für ihn absolutes Neuland. Aber er musste es durchstehen.

Nach einer Zeit, die Amos nicht messen wollte, lag Ludwig zusammengesunken auf dem Sägebock. Sein Gesicht sah übel aus, er spuckte Blut.

Amos schritt zu ihm und schlug ihm die Faust ins Gesicht. Die Augen flatterten auf, der Mund bewegte sich, aber kein Ton kam heraus.

Amos schaute auf den blutigen Hammer. Er hatte ihn gepackt. Ludwigs Hand auf den Holzbock gelegt und zugeschlagen. Niemand hörte sein Schreien. Nach dem ersten zerquetschten Finger wusste Ludwig, dass es wieder passieren konnte, neun Mal noch … Aber er hielt durch. Je zäher die Nuss, desto süßer die Frucht.

Doch nach dem dritten Schlag auf den Mittelfinger konnte Amos den Ekel nicht mehr überwinden. Er warf den Hammer weg, beugte sich über sein Opfer, schaute ihm ins rechte Auge, das nicht geschwollen war.

»Wo ist *er*, Ludwig?«

Ludwigs Lippen zitterten. Seine Zähne, er hatte sie noch alle, rutschten über die aufgesprungene Unterlippe. »F-f-fff …«

»Frankreich? Frankfurt? Wo?«

»Fff … Fick dich …«

Amos wandte sich ab, trat vor den Schuppen. Raben krächzten, es klang wie: »Grab, Grab.«

Nach einer Zigarettenpause kehrte er zum Gefangenen zurück. Er wollte die nächste Karte eigentlich nicht spielen. Er hatte angenommen, der Schmerz würde genügen. Aber Ludwig wollte es offenbar anders.

Er kauerte neben ihm nieder und sagte bedrohlich: »Ich habe dein Haus gesehen, in Zimmerwald, in der Nähe der elektronischen Abhöranlage. Schönes Landhaus mit Swimmingpool, vorne zwei Bäume, vermutlich Ahorne. Deine Frau hat langes braunes Haar, schaut ein bisschen bieder aus, aber sie bleibt in Form, kesser Arsch. Dein Sohn ist wie alt? Sechs- oder siebenjährig? Hübscher Junge.«

Ludwig fixierte ihn mit entsetztem Blick.

»Sag mir, wo *er* ist, und deiner Familie wird nichts passieren. Deine letzte Chance.«

Der Gefangene starrte ihn an, als überlegte er, doch nicht lange. Er würde seine Familie schützen. Jeder anständige Kerl würde das tun. Seine Lippen öffneten sich. Er versuchte zu sprechen. Seine Stimme war kratzig. Amos bückte sich, um zu lauschen. »Los, sag mir, wo *er* ist.«

Elmar Ludwig sagte es ihm. Er sprach kaum mehr als in einem Flüsterton. Aber Amos hörte es, und als er es hörte, begriff er sofort. Das war der gesuchte Ort.

Neben dem Sägebock lag die verdreckte Axt im Staub. Er packte sie am Holzgriff, schwang sie durch die Luft, hob sie mit beiden Händen hoch, zielte auf Ludwigs Schädel … dann zögerte er, ließ die Axt fallen und wandte sich angewidert ab.

Wenig später erreichte Jens Amos in Ludwigs SUV die A12. Er wusste genau, wohin die Reise ging. Er hatte ein Ziel. Und eine Bestimmung. Er würde den verfluchten Bastard finden und töten.

1

»Sagen Sie mal, Major, gab es keine Möglichkeit, das Parken im Friedhof zu vermeiden?«

Major Michael Cooper konnte nicht fassen, dass man ihn ins Büro des Generals befohlen hatte, um über seinen absurden Abstecher auf Friedhofgräber zu reden.

Brigadegeneral Boris Vonkeck stand als Chefankläger der Schweizer Armee an der Spitze der Militärjustiz, mit offiziellem Titel Oberauditor. Mike Cooper war sein Sonderermittler für kriminalistische Sonderfälle, und für ihn war Vonkeck der militärische Top Cop.

Das Büro des so Etikettierten befand sich etwa zwanzig Kilometer südöstlich der Bundeshauptstadt in einem gesicherten Gebäude der Kantonspolizei. Das war praktisch, weil die militärischen Ermittler mit der Polizei kooperieren konnten, Zugang zum forensischen Labor und anderen Einrichtungen hatten. Die Regierung bezweckte mit dem Zusammenlegen von Strafverfolgungseinrichtungen Synergien, aber so, wie man Regierungen kennt, war es vielleicht auch Zufall.

Im Büro von General Vonkeck befanden sich auch Oberst Ralf Kottmann und Hauptmann Laura Winter. Kottmann war der Mann, dem Cooper direkt unterstand. Er würde ihm die Befehle erteilen, und Laura Winter war Coopers Partnerin, die ihm Kottmann zugeteilt hatte.

Michael Cooper war groß, mit zivil geschnittenem braunem Haar, und er betrachtete sich selbst als gut aussehenden Kerl, gestützt auf unvoreingenommene Aussagen früherer Freundinnen. Heute trug er Jeans, schwarzes Kragenhemd, eine unechte Armani Sportjacke, die er für fünfundzwanzig Franken auf Ebay erstanden hatte. Militärische Strafermittler tragen gewöhnlich zivil, außer wenn sie sich verdeckt als militärisches Personal ausgeben.

Heute jedoch erschien Laura Winter in Hauptmannsuniform, denn so lautete das Protokoll bei einem Aufgebot durch einen General, wie Kottmann, immer in Uniform, sie in einer E-Mail erinnert hatte. Von Kottmann würde Cooper später zu hören bekommen, dass er seine elektronische Post nie checke, was stimmte, denn was Cooper anbelangte, sollten die meisten offiziellen Armee-E-Mails als Spam klassifiziert werden.

Die Armee hatte Cooper zum Major der Militärischen Sicherheit ernannt, und seine Funktion gefiel ihm, weil er keine Verantwortung für unterstellte Truppen hatte, niemand sprach ihn mit Kommandeur an, und er konnte trotzdem in der Offiziersmesse einen heben. Das Schweizer Milizheersystem erlaubte ihm zudem, als Armeeoffizier noch einer anderen Tätigkeit nachzugehen, was er auch tat und die nicht zufällig auch mit Sicherheit zu tun hatte.

Brigadier Vonkeck schaute aus wie ein tougher General aus Kriegsfilmen. Ein Meter achtzig groß, volles graues Haar, und seine Haltung ließ vermuten, dass er einen Ladestock verschluckt hatte. Oberst Kottmann dagegen erinnerte eher an einen Autoverkäufer. Er maß eins siebzig, war übergewichtig, fast kahl und hatte permanente Bartstoppeln. Möglich, dass er nicht das schärfste Bajonett im Zeughaus war, aber es gab nichts Fadenscheiniges an Ralf Kottmann. Er war ein solider Bursche, aber er würde vermutlich nie zum Brigadier aufsteigen, weil die Armee Generäle will, die wie Generäle aussehen.

Mit Laura Winters Aussehen hatte die Armee hingegen kein Problem, und wenn Cooper und Winter nicht verdeckt arbeiten müssten, würde das Foto von Laura Winter wohl Rekrutierungsbroschüren zieren. Sie war mit einem Meter zweiundsiebzig gleich groß wie Cooper, hatte einen Crossfit-Body, blondes Haar, eine perfekte Nase, volle Lippen, und ihre braunen Augen strahlten Intelligenz aus.

»Major Cooper?«

Ein Gestell an der Wand hinter General Vonkeck war voll mit gerahmten Auszeichnungen, Wimpeln sowie Bildern mit anderen Offizieren und der Verteidigungsministerin. Auf einem Foto hielt

Vonkeck im Kampfdress ein Hochleistungsgewehr, das er vermutlich nie abgefeuert hatte. Der General wurde mit Sicherheit nie damit von einem Halbverrückten auf einem Motorrad in einem Kaff im aargauischen Hinterland beschossen.

Wieso parkte er auf einer Familiengruft aus grauer Vorzeit? Die Frage des Generals hing immer noch in der Luft, und wenn ein Brigadegeneral dir eine Frage, auch eine stupide, stellte, solltest du besser antworten. »Nun, ich zielte auf das Hinterrad, dabei entglitt mir das Lenkrad, aber es galt, zuerst treffen, dann lenken«, erklärte Cooper. »Ich traf, wohin ich zielte, den breiten Reifen, und das war das Ende der Flucht«, ergänzte er kristallklar.

Laura Winter unterdrückte ein Kichern.

2

Es war der erste Fall, den sie zusammen bearbeitet hatten. Cooper und Winter waren verdeckt vorgegangen und hatten in weniger als zwei Monaten alle Mitglieder eines Drogenrings mit tschechischen Lieferanten identifiziert. Ein Typ namens Gomsler arbeitete als Chefadjutant im Armeemotorfahrzeugpark, und sein tschechischer Cousin kochte das Methamphetamin draußen in einer Waldhütte. Chefadjutant Gomsler hatte ein Dutzend Typen auf Waffenplätzen, zivile und Militär, die das Crystal Meth absetzten.

Am Tag des geplanten Zugriffs hatte jemand Gomsler einen Tipp gegeben, dass sie ihn holen wollten, also verließ er den AMP auf seinem Motorrad mit einem Kerl auf dem Sozius, einem Sturmgewehr und genug Munition für eine Invasion ins Fürstentum Liechtenstein.

Cooper hatte sich nicht die Mühe gemacht, die Kantonspolizei zu benachrichtigen, weil die Militärjustiz ihre Probleme selber lösen wollte. Sie hatten auch keine Militärpolizisten als Verstärkung angefordert.

»Die Kerle sind gefährlich«, hatte Winter gewarnt, und sie musste es wissen, denn sie hatte für die Kosovo Force (KFOR) ein paar Monate an der Grenze zu Serbien gedient und Mentalität sowie Jähzorn der Osteuropäer erfahren. Gomsler war zudem ein ungestümer Walliser mit rebellischer Ader, und ihm wallte vermutlich das gleiche heiße Blut im Kopf, wenn ihm die Felle davonschwammen.

»Wir können das handhaben«, hatte Cooper ihr versichert.

Nun, es kam zur Szene, die Cooper noch einige Zeit verfolgen sollte. Sie hatten das Motorrad eingeholt, als der Kerl sich auf dem Sozius umdrehte und aus einer Pistole auf sie feuerte. Um auszuweichen, schnitt Cooper die Kurve, bekam freie Schussbahn und landete den Treffer ins Hinterrad. Gomsler stürzte, und Cooper konnte nicht mehr verhindern, dass sein Wagen dahinter über die Böschung kippte, den Zaun zum Friedhof durchbrach, auf das Familiengrab knallte und den alten, verwitterten Grabstein in Trümmer zerlegte.

Gomsler war vom Motorrad gefallen, stand aber sofort wieder auf und feuerte Salven, als Cooper aus dem lädierten Wagen kroch.

Laura Winter schoss Gomsler in die Schulter. Sie behauptete später, sie habe geschossen, um ihm nur eine Wunde zu verpassen, was, wie Cooper wusste, kompletter Unsinn war; denn in der Armee gilt die Redensart: »Was auch immer ich treffe, ist, worauf ich gezielt habe.«

Gomsler und sein Soziuskumpel überlebten, aber das Fahrzeug der Militärpolizei auf der Familiengruft machte Schlagzeilen, und Cooper war froh, dass Name und Bild nicht in den Medien erschienen. Das galt auch für Winter. Sie erntete die Lorbeeren für die Zerschlagung des Drogenrings und dafür, wie sie Gomsler verhaftet und Cooper das Leben gerettet hatte.

General Vonkeck wühlte in einem Stoß Papiere. »Der Friedhof ist nicht der Grund, warum ich Sie heute hierhergebeten habe«, verriet er und machte eine Pause. »Hier geht es um Jens Amos.«

Jens Amos – der berühmteste Armeebiologe, Virologe und Träger von brisanten Geheimnissen – war aber wie vom Erdboden verschluckt.

Cooper interessierte sich plötzlich für das Treffen.

3

Cooper versuchte, aus der Erinnerung hervorzuholen, was er über diesen Fall wusste. Jens Amos arbeitete im ABC-Labor der Armee. Aus praktischen Gründen erhielt er den Rang eines Hauptmanns und wurde dem ABC-KAMIR Kompetenzzentrum unterstellt, das sich mit der Abwehr von atomaren, biologischen und chemischen Kampfmitteln befasste – und besonders auch mit Minenräumungen. Jens Amos genoss einen ausgezeichneten Ruf, und Cooper erinnerte sich an einen Bericht, wonach Amos bei einem Kongress dazu aufrief, sich die Erfahrung der Asiaten im Umgang mit Epidemien zunutze zu machen. Er referierte nicht als Hauptmann der Schweizer Armee, sondern als Gastdozent am Bostoner MIT.

Was für Cooper einzig zählte, war die Tatsache, dass Jens Amos seine Dienststelle unerlaubt verlassen hatte. Als Offizier. Das war der Tatbestand. Peinlich für die Armee, irritierend für Brigadier Vonkeck.

An höchster Stelle hatte man entschieden, das Verschwinden einstweilen als UE, unerlaubtes Entfernen, zu behandeln, was besser klang als Fahnenflucht. UE war in Art. 81 des Militärstrafgesetzbuchs geregelt. Doch Jens Amos war nicht irgendeiner, keiner von denen, die der Schleiferei überdrüssig davonliefen, um gegen ein paar Tage Knast irgendwann wieder zur Truppe zurückzukehren.

Wegen UE käme Amos mit einer Geldstrafe davon, aber als Angehöriger des militärischen ABC-Labors war Jens Amos vermutlich Geheimnisträger auf höchster Geheimhaltungsstufe.

»Wie Sie wissen«, unterbrach General Vonkeck seine Grübelei, »das Kompetenzzentrum ist die Fachstelle der Armee für alle ABC-Belange, für Kampfmittelbeseitigung und Minenräumungen. Zum Kernauftrag gehören Einsätze zugunsten der Armee sowie auch ziviler Organisationen im In- und Ausland.« Er machte eine Denkpause, dann fuhr er fort: »Ich muss Ihnen kaum in Erinnerung rufen, dass wir es mit hybriden und terroristischen Bedrohungsformen zu tun haben.«

Amen, dachte Cooper. Die Amis nennen das Schweizer Kompetenzzentrum Spiez respektvoll CBRN. Steht für *Defense against Chemical, Biological, Radiological and Nuclear Threats*. Er fragte: »Brigadier, vermuten Sie, dass Jens Amos geheimes Material aus den ABC-Labors mitgenommen hat?«

»Keine Vermutung, Major. Wir erfuhren, dass Jens Amos Virenproben und vermutlich biologische Wirkstoffe aus dem VIMF-Institut schmuggelte, Sequenzierungsdaten ausdruckte und einsteckte, bevor er sich aus dem Staub machte.«

Cooper dachte an die lebenslängliche Freiheitsstrafe, die Jens Amos für Verrat und Spionage drohte, wenn die nationale Sicherheit unmittelbar gefährdet wäre. Das könnte im Zusammenhang mit ABC-Kampfstoffen durchaus der Fall sein. Jedenfalls würde die Armee Amos nicht schonen, vor allem nicht, wenn er sich mit dem Feind verbündete, was unwahrscheinlich, aber trotzdem möglich war.

Brigadegeneral Vonkeck hatte immerhin neue und als geheim klassifizierte Informationen. Er fuhr fort: »Das war ziemlich alles, was wir hatten, um weiterzumachen, dann vor einer Woche erhielten wir einen Bericht, dass Jens Amos gesehen wurde.«

Cooper überlegte, wo er hinginge, wäre er ein Forscher von diesem Kaliber mit brisanten Informationen aus dem geheimen ABC-Labor. Er dachte an andere Forschungsinstitute. Nach China? Warum nicht? Oder besser nach Boston oder Harvard vielleicht? Doch die Amis hassen Verräter und liefern sie aus. Nein, er ginge irgendwohin, wo es Strände gäbe, Thailand, Griechenland, Spanien … am *Playa* rumliegen, essen, palavern.

»Er ist in Neapel, Italien«, informierte General Vonkeck. Dann fügte er hinzu, nur zum Spaß, »da, wo die Camorra mordet und brandschatzt.«

Oh du Schande. Die älteste und größte Mafia Italiens sitzt in Napoli …

Während Vonkeck Akten herumschob, schielte Cooper zu seiner Partnerin. Ihr Blick war auf den Brigadier gerichtet, und ihr Gesicht hatte diesen verklärten Zug, den Cooper als Zeichen tiefer Konzentration kennengelernt hatte. Er wunderte sich, ob sie das Gleiche dachte wie er – dass die Camorra und Neapel ständig in den Nachrichten waren, aber nie für etwas Positives. Wer mit klarem Verstand wollte einen sicheren Hafen mit so einem Scheißloch vertauschen?

»Hier ist, was wir haben«, sagte Vonkeck von seinen Akten aufschauend. Ein technischer Chemielaborant namens Max Affolter sah Amos in Neapel. Amos und Affolter kannten einander ziemlich gut. Sie machten zusammen den Einführungskurs im ABC-Kompetenzzentrum, arbeiteten dann gemeinsam an einem Projekt, bevor die Armee Affolter aus dem Bereitschaftsdienst entließ.« Vonkeck senkte den Blick, fuhr weiter: »Vor drei Wochen war Affolter beruflich in Neapel. Eines Abends führen ihn Geschäftsleute einer italienischen Firma in die Lobby des *Royal Continental* aus, und nach ein paar Drinks entdeckt er einen Mann, der allein an der Bar sitzt. Affolter scheint der krause schwarze Haarschopf vertraut, er zögert, steht auf, um näher hinzusehen. Er spricht ihn mit dem Namen an, Amos dreht sich um, sie haben Augenkontakt. Da steht er auf. Schnell und wortlos verlässt unser Deserteur die Bar.« Der Brigadier machte eine Pause und ergänzte: »Affolter lebt in einem Vorort von Basel, also ließ ich ihn durch einen Untersuchungsrichter vom Militärgericht 2 verhören. Das Interview liegt in den Akten.«

Cooper wollte wissen, ob Affolter sicher war, dass es Amos gewesen war.

Vonkeck wiederholte: »Alles steht in den Akten.« Er schaute Cooper und Winter durchdringend an. »Der Chef der Armee will, dass Sie Hauptmann Amos aufspüren und nach Hause bringen. Der CdA will kein Rechtshilfeverfahren mit Italien, das gäbe einen Medienrummel.«

Was bedeutete, dass es eine Entführung wäre.

Vonkeck präzisierte: »Ihr Auftrag ist, Amos in Italien ausfindig zu machen und ihn wieder nach Hause zu bringen, um ihn vor ein Militärgericht zu stellen. Ihr Auftrag ist nicht, ihn zu verhören oder ein Verschulden festzustellen, nur ihn zu verhaften und zu mir nach Bern zu bringen. Haben Sie das verstanden?«

»Ja, verstanden«, antwortete Winter begeistert. Cooper hoffte, dass sie wusste, worauf sie sich einließ. General Vonkeck würde das Wort Kidnapping nie verwenden, aber darum ging es im

Untertitel. Der Job konnte sie in Italien ins Gefängnis bringen, wenn es schieflief, und der CdA und Vonkeck würden dann sagen, dass Winter die Befehle falsch verstanden hatte. Oder vielleicht sagten sie, dass sie die Frau nicht kannten.

»Haben Sie auch verstanden, Major Cooper?«

»Ja, verstanden.« Aber Cooper hatte noch eine Frage. »Das unerlaubte Entfernen von seiner Dienststelle kann ja nicht der Grund sein, dass sich der Chef der Armee einmischt. Was hat Jens Amos auf dem Kerbholz?«

Vonkeck und Kottmann wechselten Blicke, und etwas ließ Cooper ahnen, dass es irgendwo richtig brodelte.

Brigadegeneral Vonkeck sagte: »Was Sie jetzt sehen werden, ist geheim.« Cooper war sicher, dass der Mann diesen Satz jeden Morgen vor dem Spiegel einübte.

Vonkeck nahm einen USB-Stick aus seiner Schreibtischschublade und reichte ihn Kottmann, der ihn an einen Flachbildschirm gegenüber Vonkecks Pult anschloss. Er fuhr fort: »Vor einem halben Jahr ging eine internationale ABC-KAMIR-Operation im Kosovo zu Ende. Es ging um Minenräumungen. Beidseits der serbischen Grenze waren weite Gebiete von Personen und Panzerminen verseucht, und es kam immer wieder zu Unfällen mit Verletzungen oder Todesfällen. Ein Team war für einen Abschnitt im Nordosten verantwortlich. Da waren im Balkankrieg besonders viele Personenminen verlegt worden.« Er hielt inne und richtete seinen Blick auf Kottmann, der sich räusperte. »Swisscoy schickt uns jeweils Berichte über Minenunfälle, die niemand interessieren, mich schon gar nicht.« Er hielt inne, zeigte auf Winter und fuhr fort: »Bis mir Hauptmann Winter diese SD-Speicherkarte zustellte.«

Winter beeilte sich anzufügen: »Ich habe das Video für den Oberst auf einen Stick gespeichert.«

Kottmann nickte: »Die Karte enthielt dieses Filmmaterial …« Er fügte hinzu, »… es ist plastisch.«

Er drückte PLAY, und sie schauten auf den Bildschirm. Eine wacklige Kamera zeigte Umrisse einer Gestalt in rauem Berggebiet in einer mondhellen Nacht. Sie trug einen Rucksack, hatte langes Haar. Eine Frau. Sie bewegte sich zögernd vorwärts. Hinter ihr tauchte eine vermummte Person auf, sie kam rasch näher, schrie einen Befehl, stieß der Frau den Gewehrlauf in den Rücken, sie torkelte vorwärts.

Dann explodierte die Nacht. Ein orangefarbener Blitz blendete, unmittelbar gefolgt von zwei heftigen Detonationen, und im grellen Schein der Explosionen sah man für den Bruchteil einer Sekunde ein Gesicht, dann flogen Körperteile und Erde in die Luft. Der Bildschirm wurde schwarz, und für einen Moment starrten sie alle auf ihre eigene matte Spiegelung.

Vonkeck sagte in die Stille hinein: »Fürs Protokoll, der Oberauditor hatte keine Kenntnis von einem tödlichen Unfall im Zuständigkeitsbereich von ABC-KAMIR.«

Dann bleibt die Katze schön im Sack, dachte Cooper. Winter hat das Video getreulich den Dienstweg hochgeschickt. Warum hatte sie ihm nichts davon gesagt?

Brigadegeneral Vonkeck stand auf, und sie alle folgten ihm. Er schaute abwechselnd auf Cooper, Winter und Kottmann, sagte dann: »Wenn Sie irgendwelche Fragen haben, Oberst Kottmann wird sie beantworten.« Er fügte hinzu: »Dieses Meeting hat nie stattgefunden.«

Cooper wünschte, dass dies wahr wäre. Er hatte noch eine Frage. Nicht irgendwelche. Sie gingen zu dritt hinaus auf den Flur. Der Brigadier hing wieder am Telefon. Cooper schloss die Tür hinter sich. Auf dem Treppenabsatz blieb Oberst Kottmann stehen und meinte in unterdrücktem Tonfall: »Die Frau im Video hieß Larissa Konsalik. Und Larissa Konsalik arbeitete als Mikrobiologin im ABC-KAMIR-Labor Spiez.«

»Österreicherin?«, erkundigte sich Cooper.

»Nein. Amerikanerin. Auch nicht mit Konsalik verwandt.« Kottmann meinte den Schriftsteller und fuhr fort: »Sie studierte an der Stanford University, wo sie ein postgraduales Studium in Molekularbiologie absolvierte. Sie kam später in die ABC-Forschungsanstalt. Hauptmann Jens Amos hat sie gekannt.«

»Hat der Brigadier uns deshalb den Film vorgeführt?«, fragte Cooper.

Kottmann wirkte verhalten. »Die Sache mit der Frau könnte einen Bezug zu Ihrem Auftrag haben. Wir geben Ihnen so viel Informationen wie möglich.«

Geben sie mir aber nicht, dachte Cooper und sagte: »Mich interessieren die Infos, die Sie über Konsalik im Kompetenzzentrum eingeholt haben.«

Kottmann schüttelte genervt den Kopf. »Geht nicht, Geheimhaltung höchster Stufe. Konsaliks Forschung im ABC-Labor bleibt unter Verschluss. Ich kann Ihnen dazu nichts sagen.«

Sie gingen die Treppe runter, und Winter meinte, Jens Amos könne möglicherweise das Rätsel lösen, weil sie sich bestimmt regelmäßig im Labor begegnet sind. »Wir werden ihn aufspüren und festnehmen«, betonte sie mehrmals nickend. »Dann können Sie ihn dazu befragen, Oberst.«

Das war ein geschickter Abgang, dachte Cooper. Jedenfalls stimmte Kottmann knurrend zu. »Auf den Auftrag fokussieren, Major, besser kommunizieren«, konnte er sich allerdings die Spitze nicht verkneifen, als sie unten auseinandergingen.

4

Laura Winter tippte auf ihrem Laptop herum. »Sieht aus, dass wir in einem niedlichen Airbnb im Osten von Neapel für fünfzig Euro pro Nacht unterkommen.

Wahrscheinlich neben der Mülldeponie, dachte Cooper und konnte immer noch nicht bestimmen, wann seine neue Partnerin scherzte, obwohl er hoffte, diese Fähigkeit irgendwann zu erwerben.

Sie saßen in ihrem gemeinsamen Büro im zweiten Stock der alten Kaserne, zu Fuß etwa zehn Minuten von Brigadier Vonkecks Büro. Das einzige Fenster gab einen Blick frei auf die nahen rostbraunen Ziegeldächer und die entfernte Spitze des Berner Münsters. Die Wände waren kahl bis auf ein schwarzes Brett, das dick mit Schichten von offiziellen Mitteilungen und Take-away-Speisezetteln bedeckt war. Coopers graues Metallpult war gesäumt mit Stößen von verstaubten Tatortberichten, die irgendwo abgelegt werden sollten. Die Luft war abgestanden. Für Michael Cooper war militärische Disziplin ein notwendiges Übel, und er gab nicht viel auf Etikette. In der *Army* hatte er erlebt, dass die unbrauchbarsten Typen oft die knackigsten Uniformen trugen, während viele der Mutigen und Verlässlichen oft nicht einmal ihre Schließfächer organisieren konnten. Die Militärische Sicherheit behagte Cooper, hier konnte er Offizier sein, ohne sich Sorgen zu machen, ein Gentleman zu sein. Das Pult gegenüber hatte leer gestanden, bis Laura Winter als Nachfolgerin des versetzten Kollegen vorbeikam, frisch von einem Halbjahrespensum forensischer Psychiatrie, und sie schien die Unordnung und Gerüche nicht wahrzunehmen. Cooper sah eine Frau, die sofort zupackte und sich auf das fokussierte, was zu tun war. Im Moment war sie im Begriff, Reisevorbereitungen zu treffen, und Cooper entschied, das Ziel klarzustellen, bevor sie ein Doppelzimmer in einem dubiosen Viertel buchte.

»Wir brauchen ein gutes, modernes Hotel. Wenn möglich eines, das Sicherheitspersonal engagiert.« Er fügte hinzu: »Kosten spielen keine Rolle.«

Winter antwortete nicht, und Cooper sah sich Jens Amos' vertrauliches Dossier näher an. Er überprüfte auch den Bericht über das Interview mit Max Affolter, das ein UR des Militärgerichts 2 geführt hatte. Es war kurz und größtenteils nutzlos. Die neue Einzelheit, die er erfuhr, war Affolters Tätigkeit als Sicherheitsberater eines Pharmaunternehmens und dass Affolter sicher war, Jens Amos gesehen zu haben. Er erkannte die markante Tätowierung eines Salamanders auf seinem Arm. Der Salamander soll nach mythologischen Vorstellungen als eines der vier Elementarwesen auch im Feuer leben können. Die Alchemisten bewahrten den Salamander als das Sinnbild des Feuers. Möglich, dass auch Virologen daran glaubten.

Cooper fragte seine Partnerin: »Warum sitzt ein Deserteur, der sich versteckt und dessen Gesicht auf allen Polizeistellen zirkuliert, in einer stark frequentierten Hotelbar, wo man ihn erkennen könnte?« Er ließ online Bilder von der Bar des *Royal Continental* erscheinen, drehte die Aufnahmen, um aus verschiedenen Winkeln die Bar zu betrachten. Die Lobby des *Royal Continental* sah behaglich aus, die Bar schnörkellos, mit Lounge Fauteuils entlang der spiegellosen Wand links vom Eingang.

Cooper überlegte. Situatives Bewusstsein ist ein vertrautes Konzept, das jedem gut trainierten Agenten als zweite Natur eingefleischt war. Deshalb meinte er zu Winter: »Keiner, der mit einer Verfolgung durch Polizei oder Auftragskiller rechnen muss, würde an dieser Bar in einem Raum voller Leute sitzen.«

Coopers Telefon vibrierte. Er prüfte es und sah einen Text von Kottmann: *Treffen in der Of-Messe in 10.*

5

Die Offiziersmesse in der Militärkaserne Bern war eine nüchterne Angelegenheit. Große Fenster ließen die Mittagssonne herein, und es gab eine lange Bar mit einem abgewetzten Holztresen, hohen Hockern und einem Dutzend Tischen mit bequemen Stühlen. Über der Bar hingen Gedenktafeln von stationierten Militäreinheiten sowie ein hölzerner Propeller, der vielleicht von einer deutschen Messerschmitt stammte, den ein Pilot der Schweizer Luftwaffe 1940 über der Nordwestschweiz abgeschossen hatte.

Cooper und Kottmann setzten sich an die fast leere Bar. Da es erst gegen zwölf ging, zeigten sie Zurückhaltung und bestellten Appenzeller Bier. Zu früh für einen dionysischen Funkenschlag.

Kottmann schaute sich um. »Die Messe hat keine Atmosphäre mehr. Früher herrschte hier Stimmung wie im Nachtclub, aber jetzt wird sie kaum noch frequentiert.«

Cooper kannte diese Klagen älterer Stabsoffiziere. Der Niedergang der einst prächtigen Offiziersclubs hatte wirtschaftliche Gründe und ging parallel mit der fortschreitenden Reduktion der Streitkräfte, zudem hatte die Armee etwas gegen Alkoholkonsum im Dienstbetrieb.

Kottmann hob sein Glas. »Passen Sie auf Ihren Arsch auf, Cooper. Ich will, dass Sie heil zurückkommen. Das ist ein Befehl.«

»Verstanden, Oberst.«

Sie tranken. Kottmann teilte mit: »Wir haben einen Mann vom militärischen Nachrichtendienst in Italien. Oberst Gregor Krall. Er kann Sie im Einsatzgebiet logistisch unterstützen. Er ist seit Kurzem offiziell Militärattaché und kennt die Situation in Napoli gut. Er ist über die Einzelheiten Ihrer Mission nur insoweit informiert, dass es darum geht, Jens Amos aufzuspüren und zu verhaften.«

»Wie viel muss er wissen?«

»Das entscheiden Sie.«

»Wird Oberst Krall uns kontaktieren?«

»Er hat den Befehl, Sie im Hotel zu treffen. Er kann Ihnen allenfalls fehlende Ausrüstung übergeben.«

Cooper war froh darüber. Waffen und Munition konnte er ins Land schmuggeln, aber vielleicht brauchten sie zusätzliches Handwerkszeug.

»Kann er auch Geld beschaffen?«

Kottmann nickte nur.

»Wie bringen wir Jens Amos raus?«

»Oberst Krall wird Ihnen auch in dieser Beziehung helfen.«

Cooper brauchte eine Tarnidentifikation für sich und Winter und nahm an, Kottmann hätte Papiere vorbereitet. Der Oberst schien die Frage zu erahnen und sagte: »Sie und Winter erhalten neue Pässe, und obschon Sie verschiedene Namen haben, sind Sie verheiratet – viel Glück damit – und Sie arbeiten als selbstständige Berater für KMUs.«

»Teilen wir uns ein Hotelzimmer?«

»Das entscheiden Sie und Frau Winter. Aber buchen Sie zwei Zimmer.«

»In Ordnung. Und warum besuchen wir Neapel?«

Er lachte: »Weil Sie die Flitterwochen nachholen, auf Capri.« Er schob Cooper einen Umschlag zu. »Darin sind die Pässe mit den gleichen Fotos wie auf den militärischen IDs.«

Cooper steckte den Umschlag in die Tasche. »Im Ernst, Oberst, was ist Ihre schlimmste Annahme, dass Sie uns Unterstützung geben, erst noch von einem Schlapphut vom Militärgeheimdienst? Wir gehen ja nach Bella Italia, nicht nach Libyen.«

»In Napoli, Major, wütet die Camorra, und weiter südlich die 'Ndrangheta. Sobald Sie aus dem Flugzeug treten, werden Sie observiert. Sie müssen mit allem rechnen. Unterstützung durch den Militärischen Nachrichtendienst ist nicht zu verachten.«

Observiert? Besser als abserviert, dachte Cooper. Nach zwei Jahren in Afghanistan war die Gefahrenschwelle für ihn so hoch, dass er überzeugt war, dass es nichts gab, mit dem er nicht fertigwerden würde.

Kottmann zeigte auf Coopers Sakko. »Apropos Anzug, Sie sollten in Uniform antreten, wenn ich Sie zum Rapport zitiere.«

Cooper sinnierte darüber. Vielleicht hätte er seine Delta Ranger Uniform anziehen sollen, um Kottmann daran zu erinnern, dass er gegen die Taliban gekämpft hatte und er froh sein konnte, dass er seine Fähigkeiten der Militärjustiz zur Verfügung stellte. Wenn er seine Tapferkeitsmedaillen am Uniformrock sähe, würde Kottmann vermutlich schlucken; denn an seiner Brust klebten nur farbige Ordensstreifen, deren Bedeutung niemand begriff, zudem hatten alle Obersten ungefähr gleich viele davon. Alterserscheinung.

»Das ist meine Uniform, Oberst«, betonte Cooper.

»Sie sind Doppelbürger, Cooper, und haben eigene Vorstellungen von militärischer Ordnung, aber hier sind Sie in der Schweiz, und da gilt unser Dienstreglement und nicht dasjenige der *US-Army.*«

»Okay, ich bringe Ihnen Amos zurück, Oberst, dann sieht für Sie alles viel besser aus.«

Kottmann wechselte das Thema. »Mit Winter scheinen Sie gut zusammenzuarbeiten.«

Cooper hielt dies für eine Frage. »Ja, ich denke, das ist so.«

»Außer der Vorfall auf dem Friedhof. Diesen Bock haben Sie ganz allein geschossen.«

»Jawohl, Oberst.«

»Sie wissen, Winter leistete ungefähr ein Jahr Dienst in der KFOR Swisscoy- Friedensmission im Kosovo.«

Swisscoy, die sanfte Macht der Swiss Army vor Ort, fungierte als Schnittstelle zur lokalen Bevölkerung, beaufsichtigte öffentliche Arbeitsprojekte und vermittelte in den oft chaotischen Angelegenheiten verschiedener Stämme. Es war kein einfacher Job und bestätigte die alte Weisheit, dass es schwieriger ist aufzubauen, als zu zerstören. Cooper kannte natürlich Winters Vorgeschichte und hoffte, sein Vorgesetzter würde zum Punkt kommen.

»Manchmal«, sagte Kottmann, »versuchen fremde Nachrichtendienste, Kader unserer Swisscoy Stabilisierungstruppen anzuwerben.«

Das war der Punkt. Die CIA. Sie machte alles, was die Armee nicht durfte. Sie war alles, was die Armee nicht war – nebulös, wendig und mit einem undurchsichtigen Ethikkodex.

Cooper fragte: »Stellen Sie ihre Loyalität infrage?«

»Keineswegs, aber es zirkulierten Gerüchte in Pristina über gewisse Verstrickungen.«

»Zum Beispiel?«

»Zum Beispiel verbrachte sie ihre Nächte mit einem seltsamen Vogel. Der Kerl heißt Jack Cole.«

Nun, dachte Cooper, eine junge, unverheiratete Frau sollte vögeln können, mit wem sie wollte. Wenn aber jemand außerhalb seines Dienstbereichs mit einem Mitglied einer anderen Zunft außerdienstliche Aktivitäten pflegte, bemerken es immer gewisse Leute und urteilen danach. Immerhin hielt Cooper Kottmanns Anspielung auf Winters Liebesaffäre mit einem Geheimdienstler für ziemlich beunruhigend.

»Oberst, wir fliegen demnächst nach Neapel ins Nest der Organisierten Kriminalität. Ich brauche eine verlässliche Partnerin. Bedeutet Ihre Bemerkung, dass Sie mir eine andere zuteilen wollen?«

Kottmann schüttelte den Kopf. »Keineswegs, Winter hat alle Eigenschaften, die Sie brauchen. Und sie wird nicht mit Ihnen schlafen. Wir tun gut daran, sie zu behalten.«

Cooper trank den Rest seines Biers. »Wir werden vor der Abreise Max Affolter zu seiner Begegnung mit Amos befragen.«

»Das hat schon jemand getan.«

»Ungenügend.«

Kottmann sagte nichts, schaute Cooper lange an.

»Noch etwas, Oberst?«

»Halten Sie die Verbindungen zu mir verdammt noch mal offen.«

»Mach ich immer.«

»Nicht immer. Mitteilungen nur über die sicheren Linien. Und denken Sie daran, es ist ein heißer Fall. Amos könnte Neapel verlassen haben, nachdem ihn Affolter gesichtet hat. Oder er war nur auf der Durchreise.«

»Möglich«, antwortete Cooper. »Oder er macht Geschäfte. Drogen, medizinische Artikel, vielleicht ist er einem Impfstoff auf der Spur, und die Mafia steckt auch dahinter.«

Cooper wusste, dass aus den Rippen geleierte Spekulationen ohne eine Ahnung Zeitverschwendung waren.

Kottmann erinnerte ihn: »Dass wir uns verstehen … Sie müssen ihn unbedingt lebend fassen … Aber Sie dürfen Gewalt anwenden, wenn nötig.«

»Schon klar«, bestätigte Cooper und wunderte sich, ob er die tiefere Bedeutung verstanden hätte.

»Und ist Ihnen klar, dass dieser Auftrag freiwillig ist?«

»Alles klar, Oberst.« Cooper begriff auch, dass Vonkecks Büro die Pässe schon gestern organisiert hatte. Manchmal bedeutet in der Armee freiwillig eben obligatorisch.

Kottmann fragte: »Sonst noch was?«

»Ja, wissen Sie Näheres über den vermissten Sicherheitsoffizier aus dem VIMF?«

Kottmann nickte und fischte zusammengeheftete Blätter aus einem Dossier. »Ein Bericht der Kantonspolizei. Lesen Sie die Kopie in aller Ruhe.«

Cooper faltete den Bericht, steckte ihn ein, verließ die Offiziersmesse und trat in den milden Tag hinaus.

Ihm ging durch den Kopf, dass Kottmanns Karriere vermutlich vom Ausgang dieser Operation abhing, und er würde seinem Boss alle Anerkennung zukommen lassen, die er wollte.

6

Missmutig streckte Cooper eine Stunde später seine Füße auf das Metallpult und hatte eine plötzliche Ahnung, dass der Kosovo möglicherweise nicht zufällig in den Fokus geraten war. Der Fall Jens Amos könnte mit dem Spannungsherd verbunden sein.

Er sagte zu Winter gewandt: »Kottmann hat mir den Bericht der Kantonspolizei überreicht.«

»In welcher Sache?«

»Sie haben Elmar Ludwig gefunden. Den Sicherheitsboss. Unkenntlich verstümmelt, er wurde von einem Langholztransporter erfasst und kam unter die Räder. Der Fahrer erklärte der Polizei, der Mann sei plötzlich aus einem Waldweg auf die Straße hinausgetorkelt, direkt vor den Laster … Der Chauffeur hatte keine Chance auszuweichen.«

»Wo ist es passiert?«, fragte Winter.

»Im Westen, etwa eine Stunde Fahrt vom VIMF-Institut. Die Leiche wird noch obduziert. Was wir bis jetzt wissen, ist, dass Ludwig Spuren von Plastikhandschellen an einem Handgelenk aufwies, der Körper war übel zugerichtet. Der Waldweg, aus dem er hinaus auf die Straße torkelte, führt zu einem Schuppen. Die Spurensicherung fand Blut und einen blutigen Hammer.«

»Glauben Sie, dass Jens Amos ihn gefoltert hat?«

»Das ist vorläufig die These der Spurensicherung. Die Polizei fahndet nach Ludwigs SUV, einem Mercedes, mit dem sich Amos offenbar nach dem angerichteten Blutbad abgesetzt hat.«

»Interessant«, murmelte Winter. »Steht im Bericht, was der Lastwagenfahrer sonst noch wusste?«

»Ja, der Spinner habe wie ein Zombie ausgesehen, blutiges Gesicht.«

»Amos ließ ihn laufen …«, murmelte Winter.

Sie schwiegen eine Weile, dann fragte Cooper: »Mögen Sie Appenzeller Bier?«

Sie runzelte ihre Stirn: »Ich trinke keinen Alkohol, nur Wein. Warum fragen Sie?«

»Ich habe drüben in der Of-Messe mit Kottmann Bier getrunken und auf den Kosovo angestoßen.«

Es schien ihm, als sei Winter leicht zusammengezuckt.

Cooper fuhr fort: »Die Spannungen im Westbalkan haben wieder zugenommen. Klar, der Krieg im Kosovo ist über zwanzig Jahre her. Aber Serbien erkennt die Souveränität seines Nachbarn weiterhin nicht an. Kottmann meinte, dass die Lage im Kosovo alles andere als stabil ist.«

Winter nickte. »Das stimmt. Jens Amos arbeitete als Hauptmann im Kompetenzzentrum ABC-KAMIR Spiez. Bestimmt hatte er Kenntnis von den Minenräumungsoperationen im Kosovo.«

Cooper wusste, dass die ethnischen Spannungen andauern. Die lokalen Behörden können die Sicherheit nach wie vor nicht garantieren. Gewaltausbrüche auf beiden Seiten ereignen sich regelmäßig. Vielleicht hat ABC-KAMIR ja nicht nur Minen geräumt, sondern Kampfmittel getestet. Eine verrückte Annahme …

Cooper meinte: »Die Region bleibt jedenfalls ein Pulverfass, an dem mit kurzen Lunten gespielt wird. Die Realität ist, dass es kaum Ruhe gibt in den Grenzgebieten zu Serbien.«

Laura Winter fügte an: »Die Schweiz gilt als verlässlicher Partner der multinationalen Kosovo-Force.«

»Ohne Zweifel, aber Swisscoy und ABC-KAMIR sind zwei Paar Schuhe.«

»Ich weiß. Es gibt einen möglichen Konflikt mit ABC-KAMIR.«

»Nämlich?«

Laura Winter überlegte, bevor sie antwortete. »Es geht um dieses Video. Ich habe die Verhältnisse noch gut in Erinnerung. Mein Zug wurde in ein Dorf nahe der serbischen Grenze verlegt, wo es zu Übergriffen serbischer Milizen gekommen war. Wir konnten die Situation einigermaßen beruhigen, errichteten im Kaff einen Stützpunkt und warteten ab.«

»Abwarten und Tee trinken«, warf Cooper ein.

»Keine schlechte Taktik. Es hatte viel Mond, als sich gegen Mitternacht eine Bäuerin bemerkbar machte. Sie näherte sich gestikulierend unserer Stellung.«

»Sie waren allein?«

»Natürlich nicht. Ich hatte den Dolmetscher und meinen Wachtmeister dabei. Wir gingen auf die Frau zu, auf alles gefasst, weil sie einen langen Mantel trug. Wir tasteten sie gründlich ab, und der Dolmetscher fragte, was sie wolle. Sie hielt etwas in der Hand und gab mir einen Zettel. Darauf stand: Geben Sie der Überbringerin des Videos einhundert Dollar.«

»Hatten Sie denn Cash dabei?«

»Lassen Sie mich ausreden. Ich war skeptisch, aber gab ihr schließlich hundert Schweizerfranken, was mehr war. Sie überreichte mir im Gegenzug eine Videokassette. Der Kleber darauf verriet, dass die Aufnahme von einem älteren Sony-Videorecorder stammte.«

»Schwierig zu kopieren.«

»Richtig. Es war eine alte MP8. Ich wusste, dass sich MP8s auf DVDs überspielen ließen. Genau das tat ich später im Hauptquartier und schaute mir den Film an.«

»Sagte die Bäuerin, von wem sie die Kassette hatte?«

»Nein, war auch nicht der Punkt. Sondern, warum jemand filmte.«

»Und wer … Sie haben die Antwort gefunden?«

Winter verneinte leicht verstimmt. »Sie haben den Film im Büro des Brigadiers ja gesehen. Ich hatte das Video damals nicht weiter analysiert, da solche Zwischenfälle sich immer wieder ereigneten. Das Gebiet, wo das Dorf lag, war von Personenminen verseucht, und die Teams von ABC-KAMIR säuberten ziemlich häufig in dieser Zone.«

»Wieso gaben Sie das Video nicht dem Chef von ABC-KAMIR?«

Winter hob die Brauen. »Eins nach dem anderen, Major. Es hätte tatsächlich auf der Hand gelegen. Doch dazu kam es nicht, weil mir mein Bauchgefühl riet, du musst das Material von einem unabhängigen Labor analysieren lassen.«

»Gute Intuition.«

»Eben, dann dislozierte das Minenräumungsteam nach Süden, und der Punkt war ohnehin entschieden.«

»Aber die Sache ließ Ihnen keine Ruhe.«

»Genau. Nachdem ich Ihnen unterstellt wurde, Major, habe ich die DVD wieder hervorgeholt und überlegte, wer sie professionell bearbeiten könnte.«

»Und, haben Sie jemand gefunden?«

Sie nickte. »Man hat das Video ja mir gegeben und nicht den Minenräumern von ABC-KAMIR. Ich hielt es für meine Pflicht, das Material meinen neuen Vorgesetzten zu übergeben.«

»Ich bin Ihr Vorgesetzter.«

»Stimmt, aber ich erlaubte mir, den Dienstweg abzukürzen. Ich erhielt den Film ja, bevor Sie mein Chef wurden. Deshalb sandte ich ihn Oberst Kottmann. Tut mir leid, wollte Sie nicht übergehen.«

Das tat sie aber, dachte Cooper. Vermutlich hatte sie mehr damit zu tun, als sie Vonkeck erzählt hat. Er akzeptierte die Logik ihrer Argumentation, fand es trotzdem als Regelverstoß, aber er würde später darauf zurückkommen. »Das Video muss Sie beeindruckt haben, denke ich.«

Winter schaute ihm in die Augen. »Sie haben ein Talent, mich zu durchschauen, Major. Aber genau so war es. Ich konnte das Gesicht einfach nicht vergessen, das im Blitz der Explosion für Sekundenbruchteile aufschien. Aufgerissene Augen …«

»Na schön, der Brigadegeneral sagte, das Opfer sei …«

»Larissa Konsalik«, ergänzte Winter rasch. »Muss stimmen, denn Konsalik war seither vermisst, und ich zweifle, dass sie, oder was von ihr übrig blieb, geborgen wurde. Wenn sie umgebracht wurde, hatte der Killer kein Interesse daran … Was meinen Sie, Major?«

Cooper antwortete, der Vorfall betreffe ihren Auftrag nicht, aber wenn sie einen hinreichenden Verdacht habe, dass ein Verbrechen vorliege, wisse sie ja, wie vorzugehen sei. »Hat Ihnen Oberst Kottmann diesbezüglich mehr gesagt?«

Winter schüttelte den Kopf.

»Also, fokussieren Sie sich auf den Fall Amos. Ich hinterlasse einen Bericht im *Shop*.«

Winter packte ihren Laptop ein, sagte nach einer Weile: »Über den *Shop*, den Sie gerade erwähnten, hört man die wildesten Geschichten. Wie wär's, wenn Sie Ihre neue Partnerin mal gründlich darüber informierten?«

»Genau das hatte ich eben vor. Ich erkläre es Ihnen auf der Fahrt.«

7

Sie verließen ihr spärlich eingerichtetes Büro, nahmen die Treppen hinunter in die Empfangshalle und traten in die warme Sonne hinaus. Coopers schon etwas in die Jahre gekommener Grand Cherokee stand auf seinem Parkplatz. Sie verstauten ihr hastig zusammengerafftes Reisegepäck im Kofferraum. Winter kletterte auf den Beifahrersitz, und Cooper setzte sich hinter das Lenkrad.

»Der Boss im *Shop* ist Ken Cooper, zufällig mein Dad«, begann er. »Er gründete den *Shop* vor Jahren in Zürich mit der Vision, alle Fronten der Sicherheitsbedürfnisse einer Organisation, einer Privatperson oder manchmal einer Regierung in einer modernen Welt von Sicherheitsverletzungen und anderen Bedrohungen abzudecken.«

Cooper blickte kurz in ihr waches Gesicht. »Der *Shop* ist multioperationell mit einer Vielzahl von Dienstleistungen, die umfassende Sicherheitsprüfungen, Bedrohungsanalysen, die Wiederbeschaffung von Vermögenswerten, Cyber-Sicherheit, private Ermittlungen, Spezialausbildung, einschließlich Terrorismusbekämpfung und den Einsatz modernster Technologie umfassen.«

»Wau«, entfuhr es Winter. »Klingt professionell. Also eine ausgewachsene Krisenberatungsorganisation, richtig?«

»Genau, in ihrer reinsten Form, ob es sich nun um eine Reaktion auf die Bedrohung durch den Einsatz chemischer und radiologischer Angriffe handelt oder um das Überleben einer Epidemie.«

»Was kann der *Shop* schon gegen eine Epidemie tun?«

Cooper startete den Motor. »Die Vorbereitungen von Regierung, Armee und Gesundheitsämtern sind auch in der Schweiz grob vernachlässigt worden. Wenn die Epidemie ausbricht, gibt's Panik.«

Er fuhr langsam zur Ausfahrt. »Panik ist das Schlimmste. Wir haben im *Shop* schon früh einen Leitfaden zum Eindämmen und Überleben einer Epidemie ausgearbeitet.«

»Den müssten Sie den offiziellen Stellen zustellen.«

Cooper nahm die Quartierstraße Richtung Autobahn. »Genau das haben wir gemacht. Der Leitfaden ging an die wichtigsten Stellen im Gesundheitswesen … der Gesundheitsminister, die Armeeführung erhielten ihn … auch Ämter in der Bundesrepublik.«

Sie schwiegen. Cooper schwenkte in die Auffahrt zur A1 und beschleunigte in Richtung Basel. Die Geschwindigkeit drückte Winter in den weichen Ledersitz, Leitplanken huschten vorbei.

Sie fragte: »Gab es eine Reaktion?«

Cooper wartete, bis er das gewünschte Tempo erreicht hatte, und lehnte sich zurück. »Keine Rede davon. Bis heute haben wir null Feedback erhalten. Dabei ging es um Konkretes wie strategische Lagerhaltung, militärische Führungsprozesse, um Bedarfsberechnungen wichtiger Medikamente, der Mengen Schutzanzüge, Masken, dass es Testeinrichtungen brauche und Beatmungsgeräte. Topaktuell.«

»Beamte lassen sich eben nichts sagen.«

»Vor allem dann nicht, wenn für sie nichts herausschaut. Korruption ist bei uns immer Teil der Bedrohungsanalyse in öffentlichen Verwaltungen.« Als Winter nichts antwortete, fügte er an: »Mein Dad hat mit der Militärischen Sicherheit den Deal gemacht, mich temporär als Sonderermittler auszuleihen.«

Winter lächelte süffisant. »Ich nehme an, das geschah nicht dem Vaterland zuliebe.«

»Doch«, widersprach Cooper, blieb aber cool. Erstens hätten sie im *Shop* Ermittlungstechnologien, die der Armee fehlten. Das sei echte Unterstützung. Zweitens könnte es sein, dass der *Shop* über Infos verfügte, die im Fall Amos nützlich wären.

»Korruption? Ich verstehe. Sie haben offenbar das ABC-KAMIR Kompetenzzentrum auf dem Radar und hoffen …«

Cooper fuhr dazwischen: »Hoffen ist kein taktischer Begriff, Hauptmann Winter. Wir suchen Fakten, und zu Fakten gelangen wir durch Informationsbeschaffung. Das Kompetenzzentrum beschäftigt sich nun mal mit hochbrisanten Kampfstoffen. Entsprechend ist es Ziel geheimdienstlicher Ausforschung. Aber die klassischen Methoden genügen oft nicht.«

»Also, wo liegt der Hase begraben?«

Cooper schätzte zwar den kritischen Ansatz seiner Partnerin, aber sie schien ihm etwas zu neugierig. Er wollte nicht alle Karten auf den Tisch legen.

»Hören Sie gut zu, Laura, Sie haben in diesem Bereich keine Sicherheitsfreigabe. Der *Shop* ist für Sie off-limits.«

»Schon klar, Major.« Sie sei nur an Atmosphärischem interessiert und wolle nichts über Operationen wissen, aber die Alternative zu klassischen Methoden interessiere sie.

Der Cherokee verlangsamte hinter einer Lastwagenkolonne. »Na, schön. Der *Shop* hat intelligentere Systeme zur Informationsbeschaffung entwickelt. Wir nutzen künstliche Intelligenz, um die bestehende Plattform für Ausforschungen und Entscheidungsfindungen zu verbessern.«

Winter meinte, da könne der *Shop* ja ABC-KAMIR ausspionieren.

»Wir reden nie über unsere Aufträge und darüber, was wir irgendwo machen«, entgegnete Cooper.

Winter beharrte: »Im *Shop* interessiert man sich doch für Forschung und Entwicklung in den ABC-Labors?«

»Wie gesagt. Keine Einzelheiten. Wir wären übrigens nicht die Einzigen, die sich mit dem ABC-Labor Spiez befassen. Es geht auch um die Verwundbarkeit durch Cyber-Angriffe, um in brisante Forschungsdaten zu hacken. ABC-KAMIR hat längst das Interesse der Geheimdienste geweckt. Die CIA, vermutlich auch der Mossad sind im Spiel.«

Der Grand Cherokee hatte wieder auf die eingestellte Geschwindigkeit beschleunigt. Cooper fuhr fort: »Die Expertise des ABC-Labors im Umgang mit B- und C-Kampfstoffen ist weltweit anerkannt. Viele Nationen schicken Personal zur Schulung ins Labor Spiez.« Er wechselte auf die Überholspur: »Nicht nur das, das Labor kann mit radioaktivem Ausfall, Viren, Nervengiften und ihren Gegenmitteln umgehen, und wer weiß, mit was es sonst noch experimentiert.« Cooper dachte an das Verbot von biologischen Kampfstoffen, aber er behielt die Gedanken für sich.

»Das ist doch alles Zündstoff. Weiß General Vonkeck davon?«

Cooper machte eine wegwerfende Handbewegung. Wo sie denn hindenke? Das sei kein Thema. Im *Shop* hätten sie gewusst, dass die Militärjustiz unter Knappheit an Untersuchungsrichtern leide. »Der Fall Jens Amos kommt da gerade richtig.«

Winter überlegte und sagte: »Was der *Shop* tut, ist Verschlusssache. Schon klar. Ich weiß von nichts. Aber müsste Vonkeck als Chef der Militärjustiz nicht erfahren, was im ABC-Kompetenzzentrum abläuft oder schieflaufen könnte?«

»Nicht, bevor etwas Schlüssiges vorliegt, sei es von uns oder anderen ...«

»CIA?«

»Wer auch immer. Vonkeck bräuchte einen hinreichenden Verdacht, um eine Untersuchung zu eröffnen, und das Herumtappen der Militärjustiz könnte eventuelle Täter aufschrecken …«

»Sie reden, als sei das Kompetenzzentrum ein Verbrechernest.«

»Keineswegs. Das ABC-Zentrum ist hoch angesehen, die Leute sind integer. Nehm ich mal an. Es gibt eine Menge hervorragend qualifizierter Leute. Aber wie immer genügt ein kleiner verschworener Kreis, der korrupt, kriminell ist und immensen Schaden anrichten kann.«

»Apropos«, fragte Winter, »wann geht's ab nach *Napoli*?«

Cooper blieb stumm, konzentrierte sich auf den Verkehr. Die A1 durchquerte eine Ebene, das Wetter hielt sich gut, der Himmel war hoch und blassblau. Am Horizont türmten sich die weißen Gipfel der Viertausender auf, darüber ein paar zerfaserte Wölkchen.

8

Als sie im Drehkreuz von Egerkingen auf die A2 nach Basel gewechselt hatten, nahm Cooper den Faden auf.

»Nach der Besprechung mit Max Affolter fliegen wir gleich nach Neapel.«

»Gibt es Linienflüge?«

»Möglich, aber wir fliegen ab Gstaad.«

»Wo die Schönen und Reichen uns erwarten?«

»Nein, unser Pilot. Wir fliegen GA.«

»General Aviation können wir uns kaum leisten. Oder haben Sie gerade die Spendierhosen an?«

Cooper antwortete nicht darauf. Nach einer Weile forderte er sie auf, den Reiseplan zu notieren. »Von Gstaad nach Salerno-Pontecagnano.«

Winter verzog die Brauen: »Wie schreibt sich das?«

»LIRI, das ist der kleine Flugplatz südlich von Neapel, in Salerno, an der Amalfiküste, nicht weit von Pompeji, das der Vesuv unter sich begraben hatte.«

»Das war kurz nach Beginn unserer Zeitrechnung, denke ich. Der Vulkan ist eine Zeitbombe«, gab Winter zum Besten. »Wieso landen wir nicht in NAP.«

»NAP?«

Sie grinste. »IATA-Code für den großen Flughafen Capodichino. Weiß man doch.«

»Aha, aber da gibt's zu viel Betrieb, zudem brauchen wir PPR, wenn wir länger bleiben wollen.«

Winter klang leicht spöttisch, »Ach so, Parkgenehmigung, *Prior Permission Required.*«

Cooper warf ihr einen anerkennenden Blick zu. »Zu viele Formalitäten. In Ihrem CV steht nichts von einer Fliegerschule.«

»Privatsache. Ich habe den Heli-Ausweis zum Fliegen. Sie sind der Erste, der das weiß und es für sich behält, wenn ich bitten darf, Major? Ich will nicht, dass es sich herumspricht, sonst muss ich bestimmt ständig die hohen Tiere herumfliegen.«

»Okay, also buchen Sie ein gutes Hotel in der Altstadt. *Due camere communicanti.* Ich kümmere mich um den Charterflug.«

9

Coopers Grand Cherokee war unauffällig, leicht zu handhaben und verfügte über die nötige Power für hohe Geschwindigkeiten in Momenten, wo sein Job interessanter wurde. Die Fahrt nach Allschwil, ein Vorort von Basel, dauerte ungefähr zwei Stunden, und sie hatten bereits die Hälfte der Strecke hinter sich.

Winter hatte ihre Uniform abgelegt und Jeans und Bluse angezogen, was bei der Befragung eines freiwilligen Zivilzeugen besser aussah. Sie wählte Affolters private Nummer und schaltete auf Lautsprecher.

Eine Frau antwortete, und Winter fragte: »Spreche ich mit Frau Affolter?«

»Am Apparat.«

»Frau Affolter, hier ist Laura Winter, Militärische Sicherheit. Ich komme aus dem ABC-Labor Spiez.« Nach einer Pause fragte sie: »Kann ich mit Herrn Affolter sprechen?«

»Er ist noch auf Arbeit.«

»Ich werde in einer halben Stunde in Ihrem Haus sein, Frau Affolter. Es wäre gut, wenn er dort auf mich warten würde.«

»Nun …«

»Oder ich gehe zu seiner Arbeitsstelle, was für ihn vielleicht unangenehm ist.«

»Ich rufe ihn an, dass er nach Hause kommen soll.«

»Vielen Dank, Frau Affolter. Wir werden ihn nicht lange aufhalten.«

Winter legte auf.

Cooper sagte: »Sie haben zwei Mal gelogen. Wir kommen nicht von Spiez und wir werden ihn so lange wie nötig hinhalten. Mich haben Sie auch nicht erwähnt.«

»Frauen werden nicht als bedrohlich empfunden, deshalb.«

»Sie haben aber gedroht, ihn am Arbeitsplatz zu behelligen.«

»Es hat gewirkt. Affolter macht freiwillig mit. Er kann als Zivilist jede Aussage verweigern.«

»Wir werden ja sehen.«

Allschwil liegt am südwestlichen Rand von Basel, ist an zwei Seiten von Frankreich umgeben und zählt zu den beliebten Wohnorten.

Sie verließen die Nordtangente Basel. Häuser des Stadtrandes bauten sich vor ihnen auf, Gärten zogen vorbei, Reklamen, sie passierten eine Schule, wo Knirpse mit zu großen Schulranzen am Zebrastreifen warteten. Cooper hielt an, Winter blickte von ihrem iPad auf. »Allschwil wurde im Dreißigjährigen Krieg von schwedischen Truppen geplündert.«

»Wo arbeitet Affolter?«, fragte Cooper. »Etwa bei IKEA?«

Winter grinste: »Nein, existiert auch nicht im Ort. Es gibt hier vor allem Betriebe der Pharmabranche. Affolter hat einen Job bei Actelion.« Sie zeigte nach vorne: »Gleich nach links … Richtung Hallenbad.«

Cooper bestätigte nickend. Die Navi-Stimme des Cherokee führte sie durch ein Industriegebiet, an der Kirche und einer großen Wiese vorbei zu einer älteren Reihenhaussiedlung.

»Da ist es«, meinte Winter, und Cooper parkte in der Auffahrt eines kleinen Vorgartens.

Sie stiegen aus und klingelten an der Tür.

Carmen Affolter, eine zierliche, aschblonde Frau, öffnete. Sie schien nicht besonders glücklich zu sein, sie zu sehen. Cooper und Winter zeigten ihre Militärausweise, und Frau Affolter führte sie in ein Wohnzimmer mit einem zu großen Flachbildfernseher und zu vielen Sofas.

Max Affolter saß tief in einem Relax-Liegestuhl und sah sich ein Radrennen an. Ein kleiner Junge spielte auf dem Boden und schenkte Cooper und Winter ein breites Grinsen.

Affolter erhob sich aus dem Sessel. Er hatte eine durchschnittliche Statur, abgesehen von der Wampe unter seinem übergroßen Polohemd.

Er schaltete das Radrennen weg. »Der Australier hat die Etappe im Zielsprint gewonnen. Kann die Tour aber nicht mehr gewinnen.«

Affolters Augen richteten sich auf Winter, die seiner Frau ebenfalls. Ungewöhnlich schöne Frauen neigen dazu, diesen Effekt zu haben, obwohl Winter auch ungewöhnlich selbstvergessen war, wenn es um ihre Reize ging.

»Nilas, braver Junge, nimm dein Spiel und geh in dein Zimmer, okay?«

»Ich bin Meister Zork, fünf Mal Volltreffer, Mama.«

»Schön. Ab mit dir jetzt!«

Der Kleine nahm sein Bogenschützenspiel auf, schaute im Hinausgehen zu Winter und Cooper. »Seid ihr verheiratet?«

»Nilas!«, schimpfte Carmen.

»Nein«, antwortete Cooper, »aber ich frage sie immer wieder. Sollte ich es noch einmal versuchen?«

»Jaa!«, kicherte Nilas und rannte die Stufen hoch.

Sie stellten sich gegenseitig vor, verzichteten aufs Händeschütteln und setzten sich an den Couchtisch.

Winter sagte: »Danke für Ihre Hilfe.«

Max Affolter meinte, er habe dem anderen Typen alles erzählt und wisse nicht, was sie von ihm noch wollten.

»Etwas, das wir vielleicht übersehen haben«, erwiderte Cooper und meinte etwas, das Affolter übersehen habe.

Affolter sagte nichts, und Cooper dachte, dass der Unteroffizier sich nicht wohl in der Haut fühlte, mit zwei Offizieren zu reden, die dazu noch von der Militärjustiz kamen. Er forderte ihn auf: »Herr Affolter, erzählen Sie uns einfach, was Sie dem militärischen UR berichtet haben. Die Armee ist dankbar für Ihre Hilfe.«

Affolter nickte wieder und begann, dieselbe Geschichte zu erzählen, die sie im Bericht gelesen hatten, dass er mit Geschäftsleuten in der Lobby des *Royal Continental* in Neapel gesessen hatte, als er Jens Amos an der Bar entdeckte.

»Wie sah er aus?«, wollte Cooper wissen.

»Ungefähr gleich wie im ABC-Abwehrlabor in Spiez, als ich ihn dort das letzte Mal getroffen habe. Außer, dass er einen Bart hatte.«

»Okay«, sagte Cooper. »Sie sitzen also mit den Geschäftsfreunden zusammen, schauen auf und sehen ihn an der Bar. Und er sieht Sie.«

»Ja. Ich wusste, dass er es war, er starrte mich an. Und ich rief ihn bei seinem Namen.«

»Sind Sie aufgestanden, um ihn anzusprechen, als Sie seinen Namen riefen?«

Affolter zögerte, realisierend, dass seine Geschichte nicht mit dem übereinstimmte, was er dem anderen Ermittler erzählt hatte. Er schaute rasch zu seiner Frau, die eine unterstützende Hand auf seine Schulter legte.

»Warten Sie. Tut mir leid. Es sind ein paar Wochen her. Er sah mich zuerst nicht, weil er mir nicht gegenüberstand. Er schaute weg. Ich erkannte zunächst sein Tattoo am Unterarm. Den Salamander.«

Cooper hatte ihn auf dem falschen Fuß erwischt, und Affolter wusste, dass er durchschaut wurde. Er wiederholte die gleiche Story wie bei der ersten Befragung.

»Es kam dann zum Blickkontakt.«

»Was geschah danach?«, fragte Cooper.

»Er starrte mich nur irgendwie an. Eiskalt. Sauer, vielleicht. Dann ja, dann stand Jens auf und lief aus der Bar.«

»Ist das alles?«, zweifelte Winter. »Fragte einer der Geschäftsleute, wen Sie gesehen haben?«

»Nein … Doch. Dann sagte ich etwas von Verwechslung.«

»Was hat Amos getrunken?«

Affolter schüttelte den Kopf, zuckte mit den Schultern.

Affolter blickte wieder zu seiner Frau. Das Gespräch nahm eine ungute Wendung, wie ein scharfes Verhör. Cooper musste auf die Bremse treten. »Lassen wir das für einen Moment. Wie gut kannten Sie Jens Amos?«

»Wir arbeiteten zusammen im ABC-Labor in Spiez. Der Kommandant meiner Einheit, ein Oberstleutnant, war ETH-Wissenschaftler. Im Labor gab es eine Menge B-Spezialisten. Amos leitete eine Gruppe.«

»B steht für biologische Kampfstoffe«, bemerkte Winter.

»Richtig. Was Amos genau zu tun hatte, weiß ich nicht. Vermutlich Virenanalytik. Er ging auch oft in das VIMF, ein Virenforschungsinstitut, mit dem das Kompetenzzentrum ABC-KAMIR irgendwie zusammenarbeitete. Er war verschwiegen, um nicht zu sagen introvertiert. Wir sprachen nie über die Arbeit. Das war ja auch verboten, weil das meiste geheim klassifiziert war.«

»Was war Ihr Job?«, fragte Cooper.

»Dekontamination. Umgang mit kontaminierter Ausrüstung, zum Beispiel ein verseuchter Heli der Luftwaffe. Wir mussten das Dekontaminationsmittel bestimmen und die Anwendungstechnik üben. Auch mit Schutzmaskentests hatte ich zu tun. Sie wissen, die Armeeapotheke hatte zu wenig taugliche Modelle in genügender Anzahl.«

Winter sagte: »Sie wussten also, dass Masken Mangelware waren?«

»Natürlich. Das hatten aber die Vorgesetzten zu verantworten, und ich glaube, Amos hat sich in die Nesseln gesetzt, als er den Mangel beharrlich kritisierte.«

»Das klingt nicht nach einem disziplinierten Offizier«, bemerkte Cooper.

»Sie verstehen das falsch, Jens Amos war Wissenschaftler durch und durch. Mit seinen ausgezeichneten Qualifikationen war er den Vorgesetzten überlegen. Zu gescheit kommt im Militär nicht gut an. Er kümmerte sich auch nicht um den Dienstweg. Und ich glaube, irgendetwas in seiner Vergangenheit belastete ihn.«

»Wieso wissen Sie das?«, fragte Winter.

»Weil er mir mal in einem schwachen Moment in der Of-Messe gesagt hat, er habe mit dieser Bande noch eine Rechnung offen.«

»Als Unteroffizier dürfen Sie gar nicht in die Offiziersmesse«, wandte Winter ein.

»Eben, da haben Sie's. Er nahm mich einfach mit hinein. Jens Amos kümmerte sich einen Dreck um sinnlose Dienstvorschriften. Man drückte höheren Orts ein Auge zu, weil er als wissenschaftlicher Fachspezialist vermutlich unentbehrlich war.«

Das wird langsam kriminell, dachte Cooper. Er schaute Affolter an und fragte: »Warum glauben Sie, sitzt ein hochintelligenter Mann wie Amos, der aus der Armee desertiert ist, der gesucht wird, warum sitzt der in einer stark von internationaler Kundschaft frequentierten Bar, ausgestellt wie auf einem Silbertablett?«

Affolter begriff, dass dies keine Frage war. Tatsächlich verstand er, dass Cooper ihm kein Wort seiner Geschichte glaubte. Er stand auf, warf Cooper einen Blick zu. »Ich denke, ich muss eine rauchen.«

»Ich mache mit.« Cooper rauchte keine Zigaretten, ab und zu eine Havanna, aber das war nicht der Punkt. Er erhob sich und folgte Affolter nach draußen hinter das Haus auf die Veranda, die den Blick auf einen bräunlichen Fluss freigab. Es roch nach Pflanzenerde.

Affolter klopfte eine Zigarette heraus und reichte Cooper eine, um das Bündnis des Süchtigen zu teilen. Affolter gab ihm Feuer, und Cooper beobachtete, wie er seine mit unruhigen Händen anzündete, einen tiefen Zug nahm.

Affolter gestand: »Ich wusste nicht, was sagen.«

Cooper antwortete nicht. Wenn einer im Begriff ist, etwas zu beichten, ist es am besten, nichts zu sagen.

»Ich meine, ich hatte nicht vor, überhaupt etwas zu sagen. Ich dachte immer wieder, dass er ein anständiger Kerl zu mir war und dass vermutlich etwas im ABC-Abwehrlabor passiert ist, sodass er … vermutlich hat man ihm gedroht, sodass er seine Forschungsdaten einpackte und abhaute. Ich redete mit meiner Frau ... Sie sagte, ich müsse das Richtige tun.«

Cooper hielt Affolter für verlässlich. Er war im ABC-Abwehrbataillon 10 als Milizunteroffizier mit erhöhter Bereitschaft eingeteilt. Er leistete seinen Dienst immer noch, wenn er gebraucht wurde, hatte sich im privaten Bereich als Sicherheitschef von Actelion gut geschlagen, pflegte ein ruhiges Familienleben und hatte zehn Kilo zugenommen.

»Max, wo haben Sie Jens Amos tatsächlich gesehen?«

Affolter holte tief Luft. »Ich baute mit meinem Partner Alfons eine eigene Firma für Sicherheitsberatung auf. Es geht um den Schutz von industriellen Anlagen, von exponierten Persönlichkeiten, auch um Cyber-Sicherheit. Sie verstehen?« Er fuhr fort: »Wir hatten einen lukrativen Vertrag unterschrieben, alle waren glücklich, die Geschäftsfreunde führten uns aus, wie ich schon sagte. Es begann gut genug, sie führten uns in dieses teure Restaurant. Wir aßen viel, betranken uns, hüpften zwischen ein paar Bars und Clubs hin und her. Wir kamen effektiv im *Royal Continental* an ... dann stiegen wir in ein Auto und fuhren etwa eine halbe Stunde auf der Autobahn.«

Er stieß die Luft aus, und Cooper fragte: »Warum ausgerechnet in Neapel?«

»Ach so, die Firma, die wir beraten, hat ihren Sitz in Avezzano, mit einer Vertretung im Raum Zürich, wo wir die Leute anfänglich trafen. Dann zeigten sie uns den Hauptsitz und die Produktionsanlagen in Avezzano. Am Abend feierten wir dann den Vertragsschluss in Neapel.«

Cooper nickte aufmunternd.

»Wir fuhren, wie gesagt, über die Autobahn. Zuerst durch ein heruntergekommenes Quartier, wo sich Abfallsäcke in den Gassen türmten. Ich weiß nicht mehr, wie der Ort am Meer hieß, wo wir schließlich hinkamen. Ich sah einen Hafen, dann verengte sich die Straße, es ging aufwärts. Wir gelangten zu diesem Gebäude mit ziemlich nobler Vorfahrt. Ich habe mich irgendwie unheimlich gefühlt, hatte einen sitzen und ließ mich einfach treiben. Alfons grinste nur, er ist ein verdammter Drecksack, nichts kann ihn aufhalten. Die anderen haben mich beruhigt, also gingen wir hinein.«

Affolter verlor sich. Cooper war sich ziemlich sicher, wohin das führen würde, aber er ließ ihm Zeit.

Affolter erzählte weiter: »Drinnen im Lokal war es dämmrig, mit Sofas rundherum, einer Bar. Nackte Mädchen überall. Die Kerle wurden angemacht, tranken, einige wurden in Hinterzimmer geführt. Ich wollte nicht … Aber ich meine, diese Leute waren wichtig für unser Geschäft, und ich wusste nicht, was ich tun sollte.«

»Max, schauen Sie mich an.«

Affolter sah ihn mit gequältem Gesicht an.

»Ich bin nicht Ihr Priester«, betonte Cooper. »Ich habe da draußen einen flüchtigen Offizier, der eine Menge zu verantworten hat, und ich muss ihn finden.«

Affolter nickte, schluckte ein paarmal. »Ich hätte früher etwas sagen sollen.«

»Vielleicht haben Sie sich zurückgehalten, weil Sie nicht sicher waren, was Sie gesehen haben.«

»Nein«, widersprach Affolter, »ich bin sicher. Es war Jens Amos. Er saß allein an diesem Clubtisch, schaute nirgends hin. Es schien, ich weiß nicht, wie wenn er zu diesem Laden gehörte.«

Das erstaunte Cooper. »Warum dachten Sie das?«

Affolter machte eine Überlegungspause und fuhr fort: »Die Mädchen ließen ihn in Ruhe, und es schien ihm zu passen. Er war aus einem anderen Grund da, als um seinen Schwanz einzutauchen. Sie verstehen.«

»Hat er Sie gesehen?«

»Ja, er beobachtete mich. Verrückt. Ich meine, das ist der letzte Ort, an dem Sie glauben, jemanden zu treffen, den Sie kennen.«

»Amos dachte bestimmt dasselbe.«

Affolter lächelte gezwungen. »Ja, schon, aber ich bin nicht sicher, dass er mich tatsächlich erkannte, wir fielen in unseren Geschäftsanzügen einfach auf. Ich stand dann auf und ging auf ihn zu und rief ihn beim Namen. Er schaut mich nur auf seltsame Weise an.«

»Was machte er?«

»Nun, er stand auf, kam aber wider Erwarten nicht auf mich zu, stattdessen drehte er sich um und verschwand durch eine Seitentür.

Und dieser Türsteher kommt mir in die Quere, macht mir klar, dass ich ihm nicht folgen sollte. Und dann zieht mich Alfons weg.«

Affolter inhalierte einen Zug, drückte die Zigarette auf dem Verandageländer aus und schnippte die Kippe gegen eine Mülltonne, die er verfehlte. Die Sonne stand hoch und strahlte auf die Häuser und Gärten auf dem anderen Flussufer. Gegenüber begoss eine Frau mit einer Schlauchdusche ihre Beete.

Affolter zog die Luft ein, seufzte tief und sagte: »Wenn ich darüber als Zeuge aussagen muss, ist meine Ehe in Schwierigkeiten.«

»Nur, wenn Sie zugeben, dass Sie Sex hatten?«

Affolter antwortete nichts darauf. Er starrte zum Fluss. »Sie müssen noch etwas wissen … die Mädchen waren jung.«

Als Cooper nachfragte, wie jung denn, sagte er: »Zu jung.«

Cooper nickte. Das brachte den Ort und diesen Zeugen in eine ganz neue Kategorie. »Nun, wir werden Ihre Zeugenaussage behandeln, wenn es so weit ist. »Wie war der Name dieses dubiosen Schuppens?«

»Ich weiß nicht, ob das Lokal überhaupt einen Namen hatte. Ich hörte ein paarmal, wie meine Geschäftsfreunde von Kasino redeten. Es sah zwar aus wie eine Spielhölle, aber es gab nirgends ein Roulette.«

Cooper lächelte. »In Italien bedeutet *Casino* auch Puff. Es war ein Bordell. Okay, können Sie mir etwas mehr über die Lage sagen? Wie sah das Gebäude von außen aus?«

»Ich kann es nicht beschreiben. Als wir vorfuhren, blendeten uns Scheinwerfer. Zweistöckig vermutlich. Keine Kameras, die hätte ich bemerkt, dafür habe ich ein Auge …«

»Dach, Fenster?«

Er zuckte resigniert die Schultern. »Ich habe nichts gesehen. Alles ging schnell. Wir stiegen aus und gingen hinein.«

»Wie lange dauerte die Fahrt vom *Royal Continental* zu diesem Haus?«

»Eine halbe Stunde circa.«

»Was ist mit Orientierungspunkten auf dem Weg vom *Royal Continental*?«

Affolter seufzte kopfschüttelnd. »Ich hatte einen geladen, es war stockdunkel. Wie gesagt, ich sah Boote, und vorher, bevor wir zum Hafen abzweigten, fuhren wir auf einer breiten Avenue mit Läden. Es war ein Puff, Sie haben recht.«

»Richtig.« Cooper zog an seiner Zigarette. »Ich muss dieses Haus finden, Max. Ich muss Jens Amos finden.«

»Wollen Sie hingehen?«

Cooper antwortete nicht darauf, beobachtete nur, wie Affolter gedankenverloren auf das Wasser hinausstarrte.

Affolter sagte: »Ich erinnere mich an eine schwarze Wand, die sich über den Lichtern der Stadt auftürmte, ein riesiger Berg vermutlich. Am Hafen passierten wir ein Lokal. Ich sah nur die roten Lichter, dort wo wir abzweigten. Einer lachte und sagte, dass rote Licht sei kein Bordell, sondern die Feuerwehr.«

»Bei der Feuerwehr, zweigten Sie rechts oder links ab?«

»Moment, in der Kurve drückte es mich auf Alfons, der saß links von mir ... der Fahrer schnitt die Kurve wie ein Spinner ... ja, das heißt, wir sind rechts abgebogen.«

Cooper nickte und fragte, ob sonst noch etwas sei und ob er Kontaktdaten mitteilen könne. »Rufen Sie Alfons an und versuchen Sie, Ihre Geschäftsleute nach der Adresse des Hauses zu fragen.«

Cooper zweifelte, dass Max jemanden kontaktierte außer seinen Anwalt. Trotzdem gab Cooper ihm seine Karte: »Rufen Sie mich an, wenn Sie etwas herausfinden. Danke, Oberwachtmeister.«

Affolter zwang sich zu einem Lächeln bei der Verwendung seines Ranges. »Ich hätte mich erinnern müssen, was ich als Erstes in der Armee lernte – sich nie freiwillig für etwas zu melden.«

»Das Erste, was Sie lernten, war Pflichterfüllung für das Vaterland.«

Affolter nickte grinsend, dann meinte er ernst: »Jens muss gefasst werden. Er hat die Fähigkeit, einen biologischen Terrorangriff ganz allein auszulösen. Sie töten ihn, oder er tötet Sie, Major.«

Cooper nickte. Er war sicher, dass Amos es später bereut hatte, den Zeugen aus dem Bordell nicht umgebracht zu haben. Wenn nicht, würde er es bereuen, wenn Cooper und Winter ihn aufspürten.

Affolter blieb auf der Veranda stehen, zündete sich eine weitere Zigarette an. Anscheinend war er noch nicht bereit, seiner Frau gegenüberzutreten.

Cooper drückte seinen Glimmstängel aus, schnippte ihn hinaus in das Schilf, kehrte ins Haus zurück, wünschte Frau Affolter einen guten Tag, gab Winter ein Zeichen, dann gingen sie hinaus und stiegen in den Grand Cherokee.

10

Auf der Rückfahrt gab Cooper Laura Winter einen Abriss vom Interview, auch darüber, dass im Bordell Minderjährige arbeiteten. Winter schaute frustriert zum Fenster hinaus. Cooper konnte verstehen, warum. Sie hatte offensichtlich bereits mit ihrem obsessiven Eintauchen in die Details von Affolters Trip nach Neapel begonnen, und der einzige Grund, warum sie beim Mann-zu-Mann-Interview nicht anwesend war, hatte damit zu tun, dass sie eine Frau war. Auch seine ursprüngliche Falschaussage stellte seine ganze Glaubwürdigkeit infrage, und vielleicht war Winter nicht geneigt, so viel Vertrauen in die mit Gin getränkte Erinnerung eines verheirateten Geschäftsmannes zu setzen, der zu vergessen versuchte, woran er sich erinnern sollte. Sie bemerkte: »Wenn Affolter Sex mit einer Minderjährigen hatte, macht es ihn zum Sexualtäter und damit zu einem unzuverlässigen Zeugen.«

Sie hatte recht. Cooper betrachtete sich selbst als einen vernünftigen Mann, aber im Laufe der Jahre hatte er Respekt vor dem Wert von Intuition und Bauchgefühl gewonnen. Er glaubte an die Gewissheit der Sicht von Affolter durch das schwache, rauchige Licht des Bordells. Es war der einzige Anhaltspunkt, den sie hatten, um Jens Amos aufzuspüren, und man muss als Fahnder jede Spur verfolgen, selbst wenn sie in die Hölle, nach Neapel oder in den Kosovo führte.

Sie schwenkten im Drehkreuz Härkingen auf die A 1 nach Bern. Winter blätterte auf ihrem Tablet durch Artikel über die Camorra in Neapel und die 'Ndrangheta in Kalabrien. Sie meinte: »Es wird schwierig sein, nicht auf den Radar dieser kriminellen Organisationen zu gelangen. Die haben ihre Spitzel überall.«

»Ich habe stets meine Glock dabei«, erwiderte Cooper. Er dachte an den Mann hinter ihrem Auftrag. Jens Amos. Er war in Albanien aufgewachsen, stammte aus armen Verhältnissen, flüchtete mit seiner Mutter nach Ausbruch des Jugoslawienkriegs, der auch im heutigen Kosovo wütete, in die Schweiz. Er studierte in Zürich, promovierte an der ETH und arbeitete sich zu einem prominenten Virologen hoch. Oder Immunologe? Weil seine Mutter in der Schweiz geboren war, erhielt der Junge rasch den Schweizer Pass, leistete seinen Militärdienst in einer Gebirgsgrenadierschule, wurde Offizier. Nachdem er sein spezifisches Wissen mit einem Nachdiplomstudium an der renommierten Johns-Hopkins-Universität in Baltimore gefestigt hatte, heuerte er im weltbekannten, militärisch organisierten und dem Verteidigungsdepartment unterstellten Kompetenzzentrum ABC-KAMIR in Spiez an. Nicht nur dies, er forschte offensichtlich auch in der Virenschmiede des VIMF. An was genau? Im Bericht vom *Shop* stand etwas von Mycobacterien als Alternative zu Impfstoffen gegen das SARS-Virus. Die Kernfrage, die Cooper beschäftigte, war, was ein Mann dieses Kalibers bewog, aus der Armee zu desertieren, offenbar brisantes Material mitzunehmen, dabei seinen Ruf als exzellenter Forscher zu ruinieren. Cooper war vertraut mit dem Soldatenleben, kannte sich aus in den Abgründen der Nachrichtendienste, hatte Erfahrungen mit Terrorismusbekämpfung gewonnen, doch die Welt der Viren war ihm fremd. Über Biologie und Medizin wusste er nicht viel mehr als der Durchschnittsbürger. Er müsste sich intensiver damit beschäftigen.

Winter wies darauf hin, dass sich die ABC-Labors in Spiez befänden. Das liege doch am Weg nach Gstaad. »Wir könnten den Kommandanten des Kompetenzzentrums über Amos befragen.«

»Guter Gedanke, hab's mir auch schon überlegt. Die Antwort ist Nein.«

»Warum nicht?«

»Faktor Zeit. Ich will vor Einbruch der Dämmerung von Gstaad abfliegen. Es geht um Prioritäten. Die lauten, Jens Amos aufzuspüren. Das Interview mit seinen Vorgesetzten machen wir, wenn wir mit ihm in die Schweiz zurückkommen.«

Er gab Gas und beschleunigte. Sie waren vor dem Stoßverkehr unterwegs, kamen im leichten Verkehr gut vorwärts.

»Sie fahren zu schnell, Major. Hier gilt 120.«

Cooper grinste kopfschüttelnd. »Die Geschwindigkeit habe ich auf 134 eingestellt. Auf Autobahnen gibt's Toleranz bis 126 km/h. Mein Tacho geht 8km/h vor. Also? Keine Bange, ich tappe in keine Radarfalle.«

Winter sagte nichts darauf. Sie fragte: »Fliegen wir von Neapel wieder zurück nach Gstaad?«

Cooper sah sie kurz an. »Wenn alles gut geht mit unserer Mission, kommen wir vermutlich nicht auf gleichem Weg zurück.« Kaum hörbar fügte er hinzu: »Und wenn alles schiefläuft, kommen wir nicht zurück.«

Mit Winter hatte Cooper ein Ass gezogen. Laura Winter verbrachte über ein Jahr damit, die umstrittenen Gebiete im Kosovo in geländegängigen Fahrzeugen zu durchqueren, Bauprojekte zu bewerten, mit Dorfältesten zu verhandeln und zu hoffen, dass sie als junge Offizierin nicht den Verlockungen der UCK-Drogendealer erlag, die sie mit Tee und Schaschlik bewirteten.

Sie hatte an der Universität Bern Jura studiert, in Lausanne slawische Sprachen und befasste sich danach mit der Menschenrechtslage der im Jugoslawienkrieg verfolgten Ethnien, wie Albaner, Kroaten, Bosnier, und war froh, dass ihr Team nicht den Zorn der ultranationalen serbischen Tschetnik-Bewegung erregte. Doch eines Tages geschah es, als ihr Fahrzeug von einer Bombe am Straßenrand getroffen wurde und sie nur mit Glück dem Hinterhalt entkam. Tatsächlich hatte es sich um eine Mine von serbischen Terroristen gehandelt. Sie traf den vorausfahrenden Schützenpanzer, und ihr Fahrzeug wurde vom Explosionsdruck umgeworfen. Sie reagierte couragiert, besonnen, half den Verletzten, sicherte den Standort und wurde mit einer UNO-Tapferkeitsmedaille ausgezeichnet. Laura sprach selbst nie darüber, aber Cooper wusste es von jemand anderem. Später meinte Winter, der Schock habe sie veranlasst, sich für Minenräumungen starkzumachen, aber Cooper wusste, dass ihre Spezialausbildung der Grund war, dass sie sich schließlich für eine forensische Karriere in der Militärjustiz entschied.

Und jetzt stand sie ihm in einer heiklen Mission zur Seite. Er fragte: »Warum desertieren die meisten Soldaten?«

»Um die Strapazen des Militärdienstes zu vermeiden.«

»Ist Jens Amos deshalb desertiert?«

»Das bezweifle ich.«

Jemand weiß, warum er davonlief, dachte Cooper. Seine ABC-Teamkollegen. Oder Vorgesetzte im Kompetenzzentrum. Oder ein ausländischer Geheimdienst, der es auf die biologischen Kampfstoffe abgesehen hat. Vielleicht sollte er Winter ausfragen. Besser ihre weibliche Intuition erforschen. Ihr Job im Kosovo hatte von ihr verlangt, dass sie sich in allen Aspekten der lokalen Kultur, Sitten und Gebräuche auskannte, und sie hatte einen Sinn für laterales Denken, wo sich plötzlich die seltsamsten Zusammenhänge ergeben. Doch über ihre Verbindung zu ABC-KAMIR schwieg sie eisern. Cooper vermutete, dass mehr dahinter war als, wie sie abwiegelte, trockene Stabsarbeit für das Kommando.

Winter verband ihr Smartphone mit dem Soundsystem des Grand Cherokee. »*Vintage Music*, aber schön melodiös«, wusste sie, als Elvis *In the Ghetto* zu singen begann. »Das Lied habe ich aus der Schallplattensammlung meines Vaters. Elvis sang es 1969, passt doch zum Mafia-Ghetto Napoli.«

»Apropos, wie steht's mit Musik aus dem Kosovo? Ethnosound?«

Sie lachte. »Es gibt in der Tat berühmte Albanerinnen, Mutter Theresa zum Beispiel, die sang aber nur Psalmen, ja, dann etwas jünger, die Rita … Rita Ora aus Pristina, Moment, ich habe sie gleich.«

Nach einer Minute sagte sie: »Da, der Song für Sie, Major … Hören Sie.« Zu beschwingten Rhythmen sang eine helle, frische Stimme, *I never let you down …*

»Das hoffe ich«, knurrte Cooper.

11

Sie näherten sich dem Flugplatz, nachdem sie den zwölfhundert Meter über Meer gelegenen Pass von Saanenmöser hinter sich gelassen hatten und ins Tal hinunterfuhren. Der Nobelkurort Gstaad zeigte sich auf ihrer linken Seite mit dem markanten, turmbewehrten Palace-Hotel, und die Piste von Gstaad-Airport lag vor ihnen im Tal der Saane.

Cooper fragte, ob sie schon mal in Gstaad gewesen sei.

Es sei eine Weile her. Roger Moore habe damals in Gstaad gewohnt. Sie sei mit ihm zufällig in der gleichen Gondel auf den Berg hochgefahren.

»In Gstaad tummeln sich mondäne und prominente Gäste, Filmstars. Auch Seon Connery erstand sich eine Hotelresidenz. Hat Moore Sie angesprochen?«

Winter lachte: »Sie meinen, ob er mich zu einem Martini eingeladen hat? Gerührt, nicht geschüttelt.«

»Umgekehrt, James Bond trinkt nur geschüttelt. Da vorne, nach der Bahnschranke, geht's zum Terminalgebäude.«

Cooper bog von der Hauptstraße ab und parkte den Grand Cherokee in der dafür vorgesehen Zone der General Aviation. Sie stiegen aus, holten das Gepäck aus dem Kofferraum und gingen die wenigen Meter zum Eingang. »Vergessen Sie nicht, wie Sie jetzt heißen, Frau Blum.«

Sie schürzte spöttisch ihre Lippen, bevor sie antwortete: »Major, Sie haben's scheinbar noch nicht geschnallt.«

Cooper warf ihr einen verdutzten Blick zu.

»Dass Eheleute in der Regel per Du sind, oder nicht?«

»Ach so, natürlich, aber …«

Sie lachte ihn an: »Einverstanden, wir bleiben formell, Major.«

Cooper schätzte ihre Reaktion. Es gab keinen Grund, bloß zum Schein zu fraternisieren. Er blickte zurück und überlegte, was wohl mit seinem Grand Cherokee geschehen würde, wenn er nicht zurückkäme. *Missed in action.* Vermutlich würde der SUV versteigert, um die Parkgebühren zu bezahlen.

In der gestylten Empfangshalle von Gstaad Airport kam ein groß gewachsener Mann mit Sonnenbrille auf sie zu, streckte die Hand aus: »Mister Berger?«

»Höchstpersönlich«, antwortete Cooper. »Lernen Sie meine Frau kennen, Frau Blum.«

Franca Blum und Rolf Berger, die neuen Identitäten …

»Sehr erfreut. Ich bin Ihr Pilot, Hans Banholz.« Nach Coopers Geschmack schweiften seine Augen etwas zu begehrlich über Winters attraktive Erscheinung. Sie schüttelten Hände.

»Kommen Sie, die Lage hat sich beruhigt. Wir können einchecken.«

Winter hob die Brauen: »Wieso beruhigt, was war los?«

»Ach, VIP-Ankunft. Sehen Sie, dort im schwarzen Daimler fährt Julie Andrews gerade weg. Das gibt immer eine kleine Aufregung. Alle wollen dabei sein, wenn sie wieder mal ankommt.«

Cooper murmelte: »Die Mary-Poppins-Legende ist Ehrenbürgerin von Gstaad.«

Nach der Passkontrolle gingen sie aufs Vorfeld hinaus zum Flugzeugstand.

»Ist das unsere Maschine?«, fragte Winter. »Ist ja ein bunter Vogel.«

Banholz grinste: »Klar, es ist die neue PC-12 NGX.«

»Brandneu«, kommentierte Cooper und wunderte sich selbst über die Bemalung des Flugzeugs. Die Flügel und die Mitte des Rumpfs waren dezent dunkelblau, die Nase mit dem Fünfblattpropeller hellblau, und ein hellblaues Dreieck umfasste wieder das Heck vor der hohen Schwanzflosse in Hellgrau. Die Bordtreppe war ausgefahren, die Klappe des Frachtraums zu. Banholz war ein breitschultriger Mann um die fünfzig, hatte einen rötlichen Teint und dichtes, braunes Haar. Er trug ein offenes, weißes, langärmeliges Hemd mit gestreiften Epauletten und eine schwarze Hose. Er strahlte Selbstsicherheit aus.

»Wir haben Starterlaubnis, können gleich abheben«, sagte er freundlich. »Das schlechte Wetter über den Alpen hat sich verzogen. Dies wird ein sicherer und reibungsloser Flug.« Er schaute auf das leichte Gepäck seiner Passagiere und meinte: »Das ist *carry-on*, wir nehmen alles in die Kabine.«

Cooper war froh, dass Banholz keine Fragen zum Gepäck stellte, in dem er seine Glock verstaut hatte. Vor der Bordtreppe blieb der Pilot stehen und deutete mit dem Kinn zu einer geparkten Maschine nahe am Terminal. »In der Falcon dort drüben ist Julie Andrews gelandet. VIP hat Priorität in Gstaad. Los, wir steigen ein.«

Cooper bemerkte von der Falcon halbwegs verdeckt den Super Puma Armeehelikopter. Zwei Angehörige der Polizei mit Funkgeräten und Sonnenbrillen schienen sie zu beobachten, als sie in die geräumige Kabine stiegen. Der Flughafen Gstaad war zu einem diskreten Anlaufpunkt für die Reichen und Nervösen geworden und wahrscheinlich auch für andere, die es vorziehen würden, keine genauen Angaben über ihre Flugreisen zu machen. Wie sie heute. Aber mit der Sicherheit nahmen es die Airport-Betreiber ernst.

Die geräumige Kabine war mit sechs bequemen Ledersesseln ausgestattet, von denen sich immer zwei gegenüberstanden, mit einem Edelholzklapptisch dazwischen. Die Kabine bot genug Raum, dachte Cooper, um einen gefesselten Jens Amos festzuhalten. Zunächst warf er seine Tasche auf den Sitz, und so machte es auch Winter mit Tasche und Rucksack. Banholz zog die Treppe ein, schloss und verriegelte die Tür. »Schnallen Sie sich bitte an«, wies er sie an, dann ging er durch die offene Tür ins Cockpit, stülpte die Kopfhörer über, startete die Maschine, führte einen schnellen Instrumentencheck durch. Dann sprach er kurz mit der Flugkontrolle und bekam grünes Licht.

Am Anfang der Startbahn meldete er über Bordfunk: »Los geht's«, gab vollen Schub und dröhnte die Betonpiste hinunter.

12

Die PC-12 NGX hob nach Westen in das schwindende Tageslicht ab. Cooper schaute zum großen Fenster hinaus, als das Flugzeug an Höhe gewann. Er sah ein Dorf, grüne wie von Samt überzogene Berghänge, Gehöfte, ein enges Seitental, Wald und Gräben mit Bächen, die irgendwo dunkelgrau in den Fluss mündeten. Winter schaute auf ihrer Seite hinaus, und Cooper fragte: »Können Sie den Mont Blanc sehen?«

Sie lachte: »Ich sehe einen See, darüber Wolken. Ich hoffe, wir finden Jens Amos in Neapel.«

»Ich auch.« Er schätzte an Winter ihre praktische Sicht der Dinge. Die Mission stand bei ihr stets an erster Stelle. Kein schlechter Zug. Aber er hoffte, sie würde mehr an ihm finden als den unerbittlichen Boss. Er wollte flachgelegt werden, aber er wusste, dass sie zu diesem Schritt nicht bereit war. Wäre unprofessionell. Auch gut so. *Mission first.*

Der Jet neigte nach links, Richtung Süden. »Wir steigen auf fünftausend Meter, dann überqueren wir die Alpen«, meldete der Pilot.

Winter stellte ihre Sitzlehne nach hinten, gähnte und schloss die Augen. Als sie die Reiseflughöhe erreichten, kam wieder Banholz' Stimme über den Lautsprecher. »Sie können sich abschnallen, wenn Sie wollen. Es gibt Getränke und einen Snack in der Kühlbox vorne in der Kombüse.« Er fügte hinzu, dass nach der Überquerung der Alpen etwas Gegenwind zu erwarten sei, sodass sie in etwa zwei Stunden in Salerno-Pontecagnano landen sollten.

Winter hatte die Augen geöffnet, guckte auf ihr Tablet und las vor: »Neapel ist die Hauptstadt der Provinz Kampanien. Sie liegt eindrucksvoll zwischen dem grauen Kegel des Vesuvs und dem azurblauen Wasser des Golfs von Neapel. Weiter im Süden an der Amalfiküste schmiegen sich in Ortschaften wie Positano, Amalfi und Ravello pastellfarbene Häuser an die Steilküste.«

»Klingt nach Ferien. Steht auch etwas über Bordelle?«, fragte Cooper.

Sie schüttelte missbilligend den Kopf: »Nein, aber über Müllberge … da.« Sie beugte sich über den Tisch und las weiter vor: »Zweiflern sei gesagt, dass sich die Horrorgeschichten von Müllbergen, Kriminalität und Drogen auf die Vorstädte beschränken. Der Stadtkern selbst ist relativ sicher und in aufgeräumtem Zustand, die Uferpromenade gar architektonisch äußerst hübsch, vor allem im Viertel San Ferdinando.« Sie blickte zu Cooper herüber und sagte: »In diesem Viertel liegt unser Hotel.«

Cooper nickte, und sie fuhr fort: »Es heißt, Neapel sehen und sterben … Es ist das Land, wo die Pizza Margherita und Spaghetti Napoli berühmt wurden … Wo die Zitronen blühen.«

Er grinste verschmitzt: »Klingt fantastisch, ein von Gott gesegnetes Land.« Er schnallte sich ab, stand auf: »Ich schau mal im Kühlschrank nach.«

»Ein Bier, bitte«, rief sie ihm nach.

Cooper zwängte sich an der Kombüse vorbei ins Cockpit. Banholz' Fluggepäck befand sich auf dem Sitz des Co-Piloten, und er sagte: »Sie können es hinter sich verstauen.« Cooper hob die offene Tasche auf und sah darin Flugkarten, Turnschuhe und etwas, das wie eine SIG-Sauer-Neunmillimeter aussah. Banholz blickte hinüber und bemerkte: »Ich starte nie ohne sie.«

»Richtig«, meinte Cooper, setzte sich auf den Co-Pilotensitz und zog sich die Kopfhörer über.

»Willkommen im Cockpit«, grinste Banholz. »Wir haben eben den Mont Blanc überflogen.«

Cooper fragte: »Störe ich?«

»Kein Problem, jetzt fliegt der Autopilot.«

»Was ist die Mindeststart- und Landestrecke mit dieser Maschine?«

»Ach so, nun, die PC-12 NGX braucht 650 bis 700 Meter zum Starten, je nach Wind. In LIRI landen und starten wir problemlos. Werden Sie nach der Landung abgeholt, Herr Berger?«

»Ich hoffe es«, erwiderte Cooper. »Sie können mitfahren, ins Zentrum von *Napoli*.«

»Danke, nein danke, ich steige in der *Taverna del Capitano* ab.« Er lächelte verschmitzt: »Mein Geheimtipp. Das Hotel schickt eine Limousine. Es liegt an der Spitze der Halbinsel von Sorrent, traumhaft … Übrigens, in LIRI habe ich PPR nur für eine Nacht, gilt der Zeitplan noch? Morgen Abend Rückflug?«

»Nicht sicher«, antwortete Cooper.

Banholz sagte: »Man erzählte mir, ihr seid Berater.«

Cooper hatte das Gefühl, als ob Banholz es aus irgendeinem Grund nicht glaubte. Der Mann war nicht dumm.

Banholz meinte: »Die meisten Berater sind Finanzhaie, die schlechte Ratschläge zum Investieren geben. Ich fliege oft Berater, aber ich denke, Sie und Ihre Frau sind anders? Medizinische Berater vielleicht?«

»Warum glauben Sie das?«

»Bauchgefühl. Sie haben cool auf meine SIG-Sauer reagiert. Sie sehen eher nach Sicherheit aus. Richtig?«

»Nun, ich habe in der Armee gedient und ein paar Dinge gelernt.«

»Ich wette, das haben Sie.«

Cooper sagte nichts, und nach einer Weile fragte Banholz: »Haben Sie vor, die Sehenswürdigkeiten von Neapel zu besichtigen?«

»Nein, eigentlich nicht. Vielleicht meine Frau, sie mag Windsurfen.«

Der Pilot senkte seine Stimme und sagte: »Von Mann zu Mann. Sie ist eine tolle Frau. Gratuliere, Sie haben den Jackpot geknackt.«

»Danke.«

»Gehen Sie auch Windsurfen?«

»Ich kriege keinen Kick dabei. Aber ich tue es für meine Frau.«

Banholz nickte. »Ja, das sind die Dinge, die wir tun.«

»Erzählen Sie mir nichts davon.« Grinsend erhob sich Cooper, machte eine Trinkgeste zum Mund. »Auch Lust auf ein Bier? Wir telefonieren morgen wegen des Rückflugs, dann schauen wir weiter.«

Er ging, ohne eine Antwort abzuwarten, zurück. In der Kombüse fand er einen Teller mit Sandwiches, angelte zwei Bierdosen aus dem Kühlschrank, ging damit in die Kabine und legte alles auf Winters Klapptisch.

»Klappt es mit dem Taxi Downtown?«, fragte er.

Laura Winter griff nach einem Sandwich, entfernte die Folie, nahm einen Bissen und meinte kauend: »Wenn der Fahrer nicht kommt, gibt es am Flugplatz eine lokale Autovermietung. Mike, denken Sie etwa, ich habe mich nicht darum gekümmert?«

Cooper hatte ein Mozzarella-di-Bufala-Sandwich von der Hülle befreit. »Da fällt mir ein. Max Affolter hat mir gesimst«, biss ins Brot, setzte sich. »Mmm, schmeckt gut.«

Winter zog die Brauen zusammen: »Das sagt mir Major Cooper erst jetzt?«

Cooper schaute sie beschwichtigend an. »Die Message ist erst kurz vor dem Abflug reingekommen. Max schreibt, die Geschäftsfreunde an diesem Abend …«

»Die von der Sauftour?«

»Genau, sie seien von der Firma *Sistema Abruzzi*.« Er schluckte und fügte hinzu: »In Avezzano.«

Winter legte ihr Sandwich zur Seite, nahm einen Schluck Bier, tippte auf ihrem Tablet herum. »Avezzano? Da, ich hab's. Liegt nordöstlich von Neapel. In der Region Abruzzen. Liegt eigentlich näher bei Rom, auf dem gleichen Breitengrad.«

»Wie weit weg von Neapel? Finden Sie etwas über *Sistema Abruzzi*?«

Winter suchte auf ihrem Tablet. »Ich würde sagen, etwa zwei Autostunden von Neapel. Über *Sistema Abruzzi* habe ich noch nichts gefunden. Immerhin haben wir einen Namen.«

Winter senkte ihre Sitzlehne zum Liegen, schloss die Augen. Cooper beobachtete sie, während sie döste, ihre Brüste hoben und senkten sich, ein Blick vollkommener Friedlichkeit auf ihrem Gesicht. Er hoffte, dass sie davon träumte, neben Mike Cooper im Bett aufzuwachen. Er lächelte versonnen, neigte seine Rückenlehne auch nach hinten. Sein Körper brauchte Schlaf, aber wie einst in Afghanistan war sein Geist im Überlebensmodus, und seine Gedanken rasten auf das zu, was vor ihm lag. Vielleicht würden sie dieses Casino finden, in dem Max Affolter Jens Amos entdeckt hatte. Und die Frage lautete, was zum Teufel ein renommierter Wissenschaftler in einem Bordell im Camorra-Land, das kein Land für alte Männer war, zu suchen hatte. *Sistema Abruzzi* – klang wie ein Mafia-Laden. Cooper war sich sicher, dass sie gut beraten waren, ihre Waffen mitzunehmen und nicht auf Oberst Krall zu zählen. Er sollte ihn und Laura zwar logistisch unterstützen, ein Treffen war im Hotel geplant, aber nichts ging über die eigene vertraute Waffe in der Hand.

Er schmunzelte, Blum und Berger, die verdeckten Ermittler der Militärgerichtsbarkeit … Auf dem Weg ins Verderben, bildlich gesprochen … Den wichtigsten Teil von Max Affolters Nachricht hatte er Laura Winter verschwiegen. Eine momentane Gemütssituation hatte ihn davon abgehalten, sie mit schlechten Nachrichten zu beunruhigen. Aber etwas sagte ihm, dass er Laura die Option geben müsste, die Risikoanalyse der neuen Lage vorzunehmen und alle Möglichkeiten durchzudenken; denn Max Affolter hatte ihm über *Lo Zoppo* getextet: *Sistema Abruzzi ist ein von Lo Zoppo kontrolliertes Unternehmen. Der Hinkende ist ein Capo des Clans von Neapel …*

Cooper fühlte, dass sie *Lo Zoppo* treffen sollten, um mit ihren Nachforschungen nach Amos weiterzukommen. Ein Capo musste Bescheid wissen, wer sich in seinem Gebiet herumtreibt und Geschäfte machen will. Doch Winter könnte etwas dagegen einwenden, eine Falle wittern. Affolter schrieb zwar nichts von Jens Amos, aber möglich war durchaus, dass der Super-Virologe und Spezialist für immunologische Wirkstoffe eine Verbindung zur organisierten Kriminalität suchte … Dann hätte er Kontakt mit dem Clan aufgenommen. Cooper rieb sich das Kinn, schaute herüber. Winter schlief den Schlaf der Gerechten, ohne zu ahnen, dass *Lo Zoppo* ihnen ein böses Erwachen bereiten könnte. Und der Hinkende war offenbar eine Schlüsselfigur am Platz … Und Schlüssel lässt man nicht liegen, sondern sucht das passende Schloss …

13

Kapitän Banholz' Stimme ertönte im Lautsprecher: »Alles klar, Leute, wir haben Landeerlaubnis und beginnen mit dem Sinkflug auf den Flughafen von Salerno.«

Cooper blickte aus dem Fenster. Lichtpunkte zitterten entlang der Küste, das Meer tiefschwarz, dann folgte ein dunkler Fleck Land, und weiter in Flugrichtung glitzerte das Lichtermeer einer Stadt. Musste Salerno sein. Der Vesuv erhob sich dahinter als bedrohliche schwarze Masse. Hut und Kragen aus grauen Wolken verbargen seine Spitze im matten Mondschein.

Banholz warnte: »Könnte etwas holprig sein. Schnallen Sie sich an.«

Winter zugewandt fragte Cooper: »Glauben Sie, der markige Pilot könnte zu uns passen?«

»Wir sind auf einer Erkundungsmission, Major. Er fliegt uns zum Ziel, basta.«

»Einverstanden.«

Cooper blickte weiter aus dem Fenster, und er konnte nun aus der Vogelperspektive rote und weiße Lichter der Flughafenbefeuerung sehen. Winter starrte aus ihrem Seitenfenster, und Cooper fragte sich, was wohl in ihrem Kopf vor sich ging. Möglicherweise bedauerte sie es, ihm von ihrer Mitwirkung an der ABC-KAMIR-Operation im Kosovo erzählt zu haben. Was sie ihm erzählte, klang wie die Wahrheit – wenn auch nicht die ganze Wahrheit. Vielleicht war sie wirklich in Jack Cole verliebt, mit dem sie eine Affäre hatte. Und vielleicht war sie es immer noch. Wenn Jack Cole tatsächlich im Auftrag der CIA im Kosovo operierte, hatte Winter vermutlich mehr erfahren, als sie ihm bis jetzt anvertraut hatte.

Vielleicht hatten Winter und Cooper ja ein unausgesprochenes Band – die Bruderschaft der Armeeangehörigen im gefährlichen Einsatz. Sie hatte auf jeden Fall Mut. Er machte eine mentale Notiz, einen glühenden Empfehlungsbrief an Oberst Kottmann zu schreiben. Aber Kottmann würde dann denken, er hätte Sex mit ihr gehabt. Also sollte er dem Brief voranstellen, dass er es nicht getan hat … Und zu diesem Thema fragte er sich, ob sie irgendwann ihre strenge Einstellung zum Sex ändern würde. Sie könnte sagen: »Ich ziehe in den Kampf. Ich könnte morgen tot sein. Lass es uns tun.«

Banholz setzte sich mit dem Kontrollturm in Verbindung und erhielt die Freigabe für den Sinkflug nach Salerno-Pontecagnano. Was Cooper sehen konnte, war ein kleiner Flughafen mit einer Start- und Landebahn, vielleicht zwei Kilometer lang, geeignet für große Flugzeuge voller Touristen.

Banholz richtete sein Flugzeug an der Startbahn aus, überflog die Außenmarkierung und machte innerhalb von Sekunden eine sanfte Landung. Die Pratt&Wittney-Turbine heulte auf, dann drehte er die PC-12 NGX auf eine Rollbahn und steuerte auf das flache, spärlich beleuchtete Terminalgebäude zu.

Cooper stand auf. »Los geht's.« Sie gingen zur Tür, die Banholz geöffnet hatte, und stiegen die Stufen hinunter.

»Willkommen in Italien«, lächelte der Captain und fügte hinzu. »Ich warte dann auf weitere Anweisungen, okay?«

»In Ordnung, genießen Sie einen schönen Abend in Ihrer Taverne«, antwortete Cooper.

Es gab keine Passkontrolle. Sie gingen unbehelligt durch den Ausgang in die kleine Ankunftshalle, wo ein kräftiger Mann in modischer schwarzer Jacke und weißem Hemd ein Tablet hochhielt. Darauf stand rot auf schwarz: *Signora Blum.*

Der Mann stellte sich als Luigi vor. Er nahm Winter ihr Gepäck ab und ging voraus zum Ausgang. Cooper folgte, die Nacht war warm, Sterne durchdrangen dunstige Wolken. Im Abholbereich stand ein weißer Van am Gehsteig mit dem roten Logo der *Taverna del Capitano,* daneben parkte ein grauer Audi. Luigi entriegelte ihn mit der Fernbedienung, und die Premiumklasse blinkte. Luigi erklärte: »Der Wagen ist von *Happy Car*. Gute Firma für *Autonoleggio*, wir arbeiten mit ihnen.«

Cooper schaute sich um. Abseits parkte ein dunkler Wagen an der Mauer des Terminals. Vermutlich gehörte er einem Flugplatzangestellten. Als Luigi sich vorbeugte, um seine Tasche aufzuheben, bemerkte Cooper den Pistolengriff einer Beretta, die in einem Halfter unter seiner Jacke steckte.

Cooper fragte: »Arbeiten Sie für das Konsulat?«

Luigi lud die Taschen in den Kofferraum. »Nicht direkt, *Signore*, man ruft mich, wenn sie mich brauchen.«

»Was haben sie Ihnen gesagt, als sie anriefen?«

Luigi schaute zwischen Cooper und Winter hin und her. »Sie sagten mir, ich solle zwei Schweizer VIPs abholen. Man gab mir Ihre Namen und eine Beschreibung.«

»Mit wem haben Sie gesprochen?«, erkundigte sich Winter.

»*Colonnello* Krall. Er wollte, dass ich mir einen Mietwagen besorge. Der hat keine diplomatischen Kennzeichen.« Luigi begriff, was los war, und fügte hinzu: »Ich muss Ihnen das hier zeigen.«

Er langte langsam in seine Jacke und zog sein Smartphone heraus. Er klickte ein Foto hoch und übergab Cooper das Telefon. »Das bin ich mit *Colonnello* Krall.«

Der Bildschirm war schwach beleuchtet, aber Cooper konnte ein Foto von Luigi mit einem breitschultrigen Mann erkennen, der seinen Arm um den Fahrer legte.

Cooper fragte: »Kennen Sie den *Colonnello* gut?«

Luigi nickte. »Ja, natürlich, er ruft mich immer an, wenn zu besonderen Anlässen ein Fahrer benötigt wird.«

Cooper gab das Telefon zurück, schaute auf Winter. Sie sagte: »In Ordnung. Fahren wir los. *Grand Hotel Vesuvio*.«

Luigi nickte: »Gute Wahl und sicher.«

Sie fuhren weg, nahmen die Flughafenstraße für etwa zwei Minuten und bogen in die Autostrada A3 Richtung Neapel ein.

Cooper schaltete das Radio ein und suchte Stationen, was eines seiner Rituale war, wenn er an einem neuen Ort ankam. Er scannte an elektronischer Musik vorbei und landete auf etwas, das wie ein vertrautes Volkslied klang.

Luigi lächelte: »*L'amore non mi basta*. Sehr beliebt, von Emma, *Signore*.«

Winter schaute durch die Heckscheibe. »Da ist ein Auto hinter uns. Hält den Abstand. Glauben Sie, dass wir verfolgt werden?«

Luigi schüttelte den Kopf. »Möglich, aber ich werde es abschütteln, wenn wir in die Stadt kommen.«

Nach einer knappen Stunde bog Luigi auf einen Zubringer ins Stadtzentrum von Neapel ab. Er schaute in den Rückspiegel. »Ich nehme meine Lieblingsroute, da kann mir keiner folgen.«

Der Verkehr wurde etwas dichter, als sie in die Außenbezirke kamen. Cooper sah dunkle Lagerhäuser und industrielle Bauten, dann bog Luigi wieder ab, und Cooper blickte auf dicht gedrängte Häuserreihen, die den Hang mit hellen Lichtern füllten. Er fragte: »Sind Sie mit der Stadt vertraut?«

Luigi blickte nur hinüber, und Winter fragte: »Auch die schlechten Viertel, wo Touristen normalerweise nicht hingehen?«

»*Sì, Signora*. Ich kann sie Ihnen zeigen, wenn Sie unbedingt dort hinmüssen.«

Sie schwiegen. Luigi schwenkte plötzlich abrupt in eine enge Quartierstraße. Von da an setzte sich ihre Reise in einem Labyrinth von engen Gassen fort, umgeben von alten, gut erhaltenen Häusern. Cooper sah eine Kirche, dann kamen sie auf einen großen Platz mit sternförmig wegführenden Avenues und einem noch intakten Monument in der Mitte.

Luigi fuhr schnell über das Oktagon zur richtigen Ausfahrt und informierte: »Die Piazza heißt *Medaglie d'Oro*. Den Männern gewidmet, die in Armee oder Polizei mit der Goldmedaille für heroische Leistungen geehrt wurden.« Er fügte hinzu: »Nicht weit von hier ist das *Consulato*. In ein paar Minuten sind wir im Grand Hotel.«

Ein breiter Boulevard führte westwärts. Cooper sah Wegweiser zum Hafen, dann bog Luigi wieder ab, manövrierte um Ecken, durch künstliche Verengungen und eine Fußgängerzone. Nach einem Zickzackkurs und der letzten Straßenecke öffnete sich die Sicht auf das Meer.

Winter sagte: »Das muss die Piazza sein mit unserem Hotel.«

Cooper sah ein hohes Gebäude mit einer langen Reihe von hell beleuchteten Fenstern auf einem Dutzend Stockwerken. Jedes Zimmer verfügte über einen Balkon.

»Das ist das *Vesuvio*, *Signore*«, erklärte Luigi, fuhr langsamer, als sie sich dem hohen Gebäude mit beiger Fassade näherten. Die Zufahrt zum Grand Hotel war breit, und unter dem Vordach entdeckte Cooper Männer in Anzügen, wahrscheinlich Wachen, die unter den prallen Jacken bestimmt eine Waffe trugen.

»Gut gemacht, Luigi«, lobte Cooper.

»Ein Fünf-Sterne-Hotel, das Beste der Stadt«, bemerkte Winter. Cooper hatte das Bedürfnis, »und ziemlich sicher« hinzuzufügen.

»Sie wollten ja einen Ort mit guter Sicherheit.«

Luigi lenkte den Audi zum Eingang und wurde langsamer, als einer der Wächter eine Hand hochhielt und sich seinem Seitenfenster näherte, das er heruntergelassen hatte.

»Haben Sie eine Reservation, *Signori*?«, fragte der Wachmann und spähte in das Auto hinein.

Winter bejahte und hielt ihm ihren Ausweis entgegen.

»*Signora* Blum … Okay, gehen Sie einfach zum Empfang.«

Ein Bediensteter vom Parkservice eilte heran, öffnete die Tür für Winter. »*Buona sera, Signora,* willkommen im *Vesuvio.* Keine Sorge, wir parken Auto.« Er reichte ihr einen Voucher. »Jederzeit können Sie *macchina* über Rezeption abrufen.«

»*Grazie.*« Winter kletterte aus dem Wagen. Luigi hatte den Kofferraum geöffnet. Ein junger dunkelhäutiger Page stand daneben. »*Benvenuto, Signori*«, grüßte er und lud die Taschen auf einen rollenden Gepäckwagen. »Wir bringen alles in Ihr Zimmer hoch.« Winter klaubte ein paar Scheine aus der Handtasche und drückte sie dem Pagen in die Hand. »Zwei Zimmer«, lächelte sie.

Auch Cooper war ausgestiegen, schaute auf die Armbanduhr. Kottmann hatte Oberst Krall ihre Flugdaten bekannt gegeben, und Banholz war mit der Maschine zur vorgesehenen Zeit gelandet. Sie hatten die Außenbezirke von Neapel ziemlich zügig erreicht, dann aber im Straßenlabyrinth der Stadt etwas Zeit eingebüßt, aber dank Luigi waren sie trotzdem ungefähr zur vorgesehenen Zeit im *Vesuvio* eingetroffen. Colonnello Krall sollte in der Lobby auf sie warten.

Winter folgte dem Pagen, als er den Gepäckwagen in die Lobby schob.

Cooper sagte zu Luigi: »Sie sind ein guter Fahrer.«

»*Grazie, Signore.*«

»Wir werden morgen einen Fahrer brauchen, sind Sie verfügbar?«

»Ich kann es sein.«

»Was ist mit dem Rest der Woche?«

»Das könnte möglich sein. Mit dem Mietwagen?«

»Wir wollen dieses Auto nicht. Haben Sie ein eigenes?«

»Habe ich. Aber es ist nicht so schön.«

»Das ist perfekt. Wie hoch ist Ihr Tagessatz?«

Luigi dachte darüber nach.

»Was zahlt Ihnen die Botschaft?«, fragte Cooper.

»Fünfzig Euro pro Tag.«

»Gut, ich mache hundert daraus. Plus einen Bonus, falls wir in eine Schießerei geraten.«

Luigi zwang sich zu einem Lächeln. »Okay. *Grazie, Signore.*«

14

Eine halbe Stunde später stieg Cooper im Dachgeschoss aus dem Lift und betrat die Bar Lounge, ein geschmackvoll eingerichteter Glaspavillon mit bequemen Sesseln, Cocktailtischen aus Glas und verteilten Marmorsockeln, auf denen Vasen mit mediterraner Flora standen. Winter war bereits da und wartete am Ausgang zur Terrasse.

»Zufrieden mit dem Zimmer?«, fragte sie. Cooper nickte anerkennend und komplimentierte sie mit einer angedeuteten Hüftberührung hinaus auf die Aussichtsterrasse hoch über der Stadt. »Es ist eine Suite, mit einem Salon, wo wir arbeiten können.«

Das *Vesuvio* überschaute den Stadtteil San Ferdinando, den Jachthafen und das Meer. Der erhabene Ausblick entlockte Winter einen begeisterten Ausruf. Sie trat näher ans Eisengeländer. Umrisse einer Festung zeichneten sich vor dem schwarzen Wasser ab. Ein Boot mit grünen und weißen Positionslichtern näherte sich der Hafenfront, eine funkelnde Lichterkette verzog sich südwärts auf der Küstenlinie, ein Leuchtturm warf seinen Kegel über ein schwach glitzerndes Meer. Cooper war neben sie getreten. »Den Vesuv müsste man theoretisch sehen«, bemerkte er.

»Nur am Tag«, knurrte eine Stimmer in ihrem Rücken. Sie ignorierten sie.

Der runde Glaspavillon der Bar nahm den größten Teil des Dachgeschosses ein. Er war von einer Art Schiffsdeck aus feinem Edelholz umgeben. Eine Sitzlandschaft mit bequemen Clubsofas und einem kleinen Pool lag auf der dem Vulkan zugewandten Seite.

Sie drehten sich um und entdeckten einen leger gekleideten Mann in den Fünfzigern, der allein auf einem Sessel der Sky Lounge saß. In der einen Hand hielt er eine Zigarette und in der anderen ein Getränk. Er blickte in ihre Richtung und sagte: »Man kann den *Vesuvio* nur bei Tageslicht sehen, oder wenn er ausbricht ...«

Als sie sich näherten, stand er nicht auf und bot seine Hand nicht an. Er deutete nur zu den beiden Sesseln ihm gegenüber. Cooper und Winter nahmen Platz.

Die Militärattachés waren in der Regel Offiziere und kleideten sich entweder in Uniform oder zivil. Oberst Gregor Krall hatte das Aussehen eines Mannes, der es schon lange aufgegeben hatte, sich um Dinge wie seine Erscheinung zu kümmern. Er trug ein schwarzes Hemd unter einer Sportjacke, ausgebeulte Kakihosen und Lederslipper, die sich buchstäblich an den Nähten auflösten. Er hatte widerspenstiges, schütteres blondes Haar und trug eine Brille mit dicker Umrandung. Seine stechend blauen Augen waren hinter den Brillengläsern vergrößert. Sie strahlten eine Schärfe und Vitalität aus, die im Widerspruch zu seinem unordentlichen Outfit standen.

Cooper und Winter hatten das breite rötliche Gesicht mit den heruntergezogenen Mundwinkeln sogleich erkannt.

»Wie war Ihre Reise?«, fragte er auf eine Art und Weise, die deutlich machte, dass ihm die Antwort nicht gleichgültiger sein konnte.

Winter fühlte sich unbehaglich. »Ein guter Treffpunkt hier oben«, meinte sie unverbindlich.

»Ja, ich mag das historische Viertel«, antwortete Krall. »Die mächtige Burg da unten am Wasser ist das *Castello dell'Ovo*. Sie heißt vermutlich so, weil man Eier brauchte, um sie zu erobern.« Er grinste.

Winter ließ das nicht auf sich sitzen. Sie hatte ihre Hausaufgaben in Ortskenntnis im Flugzeug gemacht und wusste über die imposante Burg am Wasser Bescheid. Sie antwortete: »Der Name *Eierfestung* kommt von einer Legende, wonach Vergil ein Ei in das Fundament des Bauwerks gelegt haben soll. Im Mittelalter stand der römische Dichter auch im Ruf, ein mächtiger Zauberer gewesen zu sein. Die Festung wie auch die Stadt sollten nach dieser Legende das Schicksal des Eis teilen. Solange das Ei heil bliebe, sei auch die Stadt vor dem Untergang geschützt.« Sie fügte hinzu: »Es brauchte Köpfchen, Oberst, um die Festung zu bezwingen.«

»Meinetwegen«, brummte Krall.

Der Kellner kam heran. »*Buona Sera, Signori*, was darf ich Ihnen bringen?«

Cooper zeigte auf Kralls Glas. »Ich nehme das, was er trinkt.«

»*Benissimo, Signore*.«

»Wasser«, wünschte Winter.

Der Kellner ging, Krall hob seinen Drink, ein Glas mit reichlich hellgelber Flüssigkeit. »Martini Bianco. Süffig genug, um es glatt runterzukippen.« Er nahm mehr als einen Schluck, dann benutzte er seinen Fuß, um einen kleinen Koffer zu Cooper zu schieben. »Mit freundlicher Genehmigung des Militärgeheimdienstes. Alles, was da drin ist, kann Sie ins Gefängnis bringen.«

»Ich nehme an, wir müssen den Empfang nicht unterschreiben.«

Krall lachte, sagte dann ernst: »Sie werden auch unter Folter nicht enthüllen, woher dieser Aktenkoffer stammt.«

Cooper wusste, dass die Beziehungen der Verteidigungsattachés in den Schweizer Botschaften auf der ganzen Welt meist freundschaftlich waren, so auch zu den Nato-Ländern. Neapel war gewiss kein harter Posten.

Cooper fragte ihn: »Also, wen haben Sie geschmiert, um den Posten zu bekommen?«

Krall antwortete: »Ich hatte meine Scheißposten wie Usbekistan oder Albanien, wo ich nach dem Jugoslawien-Krieg in Tirana diente, das war eine miese Show. Hier gibt es schöne Landschaften, gutes Essen und eine weltberühmte Geschichte.«

Cooper verkniff sich die Bemerkung ... und *dolce far niente*. Krall zog an seiner Zigarette und fügte hinzu: »Wir leisten wichtige Arbeit in Italien.«

Cooper fragte sich, was diese wichtige Arbeit wohl mit sich brachte. Es war üblich, dass Geheimdienstmitarbeiter den Titel des Militärattachés als Deckmantel für ihre Spionagearbeit benutzten. Die Grenze zwischen Soldaten und Spionen ist verschwommen, die Missionen überschneiden sich. In Italien war das organisierte Verbrechen ein nebulöser Feind wie eine Geheimarmee, und Krall konnte ebenso gut mit ihr in Verbindung treten.

»Die Botschaft in Rom steht Ihnen zur Verfügung, wenn Ihre Tarnung aufgeflogen ist oder wenn Sie anderweitig Zuflucht suchen«, so Krall weiter.

Der Kellner kehrte mit den Drinks zurück.

Krall griff nach einem Rucksack neben seinem Stuhl. »Das ist die Hardware, die Sie wollten, da ist auch ein Satellitentelefon drin, das überall unter freiem Himmel funktioniert. Überflüssig zu erwähnen, dass Sie nicht das Festnetz benutzen. Dieses Hotel könnte von der Polizei und der Camorra angezapft sein.«

Cooper erhob sein Glas. »Ich fühle mich wie zu Hause. Lassen Sie uns über unsere Zielperson sprechen.«

Krall lachte, schaute die beiden an, doch sein Lächeln verschwand. »Wie kommen Sie darauf, dass Jens Amos hier ist?«

»Wir bekamen einen Tipp«, erwiderte Cooper.

»Hat ihn jemand gesehen?«

Cooper gab keine Antwort.

Kralls stechender Blick wanderte zwischen den beiden hin und her. »Er ist ein verdammt großer Fisch.«

Cooper nickte, und Krall fügte hinzu: »Aber Napoli ist auch ein großer Teich. Ich kenne die Stadt. Also sagen Sie mir, wenn Sie glauben, dass ich Ihnen helfen kann, diesen Mistkerl zu finden.«

Cooper betrachtete Oberst Krall. Der Kerl war definitiv ein Spion, er war immer noch beim Militär, und Amos' Desertion hat ihn wahrscheinlich auf persönlicher Ebene getroffen. Vielleicht war da noch mehr.

Cooper sagte: »Er wurde in einem Bordell gesichtet.«

Winter meinte: »Vermutlich ist es in Poggioreale.«

Krall zog ein letztes Mal an seiner Zigarette, drückte den Stummel in einem Aschenbecher aus. »Das schränkt die Suche nicht sehr ein.« Er ergänzte: »Poggioreale ist ein ziemlich großer Rotlichtbezirk.«

»Vielleicht kennen Sie jemanden«, meinte Winter.

»Ich kenne viele Leute«, antwortete Krall, »aber sie hängen nicht in Bordellen herum.«

Cooper war sich nicht sicher, ob er das glaubte. Ein Typ wie Krall arbeitete mit dem System, und das System funktionierte nicht ohne zwielichtige Informanten.

»Ich gebe Ihnen ein hypothetisches Szenario«, erklärte Cooper. »Ich bin ein Tourist von irgendwoher, der einen Gefallen braucht. Ich bin bekannt dafür, dass ich bestimmte Vorlieben habe. Sagen wir minderjährige Mädchen. Ich brauche also jemanden, der mich an den richtigen Ort führt.«

Krall starrte Cooper an, ohne mit der Wimper zu zucken. »Also gut, Sie suchen jemanden, der die schmutzigen Tricks kennt.«

Cooper reagierte nicht darauf. Krall trank den Rest seines Martinis, dann fuhr er fort: »Ich habe vielleicht einen Kerl. Wenn er Ihnen helfen kann, wird er Sie anrufen. Sie wollen nicht einfach anfangen, in Poggioreale oder wo immer es sein könnte, an Türen zu klopfen. Das könnte Sie umbringen.«

»Genau.« Cooper gab Krall seine Handynummer und betonte: »Wenn wir unseren Flüchtigen finden, brauchen wir Hilfe, um ihn aus dem Land zu bringen.«

Krall nickte. »Sie können nicht über die normalen diplomatischen Kanäle gehen, um ihn auszuliefern. Aber es gibt andere Wege.«

»Wir nahmen an, es gäbe welche, sonst wären wir nicht hier.«

Der Oberst dachte einen Moment nach und meinte dann: »Je weniger Sie wissen, desto besser. Aber wir würden ein Privatflugzeug benutzen, das ich an einem kleinen Flugplatz bereithalte. Das Flugzeug landet, Sie sind dort mit Ihrem Gefangenen, und ab geht's.«

Winter fragte: »Können Sie den Gefangenen festhalten, während wir auf das Flugzeug warten, wenn es eine Zeitverzögerung gäbe wie schlechtes Wetter oder so?«

»Nein. Sie werden ihn woanders festhalten müssen.« Er betonte: »Die Botschaft mischt sich nicht in eine Entführung ein.«

»Macht nur den Transport«, sagte Cooper und fügte für das Protokoll hinzu, »dies ist keine Entführung.«

Krall antwortete nicht darauf. Er stand auf. »Es ist spät, ich geh dann mal.«

Cooper wollte sagen, lassen Sie das Flittchen einfach warten. Aber er bemerkte stattdessen: »Es wird gut in Ihrem Curriculum aussehen, wenn wir diesen Bastard vor Gericht bringen.«

Krall warf ihm einen langen Blick zu. »Falls Sie mich brauchen, meine Nummer ist auf dem Satellitentelefon einprogrammiert. Das ist ein tolles Hotel, fantastische Aussicht von diesem Dach. Genießen Sie es.«

»Vielen Dank für Ihre Hilfe«, schmeichelte Winter. »Wir werden die Stadt entdecken. Es ist ein großartiger Ort.«

»Das ist sie«, anerkannte Krall, »aber sie kann auch ein richtiges Miststück sein.«

15

Als Oberst Krall gegangen war, schlenderten Cooper und Winter durch den Glaspavillon zum Lift. »Die Schweiz ist kein Nährboden für Heldentum«, meinte Cooper, als der Aufzug nach unten auf ihre Etage glitt.

»Warum meinen Sie?«

»Wegen Jens Amos. Er ist ein Ausnahmetalent, ein genialer Virologe, mit dem die Welt jedes Virus besiegen könnte. Was ich von unseren Leuten im *Shop* höre, denke ich, könnte seine Forschung in die Geschichte eingehen.«

Ihre vom Steuerzahler finanzierte Suite befand sich im sechsten Stock und verfügte über alle modernen Annehmlichkeiten. Ein großer Salon trennte die beiden Schlafzimmer mit ihren Balkonen. Winter kam aus ihrem Zimmer, als Cooper den Aktenkoffer von Krall auf den Clubtisch stellte und öffnete. Darin befanden sich eine Neunmillimeter Glock mit flachem Halfter, vier geladenen Magazinen und Plastikhandschellen.

»Alles, was wir für eine Entführung brauchen«, spöttelte Winter.

Es gab auch das erwähnte Satellitentelefon, Stapel von Zwanzig- und Fünfzigeuroscheinen, insgesamt fünftausend Euro, wie ein Gekritzel auf einem Einband verriet.

Winter ergriff die für sie bestimmte Pistole und fragte: »Was ist im Rucksack, den Krall Ihnen heimlich zugeschoben hat?«

Cooper legte ihn auf einen Sessel, öffnete die Schnüre und holte eine Metallkiste heraus, die er öffnete. Sie enthielt faustgroße schwarze Kugeln, die wie Feuerwerkskörper aussahen, außer dass sie leichtzündendes Semtex enthielten. Cooper nahm eine davon vorsichtig heraus und erklärte: »Die Dinger funktionieren wie Handgranaten, lassen sich aber leichter streuen.«

»Das gefällt mir. Kleine Rollbomben.«

Cooper legte die explosiven Sachen in den Rucksack zurück und sagte: »Ich lade Sie zu einem Schlummertrunk ein.« Aus der Minibar angelte er zwei Bierdosen, öffnete die Deckel, reichte ihr eine. Beide nahmen einen Schluck. »*Salute*«, wünschte Cooper und ging voran auf den kleinen Balkon.

Winter meinte: »Amos hat seine Karriere total verpfuscht. Er ist ein Krimineller, kein Held.«

»Ich weiß, etwas muss ihn gewaltig frustriert haben, dass er alles aufgab, sogar Elmar Ludwig folterte und in den Tod trieb.«

»Was könnte der Grund sein?«

»Ich werde dahinterkommen. Heldentum braucht einen Nährboden, braucht brüllende Ungerechtigkeit und Sehnsucht. Sie schlummerten vermutlich in ihm. Dann kam es zur Explosion. Und niemand war da, ihn in seiner Verzweiflung aufzufangen.«

»Eine rührende Theorie«, bemerkte Winter, kam näher. Ihre Brüste streiften Coopers Oberarm. »Romantische Nacht«, hauchte sie, »Mike …«

Er nahm sie in seine Arme, und sie küssten sich flüchtig. Er steckte seine Hand unter ihr T-Shirt und strich ihr über den Rücken. Seine Finger machten eine Erkundung und erkannten, dass ihr BH den Verschluss vorne hatte. Er hob ihr T-Shirt hoch und öffnete ihren BH, dann zog er sein Poloshirt hoch. Sie schloss die Augen, und sie pressten ihre nackte Haut aneinander und küssten sich.

Ein Blitz über dem dunklen Meer, gefolgt von einem Donner erschreckte sie, und Cooper konnte fühlen, wie ihre Haut schwitzte.

Sie wich von ihm zurück. »Mike, ich kann nicht.« Sie zog ihr Hemd herunter.

Er sah sie an. »Ist alles in Ordnung?«

Sie nickte. Sie könne nur nicht denselben Fehler zweimal machen. Sie ging ins Zimmer zurück. »Sagen Sie mir Bescheid, wenn Sie den Anruf von dem Typen bekommen, den Krall erwähnt hat.« Sie verschwand durch die Verbindungstür in ihr Schlafzimmer.

Cooper stellte sich unter die kalte Dusche, um sich abzukühlen. Er stellte sich vor, sie täte dasselbe. Er trocknete sich ab, und als sein Kopf frei wurde, versuchte er, das Geschehene so gut wie möglich zu verarbeiten. Jack Cole war Winters letzte Affäre, die sie nicht wiederholen wollte. Laura Winter dachte an ihre Karriere und versuchte, wieder eine Mauer zwischen ihrem Privat- und Berufsleben zu errichten. Er war ihr vorgesetzter Offizier. Sex am Arbeitsplatz hätte zu viele Fallstricke, was das Kräfteverhältnis verändert und damit die Befehlskette schwierig macht. Wie konnte er einer Frau Befehle erteilen, die ihm gerade einen geblasen hat? Sie würde *ihm* Befehle geben. Deshalb war er sehr froh, dass er heute Abend nicht seiner Lust nachgegeben hat. Er konnte es kaum erwarten, Oberst Kottmann mitzuteilen, dass er keinen Sex mit Laura Winter hatte. Der Oberst wäre stolz auf ihn und würde ihn wahrscheinlich einen Verlierer nennen, weil er nicht gepunktet hat.

Er zog ein paar Hundert Euro aus einem Geldscheinbündel und legte den Rest in den Tresor unter dem TV. Er trank sein Bier aus, legte seine Glock auf den Nachttisch, stellte den Wecker und legte sich ins Bett. Es war ein guter erster Tag gewesen, sie hatten Krall getroffen, Luigi angeheuert, die Stadt flüchtig gesehen, und morgen würden sie einen Zuhälter treffen. Zudem hatte er von Affolter erfahren, dass Jens Amos vermutlich mit der Mafia zu tun hatte. Außerdem könnte die Affäre seiner Partnerin mit Agent Jack Cole sie in den Fokus der CIA bringen. Ausgestreckt auf dem Rücken überlegte er, was der nächste Tag bringen würde. Er wollte sich einen Plan zurechtlegen, doch der Schlaf übermannte ihn.

16

Als sich Cooper am Morgen anzog, klingelte sein Handy. Auf dem Bildschirm stand *unbekannter Anrufer*. Er nahm ab: »Hallo.«

»Ist dies *Signor* Berger«, fragte eine Männerstimme in stark akzentuiertem Englisch.

»Ja, ist es.«

»Mein Name ist Paolo. Diese Nummer habe ich von unserem gemeinsamen Freund erhalten. Würden Sie sich gerne treffen?«

»Vielleicht.«

»Vor der *Caffetteria Dante*, auf der *Piazza Dante*. Heute um sechs Uhr abends. Ich werde ein hellblaues Hemd mit Kragen und Logo des SSC Neapel sowie weiße Schuhe tragen.«

»Wir müssen uns früher treffen. Um zehn Uhr«, widersprach Cooper.

»Das ist nicht möglich, *Signor* Berger.«

»Machen Sie es möglich, Paolo. Und ich werde dafür sorgen, dass es die Mühe wert ist.«

Eine lange Pause. Paolo klang wie ein Typ, der es gewohnt war, das Sagen zu haben.

»Okay, zehn Uhr. Sie werden mich nicht ansprechen. Sie werden mir folgen.«

»Wohin?«

»Zum archäologischen Museum. Ein kurzer Spaziergang.«

»In Ordnung«, sagte Cooper. »*Piazza Dante*, punkt zehn Uhr.«

Cooper legte auf. Das archäologische Museum schien ihm ein seltsamer Ort, um über Bordelle zu diskutieren, aber vielleicht entging ihm etwas.

Er rief die Mailbox seines Büros in Bern an, für den Fall, dass Max Affolter mit Leuten von *Sistema Abruzzi* gesprochen hatte. Aber es gab keine Nachrichten für ihn. Keine Überraschung. Von nun an würden ihre Hinweise von der Straße kommen. Er hatte sich Jeans und ein Hemd mit Kragen angezogen. Die Sportjacke hatte auch den Zweck, sein im Halfter getragenes Stück zu verbergen. Er trug leichte Sneakers für den Fall, dass sie in mehr

Schwierigkeiten gerieten, als seine Glock mit fünfzehn Patronen bewältigen konnte.

Laura Winter, die nie eine Gelegenheit auslassen würde, bei etwas die Erste zu sein, war schon unten und wartete in der Lobby. Sie sah gut aus in Jeans, einem T-Shirt und einem blauen Blazer, um ihr Halfter zu verbergen. Sie hatte kein Make-up, vielleicht um weniger attraktiv auszusehen, obwohl sie es trotzdem blieb. Die hübsche Blondine verdrehte bereits die Köpfe bei Hotelpersonal und Gästen. Signora Winter hatte ein Gesicht und einen Körper, der, einmal gesehen, nicht so schnell in Vergessenheit geriet. Das war ein Problem.

Cooper zog es vor, in der Bar *La Vesuvietta* neben der Lobby zu frühstücken. Winter hätte das üppige Büfett im *Caruso* auf dem Dachgarten vorgezogen.

Cooper erklärte: »Wir sind in Eile. Luigi rief mich an. Er wartet bereits draußen.«

Ein Kellner brachte ihnen zwei Cappuccinos und ein Körbchen mit Brioches.

Cooper erzählte Winter vom Telefongespräch mit Paolo. »Wir folgen ihm zum archäologischen Museum. Klingt nach einem sicheren Ort.«

Winter klickte auf ihr Tablet und schaute auf den gespeicherten Stadtplan. Sie verglich die Karte mit Angaben zum Museum und sagte: »Vielleicht interessieren Sie sich für die Ausstellung über den Klimawandel oder die Meeresgöttin Thalassa.«

Cooper warnte: »Wir müssen auf der Hut sein. Der Ort ist mir zu harmlos. Wir sind keine Touristen, wir tragen Waffen.«

»Auch Köpfchen wäre gut.«

Sie diskutierten den Fall, während sie an ihren Cappuccinos nippten und immer wieder über die gleiche Frage nachdachten: Warum sollte Jens Amos hierherkommen?

»Drogen«, schlug Winter vor. »Er hat dieses Wundermittel, das vor dem Virus schützt.«

»Richtig, aber das ist das Land des Kokains. Ich sehe einige Ähnlichkeiten, aber keinen Zusammenhang.«

Winter fragte: »Was ist der Unterschied zwischen dem Handel mit Kokain und Amos' angeblich sensationellem Wirkstoff?

Vielleicht braucht er die Camorra, um seinen Stoff zu vermarkten.«

Cooper nickte: »Okay, wenn Sie Amos wären, wie würden Sie Kontakt aufnehmen?«

»An einem Ort, wo man diese Kreise trifft. In einem sicheren Hort, abgeschirmt und überwacht.«

Cooper dachte an eine Jacht, verwarf den Gedanken gleich wieder. Passagiere können schon beim Einsteigen aus der Luft identifiziert werden.

»Was denken Sie?«, fragte Winter.

»Ich habe eine Fabrik vor Augen, abseits, ein Textilunternehmen, Hemden, Anzüge, Hüte, mit hundert Näherinnen, Auto- und Lastwagenverkehr. Alles genau kontrolliert vom Capo, der den Leuten Arbeit gibt.«

»Ein Wohltäter, aber skrupellos, wenn's um seine Interessen geht«, meinte Winter.

17

Luigis Auto war, wie angekündigt, nicht schön. Er hatte den verbeulten, grauen Hochdachkombi, ein Fiat Doblo, vor dem Eingang geparkt. Die Scheiben waren einer schlechten hausgemachten Tönung unterzogen worden. Der Motor summte. Das Fahrerfenster war heruntergelassen, und Luigi lächelte Cooper und Winter an. Aus Lautsprechern tönte italienische Popmusik.

Cooper öffnete schwungvoll die Beifahrertür, doch Winter antwortete auf die galante Geste hin: »Eine Lady sitzt hinten.«

Luigi fragte, wohin es gehen sollte, und Cooper gab ihm die Wegbeschreibung.

»Kein Problem«, grinste er.

»Schon etwas in die Jahre gekommen«, meinte Cooper, als Luigi den Gang einlegte und abrupt losfuhr.

»Ja, hundertfünfzigtausend Kilometer, aber läuft wie neu.«

Cooper nickte zufrieden. Der Doblo war eine Karre, die nicht auffiel, man sah das Modell überall in der Stadt.

»Wir werden vor dem Café aussteigen und zu Fuß zum archäologischen Museum gehen, wo Sie uns abholen.«

»*Sì, Signore.* Es ist unser Nationalmuseum, voll mit Ausgrabungen.«

Cooper hieß ihn anhalten, als er in die Piazza einbog und das rote Schild der *Caffetteria Dante* in Sicht kam. Cooper und Winter stiegen aus. Es kam zum Blickkontakt mit Paolo im hellblauen Fußball-T-Shirt. Cooper gab ihm ein Handzeichen, dann folgten sie ihm und den weißen Schuhen in gebührlichem Abstand.

Die rosafarbene Fassade des *Museo Archeologico Nazionale di Napoli*, MANN, leuchtete ihnen von Weitem entgegen. Das lange Gebäude umfasste zwei Stockwerke mit einem Turm in der Mitte, wo ein paar Stufen zum hohen Eingangsportal führten. Da blieb Paolo stehen, wandte sich um, nickte ihnen zu und trat ein.

»Wir haben unsere Glocks dabei«, flüsterte Winter. Sie dachte vermutlich an einen Metalldetektor.

»Abwarten«, besänftigte Cooper.

In der großen Halle gab es den Museumsshop. In gläsernen Regalen lagen Bücher, Hefte, Souvenirs, Miniaturen und Vasen aus. Etwas abseits stand eine Gruppe schwarzer Sessel, wo sich Paolo hingesetzt hatte. Vor dem Ticketschalter auf der anderen Seite standen Besucher an, um sich dann mit der Eintrittskarte durch die automatische Zugangsschranke zu zwängen. Cooper sah nicht viel vom Inneren des Museums. Die Sicht war ihm durch Plakate verdeckt, die auf Ständern Sonderausstellungen anpriesen wie die über die Etrusker.

Cooper und Winter setzten sich zu Paolo. Sie waren allein.

Cooper sagte: »Wir suchen den Ort, wo es junge Mädchen gibt, ganz junge?«

Paolos Blick verfinsterte sich. »Das mache ich nicht.«

»Aber das ist etwas, was ich brauche«, beharrte Cooper, »für eine Erpressung.«

»Nein«, widersprach Paolo, der hitziger wurde. »Ich sage Ihnen bei der Seele meiner Mutter, das ist nichts, was ich tue. Ich kann Frauen in Hotelzimmer oder Villen vermitteln. Junge Frauen gibt es überall, in den Quartieren Poggioreale und Vasto.« Entschieden betonte er, »aber junge Mädchen ... Nein, da kann ich Ihnen nicht helfen.«

»Paolo«, sagte Winter leise, »schauen Sie mich an.«

Er tat es.

»Wir wollen nur Informationen. Wir wollen wissen, wo das passiert.«

Paolo schüttelte seinen Kopf. Das gehe ihn nichts an. Sein Gesicht verkrampfte sich.

Cooper rückte in seine Nähe, bot ihm fünfhundert Euro an und flüsterte: »Wir suchen nach dem Ort, und wir glauben, er ist in der Nähe von Neapel. Sie bieten da auch Kinder zum Sex an.«

Paolo schaute Cooper an, dann Winter. »Das ist ein Verbrechen, das im Dunkeln bleiben muss.«

»Warum ist das so?«, fragte Winter. »Die Polizei geht doch hart gegen Kinderprostitution vor.«

Paolo widersprach kopfschüttelnd: »Nein, *Signora*, es gibt Beamte in der Polizei, die mit den örtlichen Banden zusammenarbeiten. Drogen aus Kolumbien, Medikamente, Waffen. Und die jungen Mädchen sind auch ein Teil ihres Geschäfts.«

»Wir werden uns an die Gesetze halten, also, Paolo, sagen Sie schon, wie lautet die Adresse?«

Er zögerte, rutschte unbehaglich herum. Schließlich flüsterte er: »Wo Sie hingehen wollen, ist ein Ort für geile Typen mit großer Brieftasche.« Er kritzelte etwas, reichte Cooper zögerlich den Zettel. Darauf stand *Villa La Favorita*.

»Unverfänglicher Name«, murmelte Cooper.

Paolo fuhr fort: »Die Villa liegt in Pompeji in Meeresnähe. Ungefähr dreißig Kilometer von Ihrem Hotel entfernt. Eine halbe Stunde mit dem Auto. Da gegenüber im Souvenirladen, kaufen Sie die blauschwarze Broschüre über Pompeji. Auf Seite fünf finden Sie die Beschreibung des *Lupanar*. Sie reißen diese Seite heraus.«

Winter machte das Tablet auf ihrem Schoß auf und suchte nach Pompeji. Paolo schaute sie durchdringend an. »In der Villa fragen Sie nach Manuela. Zeigen Sie ihr die ausgerissene Seite.«

Winter wusste, dass Pompeji ungefähr neunundsiebzig nach Christus beim Ausbruch des Vesuvs verschüttet wurde, unter der

Vulkanasche aber weitgehend konserviert blieb. Sie zögerte, dann informierte sie: »Da steht es. *Lupanar* ist ein ausgegrabenes Bordell, gut erhalten. Dorthin gehen wir nicht, richtig?«

Paolo schüttelte den Kopf. »Nein, Sie gehen direkt in die Villa La Favorita.« Hämisch grinsend fügte er hinzu, »Sie können sich dort gerne an Pornofresken aus dem *Lupanar* ergötzen.«

Winter browste durch das *Lupanar*, zoomte eine erotische Freske mit der lateinischen Inschrift *hic ego puellas multas futui* heran. Sie verschwieg die obszöne Bedeutung und erklärte: »*Lupanar* bedeutet Wolfshöhle, und die Römer, die Männer, wer sonst, nannten die Prostituierten damals Wölfinnen.«

Paolo machte seinen Standpunkt klar: »Prostitution ist okay, Handel mit Minderjährigen ist tabu. Damit haben wir nichts zu tun.«

Cooper bezweifelte es. Wer, meinte er, hatte nichts damit zu tun? Die Camorra? Möglich, dass die Mafia hier eine rote Linie zog. Aber Max Affolter war mit seiner Aussage deutlich genug gewesen. Cooper ging davon aus, dass in der Villa einer gehobenen Kundschaft heimlich Minderjährige angeboten wurden. Dass Paolo angeblich nichts davon wissen wollte, war folgerichtig. Es kann nicht sein, was nicht sein darf. Er hielt seinen Kopf schön aus der Schusslinie. Schon die Römer hatten freilich ihre Vorlieben für Minderjährige. Daran dürfte sich nicht viel geändert haben. Laut sagte er zu Paolo: »Sie erwähnten die große Brieftasche. Die habe ich dabei. Kann ich mich bei Manuela auf Sie berufen?«

Paolo, erpicht auf die fünfhundert Euro, sagte zu Cooper: »Ein Ausländer wird in der Regel von jemandem an diesen Ort gebracht. Aber auch ein Mann allein kann gehen. Wenn er Glück hat, wird er Sex mit einer Vierzehnjährigen bekommen. Wenn er nicht so viel Glück hat, wird er ausgeraubt. Vielleicht wird ihm die Kehle durchgeschnitten. Sie müssen sich auf mich berufen, da sind Sie sicher. Aber ich habe Ihnen nichts gesagt, rein gar nichts, was Sie in der Villa vorfinden.«

»Geht klar.«

Paolo warf einen Blick auf Winter und meinte: »Frauen besuchen die Villa selten.«

Winter wehrte mit den Händen ab. »Fällt mir nicht im Traum ein.« Was ihr aber einfiel, war ihre Rolle als Back-up draußen vor dem Bordell. Zudem würde sie die Umgebung und den Fluchtweg erkunden. Das übliche Vorgehen. Irgendwie faszinierte es sie, dass die Betreiber das offenbar exklusive Bordell in unmittelbarer Nähe des antiken *Lupanar* eingerichtet hatten.

Cooper hatte in Bern noch ein paar Seiten aus dem Dossier Jens Amos' kopiert. Darunter auch ein Foto von seinem Gesicht. Er langte in seine Tasche, zog ein farbiges Porträt heraus und reichte es Paolo. »Kennen Sie diesen Mann?«

Paolo schaute darauf, blieb stumm.

Winter setzte nach: »Er verkehrte in Bordellen. Nie gesehen?«

Paolo steckte das Foto in seine Brusttasche. »Fragen Sie in der Villa nach. Warum suchen Sie ihn?«

Cooper gab keine Antwort, aber Winter erwiderte, ein Arbeitskollege sei flüchtig, er werde vermisst.

Sie standen auf. Winter ging wie verabredet zum Büchershop, während Cooper mit Paolo flüsterte, ihm das Notenbündel zusteckte. Paolo zählte nach, dann drehte sich Cooper auf dem Absatz um und sah Winter mit der Broschüre winken. Zusammen verließen sie das Museum wenig später.

Der kantige Doblo war bereits vorgefahren, sie stiegen ein, Cooper befahl: »Pompeji!«

»*Ah, bella città*«, schwärmte Luigi und legte los.

18

Als sie die Außenbezirke hinter sich gelassen hatten, gestand Cooper schuldbewusst: »Ich bin Ihnen noch eine Information schuldig.«

Ihre Antwort fiel vorwurfsvoll aus. »Wir sind Partner, Mike, ich muss über alles Bescheid wissen.«

»Eben. Sie erinnern sich? Auf dem Flug sprachen wir über *Sistema Abruzzi*.«

Winter nickte. »Die Firma, mit der Max Affolter Geschäfte machte. Die Leute schleppten ihn offenbar in diese Villa. Gibt's was Neues?«

Cooper rieb sich verlegen das Kinn. Affolter habe ihm doch noch getextet. Er tippte auf sein Smartphone. »Da, Affolter schrieb, *Sistema Abruzzi ist ein von Lo Zoppo kontrolliertes Unternehmen. Das Hinkebein ist der Capo des Clans von Neapel.*

Winter blieb eine Weile stumm. Cooper befürchtete einen Ausbruch der Empörung, aber sie antwortete ruhig: »Kommt gerade richtig. Denken Sie, was ich denke?«

Cooper sagte nichts.

»Ich denke, der Hinkende, dieser Capo, *Lo Zoppo*, kontrolliert auch die Villa La Favorita. Möglich, dass Affolter ihn da getroffen hat.«

Genau diese Überlegung hatte sich Cooper auch gemacht. »Ich werde es herausfinden, wenn ich mal drin bin.«

»Und sich bedienen …«

Cooper ignorierte die spitze Bemerkung. Was sollen Frauen denn denken? Wozu geht ein Mann ins Bordell, wenn nicht, um zu vögeln.

»Keine Bange, wir werden alles professionell angehen.« Er schaute auf die Uhr. »Genug Zeit, um einen Plan auszuhecken. Ich erwarte Ihren Beitrag, Laura.«

»Verstanden, Major.«

Da summte Coopers Smartphone. »Banholz«, flüsterte er zu Winter und nahm ab. »Hallo, Captain … ja ich höre Sie …« Er lauschte eine Weile. »Kein Problem, wir finden Sie. Wie? Ich sage Bescheid, halten Sie die Verbindung offen.«

Er drückte das Gespräch weg und erklärte, der Pilot müsse die Maschine auf ein anderes Flugfeld verlegen, um Platz zu machen. »Zwei noble Privatjets seien gelandet, er meinte, lokale VIPs, die Standplätze seien abgeriegelt und Bodyguards stünden herum.«

Luigi warf Cooper einen Blick zu. »*La Mafia, Signore*, kein Zweifel.«

»Vielleicht ist *Lo Zoppo* gelandet«, mutmaßte Winter, und es schien ihr, als sei Luigi zusammengezuckt. »Kennen Sie ihn, Luigi?«

»Wer kennt ihn nicht? Er ist der *Capone*. Big Boss in Napoli. Gehen Sie ihm aus dem Weg.«

»Dazu müssten wir ihn zuerst finden«, brummte Cooper.

Sie schwiegen, bis ein blaues Schild auf einen Parkplatz in fünfhundert Metern hinwies. Cooper machte eine Geste, Luigi fuhr langsamer und bog in den Rastplatz ab, hielt unter einer Baumgruppe an. Sie stiegen aus, um das weitere Vorgehen zu besprechen.

19

Cooper und Winter setzten sich auf eine Steinbank, Luigi blieb bei seinem Doblo.

»Die Camorra hat ein Geschäftsmodell«, begann Cooper. »Es beruht auf der These, dass das SARS-Virus aus China nach Italien verschleppt wurde. Es gibt nach unseren Recherchen zwei Theorien.«

»Ich höre, Major.«

»Die eine Theorie ist populär und bringt die Ansteckungen in Zusammenhang mit der intensiven Durchdringung der italienischen Wirtschaft durch China. Pekings langer Arm reicht bis nach Europa, nicht militärisch, dafür umso massiver wirtschaftlich und politisch. China kauft Häfen, rüstet Telekommunikationsnetze aus und schaffte als großer Abnehmer von italienischen Waren eine enorme Abhängigkeit.«

»Stimmt, viele italienische Unternehmen haben die Investitionen der Chinesen mit offenen Armen akzeptiert. Sicher gibt es inzwischen über eine Million Schlitzaugen im Land.«

»Richtig. Gestützt auf diese Fakten ist es doch naheliegend, dass Chinesen, die in Italien tätig sind und zwischen China und Italien hin- und herreisen, das Virus eingeschleppt haben.«

»Wie lautet die andere Theorie?«

Cooper räusperte sich, bevor er sprach: »Meine Leute im *Shop* haben für das Kriminalkommissariat Milano eine Untersuchung über einen seltsamen Tötungsfall unterstützt. Es ging um einen Chinesen aus dem Hochsicherheitslabor Wuhan, der im Dezember in der Via Luigi Casanova tot aufgefunden wurde. Er war im Hotel Hilton Milan gebucht.« Cooper machte eine Pause und fuhr fort: »Die Spuren am Tatort deuteten auf einen Raubüberfall. Man fand in einem Abfalleimer den ausgeraubten TUMI-Rucksack. Auf dem Namensschild standen chinesische Schriftzeichen, und die Artikelnummer führte Commissario Benedetti zu einem Käufer im TUMI Pacific Place in Hongkong. Der Chinese wurde daraufhin als der renommierte Wuhan-Virologe Dr. Goa identifiziert. Das Schloss des Gepäcks war aufgebrochen.«

»Weiter?«

»Professor Pascolo, ein bekannter Virologe an der Uni Turin, hat den chinesischen Kollegen aus Wuhan erwartet, um an der Probe einer Virusvariante die Genomsequenzen zu bestimmen.« Nach einer kurzen Pause fuhr Cooper fort. »Dr. Goa traf von Shanghai via Zürich abends in Mailand ein und sollte am nächsten Morgen von Pascolos Chauffeur im Hotel abgeholt werden. Goa hat Pascolos Anruf im Hilton Milan nicht erwidert und hatte, wie sich herausstellte, nicht eingecheckt.«

»Weiß man, was mit der Virusprobe geschah?«

»Nun, die Ermittlungen ergaben, dass der Virologe nachts vor dem Einchecken ins Hotel überfallen und ausgeraubt wurde. Zwei Italiener fanden ihn wenig später leblos hinter einem Müllcontainer. Im Gepäck fanden sie einen Behälter, eine sogenannte Petrischale mit gelbem Verschlussdeckel, in der die Zellkulturen in einer hellroten Flüssigkeit schwammen. Sie schraubten den Deckel auf, rochen am Inhalt und warfen die Schale weg. Die Viren müssen sie angesteckt haben. Sie verflüchtigten sich, als die Flüssigkeit mit den Proben auf den Boden spritzte.«

Cooper hielt inne, Winter blieb sprachlos. Er fuhr fort: »Der eine Italiener ging am nächsten Tag nach Bergamo zu einem Fußballspiel. Der Sieg vom Heimteam Atalanta Bergamo über Inter Milan wurde ekstatisch gefeiert, Umarmungen, Küsse, das ganze Programm.«

»Der andere Italiener?«

»Von ihm weiß man, dass er auf einer Abschiedsparty für seine Freundin auftauchte, die zwei Tage später nach Los Angeles abreiste. Ich denke, dass war der Anfang der Virus-Epidemie.«

»Ist das die bevorzugte Version Ihrer Leute im *Shop*?«

»Im *Shop* machen wir Krisenberatung. Wir sehen die Covid-19-Krise durch die Brille des sicherheits- und nachrichtendienstlichen Krisenmanagements. Wir haben den Leitfaden *Epidemien und Bioterror überleben* herausgegeben, um die Wirksamkeit von Gegenmaßnahmen zur biologischen Kriegsführung in der gegenwärtigen Krise aufzuzeigen.«

»Bioterror?«, fragte Winter sichtlich entgeistert.

»Wir haben Kontakt zu Spezialisten, die sich seit Langem damit beschäftigen. Sie schließen nicht aus, dass der chinesische Geheimdienst das Virus absichtlich in Italien verbreitete.«

»Verschwörungstheorien«, bemerkte Winter abschätzig, dann fragte sie: »Die Mafia habe ein Geschäftsmodell, sagten Sie, wie muss ich das verstehen?«

»Nach meiner These ist die Mafia einer der Akteure. Die Mafia weiß, dass für die Bekämpfung einer Epidemie zunächst einmal eine Unmenge von Schutzmaterial nötig ist, medizinische Geräte, aber vor allem Masken. Verbreitet sich das Virus europaweit, sind sie im Geschäft.«

»Die Masken stammen aus China«, bemerkte Winter tonlos.

»Genau. Ich denke, die Camorra, zum Beispiel, sichert sich von den Chinesen die Lieferungen und versucht, andere Abnehmer auszuschalten. Sie strebt quasi ein Monopol an.«

»Und der andere Akteur auf dem Schlachtfeld? Denken Sie, was ich denke?«, fragte Winter erregt. »Jens Amos?«

»Gut möglich. Das ist unsere ureigene These. Wir wissen, dass Amos die Sequenzierung eines SARS-Virus aus dem VIMF-Institut schmuggelte. Das ist erwiesen. Wir wissen auch, dass er den Immunwirkstoff *Xaurum*, ein Mycobacterium, mitnahm. Das ergibt sich aus den Wortfetzen seines Dialogs mit *Shorty*, dem Labor-Roboter.«

Cooper beobachtete Winters angespanntes Gesicht. Sie sprach kaum hörbar: »Amos könnte ein Interesse haben, dass die Ausrottung des Virus scheitert. Dann hofft er, dass alle nach seinem

Wirkstoff schreien, um es zu stoppen. Das Geschäft seines Lebens. Aber ich denke, er braucht eine schlagkräftig Vertriebsorganisation.«

»Da kommt die Camorra mit *Lo Zoppo* ins Spiel. Der Hinkende kann den Stoff vermarkten. Offenbar ist *Xaurum* bereits in Kapselform erhältlich und spottbillig im Vergleich zu Impfdosen.«

Winter stammelte: »Mir dreht sich der Kopf.« Etwas ruhiger fügte sie hinzu, »dann liegt der Schlüssel bei Jens Amos' Kontakten.«

»Eben. *Sistema Abruzzi.*«

»Wir müssen die Bande stoppen, Major. Allerdings ist unsere These hauptsächlich Spekulation. Die Wahrheit kennt nur Jens Amos. Er führt uns zu seinen Komplizen.«

»Oder umgekehrt«, antwortete Cooper. »Ich denke, wir werden nicht darum herumkommen, uns *Sistema Abruzzi* näher anzusehen.«

»Klingt nicht nach einem Sonntagsspaziergang.«

»Keineswegs, deswegen halten wir uns an den Plan und besuchen zunächst die *Villa La Favorita.*«

Schichten von aufeinandergetürmten dunklen Wolken verdeckten den Vesuv, im Südwesten braute sich eine Gewitterfront zusammen.

»Das Wetter schlägt um«, meinte Cooper, als sie zum Doblo zurückgingen. Luigi zerdrückte den Zigarettenstummel unter der Spitze seiner schwarzen Stiefelette und beeilte sich, Winter den Schlag zu öffnen. Sie blieb vor der offenen Tür stehen. Cooper sah ihren seltsamen Blick und wunderte sich, was ihr wohl auf der Zunge lag.

»Major, ich wollte schon immer etwas wissen«, offenbarte sie.

Cooper sagte nichts.

»Sie haben mir nie gesagt, warum Sie in die Niederungen der Militärjustiz abstiegen. Ich meine, im *Shop* haben Sie einen exzellenten Job, verfügen über ein Reservoir von Fachwissen. Sie haben alle Möglichkeiten und sicher lukrative Aufträge. Warum?«

Cooper öffnete die Beifahrertür und stieg ein. Dann wandte er sich um, »wenn ich gewusst hätte, dass mir Brigadier Vonkeck eine so kompetente Partnerin wie Sie unterstellte, würde ich dies als Grund angeben.« Winter errötete. Cooper war nicht in Stimmung für diese Diskussion. Der *Shop* könne der Militärjustiz taktisch und operationell einiges bieten, gab er unwirsch zurück und entschied: »Lassen wir das Thema.«

20

Winter schaute knurrend auf ihre Armbanduhr. »Es ist noch früh. Ich denke, wir sollten die Villa zuerst bei Tageslicht auskundschaften.«

Cooper wollte nicht zögern. »Wir warten nicht, bis es dunkel wird. Jens Amos könnte jetzt gerade dort sein und sich mit einer Zwölfjährigen vergnügen.«

»Ekelhaft.«

»Ich statte dem Etablissement jedenfalls einen Besuch ab. Wenn ich Glück habe und ihn sehe, schiebe ich ihm eine Pistole in die Rippen, zwinge ihn raus, und wir bugsieren ihn in Luigis Kofferraum.«

»Und was dann?«

»Dann rufen wir Oberst Krall an. Er wird die Evakuierung organisieren.«

»Ich glaube, wir brauchen einen besseren Plan.«

Cooper sagte nichts.

Luigi nahm eine Ausfahrt zur Stadtmitte, fuhr mit dem Navi durch die Vororte von Pompeji, bog dann auf den langen Corso Umberto ab. »Da drüben ist das *Lupanar*, im archäologischen Park«, wusste Winter, als sich in einiger Entfernung antike Säulenreihen andeuteten. Über dem geordneten Wirrwarr von bunt gestrichenen Häusern war vom Vesuv nichts mehr zu sehen. Schwarze Wolkenballen verhüllten das Wahrzeichen völlig. Luigi schwenkte vom breiten Boulevard zum Hafen ab. Als er an einem Rotlicht anhielt, fragte Cooper: »Apropos *Lupanar*, die Inschrift, die Sie im Museum vorlasen?«

Winter schürzte ihre Lippen: »*Hic ego puellas multas futui* heißt, hier habe ich viele Mädchen gefickt.«

»Ah, und das obszöne Wort lernt man im Lateinunterricht?«

Winter antwortete lachend: »In jeder Fremdsprache ist es das erste Wort, das du wissen willst.«

Die Ampel wechselte auf Grün. Luigi fuhr unter der Bahnlinie durch, und als der Hafen in Sicht kam, schien er sich zu entspannen. Er gestikulierte zu den Hunderten von Booten, die im Halbrund des Hafens an Bojen vertäut lagen, zeigte zur langen Mole, die wie ein Strich einen halben Kilometer ins Meer hinauslief. »Das weiße Gebäude links ist der Posten der Küstenwache«, erklärte er, »hinter der Mole liegt der Lido. Sehr schöner Strand. Als ich ein Junge war, kamen wir an den Wochenenden oft hierher, um zu schwimmen, oder waren auf einen guten Fang aus.« Er grinste herüber: »Fische natürlich, *Branzino* am liebsten, mit dem Boot von meinem *Nonno*, er war Berufsfischer.«

Luigi fuhr langsamer, ließ die Marina hinter sich. Die Navi-Stimme ertönte: »Rechts abbiegen, dann haben Sie Ihr Ziel erreicht.«

Cooper sah das Feuerwehrlokal an der Straßenecke, an das sich Max Affolter erinnert hatte. Sie hatten die Spur gefunden.

»Bei der Feuerwehr abbiegen, in die Via Marconi«, bestätigte Cooper. »Wir fahren langsam durch, wenden weiter vorne und kommen zurück.«

Der Fahrer nickte und bog in Via Giulielmo Marconi ein. Sie war breit, beidseits von Bäumen gesäumt, und in der Fahrtrichtung zog sich rechts ein breiter Gehsteig dahin. Schon nach dreihundert Metern unterbrach ein bewaldeter Park die Häuserreihe.

»Langsam, Luigi. Kennen Sie dieses Gebiet?«

Er schüttelte den Kopf. »*No, Signore.*«

Der Pinienwald erstreckte sich längs der Straße bestimmt sechs Häuserblocks weit. Er stieg kontinuierlich an. Dichtes Buschwerk verwehrte jegliche Einsicht.

»Da ist es«, sagte Winter, und Cooper sah es auch. Eine unscheinbare Öffnung im Gehölz, ein schmaler, rötlich gepflasterter Weg führte hinein in den Schatten.

»Nichts zu sehen«, sagte Cooper.

Weiter vorne wendete Luigi, wo ein dunkelblauer Geländewagen parkte. Carabinieri!

Auf der Rückfahrt erfasste Cooper das Gelände nochmals. Aus der neuen Perspektive erschien der bewaldete Park noch größer als vermutet, und die Satellitenaufnahmen auf dem Handy waren zu schwach, um das Grün zu durchdringen. Nur ein paar braune Erhebungen ließen Cooper auf die Villa schließen.

»Gut getarnt«, brummte er und wies Luigi an zu parken.

»Stimmt der Plan noch?«, fragte Winter.

Cooper nickte. »Ich denke schon. Im Grunde werden wir die Musik nach dem Gehör spielen. Wir müssen auf alles vorbereitet sein, uns an die Situation anpassen können, Initiative und gutes Urteilsvermögen zeigen.«

Winter antwortete spitz: »Vielen Dank für die Vorbereitungen auf die Schlacht. Ich bin überzeugt, Jens Amos muss sich in der Villa sicher fühlen. Vielleicht war es falsch, Paolo das Foto von Amos zu zeigen. Informationen verbreiten sich rasch.«

»Vielleicht habe ich einen Köder gelegt«, spekulierte Cooper. »Ich werde mich herantasten, weiß, wenn etwas falsch aussieht und schlecht riecht.«

Luigi hielt an. Cooper reichte Laura seine Glock. Sie stieg aus. Luigi manövrierte den Doblo langsam über die gepflasterte Spur durch die Einfahrt und ins Dunkle hinein. Der Weg stieg nach etwa hundert Metern an, wurde lichter, machte eine Kurve und schwang sich hinauf zu einem geschlossenen Tor. Dünne Gitterstäbe formten es oben zu einem Bogen. Cooper bemerkte den massiven Zaun, der auf beiden Seiten von den Säulen weglief.

Das Tor schwenkte auf. Luigi fuhr durch und hielt nach ein paar Metern vor einer Schranke an. Zwei südländische Typen kamen aus dem kleinen, weiß gestrichenen Wachhaus. Der eine hatte eine Narbe über der rechten Backe, eine Maschinenpistole umgehängt. Er trat zum offenen Seitenfenster, hielt das Kinn hochgereckt. »Was wollen Sie? Keine Besuchszeit.«

Cooper war ausgestiegen, hielt den Pass hin. »Öffnen Sie die Schranke. Lassen Sie uns durch.«

Das Narbengesicht hatte seine MP, die immer noch tief über die Brust geschnallt war, nicht schussbereit, und Cooper war sich ziemlich sicher, dass er ihm mit einem gezielten Haken die Maschinenpistole entwinden konnte, bevor er sie in Schussposition brachte. Diese Jungs waren keine Profis, eher wie Kaufhauspolizisten mit hochkarätigem Spielzeug. Doch es waren immerhin zwei von ihnen. Keiner kümmerte sich allerdings um Ausweise oder Waffen.

Narbengesicht schüttelte den Kopf: »Geschlossen.«

Cooper entschied, dass es sich um das übliche Macho-Gehabe handelte, und wenn er sich behauptete, würde es nicht weiter eskalieren. Tatsächlich lehrte ihn seine Erfahrung, die er in einer solchen Situation gemacht hatte, dass es an der Zeit sei, selber den Macho hervorzukehren.

Er packte den Typen am Riemen seiner MP, befahl scharf: »Ruf Manuela an. Sag ihr, dass du zwei Gäste am Tor hast, und die wollen sie nicht warten lassen.«

Der Kerl sah ziemlich sauer aus. Cooper fügte hinzu: »Ich kann Manuela erzählen, dass sie gute Leute auf Wache hat, die uns gut behandelt haben, oder ich kann mich beschweren, was ich lieber nicht möchte …« Das Narbengesicht schaute unsicher zu seinem Kollegen, der ihm zunickte, dann holte er sein Handy raus, rief an. Nach kurzem Wortwechsel fragte er Cooper nach einer *raccomandazione*.

Luigi sprang ein: »Paolo. Auf Empfehlung von Paolo.«

Der Mann sprach wieder ins Telefon, dann legte er auf und öffnete per Funk die Schranke.

Cooper lief um das Auto herum. Kaum war er eingestiegen, legte Luigi mit seinem Gefährt einen Monza-Start auf dem Asphalt hin. Die weiche Unterlage führte den hochtourig aufheulenden Doblo über zwei Kehren zu einem langen, offenen Schuppen im Dickicht der Bäume. Luigi fuhr langsamer. Sie sahen Rasentraktoren und andere Gartengeräte, die herumstanden, aber keinen Gärtner. Niemand war zu sehen.

»Weiter«, befahl Cooper. Nach ungefähr dreihundert Metern gelangten sie auf einen eleganten, mit Pflanzen begrünten Vorplatz. Luigi fuhr über die lila und weißen Kiesbahnen zum Eingang. Das dichte Grün hatte sich gelichtet, ein verirrter Sonnenstrahl fiel auf bunte Blumenbeete vor der geschwungenen Vorfahrt. Zwischen den Baumkronen hindurch sah man das Meer. Darüber Fetzen einer grauen Regenwand. Ein mit einer grünen Pergola bedeckter Parkplatz grenzte auf der linken Seite an das Gebäude. Elegante Limousinen und SUVs standen dort dicht nebeneinander.

Ein schwarzes Schild gab über dem Eingangsportal in Messinglettern den Namen des Hauses preis: *Villa la Favorita*. Ein Mann in schwarzem Anzug, weißem Hemd und mit glatt rasiertem Schädel kam auf sie zu, als Cooper und Luigi ausstiegen.

Cooper nannte seinen Namen. »Wir kommen zu Manuela, auf Empfehlung von Paolo.« Er hielt ihm seinen Pass entgegen. Der schwarze Anzug nahm ihn, blätterte durch die Seiten, steckte den diskret versteckten Fünfzigeuroschein ein und knurrte: »Folgen Sie mir, *Signor* Berger.«

Die dunkel getönte Eingangstür glitt zur Seite, gab den weißen Marmorboden in der Vorhalle frei, deren pompöses Dekor an ein altes Grandhotel erinnerte. Die Beleuchtung der Kronleuchter war dämmrig, und an einer Wand entdeckte Cooper Fresken mit Liebesszenen.

Der Glattrasierte führte sie zum Metalldetektor. Man musste ihn passieren, um in das dahinter liegende Foyer zu gelangen. Ein Spotlicht über dem Detektor leuchtete auf das Namensschild am Revers des Begleiters: Luciano.

Luciano machte eine selbsterklärende Geste.

»Ich habe keine Waffe«, beteuerte Cooper.

»Wir suchen nicht nach Waffen, sondern nach Erkennungsmarken der Carabinieri und anderen Schnüfflern.«

»Gefällt mir«, sagte Cooper und war froh, dass er seine Dienstmarke mit Metallschild im Hotel zurückgelassen hatte. Er passierte, ohne dass der Detektor reklamierte, was nicht zutraf, als

Luigi durchging. Seine Beretta, die er im Halfter trug, schlug an. Er nahm sie heraus, präsentierte sie dem Glatzkopf.

»Mein Bodyguard«, erklärte Cooper.

Luciano nickte und zeigte auf ein Regal mit verschiedenen nummerierten Schließfächern in einer Nische neben dem Durchgang zu den Toiletten. »Legen Sie die Kanone in ein Fach und geben Sie mir den Schlüssel.«

»*Va bene*«, quittierte Luigi, trat vor das Regal, während Cooper versuchte, Luciano bei Stimmung zu halten. Er zeigte auf die Wölbung unter seinem Kittel und sagte jovial: »Sie tragen auch eine Beretta.«

Ein erstaunter Blick traf Cooper. »Warum wissen Sie das?«

Cooper sah, wie Luigi vor dem Regal stand und mit seinem breiten Oberkörper das Fach verdeckte, in das er die Waffe legen sollte, und antwortete lächelnd: »Die Beretta ist doch die Lieblingswaffe der Italiener. Ich meinerseits würde die 92G vorziehen, Magazin mit fünfzehn blauen Bohnen.« Er fügte hinzu: »Es ist die vertrauenswürdigste Militär- und Polizeipistole der Welt.«

Luciano zog die Brauen hoch, klopfte auf sein Holster. »Sie kennen sich aus, *Signore*.« Stolz fügte er hinzu: »Ich tat lange Dienst bei den Carabinieri. *Sergente*.«

»Danke für den Dienst am Vaterland«, schmeichelte Cooper, als Luigi zurückkam, Luciano den Schlüssel vom Fach aushändigte und zu Cooper sagte: »Ich muss noch pinkeln gehen.«

»Okay, wir sehen uns an der Bar.«

»Viel Spaß«, hörte er *Sergente* Luciano wünschen, als er in den großen Raum mit Sofas, Clubtischen und einem langen Bartresen hineinging.

22

Cooper hockte an der Bar und beobachtete seine Umgebung An einem nahen Clubtisch unterhielt sich eine Männergruppe angeregt, Geschäftsleute, wie ihm schien. Sie tranken, scherzten und lachten. Drei Frauen oben ohne drückten sich an sie, kicherten und gaben sich äußerst freizügig. In der Mitte des Salons vollführte eine schlanke Mittzwanzigerin aufreizendes *Pole Dancing*. Zu sanften Klängen von *Stairway to Heaven* ließ sie gerade die letzte Hülle fallen. Ein paar Kerle grölten. An den burgunderroten Wänden lockten pornografische Szenen. Die Kellnerinnen trugen G-Strings, wodurch Uniformen eingespart wurden. Zwei Barhocker weiter lächelte ihn eine attraktive Blondine über einem üppigen Busen an. Cooper grinste zurück und holte sein Smartphone heraus. Es sah aus, als hätte er Empfang. Er öffnete WhatsApp mit angeblich sicherer Verschlüsselung. Zumindest wollte die NSA, dass wir das glauben. Er rief Kottmann an, der nach zweimaligem Klingeln abnahm.

»Major Cooper, gut, dass Sie anrufen. Wie läuft's in der Hauptstadt der Camorra? Sind Sie allein? Okay. Ich erhielt eben einen Anruf von Oberst Krall, der bestätigte, dass Sie sich im Hotel getroffen haben.«

»Das ist richtig.«

»Versuchen Sie, niemanden zu töten oder sich töten zu lassen. Sie haben einen Auftrag zu erledigen.«

Cooper bestätigte, nahm einen Schluck vom Bier, das ihm der Barkeeper zugeschoben hatte.

»Krall sagte mir, Sie erkundigten sich nach Prostituierten.«

»Sagte er Ihnen auch, dass er ein Experte auf diesem Gebiet ist?«

Kottmann lachte: »Das tat er nicht. Aber sagen Sie mir, warum Sie ihn gefragt haben.«

»Nun, wie sich herausstellt, hat sich meine Idee, Max Affolter erneut zu befragen, ausgezahlt.« Cooper fuhr gleich fort: »Affolter hatte Amos nicht in der Bar des *Royal Continental* Hotels entdeckt. Er gestand, dass er ihn in einem Bordell gesehen hat.«

Kottmann schwieg einen Moment lang und sagte dann: »Das hätte ich mir denken können.«

»Affolter gab mir eine allgemeine Beschreibung des Bordells. So fragte ich Krall nach Nutten und Bordellen, und er brachte mich mit einem Zuhälter namens Paolo zusammen.«

»Gute Detektivarbeit, und haben Sie mit eh … Paolo gesprochen?«

Das habe er, antwortete Cooper. Paolo habe ihm vorgeschlagen, nach einer Villa in Pompeji zu suchen, wo übrigens schon die Römer ein Bordell hatten, das heute eine archäologische Sehenswürdigkeit sei.

»Okay, wie kommt es, dass Sie jetzt nicht dort sind.«

»Bin ich. Eben angekommen. Es ist ein Edelbordell, wo ich gerade die Weiterführung der römischen Traditionen im Sexgewerbe studiere.«

»Das sieht Ihnen ähnlich, Cooper. Und haben Sie etwas herausgefunden?«

»Nein, noch nicht, ich glaube, ich werde jetzt herumfragen, ob Amos hier ist. Vielleicht taucht er auf, beschwipst hoffentlich, oder liebestrunken.«

Kottmann schwieg ein paar Herzschläge lang, dann meinte er: »Sie können heute Abend die Sache abschließen und morgen nach Hause gehen.«

Cooper hatte es nicht gern eilig. Er hatte gesehen, wie in Afghanistan zu viele Männer getötet wurden, die heute noch am Leben wären, wenn sie und ihre Offiziere ein bisschen umsichtiger und weniger machohaft gewesen wären.

»Cooper?«

»Wir stehen erst am Anfang. Wir müssen vorsichtig sein, hier gibt es auch minderjährige Mädchen.« Er fügte hinzu: »Kinderprostituierte.«

Kottmann gab keine Antwort, worauf ihm Cooper erklärte, es gebe ein Problem mit Affolter als Zeuge, falls sie ihn in den Zeugenstand riefen. Er würde als Bordellbesucher mit Minderjährigen nicht mehr glaubwürdig sein.

»Denken Sie nicht zu weit voraus, Cooper. Sie müssen Jens Amos nur festnehmen und in unsere Zuständigkeit zurückholen.«

»Ich weiß das.«

»Und verhören Sie ihn nicht. Fragen Sie ihn nichts außer nach seinem Namen, seinem Rang und seiner Dienststelle. Lesen Sie ihm seine Rechte vor. Wenn Sie das nicht tun oder ihn verhören, wird sein Anwalt sagen, dass er ohne Anwalt befragt wurde.«

»Das weiß ich auch.«

Kottmann fügte hinzu: »Kaufen Sie, was Sie brauchen, und geben Sie aus, was immer Sie brauchen, um Informationen zu kaufen, bestechen Sie, wer bestochen werden muss. Für diesen Fall gibt es kein Budget.«

Cooper grinste: »Gut, ich fange gerade mit einer großen Barrechnung an. Eigentlich gibt es gerade etwas Bewegung, ich muss den Anruf beenden.«

Er hat nicht aufgelegt, sondern noch eine letzte Frage gestellt: »Oberst, stört es Sie, dass wir nicht wissen, warum ein renommierter Virologe der Armee desertiert ist?«

»Es interessiert mich nicht, und Sie sollte es auch nicht interessieren. Sie sind nicht sein Anwalt, sein Beichtvater, sein Psychiater oder sein Lebensberater.«

Die Blondine rutschte auf einen Hocker näher zu Cooper.

»Wir sprechen uns später, Colonel.« Cooper legte auf. Nicht wegen der Blondine, sondern weil zwei Dinge gleichzeitig passierten. Luigi kam von den Toiletten zurück, setzte sich an die entfernte Ecke der Bar und nickte Cooper zu. Aus einer Seitentür erschien eine jüngere Frau in hellrotem Rock und weißer zugeknöpfter Bluse. Sie tippelte auf roten High Heels zu Cooper, wischte mit der Hand eine widerspenstige Strähne aus dem Gesicht und fragte: »Herr Berger, nehme ich an? Das erste Mal hier?«

»Sie sind Manuela, der Boss?« Er zog die herausgerissene Seite des Pompeji-Prospekts aus der Hemdtasche und reichte sie der Frau, die, wie er annahm, sicher die Geschäftsführerin war. »Von Paolo«, fügte er hinzu.

Sie nahm den Wisch, schaute kurze darauf, dann musterte sie ihn, wie sie vermutlich alle Neuen musterte. Cooper hatte viele Rollen in Geheimaufträgen gespielt, und er hatte ein Gespür dafür, wie er für jede Rolle aussehen und handeln musste. Heute war er Rolf Berger, ein sexhungriger Unternehmensberater. Manuela sollte merken, dass Rolf nervös, aber aufgeregt war, weil er seinem Drang in ein echtes Bordell folgte, das Paolo empfohlen hatte.

Sie kam rasch zur Sache. »Hier sind Ihre Möglichkeiten, Herr Berger: Sie trinken an der Bar oder in der Lounge, können mit den Damen flirten und sie anfassen, sonst nichts, kostet zweihundert Euro.« Dann zeigte sie zu den dämmrigen, mit rotem Samt verkleideten Nischen und erklärte, in einem der Séparées bekomme er Fellatio und Drinks, keinen Fick, dreihundert Euro, oder er gehe nach oben zu den Zimmern der Girls, das koste sechshundert die Stunde.

Cooper deutete mit dem Daumen nach oben. Er bevorzuge junge Girls.

»Okay, Zimmer zwölf, sie ist jung, spricht kein Englisch.« Sie schaute ihn durchdringend an, rieb ihren Daumen auf dem Zeigefinger. »Vorauszahlung, bitte.«

»Okay.« Cooper griff nach dem Notenbündel in der Jackentasche und blätterte den Betrag auf den Tresen. Sie nahm die Scheine, zählte nach, dann wies sie ihn zur Tür hinter Luigi, der vom Barkeeper gerade einen Drink erhielt. Cooper wartete, bis die Geschäftsführerin sich zu den Männern an den Clubtischen entfernte, dann stand er auf und ging zu den Toiletten.

Er fand die Beretta. Luigi hatte sie in den grauen Treteimer gelegt und mit gebrauchten Papierhandtüchern bedeckt. Er steckte die Waffe ein, ging zur Bar zurück. Dann entdeckte er eine Seitentür, die wie die Wände rot gestrichen und im schummrigen Raum fast unsichtbar war. Sicher war es diese Tür, durch die sich Jens Amos nach der Konfrontation mit Affolter verzogen hatte? An der Bar lehnte sich Cooper an Luigi und raunte ihm zu, er solle in einer halben Stunde draußen abfahrbereit warten.

Luigi nickte mit zusammengekniffenen Lippen. Danach schritt Cooper an zwei Lautsprecherboxen vorbei zur Tür mit der Aufschrift *To The Girls,* stieß sie auf, stieg die breiten Stufen hoch.

23

Cooper ging einen langen, breiten Korridor entlang, der von edlen, mit goldenen Platten nummerierten Holztüren gesäumt war. Hinter einigen Türen hörte Cooper das rhythmische Quietschen der Matratze, das gelegentliche und eher wenig überzeugende Stöhnen weiblicher Lust. Vor Nummer zwölf blieb er stehen, klopfte an die Tür und lauschte. Keine Antwort. Er zog die Beretta heraus, öffnete die Tür, blickte in den schwach beleuchteten Raum und erschrak. Ein junges Mädchen, gewiss nicht älter als vierzehn Jahre, saß auf dem Bett, mit dem Rücken an die Wand gepresst, allein. Sie hatte die Knie angezogen, trug ein rotes Oberteil und Jeans-Shorts. Ihr Gesicht war mit Glitter gesprenkelt. Erschrocken blickte sie auf die Pistole. Cooper schloss die Tür, steckte die Waffe wieder in seinen Hosenbund und beruhigte das Mädchen in seinem besten Italienisch. »Ich bin nicht hier, um dir wehzutun.«

Es nickte schwach: »Ich bin Angelina, was wollen Sie?«

»Ich suche einen Mann namens Jens, er hat eine Salamander-Tätowierung auf dem Arm. Kennst du ihn?«

Sie bejahte prompt. »Der Professor. Er war hier.«

»Wann war er hier?«

»Vor etwa drei Wochen.« Dann fügte sie hinzu: »Er mochte ältere Mädchen, deshalb sah ich ihn nur einmal.« Angelina zeigte auf das Bett. »Da. Er war nett. Er bezahlte mich für zwei Stunden, aber …«

»Aber was?«

»Er brachte mir Süßigkeiten und Geld und setzte sich einfach zu mir aufs Bett. Er sagte mir, ich solle mich ausruhen, und ich schlief dann ein, und als ich aufwachte, war er weg.«

Cooper dachte darüber nach. Jens Amos hatte beschlossen, Angelina eine Pause von ihrem trostlosen Beruf zu gönnen. Er beschützte sie, als ob er eine moralische Grenze ziehen wollte, und wahrscheinlich fühlte er sich dabei human.

Cooper fragte: »Hatte der Professor hier eine Lieblingsfrau?«

»Ja, Lia. Sie spricht Englisch, deshalb war sie wohl seine Lieblingsfrau. Sie ist in Zimmer zweiundzwanzig.«

»*Grazie.*« Cooper nahm fünf Euro-Zwanziger aus seiner Brieftasche, legte sie auf den Tisch neben dem Bett und riet ihr, sie zu verstecken. Sie starrte ihn an und antwortete nicht.

Einen Moment lang überlegte er, die Kleine mitzunehmen, aber das ging nicht, sie war nicht Teil der Mission.

Er verließ das Zimmer, ging den Flur entlang und blieb an der Tür mit der Nummer zweiundzwanzig stehen. Als er klopfte, rief eine zornige Stimme: »*Occupado.*«

Lia war besetzt, aber Cooper drehte den Knauf, machte die Tür auf, trat schnell ein und schloss hinter sich ab.

Der Raum war genauso groß wie der andere, aber mit einem Dekor, das mehr auf Erwachsene ausgerichtet war: Fesselutensilien, die an Haken an einer roten Wand hingen, ein Teppich mit Leopardenmuster, ein in violettem Satin drapierter Tisch mit zwei brennenden Kerzen für einen Hauch von Romantik.

»*Porca Miseria*«, fluchte die splitternackte Brünette Mitte zwanzig. Sie stand über einem Bett in voller Größe, eine Lederpeitsche in der Hand. Ein Kerl mittleren Alters war über das Bett gebeugt und trug nur rosa Handschellen.

Lia schrie Cooper erneut an und gestikulierte mit der Peitsche. Sie schien aber von einem mit Pistole hereinstürmenden Mann nicht sonderlich eingeschüchtert.

Der Typ hingegen blickte Cooper mit großen Augen über die Schulter an und fragte sich wahrscheinlich, ob dies Teil des Rollenspiels war.

Cooper schnauzte ihn an: »Stehen Sie auf.«

Lia begann zu protestieren, aber der Mann schaffte es aufzustehen, drehte sich zu ihm um. Seine Hände waren hinter dem Rücken gefesselt, und sein Penis stand stramm in Habachtstellung.

Er sagte etwas, was Cooper dahingehend verstand, dass er ihm Geld anbot.

Lia fragte: »Was wollen Sie?«

Er gestikulierte zu ihrem Kunden. »Sagen Sie ihm, er soll sich auf den Boden legen.«

Lia redete mit ihm. Er legte sich folgsam mit dem Gesicht nach unten auf den imitierten Leopardenteppich.

»Binden Sie ihm die Knöchel zusammen.«

Lia schaute zur Tür. »Wo ist Manuela?«

»Sie ist im Salon beschäftigt. Sie schickte mich hoch. Los, machen Sie schon.«

Lia zog ein Stück Seil vom Haken, hockte sich dann neben ihren Kunden und fesselte seine Füße.

»Schieben Sie ihn unter das Bett. Und sagen Sie ihm, wenn er einen Ton von sich gibt, bringe ich ihn um.«

Lia übersetzte es, dann rollte sie ihn unter das Bett. Cooper griff nach einem weißen Bademantel auf einem Stuhl und warf ihn Lia zu. Sie starrte ihn einen Moment lang an, dann zog sie den Mantel über und setzte sich auf den Bettrand.

Sie fragte: »Zu wem gehören Sie?« Sie wollte nicht den Namen wissen, sondern wen er repräsentierte.

»Militärjustiz«, antwortete Cooper.

Sie gab keine Antwort darauf.

»Ich suche den Professor, Jens Amos, ein alter Freund aus der Armee. Man berichtete mir, er sei auch ein Freund von Ihnen.«

Lia schüttelte ihren Kopf. »Ich kenne den Kerl nicht.«

»Fünfhundert Euro, um Ihrer Erinnerung nachzuhelfen.«

Sie musterte ihn, dann schaute sie auf seine Hosentaschen. »Zeigen Sie die Kohle.«

Er streckte ein Bündel mit zehn Fünfzigeuroscheinen in die Luft. Sie starrte darauf und gestand: »Ich kenne ihn.«

Cooper steckte die Noten wieder in seine Tasche. »Zuerst Informationen.«

»Geld zuerst. Was ist, wenn Sie mich bescheißen?«

Cooper fragte: »Was werden Sie mit dem Geld tun? Mir den Arsch versohlen?«

Sie lächelte: »Nein, Mann, das kostet extra.«

Cooper gab mit der Schuhspitze dem Kerl unter dem Bett einen Stups. »Wie lange sollten Sie mit diesem Kerl zusammen sein?«

»Er hat für eine ganze Stunde bezahlt.«

Cooper steckte die Beretta wieder in den Hosenbund. Lia griff nach einer Schachtel Zigaretten, holte eine heraus und zündete sie an.

Cooper fragte: »Ist Jens Amos hier?«

Sie nahm einen Zug und blies den Rauch zur Decke. »Nein, er ist seit etwa drei Wochen nicht mehr hier gewesen.«

»Wie lange kennen Sie ihn schon?«

Lia dachte einen Moment nach. »Vielleicht zwei Monate. Ich traf ihn in der Lounge, er sah gut aus. Wegen meines Englisch wurde er zu mir geschickt. Also kommen wir in diesen Raum, verbringen etwas Zeit, er bezahlt und geht. Er sagte mir, er sei Wissenschaftler, also nannten wir ihn den Professor.« Sie zog an der Zigarette und fuhr fort, »am nächsten Abend ist er wieder im Salon.« Sie machte eine Pause und betonte: »Aber dieses Mal spricht er mit *Lo Zoppo*.« Sie blickte Cooper erwartungsvoll an und fuhr fort: »Der Capo hat hier das Sagen, mit ihm legt man sich nicht an. Amos spricht also mit ihm, was vermutlich Geschäftemacherei bedeutet, denke ich. Aber ich habe den Professor nicht danach gefragt. Es geht mich nichts an.«

24

Cooper hörte draußen Stimmen, Schritte und wollte die Befragung beenden, bevor die bösen Jungs von *Lo Zoppo* ihn fanden.

Er konzentrierte sich wieder auf Lia. »Worüber hat der Professor gesprochen?«

Lia beobachtete nervös einen Moment lang die geschlossene Tür, zog an der Zigarette. »Nicht über vieles, wie ich schon sagte. Nur einmal, bevor er mich ins Flugzeug brachte, erklärte er mir, dass er so etwas wie eine Wunderdroge erfunden habe, um diese verdammte Epidemie zu bekämpfen.«

Cooper sagte nichts. Lia schaute ihn an: »Sie sind also ein Ermittler der Armee. Hat der Professor etwas verbrochen?«

»Nein, ich will ihn beschützen. Fiese Typen sind hinter ihm her, um seine Erfindung zu stehlen.«

Lia warf ihm einen skeptischen Blick zu. Sie rauchte ihre Zigarette zu Ende, drückte sie in einem Aschenbecher aus und zündete sich eine neue an.

Cooper fragte: »Wohin hat er Sie in dem Flugzeug gebracht, das Sie gerade erwähnt haben?«

Sie lächelte. »Eines Abends ist er bei mir, und wir tun, was wir tun, und nachdem wir es gemacht haben, wollte er, dass ich zur Abwechslung mal hier rauskomme. Er mochte mich halt und versicherte mir, dass *Lo Zoppo* einer kurzen Reise in einem Flugzeug irgendwo ins Ausland zustimmte.« Sie fügte hinzu: »Wahrscheinlich, weil ich Albanisch spreche.«

»Wie kommt das?«

»Ich wurde dort geboren. Jetzt gehört der Ort zum Kosovo. Amos sagte, er habe dort geschäftlich zu tun und er wolle mich einfach an seiner Seite haben.«

»Als Dolmetscherin?«

»Das hat er nicht gesagt.«

Cooper merkte, dass er in eine neue Dimension eintauchte. Amos benutzte dieses Edelbordell als Versteck und Treffpunkt. Wie ein Stammgast. Aber es gab anscheinend noch mehr. Wahrscheinlich hatte er sich bei der örtlichen Macht eingeschmeichelt. Bei *Lo Zoppo* wahrscheinlich. Was zum Teufel hatte Amos vor?

Cooper fragte: »Haben Sie den Professor nach dem Zweck der Flugreise gefragt?«

Sie schüttelte den Kopf: »Er hätte es mir nicht gesagt, wenn ich gefragt hätte.«

»Können Sie mir sagen, wohin Sie geflogen sind?«

Wieder Schritte auf dem Flur. Lia starrte die Tür an und warnte: »Sie müssen gehen, bevor sie kommen, um nach mir zu sehen. Wenn sie herausfinden, dass ich mit einem Schnüffler, oder was auch immer Sie sind, über den Professor gesprochen habe, bekomme ich Ärger.«

»Ich werde es niemandem sagen.«

Seine Zeugin wurde nervös. Zeit, die Jagd abzubrechen. »Wissen Sie, wo der Professor jetzt ist?«

Sie zuckte mit den Achseln: »Es ist vielleicht der Ort, wo ich mit ihm hingegangen bin.«

»Name des Ortes?«

»Keine Ahnung, ich hörte ihn mal einen Namen sagen. Hörte sich an wie Brescia.«

»In Italien?«

»Nein, im Kosovo.«

Sie griff nach ihrem Smartphone vom Seitentisch, klickte und wischte auf dem Display, hielt es ihm dann entgegen. »Dieses Bild habe ich aus dem Flugzeug gemacht, als wir über eine Stadt geflogen sind.«

Cooper sah einen hellgrünen Park und mittendrin eine Vielzahl von verschachtelten braunen Wohnmodulen. Sie waren quadratisch aufeinandergetürmt, muteten futuristisch an. Große weiße auf die Flachdächer gesetzte Kugeln stachen ins Auge. Etwa dreißig an der Zahl. Im Hintergrund stand eine Kirche mit grauem Kuppeldach. Cooper hatte rasch sein Handy zur Hand und fotografierte das städtebauliche Merkmal.

Lia schaute ihm interessiert zu, dann sagte sie, »es wurde dunkel, aber ich sah aus der Luft, dass wir einem braunen Fluss folgten. Wir landeten irgendwo. Ein Chauffeur holte uns ab. Wir fuhren durch ein Dorf zu einem Haus hoch, wie ein Palast.«

»Können Sie es beschreiben?«

Lia dachte einen Moment lang nach. »Ich sah nicht viel. Erst am nächsten Morgen schaute ich mich etwas um. Es war ein Steinhaus auf einem Hügel, und ich sah Felder, große Bäume und viel Wald.«

»Wer befand sich sonst noch in diesem Palast?«

»Nur der Professor und ich. Später sah ich draußen einige Männer, Arbeiter oder Wächter, wie ich dachte.«

Cooper dachte über diese Information nach und fragte: »Können Sie beschreiben, was Sie um das Haus herum gesehen haben? Andere Gebäude, Fahrzeuge, eine Antenne?«

Lia schüttelte den Kopf. »Nein, ich musste in meinem Zimmer bleiben. Ich durfte nicht rausgehen, außer nach unten in die Küche.«

Cooper lauschte nach draußen. In der Halle schien alles ruhig. Er trat näher zu Lia und schaute sie eindringlich an. »Hören Sie gut zu, Lia. Sie waren ein paar Tage dort. Sie müssen mehr gesehen haben als nur die Küche.«

Sie blieb eine Weile stumm, dann gestand sie: »Der Professor hat mir sein Labor gezeigt, in einem anderen Gebäude.«

Cooper hörte Stimmen, die den Flur entlangkamen. Lia sollte für weitere zehn Minuten mit ihrem Kunden beschäftigt sein. Aber an der Tür war kein Schloss angebracht, und der Sicherheitsdienst könnte auf die Idee kommen, nach ihm und Lia zu sehen.

»Wie viele Männer gab es an diesem Ort?«

Sie zuckte die Achseln: »Der Professor sprach mal von einem Dutzend und dass ich mich von den Männern fernhalten sollte.«

Cooper schaute auf die Uhr. »Also, Sie sahen ein Labor. Hat Amos Ihnen etwas darüber erzählt?«

»Nein, er wollte nur, dass ich neben ihm bin. Ich dachte, er will mich beschützen.«

»Was haben Sie sonst noch gesehen? Denken Sie nach.«

Sie überlegte, schüttelte den Kopf, behauptete, sie habe sonst nichts gesehen.

Lia nestelte nervös an ihrem Bademantel. Cooper wechselte das Thema und fragte: »Ist es Ihnen schon einmal passiert, dass Sie zu einem Ausflug eingeladen wurden?«

Sie antwortete ausdruckslos: »Manchmal habe ich reiche Typen, die extra bezahlen, um mich in ein Hotel oder sonst wohin über Nacht abzuschleppen.« Nach einer Pause fügte sie hinzu, »aber der Professor wollte mir nicht sagen, wohin wir gingen.«

»Und was sagten Sie?«

»Es steht mir nicht zu, Fragen zu stellen. Der Mann will für sieben Tage, vierundzwanzig Stunden bezahlen, sage ich da etwa Nein? Dann wäre ich total am Arsch. Außerdem, wissen Sie, ich mochte ihn.«

»Also gingen Sie an diesen Ort im Kosovo?«

»Ja, wir starteten von hier aus. Wir kommen auf den Flugplatz. Ich bin aufgeregt, ich bin noch nie geflogen. Wir steigen in ein kleines Flugzeug mit einem Piloten, und er hebt ab. Ich wusste nicht, wo zum Teufel wir hinfliegen, und der Professor war sehr still.«

Jens Amos klang wie der starke, stille Typ. »Was für ein Flugzeug war es?«

Lia zuckte mit den Achseln. »Wie ein Flugzeug, nicht groß, mit zwei Propellern, und innen gab es mehrere Sitze.«

»War ein Name am Flugzeug?«

Sie schüttelte den Kopf: »Das war mir scheißegal.« Sie dachte einen Moment lang nach, fügte dann hinzu: »Aber ich weiß, dass wir kurz danach in Avezzano zwischengelandet sind.«

»Guter Punkt.«

»Ich musste dort die ganze Zeit im Flugzeug bleiben. Amos verließ die Maschine und kam erst fast eine Stunde später zurück.«

»Hat er Ihnen gesagt, was er dort gemacht hat?«

Sie schüttelte den Kopf. »Ich sagte Ihnen doch, er hat mit mir nicht über seine Geschäfte gesprochen. Er hat wahrscheinlich die Fabrik besucht.«

»Sie sahen ihn in die Fabrik gehen?«

»Ja, wo sollte er sonst hin? Es war dort nur ein Fabrikgebäude.«

Cooper stand auf und gab Lia nochmals hundert Euro. »Sie waren sehr hilfreich, Lia. Ich werde Sie loben, wenn ich den Professor sehe.« Er ging zur Tür. Bevor er sie öffnete, drehte er sich um und fragte: »Kennen Sie den Namen der Fabrik?«

»Nein … Ich sah nur ein blau-weißes Neonschild auf einem Dach, aber ich weiß nicht mehr, was darauf stand. Wollen Sie den Professor kidnappen? Hat die Armee Sie deshalb geschickt?«

Cooper schüttelte den Kopf: »Wer auch immer Sie etwas fragt, Sie wissen nur, dass wir Jens Amos suchen, um ihm zu helfen.« Er ging zur Tür. »Sie haben noch fünf Minuten mit Ihrem Kerl. Stellen Sie ihn zufrieden.«

Cooper hatte mehr Informationen erhalten, als er sich im besten Fall erhoffen konnte. Um den Rest zu einem perfekten Tag zu machen, musste er nur noch sicher und lebendig herauskommen.

25

Cooper verließ Zimmer zweiundzwanzig und wandte sich nach rechts zur Tür am Ende des Ganges, durch die er in den Aufenthaltsraum käme. Er hatte Luigis Beretta in den Hosenbund unter das weite Hemd gesteckt. Der Versuch, heimlich vorzugehen, war seine beste Option. Er öffnete die Tür vorsichtig. Ein Schwall lauter Musik erfüllte den ruhigen Korridor. Mehr Leute saßen an den Tischen als vorher. Eine andere Tänzerin rekelte sich an der Stange, und wenn alle Augen auf sie gerichtet wären, wenn die Gehirne der Kerle vom Alkohol getrübt wären, ihre Geilheit das Denken übernähme, könnte es funktionieren. Er hatte beschlossen, die unauffällige Seitentür zu benutzen, die er sich eingeprägt hatte, als er an der Bar saß. Es kam ihm vor, als sei es ewig her, aber er hatte nicht mehr als eine gute halbe Stunde mit Lia verbracht.

Er ging die Treppe hinunter, die Seitentür im Auge, schnell, aber nicht zu schnell. Schau niemanden an, aber achte auf deine Umgebung.

Dann sah er die Bewegung am Metalldetektor. Drei Männer in schwarzen Anzügen und weißen Hemden waren gerade durchgegangen. Sie sprachen nun mit Luciano, dem Ex-Feldwebel der Carabinieri.

Cooper war weniger als drei Meter von der Tür entfernt, als er einen der Männer im schwarzen Anzug auf ihn zustürmen sah. Er schrie laut, um die Musik zu übertönen: »Hey! Wo zum Teufel gehst du hin?«

Ein paar Gäste, ihre Köpfe zum Mann gewandt, fragten sich, was ihn so aufregte.

Luciano, immer noch beim Metalldetektor, muss Cooper gesehen haben, wie er zum Seitenausgang schlich. Plötzlich zog er seine Beretta aus dem Halfter. Cooper hielt seine in der Hand, schussbereit, drückte mit dem Ellbogen die Tür auf und trat hinaus.

Er atmete schneller. Draußen befand er sich unter dem Schutz mehrerer Kiefern. Bodenleuchten strahlten die Baumwipfel an und boten Cooper genug Licht, sich zu orientieren. Die Erde war feucht. Er lief die Mauer der Villa entlang, als sein Telefon vibrierte. Es war Luigi, der aufgeregt keuchte: »Kommen Sie zum Schuppen mit den Traktoren.«

Dies bedeutete, dass Cooper eine Abkürzung durch die Kiefern nehmen konnte, ohne die Eingangstür mit dem Türsteher zu passieren.

Er rannte los, dachte darüber nach, Winter anzurufen, aber das Wichtigste zuerst, sagte er sich. Er stolperte durch niedriges Gebüsch, erblickte die Rückseite des Schuppens und näherte sich ihm, als er hinter sich Schreie hörte. Jemand gab Befehle. Er konnte niemanden sehen, aber es gab keinen Zweifel daran, dass die Verfolger die gleiche Seitentür benutzt hatten und nach ihm suchten. Wer waren sie? Vielleicht war es ein Fehler gewesen, Paolo im archäologischen Museum das Bild von Jens Amos zu zeigen. Der Schleimer muss jemanden in der Befehlskette informiert haben, dass Cooper den Professor suchte. Er entschied, dass seine

Verfolger die Vollstrecker von *Lo Zoppo* waren, mit dem Befehl ausrückten abzuklären, warum ein Kunde namens Berger nach Jens Amos schnüffelte. Wie auch immer, die Situation war so, wie sie war, und es gab die einzige Möglichkeit, das Gelände auf Teufel komm raus zu verlassen. Cooper drückte sich vorsichtig um die Ecke des Schuppens. Nieselregen fiel in sein erhitztes Gesicht. Luigi stand in der geöffneten Fahrertür seines Fiat Doblo. Der Motor lief. Er winkte Cooper hektisch zu.

Da heulte oben bei der Villa ein Motor auf. Nicht gut. Eile war geboten. Cooper lief los, warf sich Sekunden später auf den Beifahrersitz. Luigi, die Lippen zusammengepresst, machte seinen Lieblingsstart, nahm unter Reifenquietschen die erste Kurve und beschleunigte rasant bergab.

Das Problem war die Absperrung am Kontrollpunkt mit den bewaffneten Wachen. Cooper drehte sich nach hinten. Er sah einen Scheinwerferkegel durch die Kiefernäste streifen.

Noch eine Kurve, dann führte eine längere Strecke Asphalt zum Tor.

Cooper war bereit, Luigi zu befehlen, die Barriere mit der Wucht des Fahrzeugs zu durchbrechen. Aber diese Option wurde vereitelt.

Zum Glück, wie Cooper sogleich realisierte.

Laura Winter stand in der Nähe des Wachhauses und schaute bergauf. Was zum Teufel hatte sie dort zu suchen? Aber seine Partnerin entpuppte sich so, wie er sie kannte. Zuverlässig, intelligent, mit Spürsinn und der Gabe der Vorahnung.

Sie hielt ein Gerät in ihrer Hand, klickte darauf, und die Schranke der Absperrung ging hoch.

Cooper traute seinen Augen nicht. Die beiden Kerle lagen vor dem Wachhaus regungslos auf dem Boden. Eine kühne Aktion, die er Laura zwar zugetraut, aber niemals erwartet hätte.

Winter eilte zur Hintertür, als der Doblo mit quietschenden Reifen zum Stehen kam, öffnete sie und warf sich auf den Rücksitz. Keuchend diktierte sie: »Los, Beeilung, schnell.«

Cooper drehte sich um und sah sie mit einer Mischung aus Verwirrung und Bewunderung an. »Gute Arbeit. Gerade noch rechtzeitig. Woher wussten Sie es?«

»Weibliche Intuition«, keuchte sie, immer noch um Atem ringend.

Luigi näherte sich der Einmündung zur Via Marconi, um zum Hafen abzudrehen. Mit weit geöffneten Augen blickte er durch den Rückspiegel auf Winter. »Mann, Sie haben ja ein tolles Weib«, murmelte er.

Winter erklärte: »Ich erkundete die Umgebung, wie abgemacht, und beschloss dann, mich bergauf anzuschleichen. Da entdeckte ich das Tor und die Wachen. Ich versteckte mich und wartete auf ein Zeichen von Ihnen, einen Anruf, aber Sie wollten mich ja nicht auf dem Laufenden halten, Major.«

Cooper sagte nichts.

»Dann sah ich diesen schwarzen Mercedes ankommen, und die Wachen verhielten sich, als stünde ihnen Gott persönlich gegenüber. Drei Männer saßen in der Limousine, und der Fahrer. Ich sah ihre Gesichter gut. Einer stieg aus, imposante Figur, ein Capo dachte ich. Er sprach mit dem Korporal, der wie versteinert wirkte. Ich belauschte die kurze Unterhaltung. Es ging eindeutig um Sie, Mike, und Luigi. Dann telefonierte der autoritäre Typ.«

Sie machte eine Pause, als Luigi abrupt bremste, um einem Radfahrer auszuweichen, fuhr dann fort: »Wenn ich einen Gangster sehe, weiß ich, dass es ein Gangster ist. Diese Männer waren gefährlich, und ihr Verhalten sagte mir, dass sie Häscher des Capo sein müssten. Seine Leutnants oder etwas Ähnliches.«

Als Cooper nur nickte, fuhr sie fort: »Da beschloss ich, dafür zu sorgen, dass Sie Ihren Hintern heil aus diesem Bordell herausbekommen.«

Cooper hielt den gestreckten Daumen hoch.

Winter betonte: »Die beiden Wachen sind k.o. Sie dachten nicht im Traum daran, dass eine blonde Tussi sie überrumpeln würde. Ihr Pech. Ein paar meiner Krav-Maga-Griffe, und sie träumten weiter. Wie ist jetzt der Plan?«

Cooper warnte: »Wir werden verfolgt. Ich hörte oben ein Fahrzeug starten.«

Luigi, der mithörte, drückte das Gaspedal auf die Matte, blickte besorgt in den Rückspiegel. »Noch nichts zu sehen.«

Als Luigi den Hafen mit den vertäuten Booten erreichte, befahl ihm Cooper, scharf rechts abzubiegen. Luigi tat wie befohlen und fuhr langsam hinaus auf die lange Mole.

»Licht aus und da vorne wenden«, orderte Cooper scharf. Es war ein militärischer Reflex, das Fahrzeug stets in Abfahrtsrichtung zu parken. Der Himmel war bedeckt, kein Mondschein. Altmodische Lampen in großen Abständen spendeten mattes Licht, und ein Scheinwerferstrahl der Küstenwache spiegelte sich auf dem Wasser der Hafeneinfahrt. Cooper realisierte, dass keine Dunkelheit ihr Fahrzeug tarnte.

Es dauerte weniger als zwei Minuten, bis eine schwarze Limousine an der Abzweigung zur Mole auftauchte, scharf bremste und anhielt. Der Fahrer musste im spärlichen Licht den kantigen Doblo in hellem Grau erspäht haben.

»Er ruft nach Verstärkung«, vermutete Cooper.

»Sie haben es geschafft, uns in eine Sackgasse zu bringen, Major«, bemerkte Winter zynisch.

»Schon gut. Machen wir das Beste daraus. Mal sehen, wie es weitergeht.«

Der Wagen setzte zurück, bog zur Mole ab und hielt direkt auf sie zu.

Cooper vermutete, dass der Kerl am Steuer die Sache allein durchziehen wollte. Vielleicht um Eindruck auf seinen Chef zu schinden oder aus blinder Wut über die überwältigten Wachen am Tor. Handeln aus Wut ist immer von Nachteil, trübt die Sinne, wusste Cooper, als die Limousine etwa zwanzig Meter vor ihnen anhielt. Der Fahrer schaltete auf Standlicht und stieg aus.

Der Kerl war allein.

Cooper öffnete die Beifahrertür, setzte die Füße auf den Asphalt, befahl Winter, sich seitlich am Heck des Doblo im Hintergrund zu halten. Dann stand er auf. Luigi starrte hinter dem Lenkrad geradeaus.

Die Limo war ein Mercedes, und der Mann, der ausgestiegen war, hatte große Schuhe, dicke Schultern, eine zu enge Anzugsjacke. Vielleicht ein Meter fünfundachtzig, vielleicht hundertzehn Kilo. Kein rauflustiger kleiner Italiener. Ein richtiger Brocken.

Vielleicht diente er einmal bei einer Spezialeinheit der Armee, wo Größe eine Voraussetzung ist.

Der Typ machte einige Schritte nach vorn, bis er etwa drei Meter von Cooper entfernt stehen blieb. Er rief: »Keine hastigen Bewegungen. Ich bin bewaffnet.«

»Wie wär's, wenn Sie mir sagen, was Sie vorhaben«, rief Cooper zurück.

»Klappe halten und Hände schön in die Luft. Es besteht keine Chance für dich, gesund aus der Sache herauszukommen, wenn du nicht genau machst, was ich dir befehle.«

Der Bursche war tatsächlich groß und stark. Jetzt schob er seine Handfläche unter die Jacke.

In diesem Moment schrie Winter: »Keine Bewegung!«, und Luigi schaltete aus einem Reflex die grellen Scheinwerfer an.

»Gut gemacht, Luigi.«

Der Kerl schaute, woher die Stimme kam, blinzelte ins Licht. Sein Fehler. Die Sekunde seiner Unaufmerksamkeit genügte Cooper. Er zögerte nicht. Er sprang nach vorne. Er fühlte sich wie eine riesige Feder, die fest gewickelt war, bereit, sich plötzlich zu entspannen. Mit heftiger Geschwindigkeit und Gewalt schlug er mit dem Ellbogen einen Bogen, so als ob eine Lenkrakete hart gegen die Seite des Kopfes des Typen schlagen würde, eine Handbreit über seinem Ohr. Ein kolossaler Schlag, als ob er von einer Eisenstange getroffen würde. Das hätte die meisten Kerle erledigt. Alles, was es dem schweren Italiener antat, war, ihn vom Boden abprallen zu lassen und auf die Knie zu werfen. Bevor er sich aufrappelte, stand Winter neben ihm und drückte den Lauf ihrer Glock an seine Schläfe.

»Wage nicht zu atmen!«, schrie sie ihn an. Mit ihrer freien Hand warf sie Cooper Plastikhandschellen zu, der sie auffing. Er ging damit hinter den knienden Kerl, packte seine Pistole am Lauf und schlug sie ihm heftig gegen die empfindliche Stelle am Hals. Ohne zu zögern, fesselte er dem Taumelnden die Hände auf den Rücken.

Cooper hockte sich hin, durchsuchte seine Taschen und nahm seine Waffe, sein Telefon und seine Brieftasche heraus. Die Waffe war eine Beretta Kaliber neun Millimeter, nicht neueren Datums, getragen, aber gut gepflegt. Das Telefon war ein flaches schwarzes chinesisches Stück mit einem Bildschirm wie jedes andere Telefon, nur dass dieser hell erleuchtet war. Er reichte es Winter: »Da läuft ein Sprachmemo, schalten Sie es nicht weg.« Bei der Brieftasche handelte es sich um ein schwarzes Lederteil, das die Zeit in die Form einer Kartoffel verwandelt hatte. Es war vollgestopft mit Euroscheinen, einer Reihe von Karten und einem Führerschein mit Bild und Namen des Mannes: Benito Mussone. Cooper steckte die Brieftasche ein.

Luigi war ausgestiegen und fragte: »Was machen wir mit ihm?«

Winter warf einen besorgten Blick auf ihn und meinte: »Wir können ihn nicht hierlassen.«

»Stimmt«, bestätigte Cooper. »Wir müssen ihn irgendwo verstecken. Aus den Augen, aus dem Sinn.«

Für Sekunden herrschte Stille. Dann fragte Winter: »Wo können wir ihn verstecken?«

»Im Kofferraum des Mercedes. Er wird da sicher und geborgen sein.«

»Er könnte aussteigen«, wandte Luigi ein. »Die neuen Modelle haben jetzt eine Sicherheitsvorrichtung. Einen Plastikgriff, der im Dunkeln leuchtet. Er lässt den Kofferraum von innen aufspringen.«

»Ich glaube nicht, dass sie den in einem Gangsterauto haben«, schätzte Cooper. »Die haben ihn entfernt.« Er stemmte den Kerl unter den Armen hoch, und Luigi packte ihn an den Füßen, und sie begannen, ihn um den Mercedes herumzutragen. Sie hielten am Kofferraum an. Winter öffnete die Fahrertür, fand den Knopf zum Öffnen. Der Deckel hob sich. Cooper kippte zuerst die Schultern des Mannes hinein, dann packte Luigi die Beine und warf sie in den Kofferraum. Cooper überprüfte die Innenseite des Schlosses, und wie erwartet gab es keinen im Dunkeln leuchtenden Rettungsgriff. Er schloss den Kofferraum, ging zum Doblo und stieg auf den Beifahrersitz.

Winter war hinten eingestiegen und meinte, man könne die Limousine nicht stehen lassen. Früher oder später würde sie entdeckt.

»Das ist mir egal. Die Limousine ist schwarz, liegt im Halbdunkel. Es wird dauern, bis sie entdeckt wird.«

Widerwillig stimmte Winter zu. Luigi fuhr am Kommandogebäude der Küstenwache vorbei, unter der Eisenbahnlinie hindurch und schwenkte auf den breiten Corso Umberto ein. Wenige Minuten später erreichten sie die Autostrada Richtung Neapel.

Winter fragte zu Cooper gewandt: »Glauben Sie, dass die Wachen am Tor unser Nummernschild notiert haben? Oder hat es dieser Benito vielleicht abgelesen?«

Coopers Motto lautete, rechne immer mit dem Schlimmsten. Er entschied: »Wir müssen Luigis Doblo eine Weile aus dem Verkehr ziehen.«

»Was glauben Sie, wie lange wird es dauern, bis sie ihn im Kofferraum finden? Vielleicht geht es ihm nicht gut.«

Er antwortete ungehalten: »Ich verstehe nicht, wie sein Wohlergehen plötzlich zu meiner Verantwortung wird. Er wollte mich angreifen, da ging es um mein Wohlergehen.«

26

Laura Winter gähnte: »Ich fürchte, wir müssen ein paar Stunden totschlagen und sollten etwas schlafen.«

Oder sie könnten etwas anderes tun, dachte Cooper.

Als hätte sie seine heimlichen Gedanken erraten, gestand sie: »Es tut mir leid.«

Was tat ihr leid? Dass sie ihn über Jack Coles Engagement im Kosovo im Dunkeln ließ? Dass sie ihm verschwiegen hat, was der CIA-Agent vermutlich über den Tod von Larissa Konsalik im Minenfeld wusste? Oder dass sie seinen berechtigten Gelüsten auf dem Balkon nicht nachgegeben hat?

Sie flüsterte: »Es tut mir leid, wenn ich Sie gestern Abend auf dem Balkon angemacht habe.«

»Okay, vergessen wir die Sache. Nichts passiert.«

Aber sie wollte nicht vergessen. »Bringen wir den Auftrag hinter uns, dann … lade ich Sie zu einem netten Abendessen bei mir zu Hause ein.«

Er war nie in ihre Wohnung eingeladen worden. Tatsächlich hielten sie in ihrer Freizeit Abstand. So merkwürdig war das nicht. Vielleicht war es klug so.

»Mike?«

»Keine schlechten Gefühle, bitte.«

Sie lächelte. »Versprochen.« Dann fragte sie: »Wann wollen wir morgen aufbrechen?«

Cooper erwiderte nichts. Ein Wegweiser tauchte auf, zeigte nach Ercolano an der Küstenstraße. Auch eine Stadt wie Pompeji, die vom Vesuv verschüttet wurde. Er starrte geradeaus, die Lichter der Vorstadt kamen näher, ein schwacher Mondschein durchbrach die Wolken und legte einen Silberstreifen auf das dunkle Meer.

»Mike?«

Cooper spürte, dass etwas schieflief. Es war einer dieser Momente, die er bei seinen Einsätzen immer wieder erlebt hatte, wenn eine Operation vor einer Wende stand. Eben war er im Begriff gewesen, den größten Fehler zu begehen.

Ein paar Stunden totschlagen? Schlafen gehen? Eine totale Fehleinschätzung der Lage.

Er schüttelte sich genervt, wandte sich Winter zu. »Wir können nicht im Hotel bleiben. Zu riskant. *Lo Zoppos* Leute haben unsere Personenbeschreibung. Sie können herausfinden, in welchem Hotel wir sind.«

Winter fragte stirnrunzelnd: »Sollen wir in ein anderes Hotel?«

Cooper verneinte kopfschüttelnd. »Laura, nehmen Sie es mir nicht übel, aber Sie sind zu auffällig. Die genaue Beschreibung einer attraktiven Blondine dürfte bereist überall zirkulieren. Wir müssen die Stadt verlassen.«

Winter blieb stumm. Luigi schaute fragend herüber.

»Richtig, Luigi. Wir fahren heute Nacht nach Avezzano. Kann ich auf Sie zählen?«

Luigi kratzte sich am Hinterkopf. Vielleicht überlegte er, ob er bei diesem verrückten Paar bleiben sollte, das ihn offensichtlich in große Schwierigkeiten gebracht hatte. Aber Luigi war ein loyaler Mann. Er rieb sich das Kinn, nickte langsam und sagte dann: »Okay, aber mein Honorar, *Signore* …«

Cooper klopfte ihm lächelnd auf die Schulter. »Das ist okay, Sie sind unser Mann. Ich hatte Ihnen gestern ja gesagt, ich zahle doppelt, wenn wir in eine Schießerei geraten. Und das sind wir beinahe. Das es heute nicht geknallt hat, verdanken wir einzig meiner Partnerin. Wenn Sie dabei sind, zahle ich Ihnen das Doppelte.«

»*Grazie, Signore.*«

»Wir sagen Ihnen Grazie«, betonte Winter und fragte: »Was machen Sie mit dem Fiat? Diese Leute werden das Fahrzeug suchen.«

»Ich weiß, *Signora*. Ich bringe die Karre bei meinem Vetter Enzo unter. Er hat in seiner Villa eine Tiefgarage, wo er seine prächtigen Oldtimer einstellt, Bugatti, Alfa, Fiat, Lancia ... In der Via Manzoni, in Posillipo, das ist ein gutes Quartier.«

Als sie das *Vesuvio* erreichten und ausstiegen, eröffnete Cooper Luigi, dass sie ein anderes Auto benötigten.

»Kein Problem, Signore, der Audi von gestern ist bei Enzo geparkt.«

»Dann beeilen Sie sich.«

»Sicher, ich fahr gleich weg. In einer Viertelstunde ist der Doblo unsichtbar bei Enzo untergebracht. Keine Bange, das Versteck ist sicher.«

»Gut, was erzählen Sie Enzo?«

Luigi dachte ein bisschen nach. »Ich sage ihm, dass die *Polizia* den Wagen sucht. Wir nehmen die Nummernschilder ab.« Schmunzelnd fügte er hinzu: »Mein Fiat Doblo wird zum Oldtimer. Auf Enzo ist Verlass. Kein Freund der *Polizia*, Sie wissen schon ...« Er grinste verschwörerisch.

»In Ordnung.«

»*Tutto bene*, bin dann mit dem Audi etwa in einer halben Stunde vor dem Hotel. Nach Avezzano schaffe ich es in zwei Stunden.« Er hob lächelnd die Hand zum Gruß, aber Cooper hielt ihn zurück. »Vor dem Hotel geht nicht. Kennen Sie einen Ort in der Stadt, wo Sie uns aufnehmen können?«

Luigi hob bedeutungsvoll den Zeigefinger: »Ja, *Stazione Centrale*.«

»Gibt es da einen Treffpunkt?«

»*Sì Signore*, warten Sie auf der *Piazza Garibaldi* bei den Treppen, die zu den Gleisen hochgehen. Bei den Segeln.«

Bei den Segeln?

»Okay, Luigi, ab mit Ihnen. Für den Fall, dass wir Sie nicht finden, ruf ich Sie an.«

Er nickte nur, stieg ein und fuhr davon.

Winter blickte den roten Schlusslichtern nach. »Wieso fährt er nicht westwärts?«

Cooper erwiderte: »Einbahnstraße.«

Dann betraten sie die Lobby. »Willkommen im *Vesuvio*«, grüßte der Türsteher mit leichter Verbeugung. Sie gingen direkt zu den Aufzügen.

27

Oben in der Suite setzte sich Cooper auf die Couch und studierte im Schein der Tischlampe die Karte von Avezzano. Er prägte sich ein paar Straßen und Plätze rund ums Zentrum ein, dabei wanderten seine Gedanken zur ungelösten Frage: *Was hatte Jens Amos mit der Camorra zu tun? Zumindest war Neapel nicht eine der trostlosen Destinationen, in die ihn seine Aufträge in der Vergangenheit geführt hatten. Aber wie steht es mit dem Kosovo? Vermutlich kein Ort, der Spaß macht.*

»Mike. Zeit zu packen.«

Frauen sehen das Praktische.

Laura Winter hatte ihre Hand auf seiner Schulter und schüttelte ihn sanft. »Sind Sie bereit?«

Er sah sie an. Sie hatte sich umgezogen, trug Hose und T-Shirt und sagte: »Ich habe den Safe geleert. Bargeld, Ausweis, Karten und das Satellitentelefon. Alles in meinem Rucksack, und ich habe heruntergeladen, was ich über *Sistema Abruzzi* fand.«

Cooper stand auf, streckte sich, ging zur Bar, öffnete zwei Dosen Orangensaft und reichte ihr eine. Sie tranken den Saft. Cooper dachte an ihre Entschuldigung wegen ihrer prickelnden Annäherung auf dem Balkon. Es fiel ihm ein, dass seine Stimmung besser sein könnte, wenn er jetzt in Winters Bett läge. Seufzend schwor er sich, dass Oberst Kottmann ihm nach diesem Einsatz einen

Monat Urlaub zugestehen müsste. Er sah sich an einem einsamen Strand in Sizilien Hand in Hand mit jemandem, der wie Laura Winter aussah.

Er schüttelte den sinnlosen Gedanken ab und fragte: »Haben Sie etwas zurückgelassen, das kompromittierend sein könnte?«

»Nein. Ich habe alles geschreddert und runtergespült. Auch die Fotos von Amos. Wo wir hingehen, brauchen wir sie nicht mehr.«

»Richtig.« Sie würden das Foto nicht bei sich haben wollen, wenn sie irgendwo auf der Reise angehalten würden. Cooper sah auf dem Schreibtisch den Aktenkoffer, den ihm Krall gegeben hatte. Er erinnerte: »Krall wollte, dass er an der Rezeption abgegeben wird.«

»Vielleicht erwartet er, dass Infos darin sind.«

»Richtig.« Cooper holte ein in Folie gewickeltes Kondom aus seinem Gepäck und warf es ins Köfferchen. »Glauben Sie, er wird verstehen, dass das ›Fick dich‹ bedeutet?«

»Provozieren Sie ihn nicht, Mike.«

Grinsend schloss er den Aktenkoffer. Der Fernseher war an, allerdings auf stumm. »Irgendwas Interessantes in den Nachrichten?«, fragte er.

»Nichts über Ihre Eskapade im Bordell und nichts über eine vermisste Person oder die Suche nach Luigis Auto.«

»Gut. Ich glaube, die *Camorristi* haben kein Interesse daran, den Vorfall weiterzuverbreiten. Schlecht fürs Geschäft.«

»Aber wir können sicher sein, dass *Lo Zoppo* davon weiß, vielleicht hat sogar Jens Amos erfahren, dass wir nach ihm suchen.« Sie fügte an: »Ich hoffe nur, Lia hält ihre Klappe.«

Sie verschlossen ihr Gepäck. Winter schulterte ihren Rucksack, spürte das Gewicht der Rollbomben. Zusammen verließen sie die Suite, versicherten sich, dass die *Non Disturbare*-Schilder an ihren Türen hingen.

Unten angekommen, meinte Cooper, es reiche noch für einen Espresso. Sie traten an die Theke. Er warnte: »Behalten Sie von jetzt an Krall oder seine Lakaien im Auge. Vergessen Sie auch nicht, dass wir vielleicht Gegenstand einer Polizeifahndung sind.«

»Oder die Schergen von *Lo Zoppo* bereits nach uns suchen.«

Sie tranken aus, traten in die verlassene Lobby und geradewegs zur Rezeption. Cooper stellte den Aktenkoffer auf den Schalter und informierte den Angestellten, dass er für *Signore* Krall sei, der jemanden schicken würde, um ihn abzuholen.

»*Sì, Signore.*« Der Rezeptionist schob ihm ein Stück Hotelbriefpapier und einen Stift zu. Cooper schrieb den Namen von Krall und ihre Zimmernummer auf. Winter sagte dem Angestellten, dass sie morgen zum Lunch zurück sein würden. Sie fügte hinzu, »bitte richten Sie dem Concierge aus, dass er für uns morgen Mittag im *Caruso* eine Reservierung macht.«

»*Sì, Signora.*«

»Wir sind wirklich gut mit diesem Täuschungsschwachsinn«, raunte Cooper, als er mit Winter zur Tür ging.

Sie verließen das Hotel. Das Wetter hatte aufgeklart. Der Türsteher bemerkte sie und eilte heran. »Taxi?«

»Ja, gerne.«

»*Subito, Signore.*« Er pfiff auf zwei Fingern. Das Taxi, das prompt vorfuhr, war weiß mit blau aufgemalter Nummer. Der Fahrer mit schwarzer Mähne hob sich deutlich davon ab. Er fragte nicht, wohin, gewohnt, dass es seine Kunden ohnehin gleich sagten.

Sie stiegen mit dem Gepäck ein. Winter gab an: »*Stazione Centrale, per favore.*«

Die Fahrt führte am Meer entlang zum Hafen, dann gelangten sie über die Via Medina auf den Corso Umberto.

Als sie nach zehn Minuten an der Universität vorbeikamen, fragte der Chauffeur: »Wohin geht die Reise?«

Winter schaute Cooper fragend an, der nur mit den Achseln zuckte. Sie überlegte, dass Taxifahrer für Polizei und Mafiosi eine nicht zu unterschätzende Informationsquelle bildeten. Vorsicht war geboten. Sie antwortete: »Nach Reggio Calabria.«

»Lange Reise. Geschäftlich oder zum Vergnügen?«

Was ging ihn das an? Aber Winter machte mit. »Bankgeschäfte.«

»UniCredit wahrscheinlich. Die sind überall.«

Winter antwortete: »Richtig, wir planen einen Banküberfall.« Der Fahrer warf ihr im Rückspiegel einen verdutzten Blick zu. Er glaubte kein Wort, aber begriff, dass die Ausfragerei zu Ende war.

Zwanzig Minuten nach der Abfahrt vom Hotel hielt er auf der *Piazza Garibaldi* und sagte: »Da ist der Eingang zur *Stazione*. Gute Reise.« Dann fügte er spöttisch hinzu: »Die Banken da unten haben keine Kohle. Das Cash liegt anderswo.«

Cooper zahlte, was auf dem Taxameter stand, und gab ein fürstliches Trinkgeld. Die Bemerkung, dass er mit ›anderswo‹ vermutlich die 'Ndrangheta meinte, behielt er für sich.

Als sie unter dem auf Aluminiumträgern gespannten Segeldach die wenig belebte Bahnhofshalle betraten, fragte Cooper: »Gibt es um diese Zeit überhaupt Züge nach Reggio?«

Winter lächelte und zeigte auf eine große Tafel mit Abfahrtszeiten. »Ich habe spekuliert, aber schauen Sie, es gibt einen Zug um 23.49 Uhr.«

Cooper schielte auf seine Armbanduhr. »Glück gehabt, aber den Zug hätten wir knapp verpasst.«

»Egal. Hauptsache, es gibt einen nach Reggio.«

»Wir trennen uns besser, bis Luigi eintrifft«, schlug Cooper vor und ging zum Imbissstand, wo er Mineralwasser bestellte und sich an die Theke lehnte.

Winter ging gegenüber zum Kiosk und tat, als interessiere sie sich für Zeitschriften.

28

Cooper grübelte unterdessen im Dauerthema, das ihn nicht losließ – Jack Cole. Da war Cooper sicher, dass mehr dahintersteckte. Wenn er paranoid wäre, könnte er den Verdacht haben, dass die CIA dafür sorgte, dass Winter ihm zugeteilt wurde. Dann wäre er nicht für den Auftrag ausgewählt worden, um Amos zu finden, weil er der Beste war, sondern weil seine Partnerin Laura Winter hieß. War das möglich? War sie vielleicht eine CIA-Agentin mit dem Befehl, sich zurückzumelden? Oder wollte eine dunkle Macht Winter und Amos tot wissen? Major Cooper würde dann zum Kollateralschaden …

Die Bahnhofsuhr stand auf 23.55 Uhr.

Jedenfalls gab es in Neapel keine Antworten mehr. Die Wahrheit wartete auf ihn in dem unsicheren dunkelgrünen Fleck auf der Karte, wo der Ort lag, wo sich Amos angeblich aufhielt. Folgte er nicht der Spur in den Kosovo, würde er nie die Wahrheit erfahren, nicht über Jens Amos oder Oberst Krall … oder Laura Winter. Und am Ende war das einzige Arbeitsergebnis von Major Cooper die Wahrheit.

Die Wahrheit wird dir Freiheit bringen, die Wahrheit kann dich töten.

Er sah Luigi mit einem Grinsen im Gesicht daherkommen.

Da vibrierte sein Telefon. Er scannte schnell die Anzeige, eine E-Mail aus dem *Shop* in Zürich mit Anhang. Früh genug, sie auf dem Weg nach Avezzano anzuschauen.

Der Audi stand frisch poliert am Taxistand.

Luigi half, das Gepäck zu verstauen, öffnete dann galant die Hintertür für Winter, aber Cooper stieg zuerst ein, rutschte hinüber. »Wir müssen uns einiges ansehen«, sagte er. Winter lachte, »vom Anschauen ist noch nichts passiert.«

29

Als Luigi beim Drehkreuz auf die E45 schwenkte, rasant nordwärts beschleunigte, nahm Cooper sein Smartphone zur Hand. »Ich rufe Kottmann an«, informierte er und tippte auf die Kurzwahl.

Winter murmelte: »Bitte auf Lautsprecher.«

Oberst Kottmann nahm sogleich ab. »Endlich, Cooper, wo sind Sie?«

»Immer noch in Neapel, Hauptmann Winter hört zu.«

»Gut. Im Bordell haben Sie meinen Anruf abgeklemmt, Major. Berichten Sie!«

Cooper räusperte sich und begann eine kurze Schilderung. Das Bordell heiße *Villa la Favorita*. Er habe Kontakt mit den leichten

Damen gehabt. Er warf Winter einen Seitenblick zu, dann fuhr er fort, »die Frauen kannten Jens Amos. Sie nennen ihn Professor. Er war also im Bordell, wie wir vermutet haben.«

»Weiter«, befahl Kottmann.

Cooper informierte ausführlich, was ihm Lia gesagt hatte, verschwieg aber den Namen des Ortes im Kosovo, wo sich Amos aufhalten könnte. Den Bericht in groben Zügen über den gewaltsamen Exit aus der Villa zum Hafen nahm Kottmann ungeduldig zur Kenntnis. »Gab es einen Schusswechsel?«, fragte er.

»Nein, Frau Winter hat uns den Rückzug gesichert. Ihr Einsatz war vorbildlich. Ohne Schusswaffe überwältigte sie zwei Wachen. Ich werde noch eine schriftliche Empfehlung für sie nachreichen.«

»Was haben Sie jetzt vor?«, fragte Kottmann.

Winter räusperte sich: »Oberst …« Aber Cooper unterbrach sie mit erhobenem Finger und sagte ins Telefon: »Sie hatten mir am Nachmittag erklärt, ich sei nicht Amos' Psychiater …«

»Richtig, Sie sollen nicht grübeln, warum er desertierte.«

Cooper war sich sicher, dass Oberst Kottmann sich sehr wohl darüber den Kopf zerbrach. Im *Shop* trichterte Cooper Senior seinen Spezialisten ein, sie sollten sich an die fünf W erinnern: wer, was, wo, wann und warum. Offensichtlich hatte Kottmann von Brigadegeneral Vonkeck andere Marschbefehle erhalten. Aber warum? Es kam immer auf das Warum an. Auf das Motiv. Und das Motiv müsste der Oberst kennen.

Er sagte: »Okay, tue ich nicht. Haben Sie etwas Neues für mich, Oberst?«

»Das habe ich in der Tat. Erinnern Sie sich an Larissa Konsalik? Die Frau vom ABC-KAMIR-Zentrum, die letztes Jahr im Kosovo getötet wurde?«

Natürlich erinnerte sich Cooper.

Es herrschte kurzes Schweigen, dann sagte Kottmann: »Ich fragte mich, wie es die Frau überhaupt in unsere Hochsicherheitslabors in Spiez geschafft hat.«

Cooper hielt das Telefon näher an Winter heran, und Kottmann fuhr fort: »Sie wissen es vielleicht, ich wandte mich an Ihren Vater, Ken, Ihr Boss … im *Shop* …«

Cooper brummte etwas, weder Ja noch Nein.

»… Ken hatte Infos, dass Konsaliks Job beim U.S. Center of Disease Control eine gute Tarnung gewesen war. Er war überzeugt, dass *Langley* sie als Agentin in das ABC-Labor Spiez eingeschleust hatte.«

Das *CIA-Directorate of Operations, Office of Special Operations*, um genau zu sein, dachte Cooper. Es klang plausibel, und wenn diese Information vom *Shop* kam, war sie so verlässlich wie brisant. Er argumentierte: »Wir hätten diese Information von Brigadier Vonkeck erhalten sollen.«

»General Vonkeck hat das vermutlich nicht gewusst.«

»Aber der CDA, der Chef der Schweizer Armee, wusste es.«

Kottmann sagte nichts.

Es gab keine Welt, in welcher der Armeechef über die Doppelrolle Konsaliks im Dunkeln gelassen würde, nachdem sie bei einer ABC-KAMIR-Operation im Zusammenhang mit dem Swisscoy-Engagement der Armee im Kosovo ums Leben gekommen war. Cooper war es eigentlich egal, ob der Typ, der ihm Informationen vorenthielt, einen oder drei Sterne hatte, er versuchte, ein Puzzle zusammenzusetzen, und jemand auf seiner Seite verbarg einige Informationen vor ihm.

Kottmann stellte fest: »Jens Amos arbeitete im Labor Spiez eng mit Konsalik zusammen. Wahrscheinlich sprachen sie nicht nur über das Wetter; er wusste bestimmt, an was sie forschte, und sie fand ebenso sicher heraus, woran er arbeitete. Sie teilten ihre Probleme – und vielleicht noch mehr. Möglich, dass Amos eine Ahnung von ihrer Tarnung hatte und so weiter.«

Cooper hielt das für etwas weit hergeholt, aber zumindest klang es so, als hätte sich Kottmann plötzlich an die fünf W erinnert.

»Cooper?«

»Immer noch da.«

Kottmann betonte: »Das ist alles inoffiziell. Dies war nicht Teil unserer Einsatzbesprechung.«

»Nein, das war es nicht.«

Kottmann meinte: »Wenn es eine heimliche Verbindung zwischen Konsalik und Jens Amos gab, dann wissen Oberst Krall und sein Geheimdienst vermutlich davon, und Krall fragt sich nun, was Sie sich gefragt haben: Warum ist Amos desertiert und nach Neapel geflohen?«

»Nachdem er Ludwig gefoltert hatte«, brummte Cooper.

»Wie war das, Major?«

Cooper antwortete nicht, sondern schaute auf Winter, die nur ihre Brauen hob. Sie hatte ihm gesagt, dass er bei diesem Fall paranoid sei, aber nun nährte Kottmann seinen Verdacht.

Kottmann fragte: »Hat Oberst Krall Sie um Informationen über Ihren Auftrag gebeten?«

»Nein, aber er wird versuchen, sie anderswo zu bekommen. Ich würde Geld darauf wetten, dass er ein Spion ist, der mit einer geheimen Operation zu tun hat.«

»Welchen Eindruck hatten Sie von Oberst Krall?«

»Ausgebrannt. Schwach, gibt nichts preis.«

»Klingt wie ein Geheimagent der Armee.«

Cooper fragte: »Was hat Frau Konsalik im Kosovo gemacht?«

»Ich weiß es nicht. Ihre Arbeit im ABC-Labor war, mit Mikroben zu experimentieren.« Nach einer Pause fuhr er fort: »Es klingt, Major, als hätten Sie eine gute Spur. Folgen Sie ihr, wohin sie Sie führt, und nehmen Sie Kontakt zu Ihrem Dad auf. Ihnen verrät Ken sicher mehr.« Cooper murmelte Zustimmung, und Kottmann redete weiter. »Wahrscheinlich wird dieser Konsalik-Schlamassel keine Rolle spielen. Aber seien Sie sich bewusst, dass Krall und seine Nachrichtenfritzen mehr Interesse an dem verdammten Fall haben könnten, als sie zugeben.« Cooper hörte es im Hintergrund klingeln. Kottmann knurrte verärgert: »Ich muss aufhören, meine Frau ruft an. Immer nachts … Sie will die Scheidung.«

»Mein Beileid … Warum?«

»Ich bin ein schlechter Ehemann, und sie ist eine noch schlechtere Ehefrau, deshalb. Ende.« Er klickte das Gespräch weg.

Winter gähnte: »Ich bin echt müde.«

»Einnicken bewilligt«, grinste Cooper. »Freuen Sie sich auf das Frühstück in Avezzano. Dann besprechen wir den morgigen Einsatz.«

»Den Sie Kottmann verschwiegen haben.«

Cooper blieb kurz angebunden. »Ich erwarte dann Ihre Vorschläge nach dem Frühstück. Wie heißt es auf Italienisch?«

»*Prima Colazione*, oder was meinen Sie?«

»Träum süß.«

»Ach so, man sagt ›*sogni d'oro*‹. Aber mir ist nicht mehr nach Schlafen zumute. Übrigens, *need-to-know* gilt offenbar auch für Kottmann.«

Cooper schmunzelte. Die Anspielung war intelligent. Sie hat begriffen, dass einiges vor Kottmann geheim bleiben musste. Da fiel ihm ein, dass ihm der *Shop* etwas gemailt hatte. Er öffnete die Post und schaute sich den Anhang an. Er sah gestochen scharfe Bilder einer Landschaft, Ortsangaben und Nahaufnahmen eines Gebäudes. Er überflog den Text, beschloss dann, nicht weiter darin herumzustochern, und klickte die Mitteilung weg.

30

Das sanfte Brummen des Audi war einschläfernd. Luigi drehte die Musik auf. Ein alter Schlager-Ohrwurm belebte die müden Geister.

Winter unterdrückte ein Gähnen und sagte: »Krall wollte, dass wir ihn anrufen.«

»Richtig.« Cooper entfernte den Akku von der Rückseite des Satellitentelefons und nahm die SIM-Karte heraus, die sich darunter befand.

»Was machen Sie da?«

»Ich sorge dafür, dass uns Krall nicht verfolgen kann.«

Sie sagte nichts.

Cooper steckte Akku und SIM-Karte in seine Tasche und das Satellitentelefon zurück in den Rucksack. Dann benutzte er den Zahnstocher seines Swiss Army Knife, um die SIM-Karte mit dem Zahnstocher aus seinem Mobiltelefon herauszupicken.

Wenn Krall motiviert genug war, hatte er die Autorität und die Fähigkeit, ihre Handynummern zu benutzen, um sie zu verfolgen.

Winter schien das zu verstehen, griff nach dem Messer und tat dasselbe mit ihrem Telefon. Weit abseits in den Bergen des Kosovo könnten sie das Satellitentelefon brauchen, um Krall anzurufen, wenn sie eine Evakuierung arrangieren mussten. Aber in der Zwischenzeit waren sie elektronisch verstummt. Unter dem Radar und aus dem Raster, Standort unbekannt. Krall würde einen Scheißanfall bekommen, wenn seine Verbindungsleute das verlorene Signal meldeten. Nun, Krall hatte es verdient, weil er offenbar versuchte, Kottmann dazu zu bringen, sie von dem Fall abzuziehen. Der Mann führte etwas im Schilde, und es könnte das Übliche sein: Revierkampf um Zuständigkeiten in der Sache Amos. Aber es gab immer mehr Anzeichen dafür, dass Gregor Krall seine eigene Agenda hatte. Cooper hoffte, dass Kottmann eine gute dienstliche Unterredung mit ihm führen würde. In der Zwischenzeit brauchte keiner von beiden zu wissen, wo er und Winter sich aufhielten.

Sie legte ihre Hand auf seinem Arm. »Jetzt können wir auch unseren Piloten nicht mehr erreichen. Schwelgt er immer noch in seiner *Taverna?*«

Cooper fasste nach ihrer Hand und drückte sie kurz. »Nein. Sie erinnern sich. Er musste seine Maschine verlegen. Er flog nach Avezzano. Er weiß Bescheid. Ich habe ihm noch vor der Abfahrt in Neapel getextet, wo er auf uns warten soll.«

»Wie wär's mit Klartext, Major?«

Cooper schluckte einmal und sagte, er denke, sie hätte die Flugplätze in Avezzano recherchiert, worauf sie ihn mit dem Ellbogen schubste. »Habe ich auch. Es gibt den Flugplatz L'Aquila, der heißt zufällig ›Giuliana Tamburro‹.«

Cooper hob nur die Brauen.

»Eine bekannte Aviatik-Ingenieurin, die beim großen Erdbeben ums Leben kam. Dann gibt es weiter südlich eine Graspiste …«

»Nennt sich *Aviosuperficie L'Aquila.* Banholz kann mit seiner NXG offroad landen. Sollte inzwischen passiert sein«, ergänzte Cooper verschmitzt und spürte prompt ihren Ellbogen.

»Na, also«, protestierte sie. »Warum sagen Sie's nicht gleich? Es gäbe übrigens noch die Piste von *Sistema Abruzzi.*«

»Das ist erstens eine Werkpiste der Firma. Zudem will ich nicht mitten im Feindesland aus der Maschine steigen.«

Winter sagte, »ich verstehe. Wenn wir uns herausstehlen müssen, ist die Graspiste ideal. Unauffällig, keine Kontrollen, richtig?«

Cooper nickte. »Das Flugfeld dient hauptsächlich den Segelfliegern, aber Banholz meinte, die Pistenlänge reiche ihm knapp zum Landen und Starten. Bei minimalem Risiko.«

Sie lachte. »Der Bursche gefällt mir. Wir sollten ihn als Hilfssheriff vereidigen.«

Cooper grinste. »Wir haben seine Luftunterstützung, das reicht.«

Sie hatten ungefähr die halbe Strecke zurückgelegt. Winter gähnte und schmiegte sich auf ihrem Sitz in die Ecke. »Sie haben sicher einen Plan«, murmelte sie, und als Cooper antworten wollte, war sie weggedöst.

Er erkundigte sich bei Luigi über die erwartete Ankunftszeit, dann lehnte er den Kopf zurück, schloss die Augen. *Schlaf, wenn du schlafen kannst*, hat ihn das Militär gelehrt. Er sinnierte noch über die brennenden Fragen seines Einsatzes, dann fiel er in eine halbwache Traumwelt, wo sich die Grenzen zwischen Realität und Fiktion verwischten.

Sogni d'oro …

31

»Das ist es«, sagte Luigi, als er gegen zwei Uhr morgens über Pflastersteine einer engen Gasse rumpelte, einen großen Platz umfuhr, dann vor einem Haus mit rötlicher Fassade anhielt. »Man erwartet uns.«

»Gut gemacht, Luigi«, lobte Winter. Sie stiegen aus. Luigi raffte ihr Gepäck zusammen.

»Willkommen in der Residenza Duomo«, grüßte ein verschlafener Rezeptionist.

Cooper füllte das Anmeldeformular aus, dann traf nicht ein, was Winter insgeheim befürchtet hatte. Der Nachtschichtportier reichte ihnen drei Schlüssel. »Wie vorgesehen«, murmelte er, »drei Einzelzimmer.« Er schaute der Dreierpartie verständnislos nach, als sie zu den Treppen gingen.

Oben im Korridor befahl Cooper: »Frühstück um neun Uhr und … ›*sogni d'oro*‹.«

»Hoffentlich kein Albtraum«, gab sie gähnend zurück.

Sein Zimmer war ein *Matrimoniale*, mit großem Doppelbett … An der Wand hing ein Gemälde vom Domplatz. Aus einem rot gemalten Bassin schossen Fontänen wie glitzernde Perlen in die Höhe. Cooper stand der Sinn nicht nach Wasserspiel. Er zog den Vorhang zu, schob seine Glock unter das breite Kissen, schlüpfte unter die Daunendecke und war im Nu eingeschlafen.

Nach dem späten Frühstück mit Rühreiern, Erdbeeren, Pflaumen und Toast lenkte Luigi den Audi zum Autobahnkreuz. Im bleichen Vormittagslicht zogen graue Wohnblöcke, Geschäfte, eine Bar an der Ecke vorbei. Er nahm die A25 nordwärts. Allerdings wies ihn Cooper schon bei der nächsten Ausfahrt an, wieder abzufahren. Die Anlagen von *Sistema Abruzzi* waren von Weitem erkennbar. Ein moderner weißer Gebäudekomplex stach aus einer Reihe niedriger, dunkelgrauer Schuppen heraus.

»Sehen Sie das blaue Firmenlogo?«, fragte Cooper.

»Nicht zu übersehen.«

Lia habe es erwähnt, als sie ihm von diesem Ort erzählte. Blau und groß sei das Logo der Fabrik gewesen. »Kein Zweifel, sie war mit Jens Amos an diesem Ort gewesen.«

Winter hatte ihr unentbehrliches Tablet auf den Knien und erklärte, es gebe zwei Zugänge zum *Nucleo Industriale,* wie man hier die Industriezone nenne. Nach vorne spähend schlug sie vor, das südliche Tor zu nehmen.

Cooper stimmte zu. Das Tor stand offen. Luigi fuhr langsam durch, stoppte nach fünfzig Metern. »Rechts oder links, *Signore*?«

»Rechts zur Tankstelle. Wir müssen tanken.«

Luigi wandte ein, der Tank sei noch mehr als halb voll, aber Cooper ließ nicht locker.

Die besten Informationen kamen oft von der Straße, und wenn man mit den Leuten redete, sie so behandelte, als wäre er oder sie die wichtigste Person auf dem Planeten, öffneten sich oft wundersame Wege.

Luigi hielt vor der Zapfsäule, hupte kurz, worauf ein Mann in blauem Overall und roter Firmenmütze der Benzingesellschaft aus der Werkstatt kam.

Cooper fasste Luigi am Arm. »Hören Sie, volltanken, dann Öl- und Reifendruck kontrollieren und so weiter. Beschäftigen Sie den Mann, *capito*?«

»*Sì, Signore.*«

»*Perfetto*. Laura, Sie plaudern mit dem Tankwart.«

Winter begriff. Während Cooper ein paar Schritte machte und sich umsah, das Gelände beurteilte und sich Merkpunkte einprägte, verwickelte Winter den Tankwart in ein angeregtes Gespräch, was ihn offensichtlich länger hinhielt als Luigis Wünsche für den ganzen Service.

Als Cooper zurückkam, fragte er, ob es da Kaffee gäbe.

»Drüben an der Piste, im Bistro des Terminals. Die Chauffeure kehren da ein.« Er machte eine Kopfbewegung zu den Schuppen. »Auch die Piloten mit ihren Besatzungen, aber heute gibt es keine Ankünfte.«

»Wer landet hier gewöhnlich?«, fragte Winter.

»Transporter, vom Typ Lockheed Hercules. Die sind riesig, da hätte meine Tankstelle glatt drinnen Platz. Sind Sie ein Flugzeugfan?«

»Nun, ich fliege Helikopter. Mein Mann interessiert sich für Kampfjets. Wie oft landen die Hercules?«

»Ein bis zwei Mal die Woche.«

Der Tankwart hatte Scheibenwischerflüssigkeit eingefüllt, klappte die Haube zu. »Sonst noch einen Wunsch, *Signori*«?

»Wie gelangen wir zur Direktion von *Sistema Abruzzi*?«

Der Tankwart zeigte nordwärts. »Da müssen Sie den Haupteingang benützen.«

»Danke, was bin ich schuldig?«

Der Tankwart nannte den Betrag, Cooper steckte ihm ein paar Scheine zu. »Geht in Ordnung, behalten Sie das Wechselgeld.«

Luigi fuhr los, wendete und fuhr zurück, dann auf Coopers Anweisung am Tor vorbei die Schuppen entlang. Winter bemerkte: »Die Außenwände sehen neu aus. Vermutlich Polycarbonat. Die Platten sind bruchsicher, ideal für Lagerhäuser.«

Cooper wunderte sich immer wieder über das Wissen seiner Partnerin. Vielleicht war Ortskenntnis ja ihr Hobby. Langsam passierten sie den ersten Schuppen. Längs des zweiten waren drei Sattelzüge geparkt. Die mächtigen Zugmaschinen hatten unterschiedliche Farben, weiß, schwarz, rot, und auf den Trailern lagerten ebenso bunte Container. Langsam rollte Luigi daran vorbei.

»Komisch, kein Mensch zu sehen«, stellte Winter fest.

»Die Chauffeure sind im Bistro oder pennen in den Kabinen. Vermutlich fahren sie nachts.«

Sie wendeten am Ende des letzten Schuppens und näherten sich wieder dem südlichen Tor.

»Wir haben genug gesehen. Wir fahren zurück«, entschied Cooper.

Luigi hatte verstanden. Er fuhr durchs Tor hinaus und nahm weiter vorne die Abzweigung zur Autobahnauffahrt. Als er in den starken Verkehr Richtung Avezzano einfädelte, fragte Winter, was sie jetzt machen würden.

»Im Hotel analysieren wir die Bilder, die mir der *Shop* aus Zürich geschickt hat. Es gibt Aufnahmen vom Ort, der Brece heißt, und Pristina. Gestochen scharf.«

»Sollten wir nicht den Piloten kontaktieren?«

»Richtig. Ich rufe ihn im Hotel übers Festnetz an. Dann planen wir die Erkundung für heute Nacht. Ich will wissen, was sich in den Lagerhäusern befindet. Vielleicht finden wir heraus, was in den Containern auf den Sattelzügen verladen ist.

»Das ist eine heikle Sache«, gab Winter zu bedenken.

»Tja, Laura, unser Auftrag war von Anfang an nicht ungefährlich. Wir nehmen das Risiko, es ist kalkulierbar.«

»Wann brechen wir auf?«

»Ich denke, so um zwei Uhr morgens. Eine gute Zeit, sich umzusehen.«

32

Cooper lenkte Luigis Audi. Winter, neben ihm, schaute auf die Uhr. Viertel nach zwei. Das südliche Tor stand weit offen. Cooper fuhr nicht hinein, sondern hielt vorher an, parkte am Straßenrand. Sie stiegen aus, sahen Licht bei den Schuppen. Cooper folgte fünfzig Meter dem massiven Drahtzaun bis zum Tor. Sie blieben stehen, lauschten, dann pirschten sie vorsichtig weiter.

Die Sattelzüge waren weg. Sie erreichten den Asphaltplatz, der zwischen dem ersten und zweiten Schuppen lag. Und schreckten zurück. Abrupt verharrten sie. Der Halogenscheinwerfer, der den Platz beleuchtete, hatte sie bei der Annäherung gewarnt. Das Licht verbreitete einen matten, gespenstischen Schein auf die Gestalten, die etwa fünfzig Schritte vom Platzende in Richtung Zaun auf einer Wiese standen.

Es war das dritte Mal in dieser Nacht, dass die beiden Männer ihr Opfer, anscheinend ein Mann, in die Jauchegrube hinabtauchten, gegen die er sich nicht wehrte, schließlich unten blieb und dort starb. Dann hoben sie einen weiteren Körper von der Erde auf, es war eine Frau, die knapp bekleidet ausgestreckt im Gras lag. Sie lachten, schleppten sie an den Rand der Jauchegrube, zerrten sie hoch auf die Beine, und Cooper hörte den einen sagen: »Wenn du jämmerliche Schlampe nicht über alles redest, was du weißt, wirst du wie der andere Verräter verrecken.«

Cooper und Winter drückten sich im Schatten an die Schuppenwand. Ihr Atem ging schneller.

Die Frau bedeckte ihre Brüste mit verschränkten Armen, den Kopf gesenkt. Der große Kerl mit dem Schäferhut auf dem Kopf schnauzte sie an: »Ich zähle bis zehn, deine letzte Chance.« Er begann zu zählen. Der andere, ein Schlaksiger, packte sie am Oberarm, schob sie ruppig näher an den Rand, als ob er sie gleich hinunterwerfen wollte.

»Vier, fünf, sechs …«

Die Frau drehte sich herum, spuckte ihm ins Gesicht. »Fick dich«, schrie sie, und als ihr Peiniger zurückwich, stieß sie ihm den Ellbogen heftig gegen den Hals. Doch die verzweifelte Gegenwehr hatte geringe Wirkung. Ein Faustschlag traf sie am Kopf, und als sie benommen taumelte, fasste der Schlaksige nach, drehte ihr den Arm brutal auf den Rücken, beschimpfte sie, dann ließ er sie plötzlich los. Sie stand jetzt geradeaus starrend mit dem Rücken zur Grube.

Der mit dem Schäferhut trat einen Schritt näher und höhnte: »Wie du willst, blöde Fotze«, und gestikulierte zu seinem Kumpel, der sich lachend daran machte, die wehrlose Frau in die widerliche Brühe hinabzustoßen.

Der Kumpel kam keinen Schritt näher.

Schüsse knallten. Cooper zielte und feuerte aus etwa fünfzig Metern Entfernung auf die Körpermitte der Männer – und traf. Der Schlaksige schrie, fuchtelte und fiel vornüber in die flüssigen Exkremente, während der große Kerl den festen Stand verlor, taumelte und es schaffte, von der Jauchegrube wegzufallen. Dann versuchte er, nach einer Pistole zu greifen.

Winter und Cooper rannten los. Die Frau kauerte jetzt im Gras, das Gesicht mit beiden Händen bedeckt.

Der Versuch des großen Kerls, seine Waffe zu ziehen, scheiterte. Cooper war sofort über ihm, griff nach ihr, warf sie in die Jauche, dann trat er ihn heftig am Kopf, packte seinen Körper, zerrte ihn keuchend an den Rand der Grube, wo er ihn mit Füßen solange traktierte, bis er in die grausige Brühe kippte.

Winter beugte sich atemlos über die Frau. Sie zitterte am ganzen Körper, war jung, hatte langes schwarzes Haar, und ihre einzige Bekleidung war ein weißer Slip. Winter redete ihr zu, während Cooper mit dem Handylicht in die Grube leuchtete. Er sah nicht viel. Möglich, dass Luftblasen blubberten.

»Wir müssen weg von hier«, drängte er.

»Sie heißt Serenella«, flüsterte Winter, legte ihre Jacke schützend über sie, nahm sie am Arm, und gemeinsam gingen sie zurück zum Schuppen.

Serenella deutete stumm auf eine dunkle Nische. Sie hielten darauf zu. Wahllos zerstreute Kleidungsstücke lagen vor der halb geöffneten Tür auf dem Boden. Winter half ihr, sich anzuziehen, inspizierte dabei ihren Körper auf Misshandlungen. Es gab nur Kratzspuren am Rücken.

»Was ist da drinnen?«, fragte Cooper und stieß die Tür weit auf.

»Das Lager und die Näherei, früher nähten sie hier Handtaschen. Imitationen von teuren Designerstücken.«

»Und jetzt?«, fragte Cooper, machte einen Schritt ins Innere und suchte nach einem Lichtschalter.

»Jetzt bearbeitet und verpackt man Schutzmasken.«

Winter lehnte sich im Schatten der Nische an die Wand, lauschte bange in die Nacht. Sie hörte nichts, sah nichts außer dem dunklen Van, der schon vorher gegenüber beim anderen Schuppen gestanden hatte. Er gehörte zu den Hundesöhnen, die Cooper erledigt hatte.

»Gibt es Wachen, die patrouillieren?«, fragte sie.

Serenella schüttelte den Kopf. »Nachts wird hier dichtgemacht, auch das Tor der Umzäunung.«

»Es war nicht verriegelt«, widersprach Cooper.

Sie nickte mehrmals: »Die Schweine ließen es offen.«

»Wer waren diese Männer? Wer war der arme Teufel, den sie in der Jauche ertränkten?«

Serenella sagte nichts. Es schien Cooper, dass die Frage sie aus ihrer Apathie erweckte. Er fasste nach: »Warum taten die Schweine, was sie taten?«

Serenella reckte das Kinn vor, schaute abwechselnd zu Cooper und Winter. »Wer sind Sie? Sie haben mir das Leben gerettet, darf ich wissen, wer Sie sind?«

Cooper überlegte eine Weile, dann fragte er: »Können wir reingehen?«

Wortlos ging sie durch die Tür voran, machte ein Zeichen, ihr zu folgen. Dann schloss sie die Tür und drückte den Lichtschalter. Grelles, weißes Licht flutete den langen, rechteckigen, etwa vier Meter hohen Raum. Die Sicht in die Tiefe war durch Stapel von großen Kartonschachteln und Holzkisten auf Paletten verdeckt.

Grelles Licht mitten in der Nacht … Nicht gut, dachte Winter, aber Serenella kam ihrem Einwand zuvor. »Es gibt keine Fenster, kein Schimmer dringt nach draußen.« Sie trat nach rechts, wo sich ein breiter Durchgang zwischen den hohen Stapeln öffnete. Eine gleiche Passage sah Cooper auf der linken Seite. An der Decke über dem Korridor zog sich eine Laufschiene in die Tiefe.

Sie eilten Serenella hinterher. Vor einem Hubstapler blieb sie stehen. »Also, meine Frage?«

»Wir sind Ermittler«, antwortete Winter. »Wir arbeiten für das Gesetz.«

»Nach Ihrem Akzent ist Italienisch nicht Ihre Muttersprache.«

Als sie keine Antwort erhielt, ging sie zielstrebig weiter, bis sich eine große Halle öffnete. »Das ist die Ladebucht.«

Das Tor war breit genug für Lastwagen, und an Laufschienen waren Elektromotoren befestigt, daran baumelten hochgezogene Ketten. Dunkelblaue Container standen etwas abseits.

Serenella ging zu einem Stehpult, öffnete den Deckel und nahm einen Laptop heraus. »Wir können hier nicht bleiben. Kommen Sie mit mir.«

Cooper und Winter schauten sich an. Serenella hatte recht. Es war mehr als vernünftig, sich rasch aus dem Staub zu machen. Winter zögerte, zückte ihr Smartphone, schoss ein paar Fotos, trat zum nächstgelegenen Stapel und fotografierte die aufgeklebten Etiketten. Dann wandte sie sich an Serenella und fragte: »Was befindet sich hinter der Ladebucht?«

»Büros und die Schneiderei, wo die gefälschten Taschen genäht wurden. Momentan bearbeiten die Näherinnen nur noch Schutzmasken. »Kommen Sie jetzt? Bitte.«

Sie trat zu der im Rolltor eingebauten Tür, legte ihre Hand auf den Lichtschalter. »Bereit?«

Sie löschte das Licht, öffnete die Tür, und sie gingen hinaus.

Keine Geräusche. Die Nacht war ruhig, aber trügerisch.

»Mein Wagen steht draußen«, sagte Cooper und ging raschen Schrittes voraus in Richtung Tankstelle, bog um die Ecke des Schuppens und gelangte zum Tor. Winter blieb dahinter, sicherte den Rückzug.

Serenella holte Cooper ein. Er schaute zu ihr. Ihr Verhalten verriet erstaunliche Contenance, als hätte sie das traumatische Erlebnis bereits verarbeitet. Sie wirkte klug und sympathisch, sie gehörte nicht zu dieser Art Weiber, die der Zeitgeist nach oben spült und die es wagen, die intelligentesten und klügsten Männer zu beschimpfen. Cooper sah sich als einer von ihnen, und er scherte sich einen Dreck darum, dass Mut und Entschlossenheit von Männern im Lauf der Zeit unter den Verdacht geraten waren, für das Böse in der Welt verantwortlich zu sein.

»Wir müssen reden. Wo können wir alles in Ruhe besprechen?«, fragte er, als sie zum Audi gelangten.

»Ich bewohne ein kleines Haus nicht weit von hier.«

»Okay, steigen Sie ein.«

Cooper fuhr los. Serenella gab ihm die Richtung an. Winter saß neben ihr auf der Rückbank. Noch außer Atem fragte sie: »Mike, hätten Sie das gedacht, als Sie heute Morgen erwachten?«

Cooper schüttelte nur den Kopf. Er lenkte den Wagen automatisch, während vor seinem geistigen Auge gleichzeitig die schrecklichen Bilder der Szene abliefen, die sie gerade miterlebt hatten. Am Morgen hätte er sie keinen Moment für möglich gehalten …

33

Das alte Steinhaus lag am Rand eines Olivenhains. So viel war im Licht der Scheinwerfer gerade noch zu erkennen. Cooper rollte den Audi langsam über den betonierten Vorplatz und parkte vor dem Tor einer Doppelgarage. Serenella stieg aus. Sie beobachteten, wie sie aus einem Pflanzentopf neben der Haustür etwas herausfischte. Dann öffnete sie das Türschloss, verschwand im Haus. Kurz danach hob sich das Garagentor. Winter deutete nach vorne. »Mike, schauen Sie, sie will, dass wir in der Garage parken.«

Cooper fuhr auf den freien Platz neben einem kirschroten Alpha Giulia. Das elegante Fahrzeug bestärkte ihn in der Annahme, dass Serenella in der mysteriösen Organisation eine Kaderposition innehielt.

Der Verbindungsgang und die Halle, in die sie gelangten, verrieten einen modernen, geschmackvollen Innenausbau.

Serenella bat ihre Retter in das Wohnzimmer und sagte: »Nehmen Sie Platz, ich bin gleich zurück. Das kleine Bad finden Sie in der Halle.« Dann huschte sie die Treppe hoch.

Winter sank in die breite Couch, nickte anerkennend: »Stilvoll eingerichtet.«

»Wir sind in Italien, das ist eben alles chic und knallig«, bemerkte Cooper und fügte hinzu: »Da braucht man nicht lange zu suchen: das Rot des Ferrari natürlich, das unergründliche Azurblau der Meere, ›*O Sole mio*‹ und die Designermöbel, da sind die Italiener einsame Spitze.«

Serenella hatte sich frisch gemacht, kam elegant in orangefarbenem Rock und grünbeige gesprenkeltem *Missoni*-Pullover die Treppe herunter. »Und wie wär's mit einem Espresso?«

»Liebend gern«, schwärmte Winter, »ich helfe Ihnen.«

In der modernen Küche mahlte Serenella Bohnen und hantierte an der roten Illy-Kaffeemaschine. »Viele glauben, italienisch sein bedeute Schrilles und Lautes, glitzernd wie eine Clutch von Dolce & Gabbana. Aber es gibt auch ein anderes Italien …«

Cooper fand die Gelegenheit günstig und meinte: »Die Art und Weise, wie Ihr Kollege umgebracht wurde, trägt die Handschrift der Mafia.«

Serenella sagte nichts, reichte ihnen die Espressotässchen und ging voraus ins Wohnzimmer.

Sie nippten schweigend ihren Kaffee. Serenella schien Cooper zu taxieren. Sie sagte nach einer Weile: »Sie erzählten mir, Sie seien Ermittler. Um was für einen Fall handelt es sich denn?«

Winter fragte: »Sind wir hier sicher?«

»Die Schweine, die mich umbringen wollten, sind keine Gefahr mehr. Dank Ihnen. Ich stehe in Ihrer Schuld.« Sie schwieg eine Weile, dann fuhr sie fort, »es ist besser, wenn Sie nicht zu lange in meinem Haus bleiben.«

Cooper kam auf ihre Frage zurück. »Wir suchen nach einer Person. Ein Virologe aus dem ABC-Labor der Armee. Er ist mit geheimen Daten getürmt.«

»Haben Sie einen Namen?«

»Jens Amos. Bekannt?«

Serenella stellte ruckartig ihre Tasse ab. »Der war hier. Er besuchte *Sistema Abruzzi* vor ein paar Wochen.«

Winter wechselte einen Blick mit Cooper und fragte: »Können Sie uns mehr erzählen?«

Was ihnen Serenella in den nächsten Minuten berichtete, war äußerst aufschlussreich. Amos hatte eine Besprechung mit *Lo Zoppo*, der alles, was sich im Unternehmen abspielte, kontrollierte. Er war auch Serenellas Vorgesetzter und hatte sie im Lagerhaus als Supervisor des Schutzmaskenvertriebs eingesetzt. Ihr ermordeter Freund, Silvio, führte drüben im Hautgebäude die Buchhaltung und machte den Zahlungsverkehr.

»Silvio arbeitete verdeckt für den Inlandsnachrichtendienst AISI. Er hat mich rekrutiert, als ich mich an *Lo Zoppo* rächen wollte.«

»Warum wollten Sie sich rächen?«, fragte Winter.

»Er hat meinen Vater auf dem Gewissen. *Papà* war in der lokalen Politik tätig und widersetzte sich dem Bau der Flugzeugpiste. Er organisierte die anderen Landeigentümer gegen *Sistema Abruzzi*. Es ging um Enteignungen, gegen die sie sich wehrten. Mein Vater besaß das größte Landstück, ohne das der Pistenbau nicht möglich war. Die Firma bot ihm das Doppelte, wenn er verkaufte, doch stur, wie er war, lehnte er ab, drohte mit dem Rechtsweg bis hinauf nach Rom.« Serenella schluckte, wischte sich eine Träne weg und fuhr fort, »er starb, als er mit seinem Roller in die Stadt fuhr. Verkehrsunfall mit Fahrerflucht. Die Täter rammten ihn frontal, angeblich mit einem Pick-up. Er erlag seinen Verletzungen noch an der Unfallstelle. Die Untersuchung blieb ergebnislos, versandete …« Sie schwieg eine Weile, dann fügte sie hinzu, »das ist das andere Italien.«

Cooper sagte: »Tut mir leid, Serenella … Ich darf Sie doch beim Vornamen nennen?«

»Sicher, und Sie sind?«

»Michele und Laura.«

»Mein Beileid«, sagte Winter. »Dann ist Ihre Tarnung aufgeflogen. Wissen Sie, warum?«

Serenella stand auf, schritt zum Fenster. »Silvio war vermutlich zu vertrauensvoll. Er hatte einen einzigen Kontakt. Sein Führungsoffizier. Sie verkehrten nur von Angesicht zu Angesicht. Dann hatte er entgegen strikter Weisungen mit ihm telefoniert. Der Anruf wurde abgefangen und zurückverfolgt … Man wusste, dass ich mit Silvio befreundet war.«

»Was geschah dann?«, fragte Cooper, der die Antwort erahnte.

»Gestern besuchte mich Silvio. Gegen Mitternacht platzten die Schweine ins Haus. Gewaltsam, bewaffnet. Sie bezichtigten uns des Verrats, und als wir eisern schwiegen, verschleppten sie uns ins Lagerhaus, fesselten uns auf zwei Stühle, verhörten uns, quälten uns … Wir hielten an unserer Story fest, wonach sich Silvio zur fraglichen Zeit in Rom aufgehalten hatte … Die Kerle wollten die Hotelrechnung sehen, Kreditkartenbelege, die wir natürlich nicht hatten … Aber sie brachten nichts aus uns heraus … Den Rest kennen Sie.«

»Welche Informationen wollte der AISI von Ihnen«, fragte Winter sichtlich geschockt.

Serenella setzte sich wieder. »Generell Infos über die Tätigkeiten von *Sistema Abruzzi.*«

»Über die Schutzmasken?«, fragte Cooper.

»Nicht nur. Warten Sie, ich muss etwas ausholen. Noch einen Espresso?«

Cooper und Winter lehnten höflich ab und lauschten in der Folge gebannt Serenellas Ausführungen. Die Mafia sei längst nicht nur ein italienisches Problem. Sie habe in den letzten Jahrzehnten überall in Europa die lokale Wirtschaft infiltriert. Der Inlandsgeheimdienst AISI habe zusammen mit dem Regionalkommando der Carabinieri in Rom eine geheime Strategie entwickelt, um die Machenschaften der Mafiosi aufzudecken und das organisierte Verbrechen zu stoppen.

Serenella stand auf. »Eine Sisyphusarbeit, wie Sie sich vorstellen können.« Sie ging in die Küche.

Winter zeigte flüsternd auf einen Briefumschlag. »Sie heißt Serenella Pacifici.« Da kam die Genannte mit einer Flasche Mineralwasser und Gläsern zurück. Sie schenkte allen ein und fuhr fort: »*Sistema Abruzzi* setzt einen starken Akzent auf Schutzmaterial. Wir importieren neben intakten Masken aus China auch defektes Material zu einem lächerlichen Entsorgungspreis. Wir flicken defekte Masken, aber nicht immer. Oft werden sie mit den Lieferungen guter Masken vermischt.

»Was heißt defekt?«, unterbrach Cooper.

»Defekt sind Masken, die bei genauer Prüfung Schimmelpilze

enthalten, weil sie schlecht, zum Beispiel nicht trocken gelagert wurden. Als unwirksam gelten Masken auch, wenn sie keinen Virenblocker enthalten. Davon erhalten wir große Mengen von bestimmten Lieferanten. Wir vertreiben sie gut vermischt mit tauglichen Exemplaren.«

»Vorsätzliche Gefährdung der öffentlichen Gesundheit«, meinte die Juristin tonlos.

Serenella nickte mehrmals. »Schnelltests sind Mangelware in ganz Europa. In der Apotheke nebenan fertigen wir Test-Kits an. Ob die Imitationen brauchbar sind, bezweifle ich.«

»Unglaublich«, murmelte Winter.

Serenella nahm einen Schluck und berichtete weiter: »Das nächste Kapitel sind die Impfstoffe, die noch leichter zu manipulieren sind. Noch bevor ein Impfstoff irgendwo verfügbar ist, hat sich die Camorra angepasst. Wir bekamen chinesischen Impfstoff, der ja umstritten ist. In der Apotheke etikettieren sie die China-Dosen mit dem Label anerkannter Pharmaunternehmen.«

Cooper unterbrach: »Wo geschieht das? Ich meine diese Manipulationen von Impfdosen?«

»In der Apotheke.« Als Serenella nur fragende Blicke spürte, ergänzte sie, »gegenüber dem Lagerhaus, das Sie kennen, im zweiten Schuppen. Dort befindet sich die *Farmacia*.«

»Sie wollen sagen, dass in dieser Apotheke munter Impfdosen gefälscht werden?«, fragte Winter.

»Richtig. Sie kleben auf die Dosen mit dem China-Impfstoff die Etiketten von Moderna, AstraZeneca oder was es noch gibt.« Sie machte eine Pause und fügte hinzu, »aber nicht nur. Sie vertreiben in der *Farmacia* auch echte Medikamente.«

»Haben Sie ein Beispiel?«, fragte Cooper.

Serenella schaute ihn mit ihren kastanienbraunen Augen lange an, dann antwortete sie: »Die Camorra hat Verbindungen zu unzähligen Apotheken im ganzen Land. Ein geniales Vertriebssystem für die Medikamente und alles, was unsere *Farmacia* eben sonst noch produziert.« Sie hielt inne, trank Wasser und fuhr fort, »die Mafia hat schon immer von Krisen profitiert. Mittelfristig dürfte sie zu den Gewinnern der Epidemie gehören. Sie ist der ideale Nährboden. Schauen Sie, wer hungrig ist, sucht Brot, egal, aus welchem Ofen es kommt.« Sie machte eine Pause und ergänzte, »wer ein Medikament braucht, zahlt dafür, ohne zu fragen, wer es verkauft.«

Winter wandte ein: »Die Mafia hilft nie ohne Hintergedanken. In der Not ist sie für die dich da, später kommt sie, um Gefallen einzufordern.«

»Da haben Sie recht. Kennen Sie Oxycodon.«

Winter überlegte: »Ein Schmerzmittel? Ja, ein Opioid.«

»Richtig. Die *Farmacia* vertreibt Oxycodon an Tausende Süchtige. Eben nach dem Motto: Die Mafia hilft dir.«

Cooper fragte stirnrunzelnd: »Wie soll das gehen?«

»Von *Lo Zoppo* – der Name bedeutet der Hinkende – korrumpierte Ärzte schreiben die Rezepte, die armen Teufel holen dann das Medikament in einer der Apotheken im ganzen Land, die Krankenversicherung zahlt.«

»Moment«, unterbrach Cooper, »dafür braucht man doch viele Ärzte.«

»Ja, gibt es. Zudem lassen die Mafiagrößen ihre Söhne und Töchter Pharmazie und Medizin studieren. Auch so kontrollieren sie das Gesundheitssystem.«

»Also, zurück zu den Opioiden«, ermunterte Cooper.

»Nun, die Abhängigen gehen mit dem Rezept in eine Apotheke und bringen uns den Stoff. Sie bekommen von uns ihre Dosis, nach der sie lechzen, dadurch sind die Süchtigen uns verfallen, und den großen Rest verkauft das Hinkebein im Land herum mit sattem Gewinn.« Sie betonte, »mit dem Handel von Medikamenten und den Impfdosen hat die Camorra eine Goldgrube geöffnet.«

»Auch Drogen?«, erkundigte sich Winter.

»Nein. Für Kokain gibt es erstens bessere Verstecke, und zweitens hat sich der Handel wegen der Schließung der Häfen in Italien stark verringert.«

Sie tranken ihr Wasser und schwiegen. Cooper ahnte, dass Serenella nicht die ganze Geschichte über Silvio erzählt hatte. Der erwähnte Telefonanruf schien ihm eine dürftige Basis für seinen gewaltsamen Tod.

Er sagte: »Um auf Silvio zurückzukommen, was lag sonst noch gegen ihn vor?«

Serenella hielt beide Hände auf Kopfhöhe. »Sie sind Ermittler, hätte ich mir denken können. Sie haben Silvio in Pompeji ertappt. In der *Villa La Favorita*, wo man sich mit *Lo Zoppo* trifft.«

»Wir haben davon gehört«, warf Winter vorsichtig ein. »Ein Luxusbordell.«

»Korrekt. Da wird verhandelt und mit Alkohol und Sex nachgeholfen, bis die Deals besiegelt sind.«

»Happy Hour im Puff«, sagte Cooper sarkastisch. Unweigerlich dachte er an Max Affolter und seine Geschäfte mit *Sistema Abruzzi*. Er fragte: »Wie wurde Silvio ertappt?«

»Er ging scheinbar unerkannt in die Villa, um da zu recherchieren. Wer trifft wen und so weiter. Als sie ihn später fragten, ob er in der Villa gewesen sei, bestritt er es.«

»Die haben doch Kameras in der Villa.«

»Eben nicht, die Bosse wollen sich nicht filmen lassen. Zu riskant. Silvio wehrte sich, er sei zur fraglichen Zeit in Rom gewesen. Ich habe es bestätigt. Falsches Alibi.« Sie zögerte, bevor sie weitersprach. »Dann erhielten *Lo Zoppos* Leute von der Verkehrspolizei zwei Parktickets. Eines von oben in der Stadt, wo sich Silvio verwanzen ließ, das andere unten im Hafen, wo er parkte und ein Taxi zur Villa nahm. Die Tickets waren an dem Tag ausgestellt, als Silvio die Villa besuchte. Das war's dann …«

Cooper rieb sich das Kinn. »Ist *Lo Zoppo* der Boss der Bosse?«

Sie schüttelte den Kopf: »Der wahre Boss der Camorra lebt im Untergrund, er ist ein sogenannter *Latitante*.«

»Das bedeutet flüchtig«, übersetzte Winter und fragte: »Wissen Sie, was Silvio in der Villa wollte?«

»Natürlich. Er wollte den Professor sehen. Wir wussten, dass er sich mit *Lo Zoppo* getroffen hatte und offenbar mehrmals das Bordell aufsuchte.«

»Hatte Silvio Kontakt mit Prostituierten?«

»Wenn er hatte, weiß ich nichts davon.«

»Er hat Ihnen also nichts erzählt, keine Frauennamen erwähnt? Wie zum Beispiel Lia?«

Sie schüttelte den Kopf. »Aber er wusste, dass *Lo Zoppo* da war.«

Cooper fragte: »Wissen Sie, was der Professor mit dem Hinkenden verhandelte?«

»Der Boss sagte mir mal, der Professor suche eine Person, von der er wusste, dass sie sich in Neapel aufhielt. Aber das interessierte ihn nicht. Er war nur scharf auf Amos' neues Medikament.«

»Sie meinen einen Wirkstoff, der das Virus stoppt?«

»Vermutlich. Wir erfuhren nur, dass es sich um ein sensationelles Medikament handeln sollte, und Jens Amos wollte scheinbar, dass es von *Sistema Abruzzi* vertrieben wird.«

»Das macht Sinn«, bemerkte Winter. »Amos besitzt diesen Wirkstoff und lässt ihn nach unseren Informationen in Kapseln abfüllen.«

»Wir haben solche Kapseln in der *Farmacia*«, bestätigte Serenella. »Ein Muster, nehme ich an. Der Wirkstoff soll in der Kapsel in Olivenöl liegen. Möglich, dass wir, ich meine die Firma, bald größere Lieferungen erhalten.«

34

Der Tag war angebrochen. Erste Sonnenstrahlen fielen auf den Olivenhain.

Serenella stand auf, öffnete ein Fenster. »Was planen Sie jetzt?«

»Wir ermitteln weiter. Wir müssen Amos aufspüren«, antwortete Winter, und Cooper stellte die Frage, die ihn schon lange beschäftigte. »Sagt Ihnen der Name Max Affolter etwas?«

»Ich mache mir noch ein Cappuccino, kommen Sie doch in die Küche«, schlug Serenella vor und ging voran. Sie nahm Milch aus dem Kühlschrank und sagte: »Ich war dabei, als der Schweizer uns besuchte. Wir zeigten ihm unsere Anlagen. Es ging ja um einen Beratungsvertrag. Später fand ein Meeting mit unseren Leuten in Neapel statt. Das übliche Vorgehen mit Besuch der *Villa La Favorita*.«

»Kam der Vertrag zustande?«, wollte Winter wissen.

Serenella reichte ihr ein Cappuccino. »Die Beratung in Anführungszeichen bestand darin, dass Affolter uns die Türen zur Heeresapotheke in der Schweiz öffnen musste. Auch zur Beschaffungskoordinatorin, welche die Militärverwaltung eingesetzt hatte, um die Beschaffung von Schutzmaterial, Geräten und Tests zu organisieren.«

Sie kehrten mit ihren Cappuccinos zurück, stellten die Tassen auf den Salontisch. Winter fasste nach: »Hat es geklappt?«

Serenella griff nach dem Laptop, der neben dem Bücherregal am Boden lag. Sie legte ihn auf den Tisch. »Den konnten die Schweine nicht mehr an sich nehmen«, meinte sie und klappte den Deckel auf.

Cooper und Winter schauten gebannt zu.

Serenella erklärte: »Affolter gab an, ausgezeichnete Verbindungen zu haben. Er hatte in dem Labor gearbeitet, das Sie erwähnt haben, und kannte anscheinend die wichtigen Leute im schweizerischen Beschaffungswesen.«

»Welche Leute?«

»Die wissen, worauf es ankommt.«

Winter hob die Brauen. »Sie meinen die, welche mit der Mafia kooperieren könnten?«

Sie nickte. »Affolter nannte uns Namen, gab Hinweise. Die Camorra hat Spezialisten für *Open Source Informationen ... Research Tools* ... Sie sehen sich die Zielpersonen, ihre Frauen, die Familien genau an, forschen nach wunden Punkten, unmoralisches Verhalten ... Sie wissen schon, was ich meine.«

»Meistens geht's um finanzielle Schwierigkeiten, sexuelle Vorlieben, oder schlicht Geldgier«, warf Cooper dazwischen.

»Sie wissen mehr als ich«, stimmte Serenella zu und drehte den Laptop zu ihren Gästen. »Hier habe ich eine Aufstellung der Lieferungen an die Heeresapotheke. *Sistema Abruzzi* ist praktisch der einzige Lieferant. Die Beschaffungskoordinatorin ist uns – sagen wir mal – hörig ... Wimmelt andere Offerten ab, auch die besseren und ...«

»... erhält fragwürdiges Material«, ergänzte Cooper.

Serenella fügte hinzu: »Nach außen sieht alles seriös aus. Bestellungen und Rechnungsstellung laufen über die Firma Z-Medical in Zug, von *Lo Zoppo* kontrolliert. Der Ehemann der Beschaffungskoordinatorin sitzt im Verwaltungsrat.« Sie hielt einen Augenblick inne, dann fuhr sie fort, »Silvio wollte die

Schweizer warnen, damit sie die Bezüge von *Sistema Abruzzi* stoppen. Ich weiß nicht, ob er es schaffte, aber eine Meldung von einem hergelaufenen Italiener über angeblich korrumpierte Beamten blieb vermutlich irgendwo in der Gesundheitsbürokratie stecken.«

Cooper schaute gedankenvoll auf den Bildschirm. Er brauchte diese Unterlagen, um sie an Oberst Kottmann weiterzugeben. Er deutete mit dem Kinn darauf, aber Serenella kam ihm zuvor. Sie steckte einen USB-Stecker in die Buchse des Laptops und sagte: »Ich kopiere alles und übergebe Ihnen den Speicherstick. Es ist das Mindeste, was ich für Sie tun kann.«

Winter bedankte sich und fragte: »Sollten Sie nicht untertauchen nach all dem, was heute Nacht geschehen ist?«

Serenella schüttelte den Kopf. »Im Gegenteil, ich bleibe dran. Die Schweine sind tot, und niemand kann mich mit ihrem Verschwinden in Verbindung bringen.«

»Ich hoffe, dass Sie recht haben«, antwortete Cooper und schob ihr einen Zettel hin. »Das ist die Nummer meines Satellitentelefons. Abhörsicher. Wann immer Sie Hilfe brauchen oder Infos haben, rufen Sie mich an.«

Sie tranken den Cappuccino aus. Wenige Minuten später manövrierte Winter den Audi aus der Garage. Serenella winkte an der Tür, als sie über den Kiesplatz zur Landstraße und zurück ins Hotel fuhren.

35

Als sie die Autostrada erreichten, fragte Winter: »Glauben Sie, Major, dass das stimmt, was Serenella uns da aufgetischt hat? Die Mafia kontrolliert die Beschaffungen im Schweizer Gesundheitswesen?«

»Schon möglich. Allerdings klang es klischeehaft. Irgendwie zu dick aufgetragen. Trotzdem, ich glaube, Serenella hat recht.«

»Wieso? Was meinte sie mit *Research Tools*?«

»Damit durchstöbert man das Web, die sozialen Netzwerke, fischt Infos ab, geht Gerüchten nach, untersucht den Müll von Zielpersonen. Wie Serenella richtig gesagt hat, man beschafft und durchforstet öffentlich zugängliche Informationen. Man kann sogar in die Algorithmen von Google und Amazon eindringen, um herauszubekommen, mit wem eine Person verkehrt, wo sie was kauft und so weiter.«

»Trotzdem, Bundesbeamte sind doch nicht amoralisch.«

»Da wäre ich nicht so sicher. Am Ende sind alle mehr oder weniger bestechlich. Es gibt auch in den öffentlichen Verwaltungen schwarze Schafe.«

»Haben Sie Tatsachen oder nur Vermutungen?«

Cooper fuhr langsamer und erwiderte: »Also gut. Die Mafia schnüffelt nach Sex, außerehelichen Affären oder Pädophilie.«

»Pädophilie?«

»Ja, kommt leider öfter vor … Ein unterschätztes Problem. Es gibt Tausende von Pädokriminellen, überall, in Firmen und Regierungsämtern. Die Mafia findet die Spuren zu ihnen. Handys und die sozialen Netzwerke sind ihre wichtigsten Einstiegsluken. In Deutschland zum Beispiel flog kürzlich ein digitales Päderastennetz mit zwanzigtausend Teilnehmern auf.«

Winter platzte heraus: »Jetzt fällt es mir wieder ein.«

Cooper hielt inne, wartete auf ihren Einfall.

»Mir taucht etwas aus den Tiefen meines Gedächtnisses wieder auf. Das Stichwort hat das verdrängte Unangenehme losgelöst.«

»Welches Stichwort?«

»Pädophilie, nicht gerade mein Lieblingswort. Aber jetzt erinnere ich mich. Es gab vor einem Jahr Straftaten im digitalen Raum. Hat Aufsehen erregt. Mehrere Beamte in der Staatsverwaltung waren involviert. Die Delikte reichten von sexueller Belästigung bis hin zu pädokriminellen Live-Streams. Wenn's die Gesundheitsämter oder die Militärverwaltung betraf, dann … ideal zum Erpressen. Sie wissen doch, wie so was läuft.«

Wie meinte sie das? Er hoffte, sie unterstellte ihm nicht pädophile Vorlieben. Er antwortete: »Was Sie eben gesagt haben, passt ins Bild. Funktionäre bleiben davor nicht verschont, und wenn die Mafia den Weg zu ihnen findet, den Hebel ansetzt, brechen die

Zielpersonen am Ende ein. Können nicht mehr anders, sonst drohen ihnen empfindliche Nachteile. Ja, so läuft es nun mal.« Cooper neigte sich ein wenig zu ihr und fuhr fort, »ein Pädophiler bedeutet schon Bingo!«

Cooper fuhr von der Autostrada ab. »Hoffentlich ist Luigi schon wach und munter«, brummte er. Laut sagte er: »Es gibt noch einen anderen Aspekt.«

»Und der wäre?«

»Nehmen Sie die Tatsache, dass an allen Fronten im Gesundheitssystem Pannen passierten. Knappheit besteht. Ich meine an Schutzmaterial, Medikamenten, medizinischen Geräten, Tests. Die gesetzlichen Pflichtlager sind nicht aufgefüllt worden. Alles außer WC-Papierrollen fehlte. Sträflich vernachlässigt. Es mangelte an allem. Jemand hat tüchtig geschlampt, und nicht nur einer.«

»Die Bevölkerung kann nicht geschützt werden«, folgerte Winter.

»So ist es. Die Verantwortlichen haben ein echtes Problem. Ein Eklat steht bevor. Es drohen Untersuchungen wegen Pflichtverletzungen, Amtsmissbrauch. Was würden Sie in dieser Situation machen?«

Winter überlegte nicht lange. »Ich würde die Pflichtlager subito auffüllen, sofort überall die Lücken schließen, damit es nichts mehr zu bemängeln gibt.«

»Goldrichtig, Laura. Und wie machen Sie das? Sie nehmen die Lieferungen an, die man Ihnen rasch und unkompliziert offeriert. Mit offenen Armen, Augen zu und durch …« Cooper fuhr fort: »Die fehlbaren Bürokraten packen die Rettungsleine, die ihnen die Mafia zuwirft. Sie kooperieren, bekommen die Waren in großen Mengen und sind aus dem Schneider.«

»Das läuft doch nicht einfach so reibungslos«, zweifelte Winter.

»Doch. Die Mafia verspricht natürlich fette Prämien …«

»Schmiergelder …«

»*Errare humanum est.* Geldgier ist dabei das häufigste Motiv, auch wenn sonst nichts gegen den Staatsdiener vorliegt. Er bricht ein. Nur so kann er den Kopf aus der Schlinge ziehen und seine Pflichtverletzungen wiedergutmachen.«

Winter flüsterte: »Die Mafia hat geholfen und fordert den Gefallen ein.« Sie spähte nach vorn und fuhr fort: »Serenella hatte recht, es geht um gewaltige Summen Geld, große Aufträge, und ein bisschen Mitmischen darf ich ja wohl, sagt sich der Bedrängte. Also verkauft er seine Seele dem Teufel und lebt gut davon, solange er die Bedingungen erfüllt.«

»So ist es«, wiederholte Cooper. »Der Verantwortliche kann sich brüsten, den Mangel entschlossen behoben zu haben. Die Karriere ist gesichert.«

36

Nach der Ausfahrt Avezzano wählte Cooper die Route zum Bahnhof, bog auf der Piazza Matteoti auf die Einkaufsstraße nach Süden. Minuten später bremste er scharf und fuhr an den Gehsteig ran.

»Was machen Sie da?«, fragte Winter und starrte auf das Schild der *Bar Olimpia*. »Zu früh für einen Drink.«

»Ich habe so ein Gefühl im Genick. Das Hotel könnte nicht sicher sein. Wir sollten vorsichtshalber zu Fuß gehen, dann schauen wir weiter.«

Er ließ den Autoschlüssel auf der Mittelkonsole liegen und stieg aus. Sie gingen auf dem Bürgersteig der Via Camillo Corradini westwärts.

»Ein Spaziergang von sechs Minuten, schätze ich.« Nach zwei Blocks bog Cooper in die Via Giovanni Paganini ein und erkannte zweihundert Meter auf der linken Seite den kleinen Park vor dem Hotel. Als sie die Grünanlage betraten, entdeckte Cooper einen schwarzen Mercedes. Er war auf dem Bordstein in einer Verbotszone geparkt. Nicht gut.

»Es gibt Ärger«, warnte er.

Die Vordertüren öffneten sich. Zehn Meter entfernt. Zwei Typen, zwei Waffen. Die Pistolen waren Berettas. Die Typen waren Rechtshänder. Kleiner als Benito Mussone, aber größer als der

Durchschnitt. Keine rauflustigen kleinen Adriatypen. Beide trugen schwarze Hosen und schwarze T-Shirts. Und Sonnenbrillen. Keiner von beiden hatte sich rasiert. Zweifellos waren sie aus dem Bett gezerrt und auf Patrouille geschickt worden, wahrscheinlich nachdem die Kerle, die jetzt in der Jauchegrube lagen, als vermisst gemeldet worden waren.

»Vermutlich ist unser nächtlicher Ausflug nicht unbemerkt geblieben«, ahnte Cooper. »Die Leichen hatten Luft in der Lunge, das hat sie vermutlich an die Oberfläche getrieben.«

»Wenn die Schweine in der Gülle entdeckt wurden, ist bei *Sistema Abruzzi* der Teufel los«, kommentierte Winter und warnte: »Vorsicht! Die Typen kommen näher.«

Der Ärger ging los. Die Bewaffneten machten einen Schritt vorwärts, während Cooper und Winter weiter in den Park vordrangen.

»Halten Sie Abstand zu mir«, befahl Cooper.

Es gab keine Deckung. Cooper blickte nach links, blickte nach rechts. Nur Büsche und ein Hydrant. Er steckte seine Hand in die Tasche, umfasste seine Glock, von der er sicher wusste, dass sie funktionierte, und auch sicher wusste, dass er sie nicht benutzen wollte. Ein Schuss im Park in den frühen Stunden unter einer unschuldigen Morgensonne würde eine Reaktion auslösen. Es würde mehr Polizei in der Nähe sein als in der Nacht. Es würde Nachrichtenhubschrauber und Handyvideos geben. Sie würden in einem Raum mit einem auf den Boden geschraubten Tisch von Polizisten verhört werden. Man würde sie durchsuchen und alles bis zur *Villa La Favorita* zurückverfolgen. Das Chaos würde sich überall ausbreiten. Cooper wollte das nicht.

Die Typen mit den Berettas machten einen weiteren Schritt, mit der Waffe voran, schlurfende Schritte, starre Zweihandgriffe, konzentrierte Blicke über ihre Visiere.

Cooper analysierte ihre Taktik. Der Typ zu seiner Rechten, er war der Fahrer gewesen, kam immer näher, aber der andere blieb stehen. Sie wollten einen in ihrem Rücken haben, Cooper und Winter zusammendrängen und auf den Gehsteig zwingen, auf das Auto zu, wo sie schließlich jede Bewegungsfreiheit verlieren würden. Eine offensichtlich instinktive Taktik.

Das wird nicht passieren.

»Laura, gehen Sie einen Schritt zurück«, sagte Cooper. »Mit mir.«

Sie traten zurück. Die Geometrie des Fahrers war dadurch gestört. Sein Raum wurde vergrößert. Jetzt musste er noch weiter vorrücken.

»Noch einmal«, befahl Cooper.

Er trat zurück, Winter folgte ihm.

»Bleiben Sie stehen«, rief der Fahrer, »oder ich schieße.«

Cooper fragte sich, ob er es tun würde. Der Typ hatte die gleichen Hemmungen wie Cooper selbst. Die Dutzenden von Einsatzwagen mit ihren blinkenden Lichtern und Sirenen. Und die Handyvideos. Die Stunden im Zimmer mit den Polizisten ... Was für den Kerl einen ungewissen Ausgang zur Folge hätte, unvermeidlich.

Der Typ wollte wissen, wer sie wären. Es gäbe Bonuspunkte für seine Festnahme, wenn sie noch reden könnten. Es gäbe Bestrafungen für seine Auslieferung, wenn sie tot oder tödlich verwundet wären. Der Kerl brauchte sie lebend, damit sie die elektrischen Sägen, oder was auch immer für Folterwerkzeuge im Land der Camorra bevorzugt wurden, auspacken konnten. Würde der Mann also schießen? Wahrscheinlich nicht. War Cooper bereit, sein Leben darauf zu verwetten? Wahrscheinlich ja. Er hatte schon früher gespielt und gewonnen.

Der Fahrer herrschte ihn an: »Zeigen Sie mir Ihre Hände.«

Damit wäre das Spiel vorbei, der Punkt ohne Wiederkehr erreicht, genau da.

Die Geometrie hatte sich verschlechtert. Der Fahrer und der Beifahrer waren etwa sechzig Grad voneinander entfernt, aber gut für ein Kreuzfeuer positioniert.

Cooper dachte, er könnte durch seine Tasche schießen und den Fahrer treffen, einer weniger. Aber eine Sechzig-Grad-Drehung auf den Beifahrer zu wäre langsam und ungeschickt, weil seine Hand in seiner Tasche eingeklemmt wäre. Der Beifahrer hätte Zeit zum Abfeuern, vielleicht zwei oder drei Schüsse, die Winter oder Cooper oder beide treffen oder ganz verfehlen würden, mit ziemlicher Sicherheit das Letztere. Der Mann war bereits nervös, und die meisten Geschosse aus Handfeuerwaffen verfehlten unter solchen Umständen ihr Ziel.

Aber würde er Lauras Leben darauf verwetten?

»Zeigen Sie mir Ihre Hände«, forderte der Fahrer erneut.

»Tun Sie es«, flüsterte Winter, und Cooper nahm die Hände aus den Taschen.

Bis jetzt war alles ruhig. Niemand sonst befand sich im Park.

»Ziehen Sie Ihre Jacke aus«, herrschte der Fahrer. Ich kann das Gewicht der Waffe von hier sehen.«

Cooper zog seine Jacke aus und legte sie auf den Asphalt. Die Pistole in der Tasche schlug hörbar auf. Sein gesamtes Arsenal.

Nahezu …

Der Fahrer befahl: »Steigen Sie jetzt in den Wagen.«

Der Beifahrer ging rückwärts an den Mercedes heran. Cooper dachte, er würde ihnen die Hintertür öffnen, wie ein Typ vor einem schicken Hotel. Aber er tat es nicht. Stattdessen öffnete er den Kofferraum und sah sich vorsichtig um. Niemand zu sehen.

»Es war gut genug für Benito Mussone«, höhnte der Fahrer.

Winter fragte: »Major, was nun?«

Er antwortete nicht. Er stieg als Erster rein, legte sich quer auf die Seite in U-Form, und Winter kroch in den von ihm freigelassenen Raum, drückte sich mit gebeugtem Rücken an ihn heran, als würden sie im Bett kuscheln.

Der Beifahrer schlug den Deckel mit einem Knall zu. Die Welt wurde dunkel, kein leuchtender Griff. Entfernt.

37

Cooper bemerkte, dass sie die Stadt durchquerten, dann beschleunigte das Auto mit stetem Rauschen der Reifen. »Wir sind auf der Autobahn«, folgerte er.

»Vielleicht geht's zurück zu den Schuppen«, murmelte Winter.

Wahrscheinlich. Cooper erinnerte sich gut an die Fahrt nach *Sistema Abruzzi* und war nicht überrascht, als sie nach einer Viertelstunde langsamer wurden, als würden sie die Autobahn verlassen. Er spürte Kurven, das Auto wurde noch langsamer und kam dann zum Stillstand.

»Ich glaube, Sie haben recht. Wir könnten auf dem Gelände von gestern Nacht sein.«

Das südliche Tor war offen, aber es war niemand da, der es beobachtete. Der Fahrer wollte unbedingt hinein und seine Beute präsentieren, also dachte er sich nicht allzu viel dabei. Er fuhr einfach rein, drehte um und fuhr rückwärts auf das Rolltor des Schuppens zu. Der Beifahrer kletterte heraus und schlug mit der Handfläche auf einen grünen Pilzknopf. Das Tor bewegte sich langsam nach oben, mit Rasseln der Ketten und dem Klappern der Metalllamellen. Der Fahrer fuhr rückwärts in die Ladebucht, stellte den Motor ab, stieg aus und gesellte sich zum Beifahrer am Heck des Wagens. Sie zogen ihre Waffen und blieben deutlich zurück.

Der Fahrer drückte auf den Knopf am Schlüsselanhänger.

Der Kofferraumdeckel hob sich, langsam, gedämpft.

Sie warteten.

Nichts.

Der Geruch von Pappe und Stoffen. Der Schuppen war zunächst ruhig. Es war niemand zu sehen. Doch irgendwo im hinteren Teil hörte man erregte Stimmen, von Wänden und Türen gedämpft. Menschen schwirrten an Ort und Stelle herum. Der Fahrer schrie etwas, aber er bekam keine Antwort. Sie konnten ihn weit hinten nicht hören, weil sie zu viel Lärm machten. Etwas Seltsames ging in den Innenräumen vor sich. Der Fahrer zog mit der freien Hand sein Handy aus der Hosentasche.

Fahrer und Beifahrer standen hinter dem Kofferraum, ihre Waffen zielten immer noch direkt auf den Mercedes, in den gleichen soliden, beidhändigen Stellungen, die sie zuvor benutzt hatten, aber mit verdrehten Hälsen. Sie blickten über ihre linke Schulter, ganz nach hinten im Schuppen, wo der Lärm herkam.

Der Fahrer wollte anrufen, aber dann begann dort hinten die Schießerei. Zuerst krachten drei Schüsse rasch nacheinander, und dann kam ein Hagel von weiteren, bis es zu Ende war.

Danach gab es eine Sekunde der Stille.

Fahrer und Beifahrer wandten sich wieder dem Mercedes zu.

Immer noch nichts. Der Kofferraumdeckel war weit offen, keine erhobenen Köpfe, keine Blicke nach draußen.

Sie sahen sich gegenseitig an. Plötzlich besorgt, vielleicht waren Abgase im Kofferraum? Vielleicht gab es ein Leck? Vielleicht sind der Mann und die Frau erstickt?

Die Männer machten einen vorsichtigen Schritt nach vorne. Und noch einen.

Immer noch nichts.

Sie überprüften wieder die hinterste Ecke des Schuppens. Immer noch Stille. Sie machten einen weiteren Schritt dorthin, wo sie in den Kofferraum sehen konnten. Sie blickten hinein und sahen, dass der Mann und die Frau ihre Positionen gewechselt hatten. Jetzt war der Mann vorne, und sie war hinter ihm. Von ihm abgeschirmt. Ursprünglich war er mit dem Kopf nach links eingestiegen, und jetzt lag sein Kopf rechts. Das bedeutete, dass sein rechter Arm frei beweglich war. Und er bewegte ihn. Und zwar sehr schnell. In seiner Hand hielt er eine kleine Automatik aus Stahl. Sie zielte auf den Kopf des Fahrers.

Cooper schoss dem Fahrer in die Stirn, zielte nach rechts und schoss dem Beifahrer durch das linke Auge. Mit dem kleinen *Browning* aus seinem Stiefel. Er hatte ihn in die Socken gesteckt, bevor sie aus Serenellas Haus gingen. Immer eine gute Vorsichtsmaßnahme für das Unbekannte.

Cooper spähte über den Rand des Kofferraums in den Schuppen. Der Mercedes parkte genau dort, wo sie in der Nacht zuvor mit Serenella standen, bevor sie durch die im Rolltor eingebaute Tür hinausgingen.

Cooper setzte sich auf und warf einen besseren Blick in die Ladebucht. Immer noch keine Menschen. Er kletterte hinaus, kam auf die Beine und half Winter nach. Sie sah sich die Toten an, die verrenkt auf dem Boden lagen. Kein schöner Anblick. Einer hatte ein Auge und der andere drei.

»Da waren wir letzte Nacht«, stellte sie fest.

Cooper nahm die Beretta des gefallenen Fahrers an sich. Mehr Reichweite. Genau dann hörten sie Schritte. Ein paar Kerle rannten aus dem hinteren Teil in ihre Richtung. Es waren wild aussehende Gestalten, dann blieben sie plötzlich stehen, schrien sich gegenseitig an, einer feuerte seine Waffe ab, und der andere ging zu Boden. Ein Kampf war im Gange.

Cooper hatte gelernt, seinem Instinkt zu vertrauen, deshalb wusste er zu diesem Zeitpunkt, dass alle Wetten ungültig waren. Noch bevor der Schrei des Getroffenen zu einem Echo verstummte, feuerte Cooper drei Schüsse in die Gruppe ab. Er konnte nicht verfehlen. Drei fielen, der Rest lief auseinander.

Er rief Winter zu: »Holen Sie sich die Schlüssel vom Fahrer und sein Handy, dann setzen Sie sich ans Steuer und machen sich bereit loszufahren … ab wie die Feuerwehr!«

Cooper packte auch die Beretta des Beifahrers, rannte zur Seitentür, stieg ein. Fast gleichzeitig sprang Winter geduckt hinters Lenkrad, startete den Motor, dabei schob sie ihren Körper nach vorne, hielt den Kopf nach unten.

Die Kerle im Schuppen begannen, den Wagen anzugreifen. Winter drückte das Pedal durch, das Auto ruckte vorwärts. Sie lenkte hart nach rechts. Die Reifen kreischten. Cooper fand seine Jacke auf dem Rücksitz, packte sie und zog seine Glock heraus. Dann lehnte er sich aus dem Seitenfenster und zielte damit auf die Kerle, die immer noch schrien und wild schossen wie eine Kavallerieattacke gegen Panzer. Cooper schoss nicht. Winter hatte mit dem rasanten Start bereits eine kritische Distanz zu den Schützen hingekriegt, die Schüsse gingen mit Ausnahme eines Treffers ins Wagenheck ins Leere. Und jetzt schleuderte Winter den Mercedes gekonnt um die Ecke des Schuppens, und Cooper sah das offene Tor.

Winter stieß die Luft aus, preschte durchs Tor, bog nach links und erinnerte sich sofort an den Weg zur Autostrada. Er führte am Haupteingang von *Sistema Abruzzi* vorbei. Sie war ziemlich aufgelöst in Schweiß und Entsetzen, richtete sich jetzt voll auf, blickte besorgt in den Rückspiegel, doch von den wilden Schießwütigen war nichts mehr zu sehen.

Cooper warf ihr einen langen Blick zu. »Gut gemacht, Laura. Da war tatsächlich der Teufel los, wie sie vorhin gesagt hatten. Aber alles ist gut gegangen.«

Winter schüttelte den Kopf. »Gut gegangen? Ich denke, wir sind endgültig in der Scheiße. Wo geht's lang?«

»Nach Norden, nehmen Sie da vorne die Auffahrt nach *L'Aquila*.«

Cooper schaltete das Navi an und tippte *Aviosuperficie L'Aquila* ein. Nach einer Weile sagte er: »Circa vierzig Minuten rechne ich. Dann erreichen wir das Flugfeld, wo Banholz wartet.«

»Wenn er denn da ist …«

»Ist er. Hat mir bestätigt, dass er in der Maschine wartet, bis wir auftauchen.«

»Na, schön. Der Sprit sollte reichen.« Winter zog ein Smartphone aus der Tasche und reichte es Cooper. »Das Handy vom Fahrer. Sie wollten es.«

»Richtig. Haben Sie auch die Nummer von Luigi?«

Sie nickte und deutete auf das Telefon. »Bereit?«

Er brummte Zustimmung, und sie diktierte ihm die Zahlen aus dem Gedächtnis, schaute ihm beim Eintippen zu. »Die Nummer wäre auch auf meinem Tablet gespeichert. Apropos, was geschieht mit unserem Gepäck im Audi?«

Cooper legte einen Finger auf seine Lippen, dann drückte er die Wahltaste für Luigi.

38

Die Landstraße schlängelte sich zwischen sanften Hügeln durch eine ziemlich eintönige Landschaft. Schmucke Dörfer wechselten mit Höfen, Scheunen und Ställen auf brachliegenden Feldern, hier und da eine Kreuzung, eine Brücke. Kaum Verkehr. Das Flugfeld lag östlich von *L'Aquila*, der Erdbebenhauptstadt. Vereinzelte Ruinen zusammengebrochener Häuser erinnerten daran. Die Fahrt verlief gut, aber Winter konnte ihre Anspannung nicht verbergen. »Glauben Sie, dass wir verfolgt werden?«

Cooper verneinte kopfschüttelnd. »Nicht plausibel. *Lo Zoppos* Leute haben vermutlich alle Hände voll zu tun, kein Interesse, die Polizei auf uns zu hetzen. Wenn schon, suchen sie selber nach uns.

An ihrer Stelle würde ich mich auf die Autostrada konzentrieren. Sie haben keine Anhaltspunkte, wo wir uns befinden.«

»Luigi?«, fragte Winter.

Cooper eröffnete ihr, was er mit Luigi telefoniert hatte. Er dürfte den Audi vor der *Bar Olimpia* Minuten nach seinem Anruf gefunden haben und fahre ihnen bestimmt schon hinterher.

»Die Mafiosi könnten ihn anhalten und ausquetschen.«

»Auch nicht plausibel. Sie wissen nichts von unserem Auto. Und Audis wie den von Luigi gibt es viele in der Gegend. Ich denke, die Bande ist momentan mit der Schießerei im Lagerhaus voll beschäftigt.«

»Was denken Sie, was passiert ist?«

Cooper zuckte mit den Schultern. »Ich würde sagen, eine Fehde. Rivalitäten, vielleicht ein Verräter in ihren Reihen, dann die Leichen in der Jauchegrube, da brannten einem die Sicherungen durch.«

Er streckte die Hand aus. »Da vorne scharf links.«

Winter fuhr langsamer, bog nach zweihundert Metern ab. Der Wegweiser bestätigte *L'Aquila*. Die SS5 führte zunächst durch eine hügelige grüne Landschaft, dann eine Weile kurvenreich einen dichten Wald entlang.

»Der nächste Fixpunkt ist *Fossa*, dort geht's dann rechts zum Flugfeld«, erklärte Cooper, und als Winter nur nickte, »diese Route ist länger, aber ich wollte nicht auf die Autobahn, auch nicht L'Aquila passieren.«

Winter meinte: »Es ist unheimlich, wie die Mafia sich in der Schweiz und Deutschland breitmacht. Ich hätte es nicht für möglich gehalten, wie skrupellos diese kriminellen Gruppierungen den Markt mit Schutzmasken, gefälschten Impfdosen, Medikamenten und angeblichen Wundermitteln gegen das China-Virus überschwemmen.«

Cooper sagte: »Korruptionsindex.«

Winter zog die Brauen zusammen. »Habe ich was nicht mitgekriegt?«

»Der Index ist am Steigen … Wir schmähen Länder wie Kamerun, Sudan oder Nigeria, typisch Afrika, hoher Korruptionsindex. Die Schweiz dagegen ist Musterknabe.« Er klopfte sich demonstrativ selbstgerecht auf die Brust. »Keine Korruption, alles sauber … Von wegen!«

Winter antwortete nicht, hielt das Lenkrad fest umklammert. Aus dem Nichts waren Wolken aufgezogen, und im diffusen Licht achtete sie auf den Waldrand, wo nach einem Warnschild mit Wildwechsel zu rechnen war.

»Es gab immer wieder Korruption in den öffentlichen Verwaltungen. Mal ging es um IT-Ausrüstungen und Software für Milliarden, ein andermal um Rüstungsgeschäfte, dann um Megabauprojekte, Flughäfen … Jetzt sind die Gesundheitsverwaltungen dran, den Korruptionsindex in der Schweiz und der BRD zu steigern … Verstehen Sie?«

Sie nickte schwach, und Cooper empfand keine Lust, das Thema weiter zu erörtern. Vor ihnen lag eine kritische Phase. Sie mussten das Flugfeld rasch und sicher erreichen, Luigi musste mit ihrem Gepäck eintreffen, die Maschine von Banholz startklar sein, der Start auf der Graspiste gelingen. Cooper überlegte, was trotz des einfachen Plans schiefgehen könnte … Einmal in der Luft, könnte er mit Laura Winter die nächste Phase besprechen. Vorher machte es keinen Sinn.

Er mahnte: »Fahren Sie vorsichtig, wir sind in Eile. Es geht darum, das Flugfeld ohne Unterbruch zu erreichen. Wenn wir da sind, schauen wir weiter.«

»Sie sind der Boss, Major. Wie erklären wir Oberst Kottmann die vielen Leichen?«

»Gibt es denn Leichen? Kottmann braucht nur zu wissen, was er wissen muss. Ob wir Jens Amos gefunden haben. Das ist die Hauptsache. Verlieren Sie das Ziel nicht aus den Augen, Hauptmann Winter.«

39

Das letzte Stück der Reise führte über eine nur mit hellem Schotter befestigte Straße. Der Mercedes wirbelte Staub auf. Das Flugfeld lag plötzlich vor ihnen, als Winter nach einer dichten Baumreihe aus der letzten Kurve hinausfuhr. Sie sahen ein weites, abgemähtes Feld, die hellgrünen Grasflecken auf kargem, bräunlichem Boden. Leute standen neben vier Schleppflugzeugen, die wahllos auf der Piste parkten. Zwei rot-blau bemalte Doppeldecker, zwei Eindecker, und etwas abseits stand ein Segler, den einen langen Flügel müde auf die Piste gelegt.

»Sehen Sie unsere Maschine?«, fragte Winter.

Cooper verneinte. Winter hielt auf die zwei Bauten am Pistenrand zu. Zuerst passierte sie einen weißen langen Container, vermutlich mit Büros des Aviatik-Clubs, dann hielt sie hinter dem viereckigen Haus mit knallrotem Dach und giftig grüner Fassade an. Sie stiegen aus. Als sie um die Ecke der bunten Hütte mit blauen Fensterrahmen bogen, sahen sie zwei Dinge: die blauweiße PC-12 NGX und einen Streifenwagen der Carabinieri.

Nicht gut.

Sie näherten sich der von Neugierigen umstellten Maschine, als zwei Carabinieri unter dem beigen Sonnendach der farbigen Hütte hervortraten. Offensichtlich eine Cafeteria. Den paar Gästen bot sich auf der mit Tischen und Stühlen eingerichteten Terrasse ein guter Blick auf den Flugbetrieb.

Die Carabinieri trugen dunkelblaue Uniformjacken, Stiefel, gestreifte Hosen, den weißen Gürtel und das weiße Pistolenholster, beides aus Lackleder. Die Polizeimütze mit schwarz glänzendem Schirm hatten sie unter den Arm geklemmt.

Sie kamen mit ernster Miene direkt auf die Neuankömmlinge zu.

»*Buon Giorno*, ist das Ihre Maschine«, fragte die Carabiniere. Ihr schwarzes Haar war modisch kurz geschnitten, und sie war ein Kopf größer als ihr Kollege, der ein breites Grinsen aufsetzte und schwärmte: »*Bello*. Ein schönes Flugzeug. Der Pilot hat uns das Cockpit gezeigt.«

Cooper hatte bereits seinen Pass hervorgeholt, hielt ihn abwartend in der Hand. Winter sah sich um. Von Luigis Audi war nichts zu sehen. Hinter dem Cockpitfenster keine Spur von Banholz.

»Der Pilot erklärte uns das Starten«, fuhr der Carabiniere fort. »Nicht alltäglich, dass große Maschinen hier landen.«

»Noch nie vorgekommen«, betonte seine Kollegin. »Wo fliegen Sie denn hin?«

Cooper überlegte eine unverfängliche Antwort. Doch Winter kam ihm zuvor. Sie wandte sich an die Frau: »Man sagt, dass Valentino die Uniformen der Carabinieri entworfen hat. Jedenfalls, *molto chic*. Wir lieben Italien, die Mode, das Essen, die Landschaft.« Nach einer Pause fügte sie hinzu: »Wir fliegen nach Firenze. Dort gibt's alles, was schön ist.«

Die Carabiniere lächelte. »Sie sprechen perfekt Italienisch. Auch Schweizerin?«

Winter wehrte mit den Händen ab. »Mir fehlt die Übung.«

Cooper trat ungeduldig von einem Fuß auf den andern. »Können wir die Formalitäten hinter uns bringen?«

Die Carabinieri schauten sich belustigt an. »Wozu denn?«, grinste der männliche Polizist.

»Wir sind nicht offiziell hier«, erklärte die Frau. »Chiara von der Cafeteria hat ihre Kreditkarte im Supermarkt liegen gelassen ... Deshalb sind wir hier. Wir haben sie abgeliefert ... und Kaffee getrunken. Willkommene Abwechslung.«

Das Funkgerät an der Seite des Carabiniere meldete sich. »Schon wieder«, brummte er. »Wir müssen weiter. Es hat eine Schießerei gegeben, unten in Avezzano.«

»Verstärkung wird angefordert, ich verstehe«, gab Cooper zurück.

»Genau. Also dann. Und sagen Sie dem Piloten einen Gruß. Ein patenter Kerl.«

»Und gute Zeit in Firenze«, wünschte die Frau, zwei Finger zum Gruß an die Schläfe legend. »Und kaufen Sie sich ein paar schöne Sachen von Valentino.«

Winter hob lächelnd die Hand: »*Sicuro*, mach ich, und viel Erfolg. Danke, dass Sie für unsere Sicherheit sorgen.«

Die Carabinieri schauten sich noch etwas um, der Mann winkte zur Kellnerin unter dem Vordach, dann stiegen sie ein. Die Frau am Steuer. Die Streife wendete, Blaulicht begann zu blinken, breites Grinsen, dann ein Sirenengruß zum Abschied.

Cooper schaute der Staubfahne nach. »Ich dachte schon ...«

»Ich auch. Wenn nur Luigi bald käme.«

Erleichtert traten sie unter das Sonnendach. »*Due espressi, per favore*«, sagte Cooper lächelnd zur Dunkelhaarigen, die Chiara sein musste.

Leute vom Aviatik-Club hatten die Schlepper und den Segler an den Pistenrand geschoben. Banholz legte einen perfekten Start hin, hob knapp am Ende der Graspiste ab, gewann rasch an Höhe. Ein gleichmäßig grauer Himmel bot gutes Flugwetter. Unter dem Flügel zog eine hügelige, grüne Landschaft vorbei, die Autobahn verlor sich im Süden, eine Stadt kam näher, und plötzlich schimmerte ein Streifen Meer.

Luigi, verlässlich wie immer, war eingetroffen und hatte ihnen das Reisegepäck ins Flugzeug gebracht. Cooper war wortkarg geblieben, wollte ihn nicht mit Informationen über ihre Konfrontation mit den Mafiaschergen belasten, wies ihn an, die Nummernschilder vom Mercedes zu entfernen und auf dem Rückweg die *Autostrada* zu meiden. Es könnte Kontrollen der Carabinieri geben, und auf der Landstraße bis Neapel habe er nichts zu befürchten.

»War schön, Ihr Fahrer zu sein, *Signore, mille grazie*«, reagierte er mit glänzenden Augen, als ihm Cooper fünfhundert Euro zusteckte. »Ich weiß von nichts, bin stumm wie ein Grab.«

40

Jens Amos

Die serbischen Truppen Milosevics fielen in der Morgendämmerung ins Dorf ein, und der siebzehnjährige Jens Amos sah sie kommen.

Der Himmel war tiefviolett, die Wiesen mattgrün, und das Sonnenlicht begann gerade erst am Horizont zu leuchten. Er sah die dunklen Formen, die zwischen den Häusern vorrückten, kastenförmige Panzerfahrzeuge auf Raupen. Soldaten mit Sturmgewehren und schwerer Ausrüstung sprangen heraus, schwärmten aus. Bellende Befehle durchbrachen das schwere Brummen der Motoren.

Es war keine Übung. Für die verängstigten Dorfbewohner löste der Angriff Angst und Schrecken ohne Ende aus. Die Truppen stürmten die Wohnungen, trieben die Bewohner wie Vieh zusammen, dann auf ein Feld neben der Moschee. Wer fliehen wollte, starb im erbarmungslosen Kugelhagel.

Jens Amos erinnerte sich, dass er sich in einem alten, leeren, von einem Zaun und Buschwerk geschützten Ziehbrunnen versteckt hatte. Es war kein Zufall, dass er dort verharrte, hatte er doch schon am frühen Morgen Posten bezogen, um einem Hasen aufzulauern.

Jens Amos erinnerte sich, dass er sich kaum halten konnte vor Wut und Entsetzen. Die Soldaten, die eine verzweifelte Menschenschar vor sich herjagten, waren keine Menschen, es waren Bestien. Sie zwangen Männer, Frauen und Kinder, darunter seinen Großvater, die Familie seines Bruders, seine zwei Jungen, sich aufzureihen. Hinter der Moschee, wo das Feld sich in eine lange Mulde vertiefte. Mütter umarmten ihre Kinder. Er würde nie vergessen, wie der Befehlshaber seine Männer zur Exekution aufstellte, einen Befehl schrie, das Salvenfeuer aus den automatischen Gewehren nicht aufhören wollte, die Getroffenen reglos in die Mulde stürzten. Mindestens vierzig war die Zahl der Opfer auf kosovo-albanischer Seite im Massaker von Reçak.

Jens Amos erinnerte sich, wie er im Brunnen aushielt, einen Sitz improvisierte, indem er die Flinte in die Steine der Brunnenwand klemmte, dann zusah, wie ein Bulldozer auffuhr, noch und noch Erde aus dem Feld heranschaufelte und über die Toten, wenn sie denn tot waren, schüttete, wie die Soldaten Zigaretten rauchend zusahen, lästerten und grölten.

Er erinnerte sich, wie er sich selbst versprach, diese Gräueltaten zu rächen, aber dass er nicht wusste, wie er es tun sollte.

In seiner Festung, die das enge Tal oberhalb des kleinen Dorfes Brece überblickte, setzte er sich im Bett auf – eine bequeme Matratze auf einem hölzernen Gestell. Die sogenannte Festung, ein massives, verschachteltes Steinhaus, hatte der UCK-Befreiungsarmee als Kommandoposten gedient. Jens Amos hatte sie mit moderner Überwachungselektronik aufgerüstet. Er fühlte sich sicher, nicht zuletzt auch dank den ehemaligen Guerillakämpfern, einige älter, andere jünger, die sich alle seinem Schutz verschrieben hatten.

Er sah die Frau neben sich an, Martina. Sie schlief, nackt, das Bettlaken unter ihre Schamhaare heruntergeschoben. Sie hatte ein perfekt geformtes Gesicht. Große braune Augen. Schlanke Gliedmaßen und üppiges schwarzes Haar. Sie hätte eine Karriere als Laufstegmodel machen können, aber in ihrem Leben war sie eine Prostituierte aus Neapel.

Sie war keine sehr glückliche Hure in der *Villa la Favorita* gewesen, wo sie in ständiger Angst vor ihrem nächsten Kunden zitterte. Ihm wäre Lia lieber gewesen, weniger attraktiv, aber intelligenter. Zu intelligent, vielleicht zu neugierig, um mit ihm an diesem Ort zu leben, wo Diskretion so wichtig war wie Wachsamkeit.

Er hatte Martina aus diesem Sumpfloch heraus in die entlegene ländliche Gegend gebracht. Er machte sie frei, und es stellte sich heraus, dass sie auch für ihn ein Glücksfall war. Das ist die Sache mit der Freiheit. Sie zeigt einem, wer man wirklich ist.

Jemand klopfte an die Tür. Er nahm seine Beretta vom Nachttisch und verließ das Bett. »Wer ist da?«

Eine Stimme antwortete, »Ich bin's, Tarik. Der Mann ist angekommen.«

Amos schlang Gürtel und Halfter um seine Cordhose und zog ein weißes Hemd an, zog dann das Bettlaken über Martinas nackten Körper und verließ den Raum.

Unten zeigte Tarik sein Zahnlückenlächeln. Er war klein, sein Kopf war zu groß für seinen Körper. Er war es gewohnt, unterschätzt zu werden, bis man ihm in die Augen sah. Man kämpft für die UCK nicht zehn Jahre lang um Hügel und Dörfer, in Gräben, Häusern, Vorstädten und überlebt, wenn man nicht besondere Fähigkeiten hat. Wie die meisten seiner Männer, dachte Amos, als Tarik ihm mitteilte, dass der Mann im Konferenzraum auf Doktor Amos warte. Das war der Name, den sie ihm ehrfürchtig gaben, und den Vorraum zu seinem Labor, in dem Besprechungen stattfanden, nannte er *Situation Room.*

Die Morgensonne strich weich durch die Fenster der großen Küche. Tarik öffnete die Tür zur Terrasse. Sie traten hinaus, wandten sich nach links und gingen zweihundert Schritte zu dem grauen, quadratischen Hochsicherheitstrakt mit nur einer Öffnung, einer Stahltür.

Die Festung. Der Name gefiel Amos. Das Hauptgebäude stand zuoberst auf der Anhöhe, ziemlich nahe am dichten Wald, der den Hügel auf drei Seiten umschloss. Aus der Luft, war sich Amos bewusst, könnte anfänglich alles wie ein landwirtschaftliches Gut aussehen. Obstgarten, Rebstöcke, Stallungen, Felder bis hinunter zur Landstraße. Amos hatte schon lange begriffen, dass Tarnung wenig Sinn machte. Sie passierten den Brunnen, dann zwei mächtige Eichen. Bevor sie zur Tür gelangten, schaute Amos zum Trainingscamp hinüber, wo gerade eine Gruppe im Halbkreis einem Nahkampf zweier Kämpfer zuschaute. Pepe, der Drillmaster, ein Hüne von einem Kerl, sah Amos, salutierte und wünschte dem Doc lautstark einen guten Morgen.

Die Wärmebilder einer Drohne würden ihre Wärmesignatur unabhängig davon auffangen. Sie konnten sich nirgendwo verstecken, solange die Global Hawks der Nato oder die chinesischen Drohnen der Serben wussten, wo sie suchen mussten. Aber Amos glaubte nicht, dass sie es wussten.

In der Ferne hörte er das Krachen von Schüssen. Seine Männer übten Treffsicherheit auf dem Schießstand. Einige von ihnen waren echte Scharfschützen. Andere neigten eher dazu, sich den eigenen Fuß wegzupusten. Aber das Training war hilfreich. Einer von ihnen wusste, wie man einen Scheibenstand mit elektronischer Trefferanzeige einrichtete. Er kam aus der Schweiz, wo jedes Dorf eine Schießanlage betreibt.

Amos entließ Tarik und ging allein in das Laborgebäude.

41

In der Mitte des Konferenzzimmers stand ein eleganter Buchenholztisch von schwarzen Lederstühlen auf Metallbeinen umgeben. Auf einem saß ein Mann, der eine Zigarette rauchte.

Die beiden Männer sahen sich gegenseitig an. Amos setzte sich nicht, also stand sein Besucher widerwillig auf.

Jack Cole war groß, in den Vierzigern, vielleicht ein Meter neunzig, mit gebräuntem Gesicht und rasiertem Schädel und hatte eine Ausstrahlung von Stärke und Mut. Wahrscheinlich ein WASP, ein weißer angelsächsischer Protestant. Er war breitschultrig wie ein Quarterback der New England Patriots, wo er vielleicht mal gespielt hat. Allerdings trug er heute kein passendes Outfit – er trug nur ein verschwitztes graues Hemd und Jeans. Niemand, der den Weg zur Festung gefunden hatte, wollte die Aufmerksamkeit auf sich lenken. Eine olivgrüne Bomberjacke hing an der Rückenlehne. Vielleicht versteckte Cole darin eine Waffe.

Cole nahm einen Zug und blies eine Rauchfahne in die Luft. Seine auf Amos gerichteten Augen waren grünlich und gut lesbar.

»Guten Morgen, Doc.«

Amos betrachtete einen Moment lang sein Gesicht. »Guten Morgen, *Agent* Cole.«

»Ich habe das für Sie. Von der *Firma*.« Cole zog umständlich einen Umschlag aus seiner Jacke, öffnete ihn und legte ein weißes, am Rand rot gebundenes Schriftstück auf die helle Tischplatte.

»Was ist das?«, fragte Amos und erriet die Antwort.

Jack Cole sah ihn mit zusammengekniffenen Augen an. »Der Vertrag.« Er blätterte kurz durch und fügte hinzu: »Im Anhang gibt's eine Liste von paar Leuten, die sich mit biologischen Kampfstoffen auskennen.«

»CIA?«

»Vielleicht.«

Amos nahm den Vertrag in die Hand, blätterte die Seiten durch. Die Liste am Schluss – eine Wundertüte der fünften Kolonne, um sich die Strukturen seiner Forschungsanlage einzuverleiben – legte er aufgeklappt auf den Tisch. Amos hatte stets vermutet, dass die USA die internationale Aufmerksamkeit für Einrichtungen zur biologischen Kriegsführung scheuten wie die Motte das Licht. Die geheimen Forschungsstätten der U.S. Army irgendwo im Bundesstaat Montana waren abgeschottet und scharf bewacht. Ebenso scharf war die CIA darauf bedacht, jede gleiche oder ähnliche Forschung an biologischen Kampfstoffen irgendwo auf dem Planeten zu verhindern, wenn nötig zu zerstören. Möglich, dass die CIA plante, die Zerstörung seiner Forschungsanlage an serbische Terroristen auszulagern. Im Kosovo gab es vermutlich keine Leute, die sich für ein solches Outsourcing rekrutieren ließen, sodass Agent Cole möglicherweise sogar Oberst Gregor Krall die Planung des Drecksjobs übertragen hatte. Amos befürchtete in der Tat, dass Krall die Absicht hatte, sein Hochsicherheitslabor zu annektieren, um dann sämtliche Daten und alles, was mit seinen *Xaurum* Anti-Corona-Kapseln und den Anti-Plastik-Mikroben von Larissa zusammenhing, sicherzustellen. Für wen? Die CIA wäre ein naheliegender Abnehmer, wie der Vertrag auf dem Tisch suggerierte, aber auch das ABC-KAMIR-Kompetenzzentrum käme für die brisante Forschung infrage. Wie auch immer …

Amos schob das Dokument von sich. »Warum sollte mich das interessieren? Sie können sich diesen Scheiß irgendwohin stecken.«

»Wir können das gütlich regeln, Doc«, meinte Cole einlenkend, mit dem Kinn auf das Schriftstück deutend. Er fuhr fort und erklärte, dass nach dem bedauerlichen Tod von Larissa Konsalik die Agency ihr Augenmerk auf Amos richtete, da sie wusste, dass Larissa ihre Geheimnisse mit ihm geteilt hatte.

»Ich habe mit *Langley* nichts zu tun.« Er meinte das CIA-Hauptquartier.

»Doch, das haben Sie. Konsaliks Forschung an Mikroben gibt Anlass zur Sorge. Und die Agency verdächtigt Sie, ihre Forschung hier fortzusetzen.« Er deutete mit dem Daumen über die Schulter. »Dort hinten, im Labor. Und noch was, Doc. Sie werden von Interpol gesucht. Ein Mann ohne Bleibe.«

Amos starrte Cole an. Er dachte, er bemerke einen Hauch von Sarkasmus im Ton des Mannes, aber er war sich nicht sicher.

Amos wusste über Agent Cole, dass er einst von der US-Army ausgebildet wurde, bevor er bei der CIA in Langley anheuerte. An den Brennpunkten des ehemaligen Jugoslawien-Krieges stand er im Feldeinsatz. Larissa hatte Jens erzählt, dass Cole versucht habe, ihr geheime Informationen über das ABC-Labor in Spiez abzuluchsen. Er war mit Sicherheit entschlossen, sich diese klassifizierten Infos unter den Nagel zu reißen.

»Hören Sie, Cole, Sie standen Larissa sehr nahe. Sie wollten sie dazu bringen, ihren Arbeitgeber zu verraten. Ziemlich plump. Sie erteilte Ihnen eine Abfuhr. Wie kommen Sie also darauf, dass ich Ihnen helfen könnte?«

Cole drückte seine Zigarette in den Aschenbecher.

Amos rückte das Kinn vor. »Zwölftausend Mikroplastikpartikel enthält so ein Stummel.«

Cole schüttelte verwirrt den Kopf. »Na und?«

Er kann keinen Zusammenhang zu den Mikroben erkennen.

»Larissa hat *undercover* für uns gearbeitet, das stimmt«, offenbarte Cole. »Dann muss etwas passiert sein. Jedenfalls hörte sie plötzlich auf zu berichten ... Was bisher ohnehin ziemlich wertlos war. Wir warteten darauf, endlich fündig zu werden, über die Forschung an Kampfstoffen, doch es kam kein Nachschub. Nichts. Funkstille. Wir haben Grund zur Annahme, dass sie sich auf Ihre Seite geschlagen hat, um eine Verschwörung gegen die CIA zu schmieden.« Er warf Amos einen feindlichen Blick zu.

Dieser schüttelte den Kopf. »Warum sollte sie das tun?«

Cole lachte laut. »Wie können Sie nur so naiv sein, Doc. Sie haben mit ihr an den Mikroben gearbeitet, an den *Gamas*, um genau zu sein.«

Amos gab keinen Kommentar. *Gamas* stand für *genetically engineered anti-material agents*. Soviel war Cole vertraut. Amos vermutete aber, dass Cole keine Ahnung hatte, dass Larissa mit ihren genetisch veränderten Mikroben Mikroplastik vernichten konnte, innerhalb von Sekunden ohne den geringsten Rückstand, einfach spurlos ausgelöscht. Die *Gamas* waren der Grund, warum Larissa zu ihm in die Festung geflüchtet war. Ans Ende der Welt. Sie wollte definitiv zu ihm übersiedeln, um ihre *Gamas* in seiner Anlage sicher unter Verschluss zu wissen. Segen für die Umwelt, tödliche Bedrohung für die Menschen, wie sie zu sagen pflegte.

»Segen und Fluch«, murmelte er. »Wie haben Sie von diesem Ort erfahren?«

»War nicht einfach. Aber schließlich halfen mir allgemein zugängliche Infos. Ich hörte mich in Pristina um. Niemand wollte etwas wissen, bis ich zufällig von den Lieferungen, die zwischen

Gesundheitseinrichtungen und Ihrem Standort hin und her gingen, erfuhr. Ich beschattete das Fahrzeug, das Ihnen das Zeugs brachte.«

»Hören Sie, Agent Cole, Sie verschwenden Ihre Zeit. Hier passiert nichts von dem, was Sie glauben, dass passiert …«

Cole trommelte mit den Fingern auf den Tisch. »Sie waren in Neapel, Doc. Sie haben sich mit einem Mafiaboss getroffen, und jetzt sucht halb Italien nach Ihnen. Ist mir scheißegal, aber vielleicht brauchen Sie etwas Schutz.«

Amos beschloss, das Spiel für eine Weile zu spielen. »Na schön, was schlagen Sie vor?«

Cole hob einen Finger. »Sagen Sie mir zuerst, warum Sie Colonel Krall suchen.«

»Warum nicht? Er ist involviert. Er hat Larissa wahrscheinlich zuletzt gesehen. Ich brauche Informationen.«

Cole nickte und sagte: »Da ist noch etwas anderes. Beunruhigende Nachrichten aus Neapel. Zwei Ermittler waren in Neapel unterwegs, dann in Pompeji. Sie erkundigten sich nach Ihnen. Mann und Frau, sie heißen Berger und Blum, und sie behaupteten, Ihre Freunde zu sein.«

»Nie von ihnen gehört.«

»Ich bin sicher, das sind nicht ihre richtigen Namen.«

»Gute Schlussfolgerung. Mit wem haben diese angeblichen Ermittler gesprochen, und was wurde ihnen gesagt?«

Cole zog lange an seiner Zigarette. »Sie trafen einen Kerl, der ihnen half, in ein nobles Puff in Pompeji zu gelangen. Sie zeigten ihm sogar Ihr Porträt, und ein Schweizer, auf den die gleiche Beschreibung passt wie auf Berger, ging in Pompeji zusammen mit einem italienischen Fahrer in ein *Bordello* namens *Villa la Favorita*, um sich nach Ihnen zu erkundigen.«

Amos blickte sinnierend zur Decke. *La Favorita* war ein guter Ort gewesen – eine No-Go-Zone für die Polizei, wo er flachgelegt werden konnte, wenn er wollte, und allein gelassen werden konnte, wenn er es nicht wollte. Noch wichtiger war, dass *La Favorita* ein Ort war, an dem sich mächtige Männer trafen, um nicht gesehen zu werden. *Lo Zoppo*, sein Geschäftspartner … Aber jetzt hatte ihn jemand bis dorthin verfolgt. Aber wer? Und wie? Journalisten?

Oder Undercover-Polizisten? Oder eine Ratte im ABC-KAMIR-Kompetenzzentrum?

Cole setzte nach: »Die Ermittler stellten Verbindungen her. Sie wissen von Ihnen und *La Favorita*, und vielleicht wissen sie auch von mir und Oberst Krall.«

Amos starrte Cole an. Er war sich sicher, dass der arrogante Bastard eine Bedrohung war, nicht nur für seine Forschungen und alles, was er in seiner Festung aufgebaut hatte, sondern sicherlich auch für Amos selbst … Er sollte besser mehr herausfinden, was Cole wusste, was er vorhatte, und dafür sorgen, dass Amos nicht zum Kollateralschaden wurde.

Er wandte sich Cole mit erhobenen Augenbrauen zu. »Sagen Sie mir, was Sie mir andrehen wollen.«

Cole zündete eine neue Zigarette an, blies den Rauch über Amos' Kopf hinweg. Seine Augen funkelten gefährlich. »Na, endlich. Jetzt kommen wir der Sache schon näher.«

Als Amos hinterhältig schwieg, fuhr er fort. »Wir schlagen Vernunft vor. Wir bieten Ihnen nicht nur Schutz, sondern auch Asyl in den Vereinigten Staaten. Keine Anklagen. Keine Auslieferung. Sie arbeiten weiter, forschen weiter. Ein freier Mann in einem freien Land. Ein faires Angebot.«

Amos hätte den Köder aus einer Meile Entfernung riechen können. *Tu einfach so, als seist du interessiert.*

»Okay, wo gibt's den Haken?«

Cole lächelte. Irgendwie ein dreckiges Grinsen. »Es gibt keinen Haken, wir zahlen gut, extrem gut. Den Betrag finden Sie auf Seite drei. Sie übertragen uns einfach Ihr Know-how und Ihre Patente. Sie bekommen die ganze Anerkennung für alles, was wir mit Ihrem Zeug erreichen.«

»Nur die *Gamas*, sonst nichts«, bluffte Amos.

Cole zuckte die Schultern, inhalierte und sagte: »Ihr Anti-Covid19-Zaubermittel als Zugabe. Wir können den Vertrieb der Kapseln in Nord- und Südamerika übernehmen. Wie klingt das in Ihren Ohren, Doc?«

»Wie Bullshit.« Amos stand brüsk auf. Doch er zockte gerne. Die Vermarktung seines *Xaurum*-Medikaments in den USA wäre ja wirklich verlockend. Doch, *trau ihm nicht,* hörte er Larissa flüstern, *der hat doch keine Kompetenzen.* Amos sagte: »Seien wir pragmatisch. Ich studiere mal den Vertrag, dann schauen wir weiter.« Er hielt einen Moment inne und fragte dann: »Übrigens, stehen Ihre Lakaien in Bereitschaft, irgendwo in der Nähe? Um die Unterzeichnung der Vereinbarung zu bezeugen? Wissen Sie, Cole, Ihre Unterschrift allein ist einen Scheiß wert.«

Amos spürte, dass er diesen Ansatz nicht mochte. Cole stand auf, blieb ungerührt.

»Ist ja toll. Das Ziel rückt näher. Notieren Sie eventuelle Änderungen oder Ergänzungen. Dann komme ich zurück, und wir machen den Deal. Abgemacht?«

Er streckte seine Hand aus, doch Amos ignorierte sie, meinte, es klinge vernünftig, aber er brauche Zeit.

»Natürlich. Dann zeigen Sie mir vielleicht Ihr Labor.« Er drehte sich zur Stelle um, wo die Hochsicherheitstür in die Mauer eingelassen war. »Ein kleines Fort Knox«, grinste er.

Amos sagte nichts. Jack Coles Gesicht war längst abgelichtet, seine Körperwärme gemessen, seine Stimme registriert worden. Und einen Fingerabdruck würde er noch an einer Kaffeetasse zurücklassen. *Man könnte seine Identität dann überprüfen ...*

Cole folgte Amos hinaus. Draußen traten sie unter die mächtigen Eichen und schauten hinunter ins Tal.

»Möchten Sie Kaffee?«

Cole nickte mit einem Lächeln. »Liebend gern.«

Zusammen gingen sie zur langen Terrasse, wo sich Cole an den Tisch setzte. Amos verschwand in der Küche, ließ die Tür offen. »Kaffee für den Herrn«, rief er unüberhörbar, dann packte er Tarik am Ärmel und flüsterte ihm etwas ins Ohr.

Sein Mann für das Grobe nickte mit verschwörerischem Blick.

Als Martina, adrett wie ein Dienstmädchen gekleidet, den Kaffee servierte, fragte Amos, wo Coles Fahrer sei, ob der denn nicht auch etwas trinken möchte.

»Ich bin allein. Geheime Mission, wissen Sie«, antwortete Cole wichtigtuerisch und presste sich einen Finger auf die Lippen.

Amos machte grinsend eine selbsterklärende Geste, und als Cole sich zu seiner Kaffeetasse beugte, bemerkte Amos das Gewicht der Waffe in seiner Bomberjacke.

42

Eine halbe Stunde später standen die Männer vom Terrassentisch auf.

Cole streckte seine Hand aus. »Meine Regierung ist Ihnen dankbar.«

Amos nahm seine Hand, schaute ihm in die Augen und erklärte: »Ich tue es nicht für Ihre Regierung, falls ein Handel zustande kommen sollte.«

Eigentlich dachte Amos, sobald die Regierung das Gefühl hätte, sie brauche ihn nicht mehr, würde sie gerne eine Spezialeinheit in seine Festung schicken und sie alle liquidieren.

Cole starrte ihn an. »Was geht Ihnen durch den Kopf?«

»Geld. Unsere Einrichtung hat ein kleines Budget. Nur wenn wir die Kapseln in Amerika vermarkten könnten, würde es sich verbessern. Wären Ihre Leute bereit, eine Vorauszahlung zu leisten?«

Amos wusste, dass seine Frage Schwachsinn war. Aber er musste Cole an der kurzen Leine halten, damit er sich sicher fühlte.

»Wir werden sehen.«

»Danke, Agent Cole, dass Sie die Reise zu mir gemacht haben.«

Cole verstand, dass er entlassen wurde.

Amos beobachtete ihn, als er zu seinem schwarzen Subaru ging, wie der mit Dreck verspritzte Viermalvier langsam hinabfuhr und an der Stelle aus seinem Sichtfeld verschwand, wo die Straße ein kurzes Stück durch den Wald führte. Ein perfekter Hinterhalt …

Martina brachte ihm auf einem Silbertablett die Whiskeyflasche und ein Kristallglas mit Eiswürfeln, schenkte mit einem Lächeln ein. Er setzte sich, nahm einen Schluck. Aus dem Nichts waren Wolken aufgezogen, die Luft war plötzlich feucht, und das Licht wurde diffus, wie seine Gedanken, die in die Ferne schweiften …

… Sie sind hinter dir her. Aber wer? Er dachte an seine zufällige Begegnung vor einigen Wochen in der *Villa La Favorita* zurück. Zuerst traute er seinen Augen nicht. Ein paar Geschäftsleute an einem solchen Ort zu sehen, war nicht verwunderlich, aber als

einer von ihnen anfing, ihn anzustarren, und er merkte, dass es dieser Versager Max Affolter war, mit dem er sich im ABC-Labor in Spiez angefreundet hatte … Er hätte ihn umbringen sollen … Auf jeden Fall hatte er sich gedacht, dass Affolter zu betrunken oder zu beschämt durch seine eigene Anwesenheit in einem Bordell war, um jemandem Bericht zu erstatten. Aber anscheinend hatte er das, und das änderte die Gleichung. Das bedeutete, dass ihm die Militärermittler auf den Fersen sein könnten.

Die CIA hatte ihre Augen auf das Kosovo gerichtet, ein Land mit einer korrupten Regierung, einem schwachen Militär und wichtigen Ressourcen wie Erz, Kohle, Blei, Kobalt und Zink. Ein Ziel, das zu verlockend war, um es zu ignorieren.

Die Ressourcen waren nicht die einzige Motivation der US-Regierung. Laut einem Briefing, das Amos vom Führer der UCK-Befreiungsarmee und ehemaligen Präsidenten des Kosovo erhalten hatte, unterstützten die Russen die Serben mit Waffen und diplomatischen Interventionen im UN-Sicherheitsrat. Russische Söldner und Geheimdienstleute wurden verdächtigt, sich auf die Seite der Serben zu stellen, um die strategisch wichtigen Gebiete zurückzugewinnen, die die Serben verloren, als der Kosovo ein eigener Staat wurde.

Nach dem Ende des Kosovokrieges kam das Gebiet unter die Verwaltung der Vereinten Nationen. Es blieb formell integraler Bestandteil des Nachfolgestaates Bundesrepublik Jugoslawien. Seit der Unabhängigkeitserklärung vom 17. Februar 2008 ist der Kosovo aus Sicht seiner Institutionen ein souveräner Staat. Doch die serbische Regierung betrachtet den Kosovo formal immer noch als seine autonome Provinz Kosovo. Nach Amos' Verständnis wurde der Kosovo für die Feinde Amerikas zu einem Brückenkopf in der westlichen Hemisphäre.

Nun lebte Amos in diesem einsamen Landstrich und arbeitete am eigenen Rattenscheiß, wie er seine Forschung gerne herabwürdigte. Er arbeitete für niemanden, außer im Gedenken an Larissa, die eine verblüffende Entdeckung gemacht hatte, wonach ihre genetisch veränderten Mikroben Plastik in den Weltmeeren zerstören konnten, einschließlich des teuflischen Mikroplastiks, das über den Nahrungskanal in unsere Körper dringt.

43

Larissa

Wehmütig dachte Amos an seine erste Begegnung mit Larissa zurück. In Genf. Es war einer dieser Zufälle, wie sie nur im Traum vorkommen. Jens hatte gerade den Hörsaal verlassen, eilte die Treppen hinunter zum Ausgang. Er hatte sich mit Carlo Pascolo verabredet, um die Zusammenarbeit zu vertiefen. Sein Freund war ein führender Virologe, weit über Italien hinaus bekannt, lehrte und forschte an der Universität Turin. Sie wollten im Jachtclub am See vor dem Abendessen einen Drink genehmigen, und Amos war spät dran, weil er nach seinem Vortrag über »Die asiatische Seuchenbekämpfung« von einer Schar Studierender belagert wurde. Schließlich konnte er sich aus dem Klüngel lösen. Etwas fluchtartig und nicht ganz der Etikette entsprechend hatte er sich aus dem Staub gemacht. Bevor er unten in der Halle die schmiedeeiserne Pforte erreichte, rief sie seinen Namen. Verwundert wandte er sich um und prallte um ein Haar in die Büste von Henri Dunant.

»Sie haben das Notizbüchlein liegen gelassen.« Sie steckte ihm sein rotes Moleskine zu.

Amos erstarrte für Sekunden. Ihm kam eine Woge des Wohlgeruchs entgegen. Er glaubte, die Frau seiner Träume vor sich zu sehen. Schöner Busen, fantastische, von einem luftigen Rock nur knapp bedeckte Beine.

»Oh, eh … vielen Dank.«

»Keine Ursache. Ihr Referat … Es hat mir gefallen, wie Sie die Disziplin der Asiaten betonten.«

Sie traten hinaus in den sonnigen Spätnachmittag, der sich mit seinem Schatten über das Dunkelgrün des Parks legte.

»Die Asiaten machen es uns vor. In China tragen Gesunde und Erkältete in normalen Zeiten häufig Masken. Das sind etwa dreißig Prozent der Bevölkerung. Ich war in Schanghai, als am Vorabend eine Virenwarnung ausgegeben wurde. Am nächsten Morgen schien es, als würden fünfundneunzig Prozent Masken tragen. Das ist die Disziplin, die im Westen fehlt. Was ist Ihr Gebiet, Larissa?«

»Mikroben … Sagen Sie nicht gleich, ich sei verrückt.«

»Oh nein, keineswegs. Bakterien sind einfacher als Viren.«

»Kommt drauf an, Professor.«

»Jens.«

Sie lächelte ihn an. »Nun, Jens, ich untersuche die Anfälligkeit unseres Gehirns auf gewisse bakterielle Prozesse. Das Gehirn erzeugt Energie und Information. Rationale und intuitive Information … Ich denke, wir vernachlässigen die rechtsseitigen Fähigkeiten des intuitiven Denkens.«

Amos blieb neben einem großen eingetopften Baum stehen.

Larissa fuhr fort: »Man kann das Gehirn auf verschiedene Weise von außen steuern. Einmal durch elektronische Impulse. Bekannt ist die Idee, Nanochips in der Kopfhaut einzupflanzen, um dann Aktionspotenziale freizusetzen. Der Mensch kann dann in Gedanken ein Flugzeug steuern … aber weniger bekannt ist das Potenzial der Mikroben, meiner Mikroben …«

»Mir zufällig nicht unbekannt … Kommen Sie, ich stelle Ihnen Professor Pascolo vor, ich bin mit ihm im Jachtclub zum Apéro verabredet.«

»Oh, danke. Einen Drink kann ich vertragen.«

Der See war geheimnisvoll verfärbt, der Jet d'Eau schoss seine Fontäne hoch, die weißen Gipfel schimmerten matt durch seinen Sprühregen. Sie spazierten am Wahrzeichen der Stadt vorbei. Amos wusste jetzt bereits einiges über die begehrenswerte Larissa. Sie erzählte ihm von Amerika, ihren Eltern, wie sie in die Schweiz kam … Auf Vermittlung einer amerikanischen Forschungsagentur.

An diesem denkwürdigen Sommertag änderte das Schicksal die Bahn des angesehenen Virologen Jens Amos. Dem Aperitif mit Professor Pascolo folgte ein Abendessen, Larissa liebte Fisch und Weißwein, Amos bestellte dasselbe, er war ihr bereits verfallen. Später in der Nacht spazierten sie durch die Altstadt. Vor dem Reformationsdenkmal umarmte Larissa ihren Begleiter innig und zog ihn hinab auf die Mauer des Wasserbeckens. Sie küssten sich leidenschaftlich und fielen lachend ins seichte Becken. Plötzlich saß Larissa auf ihm, ihr klatschnasses Kleid verbarg nichts, sie öffnete seinen Gürtel, dann seine Hose … Amos war wie von Sinnen … Sogar das steinerne Antlitz von Calvin schienen die Liebenden zu erweichen.

Auch Larissas wissenschaftliche Arbeit faszinierte Amos, und er brauchte nicht lange zu überlegen, als sie ihn auf eine offene Stelle im ABC-Labor der Armee in Spiez aufmerksam machte. Prompt bewarb er sich für den Posten eines Virologen. Der neue Job war zwar kein großer Karrieresprung, aber Amos sah Möglichkeiten, seine eigene Forschung im geschützten Bereich der Armeelabors fortzusetzen. Aber vielleicht war ja alles nur Vorwand, denn im Grunde wollte Amos nur eines: mit Larissa zusammen sein, mit ihr forschen, für immer. Tja, ausgerechnet das Militär schmiedete sie zusammen …

»Ich rede von der Müllhalde der Erde, von Plastikabfällen. Ich meine die Verschmutzung der Ozeane«, hatte sie ihm eines Abends in einem Seerestaurant in Spiez erklärt. Es gehe etwa um acht Millionen Tonnen, die im Meer landeten, und es habe ein Projekt mit einem Schiffs-Prototypen gegeben, der Plastikmüll mit Schleppnetzen einsammeln sollte. Die Kunststoffabfälle würden an Bord zu Rohöl verarbeitet, ein bekanntes Verfahren, das verschiedene Hürden überwinden müsse. Das Problem sei die Skalierung. Sie erläuterte, als Amos nachfragte, dass es unzählige solcher Schiffe wie diesen Prototypen brauche, um ökologisch messbare Resultate zu erzielen. Hunderte, habe man berechnet, um in den Weltmeeren den schwimmenden oder auf Grund gelagerten Plastikmüll massiv zu reduzieren. Das sei kaum wirtschaftlich, aber ihre genetisch veränderten Anti-Material-Mikroben seien die Lösung, mindestens ein Hoffnungsschimmer. Diese *Gamas* seien so aggressiv, dass sie feste Stoffe wie Plastik innerhalb von Stunden zerfräßen.

Es wäre phänomenal gewesen, mit Larissa daran zu arbeiten. Doch ihr Tod stürzte Amos in ein Dilemma. Er hatte seine Wunderdroge, die *Xaurum*-Kapseln, kreiert, und es war schwierig, daneben noch an den *Gamas* zu forschen, ohne Larissa, obschon sie das ganze Forschungspotenzial mit den Produktionsanleitungen in seinem Hochsicherheitslabor sicher verwahrt hatte. Die Corona-Seuche hatte zwar völlig neue Dimensionen für sein *Xaurum* geschaffen, und sein Deal mit dem *Capo Lo Zoppo* kam gerade richtig. Die Camorra übernahm Vertrieb und Vermarktung zunächst in Italien, später würde sie bestimmt in ihren anderen Einflussgebieten die Kapseln anbieten. Aber dann könnte er den Hinkenden auch für das Mikrobengeschäft einspannen. Hatte er sich mit dem Teufel eingelassen?

»Ach wo«, murmelte er, »heiligt der Zweck nicht die Mittel?« Er nickte sich zu, griff nach dem Glas und trank einen kräftigen Schluck seines Lieblingswhiskeys.

Erregt schaute er auf die Uhr. Es war Zeit, sich mit Jack Cole zu befassen. Dann begann es zu regnen.

44

Der Weg endete bei einer kleinen Hütte, wo ein muskulöser Mann, der Stiefel, Tarnhosen und eine Pistole mit Holster trug, Wache schob. Das war Tscheki, der wie Tarik ein Veteran des brutalen Kosovo-Krieges gewesen war. Er stand aufrecht, grüßte Amos respektvoll, öffnete dann die Tür.

Amos betrat die fensterlose, nur mit Ritzen durchzogene Hütte, die im Jargon seiner Männer den Spitznamen Grillstube trug. Cole saß auf einem Hocker. Daneben lagen ein Abfalleimer und ein Becher mit Wasser. An der Rückwand stand ein schmales, als Pritsche dienendes Eisengestell, darauf hatte Tarik seine Instrumente, eine Videokamera, Zigaretten und eine Wasserflasche gelegt.

»Ich bin bereit, Doc«, sagte er und schilderte grinsend, wie seine Leute Cole aus dem Subaru gezerrt hätten. »Ich schmierte ihm eine, so zur Einstimmung.«

Jack Cole hatte seine Augen in der Erwartung geschlossen, dass Amos ihn quälen würde.

Amos kauerte neben ihm. »Hallo, Jack. Die Dinge haben sich schlecht für dich entwickelt.«

Cole saß regungslos da, die Augen immer noch geschlossen.

»Zwing mich nicht, dir in die Eier zu treten.«

Cole öffnete die Augen, blieb stumm.
»Möchtest du Wasser? Eine Zigarette?«
Wieder antwortete Cole nicht.
»So sieht's aus, Jack. Ich entscheide, ob du lebst oder stirbst, nicht du. Wenn die Klappe fällt, hört der Scheiß auf. Das weißt du. Was wir vor einer Stunde besprochen hatten, war ein schlechter Versuch, mich in deine schmutzigen Fänge zu locken.« Er nickte Tarik zu und fügte hinzu: »Jetzt können wir ernsthaft reden. Ich werde keinen Schwachsinn mehr akzeptieren. Das kannst du mir glauben.«
Cole nickte leicht.
»Na, schön. Aufrichten!«
Cole rutschte zurück, drückte die Brust nach vorn.
»Okay, fangen wir an. Wenn deine Antworten wahrheitsgemäß sind, verspreche ich dir, dass du nicht gefoltert wirst. Wenn deine Antworten nützlich sind, verspreche ich dir die Freiheit.«
Cole sah Amos stumm an.
»Agent Cole, woher wusste die CIA, dass ich in Italien war?«
»Sie wissen es doch, Doc.«
Amos nickte. Es brauchte nicht viel Nachrichtendiensttraining, um herauszufinden, dass Jens Amos es war, der Elmar Ludwig gefoltert und sich danach nach Italien abgesetzt hatte.
»Und wie bist du auf den Kosovo gekommen?«
»Ich wusste, wen ich fragen musste. Die Huren in der *Villa La Favorita*. Eine von ihnen hat Sie für lausige hundert Euro verpetzt.«
Seine unheilige Allianz mit Lia war ein Drang gewesen, dem er nicht widerstehen konnte, aber er hatte das Sicherheitsrisiko in Kauf genommen, sie ein paar Tage mit auf die Festung zu nehmen. Er fragte: »Hast du Oberst Krall kontaktiert, bevor du hierherkamst?«
Cole verneinte kopfschüttelnd.
Amos sah Cole scharf in die Augen. »Wenn Krall erfährt, dass du vermisst wirst, macht er sich sicher mehr Sorgen um sich selbst als um dich.«
Cole dachte darüber nach und sagte: »Ich verstehe, warum Sie ihn töten wollen.«

»Nein, Jack, das kannst du nie verstehen. Nur Krall kann das verstehen, und es gibt keinen Ort auf dieser Erde, an dem er vor mir sicher ist. Er versteht, dass einer von uns sterben muss, und es könnte genauso gut hier und jetzt sein.«

Die Augen waren in der Tat das Fenster der Seele, und Jack Cole hatte immer noch genug Funken in sich, um zu entscheiden, ob er leben oder sterben würde. Amos forderte ihn auf: »Jetzt erzähle mir, du verdammter Hurensohn, was in jener Nacht geschah, als Larissa Konsalik im Minenfeld starb.«

Cole holte tief Luft. »Ich weiß nichts. Ich war in der Nacht, als es passierte, in meinem Lager. Eine gute Stunde entfernt.«

Amos schüttelte genervt den Kopf. »Du lügst, elender Mistkerl. Du warst in der Gegend. Ich weiß Bescheid. Du sagst mir jetzt, wer Larissa getötet hat.« Er fuchtelte mit einer Zange, stieß sie plötzlich Cole in den Mund. Zähne brachen. »Hör gut zu«, fuhr er mit zerknirschter Miene fort, »Elmar Ludwig war sehr mutig. Ich musste ihn schön langsam foltern, bevor er mir Auskunft gab.«

Cole würgte unverständliche Laute hervor, schaute aus, als wäre er dem Leibhaftigen begegnet.

»Du packst jetzt aus, du mieser Typ. Ich breche dir einen Zahn nach dem anderen heraus. Dir wird Hören und Sehen vergehen, genauso wie Ludwig, diesem Schleimer, der am Schluss nur noch um Gnade bettelte …«

Cole biss sich auf die Lippen, verschränkte die Arme, spähte im gedämpften Licht herum, wahrscheinlich, um nach einem Ausweg zu suchen. Dann griff er nach dem Becher, von dem Amos wusste, dass er ihn als Waffe einschätzte. Schließlich stieß er mühsam hervor: »Ich war nicht da, als es passiert ist. Ich weiß gar nichts. Man sagte mir, es sei ein Unfall gewesen.«

Amos schlug ihm erbost die flache Hand ins Gesicht. »Ich habe mehr drauf als du, Cole. Ich will wissen, was passiert ist, und ich will es von dir wissen.«

Cole keuchte und gestand: »Es gab eine Operation, Oberst Krall leitete sie.«

»Erzähl es mir bis ins letzte Detail.«

»Sie machten Versuche mit Mikroben. Krall sagte, es ginge darum, den Sprengstoff in den Minen mit den Mikroben zu eliminieren. Und angeblich hatte Larissa die Kontrolle über diese Mikroben. Ich glaubte Krall kein Wort. Das mit dem Minensprengstoff war nur Vorwand. Er wollte die Mikroben an Versuchspersonen anwenden, einfachen Bauern im Norden.«

Amos unterbrach ihn nicht.

»Krall war stinksauer, dass Larissa sich widersetzte. Dann kam der Befehl.«

»Was für ein Befehl?«

»Mich im Norden der Equipe anzuschließen.«

»Was für eine Equipe?«

»Angeblich ein Team von ABC-KAMIR, das Krall befehligte. Ich weigerte mich hinzugehen.«

Amos nickte Tarik zu. Dieser nahm eine Greifzange vom Tisch und ergriff die linke Hand von Cole, drückte sie auf dessen Knie.

Amos packte Cole am Kinn, damit er ihm in die Augen schaute. »Letzte Chance, Cole. Also, du verdammter Affenarsch, nochmals meine Frage, wer hat Larissa Konsalik umgebracht? Was hast du in dieser Nacht gesehen?«

Cole senkte den Blick, ballte seine Hände zu Fäusten. Plötzlich schaute er auf, spuckte Amos ins Gesicht. »Zum Teufel mit Ihnen, Doc. Von mir erfahren Sie keinen feuchten Dreck.«

Amos trat einen Schritt zurück, schüttelte langsam sein Haupt. »Meinetwegen, deine Entscheidung, Arschloch. Tarik wird sich um dich kümmern.« Mit diesen Worten verließ Amos die Hütte.

Es dauerte danach mehr als eine Stunde, bis Tarik mit seiner speziellen, im Unabhängigkeitskrieg mehrfach erprobten Prozedur fertig war, den Gefangenen auf dem Steinboden zurückließ, die Videokamera einpackte und die Hütte verließ.

Amos hatte sich in der Küche an den Tisch gesetzt, stützte den Kopf in beide Hände, starrte vor sich hin. Martina hatte ihm einen Teller mit gegrilltem Hackfleisch und Ziegenkäse hingestellt, daneben die obligate Flasche. Er nahm einen Schluck, bevor ihn der Mut verließ. Tarik klopfte an, kam herein. Ein schäbiges Grinsen lag auf seinem Gesicht.

»Sie hatten recht, Doc. Der Mistkerl hat gelogen.« Er legte die Kamera in Amos' Reichweite neben die Flasche und sagte: »Soviel ich verstehe, hat er gestanden.«

»Wie ist sein Zustand?«

»Könnte schlimmer sein. Ein ziemlich harter Bursche.« Tarik lachte. »Versuchte, mich zu übertölpeln … Aber jetzt zählt er die Knochen, die noch ganz sind.«

»Gut gemacht, Tarik, ich schau mir den Film gleich an.«

Als Tarik gegangen war, spielte Amos das Video des Verhörs ab. Was er sah, bestätigte einerseits seinen schlimmsten Verdacht, andererseits schürte es aufs Heftigste seine Emotionen, wilde Wut stieg in ihm auf, und er musste sie verrauchen lassen, bevor er die Sache zu Ende brachte. Er hörte sich das wimmernde Geständnis von Jack Cole ein zweites und ein drittes Mal an. … *Ich trieb die Schlampe zum Minenfeld … Krall stieß sie mit dem Gewehrlauf vor sich her … es war abgesprochen … ich schrie, er solle sie erschießen … die Minen seien zu gefährlich … er lachte nur und ließ sie weitertorkeln … bis es knallte … ich wollte es nicht verhindern … sie musste sterben …*

»Der verdammte Hurensohn«, zischte Amos. Ihm war übel geworden. Er trank Whiskey, zwei Gläser, er brauchte den harten Drink jetzt, um seine Sinne zu klären. Dann irgendwann stand er auf, suchte neben dem Herd nach einem Gegenstand, steckte ihn ein und ging hinüber zur Hütte und betrat die Grillstube.

Cole lag in gekrümmter Haltung auf dem Boden, die Hand am Wasserbecher.

»Steh auf, Jack.«

Cole bewegte sich nicht. Amos entfernte seine Fesseln und hievte ihn mithilfe der Wache auf den Stuhl.

Als Cole sich zwang, mit seinen geschwollenen Augen Amos anzuschauen, hörte er ihn sagen: »Ich habe dir versprochen, dir deine Freiheit zu geben, wenn du mir nützliche Informationen gibst. Und sie waren nützlich, also wirst du frei sein, frei von aller Mühsal …«

Cole schloss seine Augen, nickte schwach. Er verstand.

Amos trat um ihn herum, zog das Küchenmesser aus seinem Gürtel und bewegte sich schnell, sodass der Mann nicht auf den Tod warten musste. Amos umfasste Coles Kinn mit seiner Linken und zog mit der rechten Hand die scharfe Klinge über seine Kehle.

Amos machte sich nicht die Mühe, den sterbenden Mann anzusehen, als er aus der Hütte ging.

Draußen sagte er zu Tscheki: »Du bist abgelöst. Geh zum Abendessen.«

Zum ersten Mal in seinem Leben erfuhr Amos an diesem regnerischen Abend die Bedeutung der Redewendung: »Mein ist die Gerechtigkeit«, und noch besser, »Rache ist süß.«

45

Jens Amos betrat die lange Kantinenbaracke mit den getarnten Ziegelmauern. Von den Dachsparren hingen weiße Neonröhren, die zwei lange Tische beleuchteten, an denen seine Männer aßen und plauderten. Als er eintrat, verstummte das Gespräch, und als Hauptmann der Armee hätte er gerufen »weitermachen«, aber ein solches Protokoll gab es in dieser Gruppe nicht, und sie würden weiterreden, sobald sie sicher waren, dass er ihnen nichts zu sagen hatte, und das hatte er nicht. Ein Protokoll, das er einhielt, war, dass er seinen eigenen Tisch hatte – den Offizierstisch, und da er der einzige Offizier in der Festung war, saß er allein. Manchmal lud er einen seiner Männer ein, sich ihm anzuschließen, als Anerkennung für gute Leistungen. Heute Abend wollte er jedoch allein essen. Heute Abend hatte er gerade einen Mann, einen Amerikaner, hingerichtet, und inzwischen wusste jeder im Lager von Tscheki darüber Bescheid.

Um also Fragen zu diesen Themen zu vermeiden, wollte der Doc allein sein. Die drei Weiber, die im Frauenhaus hinter dem Laborgebäude wohnten, darunter Martina, aßen in der Küche.

Ein Mann eilte mit einer Schüssel Reis und Rinderragout herüber.

Amos begann zu essen. Es schmeckte gut, aber er war nicht besonders hungrig. Und das lag nicht daran, dass er gerade Jack Cole getötet, sondern daran, dass er über eine Menge nachgedacht hatte.

Insbesondere über die Person, die in der *Villa La Favorita* herumschnüffelte und vielleicht in der Festung auftauchen könnte.

Wenn der Mann Militärermittler war oder anderweitig mit Oberst Gregor Krall zusammenarbeitete, dann bedeutete das, dass die Militärjustiz ihn ausfindig machen konnte. Eine Entwicklung, die Jens Amos begrüßte. Der Ermittler trieb offenbar ein distanziertes und psychologisches Katz-und-Maus-Spiel. Aber es war längst an der Zeit, den Feind herauszufordern.

Die meisten Männer würden vor einem Menschen fliehen, der sie töten wollte. Aber Oberst Krall war Soldat, und Amos wusste, dass es sein Plan war, Amos umzubringen. Auf jeden Fall war es früher oder später vorherbestimmt, dass sich die Männer treffen würden, und es könnte genauso gut früher sein, wobei es Amos Vergnügen bereitete, Kralls Plan zunichtezumachen.

Tatsächlich war eine schnelle Tötung zu gut für Gregor Krall – es wäre besser, wenn Amos ihm in der Grillstube beim langsamen Sterben zusähe.

Er war sich bewusst, dass die Männer Blicke auf ihn warfen, also nahm er das Essen wieder auf.

Wenn es nicht Krall war, der den Ermittler in die *Villa La Favorita* geschickt hatte, wer war es dann? Er musste annehmen, dass Affolter ihn verpfiffen hatte. Deshalb schickte die Schweizerische Militärkriminalpolizei Agenten nach Neapel, um ihn zu verhaften. Aber wussten die Schweizer Agenten, dass Oberst Krall ein gefährliches Doppelgesicht war, das ihnen über die Schulter schauen wollte; denn Gregor Krall war genauso schuldig wie er. Eigentlich sogar noch schuldiger. Genau wie der abgekratzte Jack Cole, und wenn die Ermittler mit Colonel Krall zusammenarbeiteten, würden sie das auch mit ihrem Leben bezahlen.

Amos trank aus seinem Wasserglas und starrte durch die offene Tür in die nun sternenklare Nacht. Er fühlte sich sicher. Das Labor mit den Geheimrezepturen, Larissas Mikroben, den Zellkulturen, den Sonden und dem gefüllten Vorrat an *Xaurum*-Kapseln war im Hochsicherheitstrakt hermetisch gesichert. Larissa wäre stolz auf ihn, könnte sie sehen, dass er ihre Forschungen, für die jede fremde Macht töten würde, wie seinen Augapfel hütete.

»Mach es dir nicht zu bequem«, raunte er sich zu, »mach dich auf das Schlimmste gefasst. Andererseits, wenn du an Ort und Stelle bleibst, wird der Feind, den du suchst, dir die Mühe ersparen, ihn zu finden.«

Und schließlich, was hatte Cole gewusst, und warum dachte er, er könnte Amos überreden, ihm das geheime Material zu verkaufen? Hatte er erfahren, was alles im Labor gebunkert wird?

Seit dem Tag, wo er im alten Ziehbrunnen verharrte, als er das Massaker beobachtete, hatte er gelernt zu überleben, indem er die Bedrohungen voraussah. Und gerade jetzt sah er die Bedrohung für sein und Larissas Lebenswerk klar und deutlich.

Amos trank aus und betrachtete seine Männer durch den Dunst des Zigarettenrauchs. Sie waren eine gute Mannschaft. Männer aus dem Kosovo und Albanien, aus verschiedenen Gesellschaftsschichten, die unterschiedliche Wege zur Festung eingeschlagen hatten. Er verließ sich vor allem auf Tarik und den Exerziermeister Pepe, er nannte sie Schakal und Tiger. Dann gab es die Gläubigen, entschlossen, die Serben bis in die Hölle zu bekämpfen. Tscheki war einer von ihnen und auch Bamir, den er wegen seiner Ausbildung und dem Sinn für das Machbare zu seinem Stellvertreter ernannt hatte. Der Rest seiner Männer scherte sich einen Dreck um Politik, außer dass sie die Serben hassten. Sie wollten arbeiten und Kohle nach Hause schicken.

Sie trainierten, kümmerten sich aber auch um die Felder, den Anbau von Nahrungsmitteln, die Wasserversorgung und alle technischen Anlagen. Amos betrachtete den mageren jungen Mann namens Ilir, der sich in angeregter Konversation befand. Ilir war eifrig bemüht und dankbar für die Gelegenheit, für den Doc zu arbeiten. Er wäre ein guter Soldat geworden.

Neben Ilir saß Pal, ein schlaksiger Albaner mit dunklen Haaren und heller Haut. Er war der einzige wahre Techniker in seiner Besatzung, der Motoren reparieren und Laborausrüstung warten konnte, aber er war auch ein Experte für das Aufspüren und Entschärfen von Sprengkörpern, und er hatte einen Schutzraum eingerichtet. Er traute den Serben nicht, Terroristen konnten die Festung mit Mörsern angreifen.

Das Kosovo befand sich ungeachtet der scheinbaren Stabilität immer noch in Aufruhr, und der sicherste Ort für seine Männer war die Festung, weit weg von Korruption und Chaos.

Jens Amos stand auf und ging zur Tür hinaus. Unter den Eichen setzte er sich auf die hölzerne Bank und blickte versonnen auf das Tal und über die Hügel, wo Larissa irgendwo vor Monaten in dem Minenfeld starb. Amos hatte jetzt endlich die Gewissheit, dass es kein Unfall war. Cole hatte den Mord bestätigt.

Plötzlich erhob er sich und schritt zum Laborgebäude hinüber. Er entsann sich der Notizen, die Larissa bei ihrem allerletzten Besuch zurückgelassen hatte. Das Dokument trug einen Titel, der ihm gerade nicht einfallen wollte. Sie hatte ihm gesagt, er solle es aufheben, bis sie sich wiedersehen würden. Er hatte die Akte damals nicht geöffnet, da er zu beschäftigt war, Larissa zu umschwärmen und sie sachte in sein Schlafzimmer zu locken. Jetzt war es definitiv an der Zeit, einen Blick darauf zu werfen.

Er legte seinen Daumen auf das Fingerabdruckerkennungsgerät und sprach den Codenamen. Das System erkannte ihn. Die schwere Stahltür schob sich zur Seite, und als er in seine mikrobielle Laborwelt eintauchte, traf ihn der Gedanke wie ein Blitz.

Ja, der Name auf der Akte lautete: AM ENDE SIEGEN DIE MIKROBEN.

46

Ihr Pilot hatte sie sicher von der Graspiste bei L'Aquila über Pescara an der Adriaküste nach Montenegro geflogen, wo er es für ratsam hielt, einen Zwischenstopp einzulegen. Zum einen konnte er volltanken, zum anderen durfte er Pristina nicht vor sechs Uhr morgens anfliegen.

Cooper und Winter nutzten die zwei Stunden in der General Aviation Lounge im Flughafen Podgorica, um die Lage zu sondieren.

Winter hatte sich ein Flacon Sherry und Erdnüsse am Counter geholt, sank in einen bequemen Sessel. »Mich lässt Jens Amos nicht in Ruhe«, begann sie.

Cooper nickte bloß.

»Amos war Immunologe von Weltrang. Wollen Sie die Unis wissen, wo er dozierte? Stanford, Charité, MIT, dann nahm er zur allgemeinen Überraschung den ausgeschriebenen Posten im ABC-Labor Spiez an.«

»Eine militärische Forschungsanlage«, ergänzte Cooper. »Beförderung zum Hauptmann. Vorher hatte er seinen obligatorischen Wehrdienst bei den Panzergrenadieren geleistet, das sind die harten Jungs. Wieso wechselte er in diesen Job, wieso ließ sich ein Rebell und Forschergenie wie Amos in die militärische Hierarchie zwängen? Was war sein Motiv?«

»Ich wüsste eines«, sagte Winter kauend. *»Cherchez la femme!«*

»Larissa Konsalik. Guter Punkt.«

»Sie sah hinreißend aus, vermutlich schweißte die Forschung sie zusammen.«

»Gab es Bettgeschichten?«, fragte Cooper.

»Überhaupt nicht. Man sah sie außerhalb des Kompetenzzentrums nie zusammen. Außer bei offiziellen Anlässen.«

»Arbeitete Larissa in einer Außenstelle des ABC-Zentrums?«

Winter warf ihm einen überraschten Blick zu. »Wie kommen Sie darauf?«

»Nun, mit *Shorty*, dem Roboter im VIMF-Institut, palaverte Amos vom Gasterntal. Er nannte es unser kleines Guantanamo. Klingt eher nach Straflager.«

Winter lächelte. »Ich kenne es. Es gibt dort nichts Sichtbares, außer dem Tor zu einer unterirdischen Anlage mit der Warnung ›Militärisches Sperrgebiet‹. Für mich ein Hinweis zu einer Art Kriegsbunker für die oberste Führung. Angeblich inaktiv wie viele Festungsanlagen der Armee, die mal das Rückgrat der letzten Verteidigungslinie bildeten.«

»Okay, also Sie meinen, Larissa und Amos arbeiteten dort in geheimen Labors?«

»Nicht zwingend, aber möglich. Das ABC-Labor am Thunersee wirkt von außen eher harmlos, aber der Gasterntal-Bunker ist eine

Art Filiale. Ich kam darauf, als ich das Immobilienprogramm des Verteidigungsdepartements 2020 durchstöberte. Da war der Standort Gasterntal als geheim klassifiziert, mit dem Hinweis auf Sanierung des Bunkers für über vierzig Millionen Franken. Folglich läuft da etwas.«

Cooper nickte. »Geheime Forschungen an Kampfstoffen zum Beispiel?«

»Ja, das hat mich an Jack Cole erinnert, mit dem ich … Sie wissen schon … Während meiner Swisscoy-Zeit gehörte Jack zur US-Kosovo-Mission. Er hatte auch Kontakte zu den Teams von ABC-KAMIR. Er kannte Larissa Konsalik und ließ mich wissen, sie arbeite im Untergrund an einem geheimen Forschungsprojekt.«

Cooper nahm einen Schluck Bier. »War die Information Bettgeflüster mit Jack?«

Sie schüttelte den Kopf. »Nicht eigentlich, sehen Sie, Flüstern war unser Vorspiel … Und ich kam zu Informationen. Jedenfalls redete er oft, als wollte er etwas loswerden. Über die Minenräumungen zum Beispiel, die, wie er meinte, oben im Norden nur Tarnung seien.«

Cooper hob erstaunt die Brauen. »Es wurden keine Minen geräumt?«

»Doch, schon, ich führte ja den Sicherheitszug zum Schutz von ABC-KAMIR und sah ihre Ausrüstung. Aber Jack erzählte mir, dass sie Leute versammelt hätten, um an ihnen etwas zu testen …«

»Was genau?«

Sie wüsste es nicht, wehrte Winter ab, Cole habe ihr bloß gesagt, dass oben an der Grenze ein Geheimteam mit Mikroben experimentiere. Er behauptete, es ginge um sanfte Vernichtung von Minen. Angeblich könnten Mikroben Sprengstoff zerfressen.

Cooper trank aus, stand auf und stellte sich vor die Kaffeemaschine. »Nehmen Sie auch einen? Espresso?«

Sie nickte und wünschte einen Cappuccino.

Während der Kaffee zischend in die Tassen träufelte, fragte Cooper, ob Cole tatsächlich von Mikroben geredet hätte.

Winter stand neben ihm und bestätigte, das sei der Begriff gewesen, den er verwendet habe. »Als ich ihn näher ausfragte, reagierte er ungehalten, ich solle mich um meinen eigenen Kram kümmern.«

Cooper reichte ihr den Cappuccino. »Mal ehrlich, Laura, was wissen Sie darüber?«

Sie sah ihm in die Augen, ohne zu blinzeln. »Ich bin eine ehrliche Haut, Major, ich …«

Er legte eine Hand besänftigend auf ihre Schulter. »Erzählen Sie einfach.«

»Na, schön, ich habe mich schlaugemacht. Mikroben können auch zu Kampfstoffen entwickelt werden, zur biologischen Kriegführung, und die sind durch UNO-Beschluss geächtet. Kein Land darf sie zu diesem Zweck herstellen.«

»Okay. Also, Sie reden von Mikroben, nicht Viren. Was ist der Unterschied?«

Winter nahm einen Schluck und setzte sich wieder. »Man hat es mir wie folgt erklärt, hören Sie zu?« Winter stellte die Tasse ab und holte ihr Tablet aus der Reisetasche. »Also, Mikroben sind winzig kleine Lebewesen. Es sind Bakterien oder Viren. Bakterien sind einzellige Lebewesen, Viren dagegen haben keine Zellen, sie bestehen aus Molekülen mit genetischen Informationen, die sie benötigen, um sich zu vermehren.«

»Viren machen krank, sind perfide Schleicher, wie wir wissen«, warf Cooper ein.

»Bakterien auch, aber die lassen sich mit Antibiotika bekämpfen, gegen Viren wirken Antibiotika nicht. Es gab bis jetzt keine Medikamente gegen Viren wie Corona. Man hofft auf die Impfstoffe.«

»Nichts Neues«, meinte Cooper und fügte hinzu, »Jens Amos hat aber offenbar einen Wirkstoff entdeckt, der das Virus zertrümmert.« Ihr zugewandt nahm er sein Handy hervor und öffnete die Notizen. »Da hab ich es … Amos sagte im IVFM-Labor zum Roboter Folgendes. Passen Sie auf, er sagte, ›Ich kann die Immunabwehr verstärken, *Xaurum* wird die T-Zellen mobilisieren, es kommt zum Zweikampf mit dem Virus … Zum Gemetzel, und das Virus ist besiegt … Ja, *Shorty*, ich werde es zu Ende bringen.‹«

Cooper setzte sich und fuhr fort: »Man bezeichnet *Xaurum* als ein Mycobacterium. Es wäre durchaus möglich, dass Jens Amos, den *Xaurum*-Wirkstoff an dem Ort, den seine Mätresse Lia beschrieben hat, aufbewahrt. Wie wir wissen, engagierte er die Camorra, um das Wundermittel zu vertreiben.«

»Ich sehe den Zusammenhang trotzdem nicht«, bemerkte Winter kopfschüttelnd.

»Zu Jack Cole? Sie müssten mehr wissen, Laura. Sind Sie sicher, dass Cole nicht direkt involviert war? Der Bursche war bei der CIA und hinter etwas her. Nicht nur hinter Ihnen …«

»Das ist bösartig, Major …« Cooper entschuldigte sich. Er denke, wenn ABC-KAMIR Geheimes im Schilde führe, müsse die CIA dahinterkommen. Cole habe bestimmt spioniert, um zu wissen, worum es ging und um die Früchte einzuheimsen, also die Formeln für sein Land zu stehlen … Das sei genau das, was die CIA üblicherweise tue.

»Dann lief es aus dem Ruder«, sagte Winter tonlos.

»Wie meinen Sie das?«

Sie meine Larissa Konsalik. Sie habe die Forschung mit Mikroben geleitet. Das war ihr Schwerpunkt. Doch sie glaube nicht, dass sie Versuche an Menschen zugelassen hätte. »Ich denke, sie war sich der Gefahr bewusst, dass ihre Mikroben missbraucht würden. Nehmen wir an, die CIA bedrängte sie, Ihre Forschung preiszugeben, vielleicht zu vernichten … Und sie weigerte sich.«

Wäre die Weigerung ein Grund, sie zu töten?, sinnierte Cooper, sich gedankenvoll das Kinn reibend. Dann sagte er: »Wenn ich das richtig kapiere, haben die Mikroben mit dem Wirkstoff *Xaurum* von Jens Amos nichts zu tun. Larissas Mikroben können Material vollständig auflösen, *Xaurum* dagegen zielt auf die massive Verstärkung des Immunsystems, um die SARS-Viren im Zweikampf zu besiegen.«

47

Eine Weile verharrten sie in Schweigen. Banholz schaute in die Lounge herein und kündigte den Weiterflug in einer halben Stunde an.

Winter stand auf und schritt ans Fenster und fragte: »Was ist Ihre Schlussfolgerung, Mike?«

»Ich denke, sie entspricht Ihren Schlussfolgerungen, Laura. Sehen Sie, Larissa tüftelt an ihren Mikroben, Jens Amos hat den Wirkstoff *Xaurum* entdeckt ... Beide forschten an einem sensationellen Durchbruch, ergänzten sich womöglich ... Sie zogen wissenschaftlich am gleichen Strick. Sie waren ein Traumteam.«

»Auf geht's, wir boarden«, rief Banholz, und Cooper stand auf. Der Begriff Traumteam ließ ihm keine Ruhe. »Der Tod von Larissa muss ein schwerer Schock für Amos gewesen sein.«

Auf dem Flug führten sie ihre Diskussion nicht weiter. Cooper schaute gedanklich voraus, überlegte, was am Reiseziel zu tun wäre. Winter las in ihrem Tablet, suchte dann nach Unterkünften in der Nähe von Brece. Ein Kaff im Nirgendwo, das selbst für Touristen nichts bot. Besser so ... Sie schloss die Augen, lehnte sich zurück.

Nach einer Stunde ruhigen Flugs ertönte die Stimme von Captain Banholz über die Lautsprecheranlage: »In Ordnung, Leute, wir haben Landeerlaubnis und beginnen mit dem ersten Landeanflug auf den Befreiungsflughafen Pristina Adem Jashari.«

Banholz fand das lustig und tat so, als würde er über Funk sagen: »Pristina, können Sie uns befreien?«, denn Adem Jashari war ein Kommandeur der paramilitärischen UCK-Befreiungsfront gewesen, und Banholz war sicher kein Freund davon, einen Flughafen nach kontroversen Persönlichkeiten zu benennen.

Cooper lächelte. Der Captain war ein wenig verrückt, und Verrücktheit war das, was sie brauchten. Er schaute auf die Uhr. Seit ihrem abenteuerlichen Start vom Seglerflugfeld bei L'Aquila waren Stunden verflossen.

Banholz klopfte seinen üblichen Spruch: »Bitte schnallen Sie sich an, es könnte etwas holprig werden.«

Winter erwachte aus dem Halbschlaf, richtete sich neben Cooper auf und schnallte sich an. Als die Maschine herunterkam, konnte Cooper in der klaren Morgendämmerung riesige Felder mit Ackerland sehen, und direkt unter dem Flügel entdeckte er einen großen Steinbruch.

Banholz sprach über den Kabinenlautsprecher: »Ich nehme an, Sie wissen das … Das Gebiet nördlich von Pristina ist Teil des Bergbaugürtels.« Er fügte hinzu: »Heutzutage sucht man ja überall nach Lithium und Kobalt zur Herstellung der Batterien für Elektroautos.«

Winter spähte aus ihrem Seitenfenster. »Ich sehe den Stadtteil, den Lia vom Flugzeug aus fotografiert hat. Diese typischen Dächer, die wie riesige weiße Golfbälle aussehen.«

Cooper antwortete: »Das heißt, Lia war definitiv mit Jens Amos in Pristina gewesen, sonst hätte sie mir das Bild nicht auf ihrem Handy zeigen können. Dann gingen sie angeblich nach Norden.«

Als sie tiefer und näher kamen, konnte Cooper den Park mit der Kathedrale und den typischen Dächern daneben gut sehen. Es war eine Mischung aus alter orthodoxer, wahrscheinlich osmanischer Stilrichtung und moderner Architektur.

»Es gibt weniger Ackerland und mehr Wald im Norden«, wusste Winter. »Sollen wir uns ein Zelt und ein paar Sachen zum Campen beschaffen?«

»Es gibt Motels, wir brauchen zunächst mal einen Wagen.« Das Sonnenlicht füllte nun die Kabine, und er sah Winter an, wie sie aus ihrem Fenster starrte. Er fragte sich einmal mehr, was in ihrem Kopf vor sich ging.

Vielleicht ging es Laura darum, die Geister zu beschwören, von denen sie dachte, dass sie sie tief in ihrer Vergangenheit abgelegt hatte.

Sie klappte das Tablet zu, als Banholz die Maschine aufsetzte und sagte: »Ich muss etwas beichten, Major.«

»Es gibt sicher eine Kirche in der Nähe.«

»Ernsthaft, Mike. Ich hatte eines Nachts in der Nähe unseres Stützpunkts Oberst Krall in Jacks Jeep gesichtet. Wenn ihm Jack von mir erzählt hat, hat Krall vermutlich eine Ahnung, dass wir hierhergeflogen sind.«

Cooper dachte darüber nach. Was verheimlicht sie mir sonst noch? Hat sie Larissa in eine Falle gelockt? Hat ihr die CIA viel versprochen? Er fragte: »Wie konnten Sie wissen, dass es Oberst Krall war, nachts, hinter den Wagenscheiben?«

»Jack hat's mir bestätigt.«

Als die Maschine zum Standplatz rollte, sagte Cooper: »Sie wussten also von den Geheimversuchen an den Menschen?«

Sie schüttelte den Kopf. »Ich war ja nicht involviert.«

»Hatten Sie eventuell einen Decknamen erlauscht?«

»Nein.«

Das Flugzeug kam vor dem Terminal zum Stillstand. Cooper stand auf, ging vor zur Bordtreppe. »War ein guter Flug, Captain. Es scheint, dass Sie uns los sind.«

»Schade, es fing gerade an, mir so richtig zu gefallen.«

Cooper grinste: »Das könnte sich ändern, wenn wir an Bord blieben.«

Winter drängte sich vor: »Danke, Captain, wünsche einen guten Rückflug.«

Er lächelte ihr charmant zu, als ob er sie gleich küssen wollte, dann schaute er ihnen nach, wie sie zur Ankunftshalle gingen.

48

Nach der Passkontrolle sagte Winter, »Wissen Sie, Mike, ich habe darüber nachgedacht, wie wir Amos rausschaffen können. Die Schweiz hat ein ausgezeichnetes Ansehen bei der Regierung des Kosovo.«

»Sie meinen wegen Swisscoy, unseren KFOR-Truppen?«

Das sei hilfreich, aber nicht nur. Die Schweiz gehöre zu den ersten Ländern, die den neuen Staat anerkannt haben. Jemand aus ihrer Armee oder Polizei könnte sie bei der Evakuierung des Gefangenen unterstützen. Inoffiziell, gegen Geld.

Cooper dachte darüber nach. Es konnte funktionieren, aber es gab keine Garantie für völlige Diskretion, und das Risiko, dass jemand während des Auslieferungsverfahrens versuchte, sie zu erpressen, war ihm zu groß.

»Dies ist eine Art letzter Ausweg, Laura. Ich ziehe es vor, mich an den Plan zu halten.«

»Oberst Krall?«

»Ja, in der Tat. Sie erinnern sich, dass wir ihn in Neapel in Alarmbereitschaft versetzt haben. Jetzt ist es der Kosovo, aber er kann es schaffen, einzufliegen und uns auf einer verlassenen Landebahn zu treffen.«

Sie traten ins blendende Sonnenlicht hinaus und gingen zu dem Taxi, das in der Reihe vorne wartete.

Der Fahrer sah aus wie ein Mann, der seinen Passagieren einen Gefallen tun wollte, von denen er glaubte, dass sie ahnungslose Touristen wären.

Er fuhr los und fragte: »Wohin geht's? Brauchen Sie einen Guide, Sir?«

Cooper sah ihn an: »Nein, wir brauchen ein Auto.«

»Ah, ich kann Ihnen eins besorgen. Ich habe eine Freundin bei Alamo, soll ich sie anrufen?«

»Ich dachte eher an einen Geländewagen. Nichts Ausgefallenes. Könnte gebraucht und schäbig sein.«

Der Fahrer schaute grinsend herüber. »Verstehe, vielleicht habe ich so eine Schrottkarre. Ich brauche zwanzig Minuten bis zur Garage meines Cousins. Okay?«

»Gut. Wir haben alle Zeit der Welt.«

Die Garage befand sich in einem baufälligen Steinhaus in einer Seitenstraße und war von einem eingezäunten rohen Gelände umgeben. Cooper sah zuerst den Schrottplatz, dann den Parkplatz, der mit beschädigten Autos und kompletten Wracks vollgestellt war. Der Fahrer hielt vor der Werkstatt an, die sich neben dem großen Fenster des Verkaufsraums befand.

»Hallo, Kamir«, grüßte er den Mann, der im verschmierten Overall aus der Werkstatt kam und seine Hände mit einem Lappen abwischte.

Er nickte den Besuchern zu und unterhielt sich dann mit dem Fahrer auf Albanisch. Danach machte er ihm ein Zeichen zu folgen.

»Er gibt nur Schrott«, meinte Winter, doch dann trat Kamir zu einer Reihe von Gebrauchtwagen mit Preisschildern an den Frontscheiben. Sie schienen in Ordnung und standen offensichtlich zum Verkauf.

»Die können Sie mieten«, erklärte der Garagist. »Der weiße Land Cruiser ist größer und stärker. Der Hyundai daneben hat weniger Kilometerleistung, schluckt auch weniger Benzin.«

Cooper lief um ihn herum, kickte an die Reifen, und Winter befand: »Ich mag den Hyundai, er ist schwarz, weniger auffällig.«

»Richtig«, stimmte Kamir zu. »Man sieht den oft auf dem Land. Ein beliebtes Auto.«

Cooper erkundigte sich nach dem Preis. Die beiden Albaner sahen sich kurz an. »Fünfzehnhundert Euro für sieben Tage, alles inklusive.«

Winter öffnete die Fahrertür, prüfte den Innenraum, setzte sich hinter das Lenkrad und versuchte die Zündung. Der Motor sprang sofort an, und die Nadel der Benzinuhr kletterte auf voll. »Sieht für mich gut aus.«

»Die Fahrzeugpapiere sind im Handschuhfach«, erklärte der Besitzer.

Winter legte einen Gang ein, fuhr nach vorne, während Cooper in den Verkaufsraum ging, um den Vertrag zu unterzeichnen.

»Wo wollen Sie hin?«, fragte Kamir.

»Nach Norden.«

»Bleiben Sie einfach auf den Wegen, es sind noch überall Minen.« Er unterzeichnete und fügte hinzu, »von den Serben.«

Cooper unterschrieb ebenfalls und bezahlte in bar, nahm dann eine Straßenkarte aus einem Regal in der Annahme, dass diese unter ›alles inklusive‹ fiel, verabschiedete sich, ging hinaus und stieg ins Auto.

49

»Ich fahre nach Gefühl, zurück auf die Straße, wo unser Driver abgezweigt ist. Ich sah da ein Spital.«
Cooper nickte. Ihr Gefühl hatte sich mehrfach als richtig herausgestellt. Wenige Minuten später sah er den modernen Glasquader des *Spitali Aloka*. Die roten und blauen, senkrecht an den vier Stockwerken angebrachten Glasbänder hätte er eher an einem Kunsthaus erwartet.

»Da vorne kommt der Wegweiser zum Zentrum.«

Winter bog in die breite Avenue ein, fuhr zügig weiter. Sie passierten ein Fußballstadion, dann bog sie bei der nächsten Abzweigung nach Osten ab. Als das markante Gebäude mit dem typischen Dach der Region in Sicht kam, fuhr sie zu einer Parkfläche und hielt an. Sie stiegen aus, machten ein paar Schritte in den Park und setzten sich auf eine Bank. Cooper faltete seine Straßenkarte auf. Winter sprudelte los: »In Pristina haben die KFOR-Missionen ihr Hauptquartier. In der Stadt gibt es einen großen Hamam. Lust auf ein Dampfbad? Außerdem gibt es viele Moscheen, die Mutter-Teresa-Kathedrale, und eine römisch-katholische Kirche befindet sich im Bau.«

Ortskenntnisse war tatsächlich ihr Hobby, dachte Cooper und zog einen Stift hervor. »Wir nehmen die M25 nach Besianë.« Er kringelte den Ort ein. »Dann nach Nordwesten bis … sagen wir Kaffigen.« Winter beugte sich über die Karte, legte ihren Zeigefinger auf den Ort, und Cooper fuhr fort: »Von dort gelangen wir auf der R126 weiter nördlich nach Pollatë, sehen Sie es?«

Sie nickte: »Und dann?«

Cooper erklärte: »Das Gelände wird hier eng, scheint mir. Die R126 führt in das nordwestlich sich öffnende Tal, wo unser Ziel liegt.«

»Brece?«

»Genau.« Cooper faltete die Karte zusammen und stand auf. »Dann nichts wie los.«

Cooper übernahm das Steuer des Hyundai, wendete und fuhr nach dreihundert Metern auf die M9 Richtung Norden.

Winter meinte besorgt, es sei vermutlich keine gute Idee, direkt nach Brece zu fahren.

Cooper warf ihr einen Blick zu. »Da haben Sie völlig recht. Mein Plan ist, vorher nach Westen abzubiegen zu einem Ort, der Zhiti heißt.«

»Okay.« Sie fragte nicht nach, und Cooper schloss daraus, dass sie die Ortschaft kannte.

In Besianë schwenkte Cooper zu einer Tankstelle ab. »Ich hole uns etwas Verpflegung.« Er stieg aus, Winter blieb sitzen und bearbeitete ihr iPad.

Weiter ging's auf der Landstraße nach Nordwesten. Bei der Abzweigung zur R126 nach etwa zwanzig Kilometern erklärte Winter, vom Tablet aufblickend: »In Zhiti gibt es zwei Unterkünfte. Ein Motel und ein Hostel. Soll ich anrufen?«

»Nein, wir lassen es darauf ankommen. Was sagt Ihr Gefühl, Motel oder Hostel.«

»Motel, hat mehr Zimmer.«

»Gut, ich schätze, in einer guten Stunde sollten wir Zhiti erreichen.«

Winter blieb eine Weile still, dann fragte sie: »Sollten wir nicht Oberst Kottmann anrufen? Der platzt bestimmt vor Ungeduld, und es gibt Ärger, wenn wir ihn weiter im Dunkeln lassen.«

Cooper dachte darüber nach. Sie hatte recht, und mit dem Satellitentelefon war ein vertrauliches Gespräch möglich. Er antwortete, dass sie den Anruf im Motel machen könnten, und fragte: »Was wollen Sie ihm berichten?«

»Unseren Plan, wenn wir denn einen haben, und was bisher geschehen ist. Vor allem, dass wir den Aufenthaltsort von Jens Amos kennen.«

»Er könnte Oberst Krall darüber informieren, wollen wir das?«

»Nein, deshalb müssen Sie ihn davon abhalten. Sonst könnte Krall dazwischenfunken.«

Cooper nickte, und es folgte eine längere Zeit des Schweigens. Die Gegend war einsam, ländlich, weite Felder erstreckten sich längs ihrer Route. Bewaldete Hügel erhoben sich in der Ferne. Der nächste größere Ort, den sie erreichten, hieß Pollatë, wo Cooper abzweigte.

Winter zeigte nach vorne: »Sehen Sie, da gibt es eine Kirche mit einem Kreuz auf dem Turm.«

»Warum meinen Sie?«

»Die Bevölkerung ist zu fünfundneunzig Prozent muslimisch. Katholiken sind eine Minderheit, vermutlich serbisch orthodox.« Nach einer Pause fügte sie hinzu, »die Serben haben im Krieg angeblich über zweihundert Moscheen zerstört.«

Cooper erwiderte nichts darauf. Erst nach einer Weile sagte er: »Wir werden im Motel die scharfen Satellitenbilder aus dem *Shop* analysieren. Man erkennt ein großes Gebäude, wo sich Amos nach allem, was wir wissen, vermutlich versteckt. Ich habe sogar Pläne erhalten. Wir werden sie abrufen und genau anschauen.«

»Mike, sollten wir nicht unsere Handys wieder aktivieren? Wir müssen die Verbindung sicherstellen, falls wir in dieses Gebäude eindringen wollen.«

Das war ein guter Punkt. Cooper nickte ihr anerkennend zu.

50

Das Dorf Zhiti hatte auf den ersten Blick nicht viel mehr als eine Ortstafel. Dahinter kam allmählich ein in dieser Gegend typischer Hof zum Vorschein. Im eingezäunten Hühnerhof gackerten keine Hennen, ein verschmutzter Pick-up stand vor dem Scheunentor. Langsam fuhr Cooper daran vorbei und hielt weiter vorne an. »Da gibt's kein Motel, da gibt's überhaupt nichts«, knurrte er.

Winter schüttelte fassungslos den Kopf. »Komisch, ich habe ›Zhiti‹ angeklickt, und wie üblich erschienen auf Tripadvisor Bilder und Hotelinformationen.«

»Vielleicht haben Sie auf Zhiti in Tahiti geklickt.«

Sie schüttelte genervt den Kopf. »Ach, wo. Nein, bestimmt nicht, die Software spinnt. Was machen wir jetzt?«

Cooper fuhr wortlos weiter. Das grüne Gelände öffnete sich, und sie sahen nun andere Höfe, Scheunen und ein paar Häuser.

»Um Himmels willen, was für ein armseliges Nest«, rief Winter aus.

»Nicht doch, da, rechts, gucken Sie mal. Bei den zwei Buchen, oder was es sind, das Haus sieht nicht schlecht aus.« Cooper steuerte darauf zu.

Winter rümpfte die Nase. »Eine Baustelle.«

Die Mauern waren frisch verputzt, aufs Satteldach führte eine angelehnte Leiter, Balken und Holzplatten stapelten sich neben einem Betonmischer. Cooper schwenkte auf den mit neuen Platten belegten Vorplatz.«

»Was haben Sie vor, Major?«

»Es ist Check-in-time.«

Winter seufzte kopfschüttelnd, stieg aber aus und folgte Cooper zur massiven Haustür aus hellem Holz. Vor den breiten Stufen blieb er stehen, schaute dumpf zu den Fenstern hoch, die zwischen hellen Rahmen den bewölkten Himmel spiegelten. Als er den Fuß auf die erste Stufe setzte, ging die Tür auf. Die Frau, die heraustrat, wirkte kräftig, trug Jeans, ein gammeliges Sweatshirt, und eine mit Farbe bespritzte Schürze verdeckte ihre breiten Hüften. Die volle Haartracht wurde halbwegs von einem grünen Kopftuch gebändigt. Mit Stirnrunzeln und streng zusammengekniffenem Mund schaute sie auf die Ankömmlinge, vermutlich verwöhnte Stadtpinkel, herunter. Das tat dem hübschen Gesicht allerdings keinen Abbruch, und Cooper konnte den Blick nicht abwenden. Er schätzte sie höchstens auf Ende dreißig und grüßte sie lächelnd mit einem Wort, das er vom Albaner in der Tankstelle aufgeschnappt hatte.

Winter fand besser durch und fragte: »Frisch gestrichen?«

Die Stämmige setzte den Farbkübel ab, den Cooper erst jetzt bemerkte, legte die Streichrolle in die Halterung, und über ihr Gesicht huschte ein Lächeln. »Selbst ist die Frau. Sagen Sie, was haben Sie denn hier verloren? Haben Sie die falsche Kurve genommen?«

Cooper trat verlegen von einem Bein auf das andere, erklärte dann, seine Frau und er hätten gedacht, es gäbe im Dorf eine Übernachtungsmöglichkeit.«

»Aber es gibt nichts … kein Motel«, ergänzte Winter. »Man hat uns offensichtlich falsch informiert. Wir wollten schon nach Zhiti …«

Die Frau lachte laut heraus. »Was denken Sie denn? Da gibt's außer Rindviechern nichts zu sehen.«

Winter zeigte auf Cooper. »Mein Mann ist Geologe, es geht da um Feldarbeit.«

Cooper zweifelte, dass sie es glaubte. »Wir verbinden das Angenehme mit dem Nützlichen. Gibt es in der Nachbarschaft einen Gasthof oder so?«

Die Frau unterdrückte ein Kichern. »Hören Sie, da gibt es weit und breit nichts. Aber in der Küche Kaffee. Mögen Sie?«

Sie drehte sich auf ihren Stiefeln um und ging voran. »Leider ist erst die Küche fertig, nehmen Sie doch Platz.«

Ihre Gastgeberin hantierte gut gelaunt an der Kaffeemaschine. »Ich bin Liljana. Milch und Zucker?«

»Wir heißen Berger«, meinte Cooper, »ohne Zucker für mich.« Liljana wehrte Winters Kompliment für ihr Englisch ab, sie habe im Tourismusbüro in der Hauptstadt am Auskunftsschalter etwas Übung bekommen, und stellte die Tassen auf den Holztisch.

Sie redeten über das Wetter, die neue Küche, alles sei perfekt ausgestattet, bemerkte Winter kennerisch, dann fragte sie, ob Liljana allein im Haus wohne.

»Momentan sind wir noch nicht eingezogen. Oben sind genug Gästezimmer für Passanten, und meine Schwiegermutter wird einziehen, in einem Monat oder so.«

Winter bedankte sich für den Kaffee, den freundlichen Empfang und sagte, sie würden jetzt zurückfahren, vielleicht nach Besianë.

»*Marrëzi*«, protestierte Liljana lautstark, was in Coopers Ohren wie ›Blödsinn‹ klang. »Wir haben drüben neben der Scheune einen Raum, wo Sie übernachten können. Bei den Schafen und Rindern«, lachte sie und fügte an, dass sie Selbstversorger seien, Milch und etwas Ackerbau. »Sie denken wohl gerade, dass sich damit kein Haus finanzieren lässt. Habe ich recht?«

»Erraten«, grinste Cooper.

»Nun, mein Schwiegervater arbeitet seit Jahren in Manhattan als Handyman in einem Wolkenkratzer, ein Building mit etwa fünfzig Stockwerken. Er verdient gut und wollte schon immer ein

Haus bauen. Er schickt seit Langem regelmäßig Geld nach Hause … und ja, wir machen etwas daraus.«

»Und Ihr Mann?«

Liljana schaute ihn vergnügt an. »Gjon ist Fliesenleger in Pristina, kommt nur am Wochenende nach Hause. Er hat auch den Dachstuhl gezimmert … Nun, ich denke, ich zeige Ihnen mal das Nachtlager.« Sie stand auf, legte die Schürze ab und ging voran. »Es kostet fünfzig Euro, mit Frühstück, und wenn Sie mögen, mache ich Ihnen etwas zum Abendessen.« Sie zwinkerte Winter zu: »Sie sind da ungestört … und zum Frühstück Rühreier, mögen Sie?«

»Sicher«, schwärmte Winter.

Cooper raunte ihr zu: »Warum nicht zwei harte Eier.«

Sie rollte die Augen: »Männer!«

Sie folgten Liljana. Sie führte sie zu einem an die Scheune angebauten Verschlag, eine Art Hütte. Winter und Cooper tauschten Blicke aus. Sie meinte: »Scheint mir in Ordnung zu sein.«

»Fragen Sie sie, ob es Express-Check-out gibt.«

»Ihre dummen Sprüche machen mich nervös.«

»Entschuldigung.«

Während sie hinüberliefen, fragte sich Cooper, wie Jens Amos in diese Region gekommen war. Brece war wahrscheinlich ein genauso abgelegener Ort wie Zhiti. Es lag zwar abseits der ausgetretenen Pfade, aber war mit dem Auto erreichbar, und selbst Touristen verirrten sich hierher. Aber vielleicht hat Hauptmann Jens Amos ja eine gute Wahl getroffen, indem er sich auf diesem Hügel niederließ, der auf den Satellitenbildern wie ein ernst zu nehmender Stützpunkt aussah.

Liljana hielt an der Hütte an und öffnete die Tür. Sie ging zuerst hinein, dann folgte Cooper, und Winter zog die Tür hinter ihnen zu.

Die Wände bestanden aus zwei Schichten alter Holzbretter, und auf der einen Seite spendeten zwei Fenster mit Sichtschutz Licht, auf der anderen stand ein breites Doppelbett mit zwei Wolldecken.

»Wir haben leider keine Laken«, erklärte Liljana, während sie sich am Ofen zu schaffen machte. »Ich werde Feuer machen. Das ist unser Gästezimmer, so gut es eben geht. Drüben im neuen Haus wird es gemütlicher sein, wenn alles fertig ist.«

Winter sah sich um. »Oh, hier ist es ja auch ganz gut. Wo ist das Badezimmer?«

Liljana zeigte auf eine schmale Tür. Winter ging darauf zu und betrat einen engen, gemauerten Raum. Eine Spiegelglasscherbe klebte über dem Alu-Waschbecken an der feuchten Wand, es gab Seife, ein frisches Handtuch, und die WC-Schüssel hatte eine braune Holzbrille. Sie schloss die Tür.

Cooper trat zum langen hölzernen Tisch und lud Liljana ein, sich auf eine der Bänke zu setzen. »Sagt Ihnen Swisscoy etwas. Die Schweizer Militärtruppe?«, fragte er.

Sie nickte mehrmals. »Die sieht man ab und an. Es ist eine Zeit lang her, da war hier so ein Trupp zwei Nächte stationiert.«

»Ach, ja. Meine Frau hat Dienst bei Swisscoy geleistet. Das ist auch eine Zeit lang her.«

Cooper glaubte, dass die Information vertraulich wirkte. Jedenfalls meinte Liljana, von der Schweizer Truppe sei nichts Nachteiliges bekannt. »Ich denke, Ihre Frau sieht unser Land positiv. Schön, Sie bei uns zu haben.«

Sie hörten die Wasserspülung, und Winter kam zurück. »Wir holen jetzt unser Gepäck«, entschied sie.

51

Sie setzten sich auf die Vordersitze des Hyundai, Cooper nahm das Satellitentelefon hervor, startete es. »Verbindung ist gut«, stellte er fest und wählte die Nummer. »Halten Sie Ihr Tablet bereit, Laura.«

Die Stimme kam laut und rau durch den Lautsprecher. »Kottmann hier. Wo zum Teufel stecken Sie, Major?«

»Im Norden des Kosovo. Der Ort heißt Zhiti – zulu, hotel, india, tango, india –, und Amos befindet sich nicht weit von hier in Brece.« Cooper buchstabierte erneut.

»Wie sind Sie darauf gekommen?«

»Wir fanden eine Spur in Neapel. Sie erinnern sich an das Luxusbordell?«

»Zur Sache, Cooper.«

»Jens Amos ist faustdick in der Mafia involviert, und es gibt Verbindungen in die Schweiz.«

»Weiter!«

Cooper schilderte präzise die Ereignisse der letzten achtundvierzig Stunden. Von der Ausschaltung der Kerle an der Jauchegrube zu Serenellas Enthüllungen, dann, wie er und Laura überwältigt und in den Kofferraum verfrachtet wurden, wie sie sich befreiten und es gerade noch schafften, mit Banholz und seiner neuen PC-12 NGX rauszufliegen. »In Pristina mieteten wir einen Untersatz und sind jetzt in Zhiti gestrandet.«

»Scheiße gelaufen. Wir besprechen das noch«, polterte Kottmann und fragte ruhiger: »Was ist der Plan?«

»Wir haben vom *Shop* ziemlich gute Unterlagen zum Zielobjekt erhalten. Es handelt sich um eine Art Festung, früher mal ein Kommandoposten der UCK. Deshalb gibt es nützliche Infos darüber.«

»Und Amos soll sich dort verschanzen?«

»Mit ziemlicher Sicherheit, Oberst. Wir analysieren gerade die Baupläne des Objekts, die wir ebenfalls von meinen Leuten im *Shop* bekommen haben.«

Nach kurzer Stille sagte Oberst Kottmann. »Ich brauche Ihnen die Angriffsgrundsätze aus dem Taktiklehrbuch nicht zu erklären, Cooper. Zwei gegen wie viele? Wie stark schätzen Sie Amos' Truppe?«

»Wir erkunden und klären auf, vorher passiert nichts. Wir sind in der Unterzahl, keine Frage, aber es könnte klappen.«

»Wieso, verdammt noch mal? Ich will eine klare Lageeinschätzung von Ihnen, Major.«

»Verstanden, Oberst. Der Gegner hat die Übermacht. Die kann man entweder mit mehr Übermacht oder mit List überwinden.«

Kottmann knurrte und fragte: »Brauchen Sie Unterstützung?«

Winter legte ihre Fingerspitze auf die aufgeschaltete Landkarte, und Cooper erkannte die herangezoomte Gegend. Er sagte: »Ja, ein Flugzeug, um den Deserteur auszufliegen.«

»Ich werde Oberst Krall den Auftrag erteilen, haben Sie die Koordinaten?«

Winter nickte Cooper zu, sie tippte auf Brece, und er sah unten am Bildschirm die Standortszahlen.

Cooper schüttelte ihr zugewandt den Kopf. »Wir schicken Sie Ihnen, sobald wir eine Piste erkundet haben. Nur unter einer Bedingung, Oberst.«

»Was soll das schon wieder?«

»Es geht um die Sicherheit der Operation. Ich will nicht, dass Oberst Krall erfährt, wo wir gegenwärtig sind. Bitte keine Erwähnung von Brece. Er soll sich für einen Evakuierungsflug bereithalten, sonst nichts. Ich denke, ein geeigneter Landeplatz sollte nicht näher als zwanzig bis dreißig Kilometer entfernt liegen. Wie gesagt, wir kommunizieren dann die Koordinaten, wenn es so weit ist.«

»Was heißt das?«

»Meine Partnerin will sich zuerst über die Mission klar werden, bevor wir dort ankommen.«

»Und was antworten Sie ihr?«

»Nun, ich sage, zuerst ist es eine Aufklärungsmission, Infos sammeln, dann werden wir bis an den Rand der Gefahr gehen, aber nicht weiter.«

»Hatten Sie Kontakt mit Oberst Krall?«

»Nein, nicht mehr, seit wir Neapel verlassen haben. Ich habe Gründe, ihn nur wissen zu lassen, was er wissen muss.«

»Und das wäre?«

»Nichts, er braucht nichts zu wissen, bis Sie ihm befehlen, uns rauszuholen.«

Oberst Kottmann beendete das Gespräch mit der scharfen Aufforderung, mit ihm besser zu kommunizieren. »Diese Mission ist kein Alleingang eines Egomanen-Arschs, Cooper. Halten Sie sich gefälligst an die Regeln, sonst geht es Laura Winter an den Kragen. Ende.«

Wie Kottmann das meinte, fragte Winter stirnrunzelnd, als Cooper das Gespräch weggeklickt hatte. Wenn wir die Mission vergeigten, antwortete er, oder wenn sich Kottmann verschaukelt oder umgangen fühlte und er Sanktionen ergriffe, dann treffe es sie härter. Ihre Karriere erhielte einen Knick, ihm würde dagegen kein graues Haar mehr wachsen, falls die Militärjustiz ihn rausschmeiße. »Ich muss mich benehmen, sonst müssen Sie die Suppe auslöffeln«, schloss er grinsend.

»Apropos, wir schlafen im gleichen Zimmer«, bemerkte Winter.

Er sah sie an. »Ich denke, dass Sie gern noch eine Kanone im Raum haben wollen.«

»Es gibt nur ein Bett, und ich denke mit meinem Gehirn.«

»Ich nehme Ihnen die Andeutung übel.«

»Mike, nach unserer Tarnung sind wir verheiratet.«

»Also benehmen Sie sich genauso. Kein Theater, bitte. Und jetzt halten Sie das Tablet bereit. Ich übertrage die Daten aus Zürich von meinem Handy auf den größeren Bildschirm. Dann besprechen wir alles in der Hütte, machen einen Plan, vor dem Abendessen, und wenn nötig in der Nacht. Taktik ist angesagt, sonst nichts …«

»Okay.« Winter holte ihr Handy hervor, pickte die SIM-Karte aus ihrer Börse und fügte sie ein. Danach stiegen sie aus, nahmen das Gepäck vom Rücksitz und gingen zur Unterkunft zurück.

52

Liljana legte gerade weiße Kissen auf das Bett. Sie blickte auf ihre Taschen, dann auf den Rucksack. »Ihre Vermessungsinstrumente?«

»Oh, nein, eigentlich meine Kamera und anderes Zeugs.«

»Ich habe Ihnen Wasser auf den Tisch gestellt, und wenn Sie nicht genug Licht haben, ich kann Ihnen noch eine Lampe bringen. Sie sind ja sicher an mehr Komfort gewöhnt?«

Winter lachte. »Ach, hören Sie auf. Alles ist perfekt. Vielen Dank, Liljana.«

Als sie allein waren, warf Cooper den Rucksack auf den Tisch. »Ich hab ihr gesagt, dass Sie mit Swisscoy im Land waren. Das fand sie gut. Waren Sie eigentlich schon mal hier?«

»Ist das Ihr Ernst, Major? Das hätte ich Ihnen ja gleich gesagt.«

Cooper sagte nichts darauf, packte den Rucksack aus. »Wir machen eine Auslegeordnung.«

Winter setzte sich schmollend auf die Bank. »Die Rollbomben?«

»Genau. Hier ist der Lendengürtel.« Er legte ihn um und verschloss ihn vor seinem Bauch. Dann demonstrierte er Winter, wie die schwarzen runden Granaten darin verstaut würden. »Gut mit dem Klettverschluss sichern.«

»Wie funktionieren diese Dinger?«

»Wie unsere HG 85. Wo machten Sie Ihre Grundausbildung?«

»Infanterie.«

»Okay.« Cooper nahm eine Rollbombe in die Hand. »Sie funktioniert mit Zeitzünder. Sie ziehen den Splint heraus, wie bei der HG. Sehen Sie den Splint? Okay. Dann läuft die Zeit sieben Sekunden … und Wumm.«

»Was ist der Unterschied zur HG 85?«

»Größer, schwerer. Mehr Sprengstoff, ungefähr 400 Gramm TNT, und eine Unmenge tödlicher Splitter. Schwere Ladung.«

Winter wog eine Bombe in ihrer Hand, imitierte eine Wurfbewegung, schürzte ihre Lippen. »Ich denke, ich komme klar damit. Was haben wir sonst noch?«

»Die Westen. Schauen Sie.« Er streifte sich eine über. »Da gibt es diese Taschen für die Magazine der Glock und Platz genug für anderes Zeugs, das Telefon zum Beispiel.« Er nahm zwei Kampfmesser aus der Kiste. »Die schnallen wir an den Gürtel.«

Winter fischte ein Binokular aus dem Gepäck, legte die Schlaufe um den Hals, schaute kurz durch die Linsen. »Ziemlich klobig.«

»Geht so. Das Nachtsichtgerät braucht etwas Platz.«

Winter wühlte noch im Gepäck herum, während Cooper Wasser in die Gläser schenkte und Winters Tablet aufstellte. »Schauen wir uns mal an, wie wir ins Gelände dieser Festung hineinkommen.«

Sie rückten zusammen und schauten gebannt auf die Bilder. Die Pläne seien erstaunlich detailliert, staunte Winter.

»Im *Shop* meinten sie, wir sollten uns den Abwasserkanal näher anschauen. Da, in den Tiefen des Gebäudes beginnt er und kommt … wo heraus?«

Winter vergrößerte mit Daumen und Zeigefinger das Bild, verschob es, bis sie einen Punkt ausmachte, wo der Kanal anscheinend aufhörte.

Cooper sagte: »Der Punkt liegt im großen Wald, in einem Graben. Wo liegt das Dorf?«

Winter vergrößerte wieder. »Hier ist die Kirche. Von da sind es circa fünfhundert Meter bis zum Graben.«

Cooper schaute sich den Plan näher an, dann übernahm er ein Bild aus Google Earth, das ihm der Shop messerscharf übermittelt hatte. »Sie haben recht. Die Kirche könnte ein guter Ausgangspunkt sein.«

Winter spöttelte: »Sie könnten da vielleicht wieder auf dem Friedhof parken.« Cooper zuckte mit den Achseln. »Im Nachhinein betrachtet war es gar nicht so schlecht. Sie kamen zum guten Schuss. Dass Sie den Kerl auf dem Motorrad nicht tödlich trafen, war Zufall.«

Sie fuchtelte verneinend mit der Hand: »Ich habe gezielt, um zu verwunden …«

»Hören Sie mit dem Schwachsinn auf, Laura. Von wegen Zielen … Man hat da gezielt, wo man trifft, nicht umgekehrt. Und noch etwas, Laura.«

Sie warf ihm einen fragenden Blick zu.

»Wenn wir in dieses Gelände reingehen, treffen Sie vermutlich auf Kerle, die schießen, um zu töten. Sie müssen schneller sein. Ist das klar?«

Sie schluckte, nickte und sagte dann: »Major, ich denke, morgen ist dies zunächst eine Aufklärungsmission. Informationen sammeln.«

»Richtig. Aber es wird ein Punkt kommen, an dem wir in den Angriffsmodus wechseln könnten.«

»Hängt von der Situation ab, die wir analysieren werden.«

»Sie meinen den Punkt, an dem es kein Zurück mehr gibt?« Er sah sie länger an. »Wie auch immer, wir müssen einen Plan machen, und morgen sehen wir weiter.«

Sie tranken und verzehrten die Sandwiches von der Tankstelle. Cooper studierte immer wieder die Satellitenbilder des Geländes, schritt das Zimmer ab, versuchte, Merkpunkte auswendig zu lernen, legte sich auf das Bett, starrte zur weiß getünchten Decke, bis ihm die Geländebilder schön aufgemalt im Geist erschienen.

Winter machte Notizen, dann mehrere Geländeskizzen.

Die Zeit verstrich, und es war gegen Mitternacht, als Laura Winter sich entkleidete und in einen weißen, langärmeligen Pyjama schlüpfte. Sie legte sich ins Bett. Cooper löschte das Licht und legte sich in Boxershorts und T-Shirt zu ihr.

Winter flüsterte: »Mike, ich brauche eine starke Schulter. Weiß der Himmel, was uns morgen erwartet.« Sie kuschelte sich mit dem Rücken an seinen warmen Körper und machte klar: »Kein Sex, Major.«

Cooper überlegte, wie sie wohl Sex definierte und was nach ihrer Meinung nicht darunterfiel, aber entschied, sie nicht zu fragen. Er wünschte ihr gute Nacht und legte einen Arm auf ihre Hüfte.

Plötzlich herrschte völlige Stille, das Schweigen rundherum war bedrückend und befreiend zugleich. Wieder schienen ihm die Pläne im Geist auf, er sah sich am Ende des Abwasserschachts stehen, den er sich verlassen und verfallen im dichten Gehölz ausmalte, stellte sich die Festung auf dem Hügel vor, etwas abseits des modernen Quaders, das Geheimlabor vielleicht, und er hörte die Kampfhunde im Gehege knurren … Er war ruhelos und spürte den Drang, seine Beine zu bewegen.

»Laura, schlafen Sie schon?«, flüsterte er.

Sie hob den Kopf aus der Decke. »Ja, ich träume süß. Was gibt's, Major?«

»Wollte Sie schon immer fragen. Warum hat Sie ausgerechnet die Militärjustiz fasziniert?«

Winter legte ihren Kopf auf das Kissen zurück, dachte lange darüber nach und verriet schließlich, dass das mit ihrem Vater zu tun hätte; er habe als militärischer Untersuchungsrichter erstmals im Kontext der Jugoslawien-Kriege im Auslandseinsatz gestanden. Den größten Erfolg mit der Militärjustiz habe er jedoch später im *Niyonteze*-Fall gefeiert.

Das sage ihm nichts, meinte Cooper.

»Das ist erstaunlich. Da haben Sie wohl ein wichtiges Briefing in Ihrem allwissenden Geheimdienst-*Shop* geschwänzt.«

Als Cooper unwirsch knurrte, fuhr sie fort. »Niyonteze wurde schon als neuer Präsident von Rwanda gehandelt, doch dann beteiligte er sich 1994 am Völkermord. Mein Vater war einer der militärischen Untersuchungsrichter und ermittelte gegen Niyonteze wegen Kriegsverbrechen. Er ist mehrmals nach Rwanda gereist. Die Grundlage der Untersuchung waren einerseits die Genfer Konventionen. Sie schützen Verwundete, Kriegsgefangene und medizinisches Personal, Zivilisten …«

»Und andererseits?«

»Andererseits sind Kriegsverbrechen auch nach schweizerischem Militärstrafgesetz strafbar. Wollen Sie mehr hören oder schlafen Sie schon?«

Cooper brummte, und Winter interpretierte diese Reaktion als begrenztes Interesse. Sie berichtete weiter, dass ungefähr um 1999 der Prozess gegen Niyonteze vor dem Militärgericht in Lausanne stattfand. »Er bekam lebenslänglich, und das Urteil der Schweizer Militärjustiz war historisch.«

Cooper betonte: »Auch die Arbeit Ihres Daddys. Töchter hängen an ihren Vätern und umgekehrt. Ihrem alten Herrn bin ich dankbar. Er hat etwas richtig gemacht. Ist er noch dabei?«

»Bei der Militärjustiz? Nein, er hätte Oberst werden können wie Kottmann, aber er zog sich nach Italien in sein Strandhaus zurück.«

»Hoffentlich nicht nach Neapel.«

Sie lachte: »Nach Apulien, in die Nähe von Brindisi. Er schreibt, glaube ich, seine Rwanda-Memoiren.«

Cooper atmete tief, und nach einer Weile fragte er: »Was hatten Sie mit Jack Cole in dieser trostlosen Gegend genau zu tun? Glauben Sie nicht, es wäre an der Zeit, mir reinen Wein einzuschenken?«

Cooper fühlte, wie sie sich auf die Ellbogen stützte. »Sie sind ein Meister im Themawechseln, Major. Bei allem Respekt, ich bin müde. Morgen, wenn ich ins Gelände schaue, werden Erinnerungen zurückkommen. Darf ich mich abmelden, Major?«

Cooper knurrte resigniert. Die Dunkelheit und die Stille waren absolut. An die Außengeräusche einer belebten Umgebung gewöhnt, fühlte er sich fast schwindlig angesichts dieses Nichts. Als er die Augen öffnete, war es genauso schwarz wie vorher, als er die Augen geschlossen hatte. Doch als er in der Dunkelheit nach oben blickte, sah er plötzlich ein Bild an der dunklen Decke. Die Pläne nahmen Gestalt an, die sie gemeinsam studiert hatten. Er ging sie durch, prägte sich jeden Wegepunkt ein, die Gebäude, jeden Schritt, den er gedanklich plante … Angriff im Morgengrauen, so sein Gedanke, machte keinen Sinn, dagegen der Abwasserkanal … Er kroch im Geist in ihn hinein, kraxelte nach oben, kam freilich nicht weit … der Schlaf hielt ihn auf. Seine Atmung wurde tief und regelmäßig.

Zur gleichen Zeit summte siebzig Kilometer entfernt in der Küche über der Tankstelle ein Mobiltelefon, und ein jüngerer kraushaariger Mann stellte das Bierglas ab. »Was ist los, Kamir?«

»Hallo, Sherka, wie geht's? Störe ich bei etwas? Ist die Braut heiß?«

»Blödsinn, wo brennt's? Geht's um Lieferungen?«

»Nein, hör gut zu, Sherka, diesmal geht's um zwei Fremde, die mit einem Hyundai von mir nach Norden unterwegs sind.« Er beschrieb ihm die zwei Touristen, einen Kerl mittlerer Größe, seine blonde Frau. »Ganz schön heiß, die Blondine. Sie reisen als Berger, und sie sind auf den Radar gelangt. Du weißt schon.«

Als Sherka nur brummte, fuhr er ihn an, er solle mal seinen Arsch bewegen und die Augen offen halten. Das Ortungsgerät am Hyundai zeige ihm den Standort der Karre an, sie sei in diesem Moment in seiner Gegend geortet worden.

»Was soll ich damit anfangen? Willst du, dass ich mich an die Blonde ranmache?«

»Quatsch, spiel nicht den Naiven. Meine Leute wollen Informationen, und als Vermieter möchte ich außerdem die Karre zurückhaben.«

»Okay, da scheint was zu laufen. Gib mir einfach den jeweiligen Standort an.«

»Danke, mach ich doch.«

Dabei blieb es.

53

Die Überraschung geschah nach dem Frühstück. Zwei jüngere Männer betraten die Küche. Sie trugen beide die gleiche Uniform. Halbhohe braune Lederkampfstiefel, tarnfarbene Hosen, schwarze Jacken, einen breiten Ledergürtel mit Schnalle, über der Taille ein dunkelgraues T-Shirt und auf kurz getrimmtem Haar Schildmützen.

»Das sind Freunde«, kündigte Liljana an. »Sie können Ihnen vielleicht helfen.« Sie stellte zwei Tassen mit etwas, das wie dampfender Kaffee aussah, auf den Tisch.

Cooper musterte die Besucher skeptisch von oben bis unten. Schauten ihm eher nach Angehörigen einer Bürgerwehr aus, und er wunderte sich, was zum Donner Liljana denn wusste, und fragte: »Warum glauben Sie, dass sie uns helfen können?«

Mit entwaffnendem Lächeln antwortete sie, dass sie von ihnen nicht den Eindruck von verirrten Touristen gewonnen habe und sie sich kaum nur in Geologie auskannten. Sie wartete ab, dann fügte sie hinzu: »Nur so eine Ahnung. Ich lasse Sie jetzt allein. Habe drüben im Haus zu tun.«

Nach ihrem Hinausgehen übernahm Winter und sagte zu den Männern: »Nun, schauen wir mal. Wer sind Sie überhaupt?«

Der Größere mit kurzem Haarschnitt und ernstem Blick erklärte: »Ich kenne diese Gegend wie meine Westentasche. Übrigens, ich bin Beta, und mein Kumpel heißt Alpha.«

Beta meinte: »Falls Sie an der Festung bei Brece interessiert sind, da könnten wir helfen.«

Cooper fragte, warum sie denn daran interessiert sein sollten.

»Warum nicht, ist unsere Frage«, erwiderte Beta lächelnd, und Alpha fügte hinzu: »Wir kennen das als Festung titulierte Gebäude auf dem Hügel. Es war früher ein Kommandoposten von Befreiungsrebellen.« Er machte eine Pause und ergänzte: »Es gibt heute noch Zellen davon im Untergrund. Und die Festung ist ihren alten Feinden immer noch ein Dorn im Auge.«

»Wie kommt das?«, fragte Winter.

»Es ist eine historische Stätte«, erklärte Beta, »und die militanten Serben möchten sie am liebsten ausradieren. Sie erinnert sie an eine Niederlage … Ja, deshalb.«

Winter fasste nach: »Sie kennen also die Festung? Na schön, von wie vielen Leuten reden wir da?«

Cooper stand auf: »Bin gleich zurück«, erklärte er und ging hinaus.

Als er wenig später wieder hereinkam, hörte er Alpha sagen: »Letztmals, das war vor einer Woche, da sah ich eine Gruppe Männer und zwei Frauen.«

Cooper fragte: »Wissen Sie etwas von einem Wissenschaftler?«

Beta strahlte über das ganze Gesicht: »Klar doch, sie nennen ihn den Doktor. Ein anständiger, netter Bursche, kann aber auch hart sein.«

»Und wieso wissen Sie das alles?«

Beta strich sich räuspernd über das Kinn. »Wir liefern Vorräte und anderes Zeugs, ungefähr alle zwei Wochen. Dann machen wir jeweils einen Abstecher zu Liljana.«

»Und mich rufen sie für Reparaturen, meistens Klempnerarbeit«, fügte der Schnauzbärtige namens Alpha nickend hinzu.

Cooper wechselte mit Winter Blicke und argwöhnte: »Wer sagt mir, dass Sie uns nicht verarschen, dass alles nicht ein Trick ist?«

Winter fuhr dazwischen: »Schauen Sie, wir sind professionelle Ermittler, gut ausgerüstet und bewaffnet, und ich werde keine Sekunde zögern, Sie kaltzumachen, wenn Sie auch nur versuchen, uns reinzulegen.« Zur Bekräftigung zog sie ihre Glock17 aus dem Halfter und knallte sie auf den Tisch.

Die Typen wechselten verdutzte Blicke. Beta beruhigte sie, indem er zugab, sie würden genauso so reagieren. »Sie müssen uns nicht vertrauen, würden wir auch nicht, aber wir werden unsere Loyalität beweisen.«

Alpha nickte mehrmals: »Wir helfen Ihnen, hineinzukommen.«

Cooper dachte an seinen Traum und fragte: »Wissen Sie, ob sie Hunde halten?«

Die Kerle tauschten erneut Blicke, und Beta antwortete: »Ja, in der Nähe ihrer Barracken haben sie Dobermänner in einem eingezäunten Gehege. Ich habe gehört, dass es ausgebildete Kampfhunde seien. Wenn sie freigelassen werden, fürchte ich, sind sie darauf gedrillt, Eindringlinge zu schnappen.«

Cooper dachte darüber nach, dann fragte er: »Können Sie mir Chilipulver beschaffen? Fein gemahlenes grünes Chilipulver?«

Die Frage schien die Männer zu überraschen. Beta räusperte sich: »Ich denke, ich kann das besorgen.«

»So rasch wie möglich. Schaffen Sie es, sagen wir, bis etwa zwei Uhr nachmittags?«

Beta schaute auf seine Armbanduhr und schien zu rechnen. »Es ist neun Uhr jetzt, es dürfte knapp werden. Aber wenn ich gleich loslege, sollte es möglich sein.«

»Gut.« Winter legte ihr Tablet neben die Glock, klappte es auf und sagte: »Wir haben da die Baupläne des Gebäudes. Ziemlich detailliert. Ich möchte, dass Sie sie anschauen. Das wäre ein guter Anfang.«

Die Männer besprachen sich kurz, dann entschied Alpha: »Ich bleibe da und schaue die Pläne an. Mein Kollege geht das Chilipulver besorgen.«

Sie sahen, wie Beta hinauseilte, dabei das Telefon ans Ohr hielt. Dann beugten sie sich über die Baupläne der Festung.

54

Alphas Informationen über die Festung erwiesen sich als nützlich. Er beschrieb ihnen das Gebäude, erwähnte das moderne Nebengebäude, wo der Doktor anscheinend an irgendetwas forschte und sich strikt nicht nur Fragen darüber verbat, sondern auch den Sicherheitstrakt zur Verbotszone deklarierte und überwachen ließ. »Ich denke, drinnen befinden sich Laboratorien, weil wir oft Sachen von medizinischen Instituten in Pristina abliefern. Auch ist alles nach der neuesten Schneidkantentechnologie gesichert. Drinnen lauert womöglich der Tod … ein Leck wäre katastrophal.«

»Können Sie uns etwas über die Sicherung des Perimeters erzählen?«, fragte Winter.

Alpha nickte. »Es gibt eine massive Umzäunung, wahrscheinlich mit Bewegungssensoren und Nachtsichtkameras geschützt. Und ich habe beobachtet, wie die Mannschaft Alarmeinsätze an verschiedenen Stellen geübt hat. Der Doktor hat einen Sicherheitschef, wenn Sie also planen, heimlich einzudringen, wird man Sie orten und gebührlich in Empfang nehmen.«

Cooper legte den Finger auf den Plan. »Der Abwasserkanal mündet in diesen Kellerraum, neben der Tiefgarage, scheint mir.«

»Richtig, ich war mal unten, als ein auswärtiger Handwerker am neuen Klärsystem Elektronikteile auswechselte und Unterstützung brauchte. Der alte Kanal sei ihm wie ein Fluchttunnel vorgekommen.« Er machte eine Pause, um den Plan näher zu betrachten, dann tippte er auf eine Stelle: »Hier muss sich die Kläranlage befinden, und da spielt vermutlich der alte Kanal eine Rolle.«

Cooper fragte: »Glauben Sie, dass sie das Abwasser aufbereiten?«

»Offensichtlich. Es gibt hier diese neuen Doppelrohre, sehen Sie sie?«

Cooper nickte und begriff, dass die Rohre in einer anderen Richtung wegliefen, das gereinigte Wasser vermutlich nach unten ins Tal und in den Fluss geleitet würde. Er murmelte: »Das hieße, dass der alte Kanal trockengelegt ist.«

»Vermutlich haben Sie recht«, nickte Alpha. »Eine Erkundung der Stelle, wo der Kanal im Wald austritt, könnte Klarheit verschaffen. Sehen Sie da den Graben. Da müsste die Stelle zu finden sein.«

Alarmeinsätze, Nachtsichtkameras, Erkundung, Sicherheitstrakt, Schneidkante, drinnen lauert der Tod … das ist doch Militärsprache, interessant …

Winter klappte ihr Tablet zu. »Wir werden die Stelle finden. Was haben Sie und Beta jetzt vor zu tun?«

Alpha grinste. »Wie der Zufall es so will, gehen wir heute noch auf die Festung. Materiallieferung.«

»Worum geht es?«

»Meistens um etwa ein Dutzend gut verklebter Kartonschachteln. Ist nicht das erste Mal, dass der Doktor solches Gepäck bekommt. Wie gesagt, ich denke, es sind medizinische Produkte oder Geräte für sein Labor.«

Cooper überlegte eine Frage, aber Alpha kam ihm mit der Antwort zuvor. »Wie gesagt, wir helfen Ihnen, wenn Sie das wollen, Sir. Sagen Sie mir, welche Infos Sie nötig haben.«

Sie standen auf. Cooper nahm seine Tasche in die Hand, dann gingen alle drei hinaus, vertraten sich die Füße. Ein Beobachter hätte festgestellt, wie sich drei Personen dem neuen Haus näherten, sich unterhielten, stehen blieben, gestikulierten, sich dann trennten. Der mit dem Schnäuzer ging zurück in die Küche, die Blonde verschwand in der Unterkunft, und der Mann mit der Tasche ging zu einem Hyundai und setzte sich hinter das Lenkrad.

Cooper hatte die Rückseite des Fahrzeugs, mit dem die Männer angekommen waren, während des Frühstücks fotografiert. Der beige Land Rover hatte einen Kabinenaufbau ohne Seitenfenster, hinten am Heck eine Doppelflügeltür, daneben beidseits zwei verglaste Ausguckluken. Er übermittelte die Schnappschüsse per WhatsApp an den *Shop*. Ungeduldig trommelte er mit dem Daumen auf dem Lenkrad und wartete, dass ihm der Nachrichtenspezialist in Zürich die Interpretation der Bilder zurückschicke.

Er schaute auf die Uhr. Eine Entscheidung dürfte fallen, wenn Beta mit dem Chilipulver zurückkam, bis dahin konnte er nicht viel tun. Er stellte sich vor, wie Winter auf dem Bett lag, sich wohlig streckte, und vermutlich an alles andere dachte, als mit Major Cooper eine Affäre zu beginnen. Wie sagte sie doch in Neapel? Sie wolle nicht zwei Mal den gleichen Fehler begehen. Die Erinnerung führte Cooper Jack Cole vor Augen, diesen Mistkerl, der sie verführt hatte ... Er beschloss, sie zur Rede zu stellen. Eher früher als später. Sie war ihm ja noch eine Antwort schuldig.

Rastlos beschloss Cooper, den *Shop* über die relativ sichere Satellitentelefonverbindung anzurufen. Es war zwar das Telefon von Oberst Krall, aber Cooper hielt das Risiko, dass Krall ihn weit hinten im Kosovo abhörte, für gering. Er stieg aus und wählte unter freiem Himmel die Nummer des *Shops*.

55

Sein Vater, Ken Cooper, war der CEO des *Shops* in Zürich, einer *Multi Operational Security Agency*, also eines Unternehmens, das private Sicherheitsdienste, Schulungen zur Terrorismusbekämpfung und ähnliche Dienstleistungen anbietet. Der *Shop* befasste sich mit Sicherheit und Analysen im Tiefenbereich der geheimen Nachrichtenwelt, was bedeutete, dass seine Kollegen Spezialisten waren für die Beschaffung von Nachrichten aus offenen Quellen, von verdeckten Informanten oder durch Abhören und Abfangen von Kommunikationen aller Art. Im *Shop* hatten sie auch ein paar raffinierte Tools, um E-Mails abzufischen oder mit fiktiven E-Mail-Konten Gegner in eine Falle zu locken. Einmalig war zudem ihre Möglichkeit, sich in Ausnahmesituationen in die Satellitenüberwachung der CIA einzuschalten.

Cooper wurde mit Hans Bieri, dem IT-Guru, verbunden. Hans war bereits im Element.

»Mike, das Foto von diesem Land Rover ist ziemlich aufschlussreich. Siehst du das Nummernschild hinten am Heck? Okay, darüber, links, erkennst du ein ziemlich verschmutztes schwarzes Schild im Hochformat.«

»Ja, das sehe ich, mit weißen Zahlen. KK 27 62.«

»Mhm, weißt du was? Das ist das britische Kennzeichen von Akrotiri.«

Einen Moment herrschte Schweigen, von dem Hans Bieri wohl dachte, Cooper sei ahnungslos. Er fügte an, Akrotiri sei die britische Basis auf Zypern. Dort verberge sich eines der größten Spionagezentren der Welt. »Was sagst du jetzt?«

»Du meinst, der Land Rover war mal ein Fahrzeug des MI6 auf Zypern?«

»Ist es vermutlich immer noch. Das offizielle Kennzeichen an der Stoßstange deutet auf die UNO-KFOR-Truppen im Kosovo. Man hat die Typen vermutlich da abkommandiert. Wie hast du gesagt, heißen die beiden?«

»Alpha und Beta.«

»Eben, ich wette ein Nachtessen im *Aurelio*, dass die Burschen verdeckte Agenten sind.«

Wieder herrschte Stille. Dann fragte Cooper: »Du glaubst, die haben uns in Pristina erwartet?«

»Für mich völlig plausibel. Die Geheimdienste haben vermutlich deinen Drogen-Professor längst auf dem Schirm. Dass er mit der Camorra ins Geschäft kam, pfeifen die Spatzen vom Dach. Man weiß, dass er aus dem ABC-Labor der Armee desertiert ist, brisante Proben mitlaufen ließ und vermutlich damit in der Festung, die du beschrieben hast, experimentiert. Gefährliches Zeug wahrscheinlich. Da läuteten irgendwo die Alarmglocken.«

Coopers Gedanken wanderten zurück an ihre Ankunft am Flughafen, an den Taxifahrer, dann die Miete des Fahrzeugs. »Möglich, dass sie uns beschattet haben.«

»Ziemlich sicher. Eure Flucht von diesem Ort in Italien …«

»Avezzano.«

»Richtig. Deine sexy Blondine besitzt perfekte Erkennungsmerkmale. Du solltest eure Mietkarre nach einem GPS-Sender checken, mein Lieber.«

Bieri hatte mehr als recht, und Cooper kam sich ziemlich blöd vor. Aber vielleicht ließe sich die Bekanntschaft mit dem griechischen Alphabet ja zu seinem Vorteil ummünzen.

»Hast du eine Ahnung, wer Alpha und Beta sein könnten?«

»Ich bräuchte Fotos zur Gesichtserkennung, aber wenn die Burschen tatsächlich Agenten sind, befinden wir uns in der Sackgasse. Du musst es selbst herausfinden.«

Das war der Knackpunkt. Was ihm der IT-Teufelskerl mitgeteilt hatte, verlieh der bevorstehenden Operation zur Festnahme von Jens Amos eine völlig neue Dimension.

MI6? Schien Cooper wenig plausibel, jedenfalls hatten die beiden eine gute Tarnung. Deutete eher auf CIA. Wie Jack Cole trieb sich die Agency schon lange im Kosovo herum.

Cooper beendete das Gespräch. Als er zur Hütte schritt, sondierte sein Gehirn bereits die neue Lage und mögliche Entschlüsse.

56

In der Unterkunft saß Winter am Tisch über ihr iPad gebeugt, schaute kurz auf und meinte: »Ich studiere das Gelände.«

Als Cooper nichts erwiderte, sich neben sie setzte, fuhr sie fort, »die zwei großen Fähigkeiten der fotografischen Interpretation sind erstens die Konzentration, dasselbe Gebiet hundertmal zu studieren, bis man es so gut kennt wie seinen eigenen Garten; und zweitens das Gespür, die Veränderungen zu erkennen.«

»Mhm, gibt es solche?«

»Ich habe viel zu wenig Zeit, alles gründlich zu interpretieren. Aber eine Veränderung ist mir aufgefallen. Sie haben einen Wachtposten unten am Eingang aufgestellt. Da, schauen Sie.«

Cooper beugte sich zu ihr, witterte den betörenden Duft ihres Parfums, Guerlain's L'Heure Bleue. Sie sagte: »Gut zu wissen, aber wir wollen ja von der anderen Seite durch den Kanal eindringen. Ausgangspunkt ist die Kirche, wie geplant.«

Cooper nahm ihr das Tablet weg, klappte es zu und widersprach: »Wir ändern den Plan. Wir klopfen unten am Tor an.«

Winter biss sich nervös auf die Lippen. »Das ist verrückt, wir können doch nicht einfach hineinspazieren.«

»Es gibt eine neue Lage, Laura.«

Sie stützte ihre Ellbogen auf den Tisch und schüttelte verwirrt den Kopf. Cooper erzählte ihr, was er von Hans Bieri erfahren hatte. Sie hörte ihm wortlos zu, bis er am Ende mit der Bemerkung schloss: »Es ist plausibel, wenn wir ihren Haupteingang benutzen, harmlos, mit ehrlichen Absichten, und ich denke, unsere zwei Freunde könnten uns dabei unterstützen.«

Als sie nichts darauf erwiderte, fuhr er fort: »Seien wir zuversichtlich, dass wir als unschuldige Touristen durchgehen können.« Er fügte hinzu: »Zwei allein reisende Männer erwecken Verdacht. Ein Mann und eine Frau sehen harmlos aus. Deshalb wollte Kottmann, dass Sie mich begleiten.«

Sie schaute ihn sichtlich beleidigt an. »Erstens bin ich nicht harmlos. Zweitens wurde ich ausgewählt, weil ich gut bin in dem, was ich tue.«

»Akzeptiert.« Es könnte noch einen anderen Grund geben, warum Laura Winter ihm zugeteilt worden war, obwohl Cooper hoffte, dass er sich damit irrte.

Sie besprachen das neue Vorgehen, soweit sie die Lage im Voraus einschätzen konnten. Sie waren sich im Klaren, dass ihnen, wenn einmal drinnen, nur noch die Kunst des Improvisierens weiterhalf.

»Sie können die Musik nach Gehör spielen, Laura. Eine Ihrer Stärken ist die Intuition. Wir werden auf alles vorbereitet sein und uns rasch an eine neue Situation anpassen. Ich überlege noch, wie wir mit Alpha und Beta umgehen, wenn wir mal drinnen sind.«

Winter wirkte verhalten, aber fokussiert, sie erklärte. »Da wir ein Flugzeug brauchen, sollten wir Kottmann rechtzeitig alarmieren. Also müssen wir den Chef jetzt anrufen, damit wir seine Rückendeckung haben, falls Oberst Krall es vermasselt.«

Cooper erwiderte, dass er lieber warten würde, bis sie tatsächlich auf dem Hügel seien, damit er mehr zu berichten habe. Außerdem wolle er nicht ständig das Satellitentelefon benutzen. Kralls Geheimdienstler könnten nach ihrem Signal suchen.

»Krall ist nicht der Feind.«

»Nein, aber er ist unser Gegenspieler. Und er hat seine eigene Agenda.« Er fügte hinzu, »ich gebe ihm unseren Standort erst, wenn er ihn braucht.«

»Wir sind es, die ihn vielleicht brauchen.«

»Vielleicht. Aber in diesem Spiel muss man wissen, welche Brücken man überquert und welche man verbrennt.«

»Wie kann ich gegen Ihre Eloquenz argumentieren?«

»Können Sie nicht«, versicherte er ihr.

Er forderte Winter auf, auf Kottmanns Voicemail-Linie anzurufen, die Nummer, die jeder innerhalb des Kommandos wählen konnte, um Lageberichte und anderes zu hinterlassen, was keine Antwort erforderte.

Winter schaute auf das Satellitentelefon neben Coopers Hand. »Warum?«

»Weil Sie einen mündlichen Bericht abgeben werden, ohne ein Gespräch zu führen, und versprechen, später auf seinem Handy anzurufen.«

»Mike …«

»Ich will nicht, dass er uns sagt, was wir tun sollen.« Er erklärte: »Ich würde niemals eine direkte Anweisung missachten, und ich habe keine Zeit, mit ihm zu streiten, also ist das der Weg, all das zu vermeiden.« Er gestand: »Ich mache das ständig, es ist auch eine praktische Regel bei uns im *Shop*.«

»Danke für die Aufklärung, aber …«

»Hier ist ein weiterer Ratschlag, man kann halb so gehorsam sein wie der andere, wenn man doppelt so kompetent ist.«

»Von Arroganz ganz zu schweigen.«

»Vergessen Sie nicht, dass Krall das Ohr von Kottmann hat, und Krall sucht unser Signal. Rufen Sie mit dem Handy an oder geben Sie mir das Telefon.«

Sie zögerte, dann wählte sie die Nummer und gab den vierstelligen Code für Kottmanns private Mailbox ein. Sie begann damit, sich zu identifizieren, während Cooper den Rucksack ergriff, aufs Bett legte, die Ausrüstung prüfte und bis zum Ende mithörte, was Winter ihrem Boss über ihre neue Bekanntschaft mitteilte.

»Das haben Sie perfekt gemacht, Laura.«

Sie warf ihm einen spöttischen Blick zu. »Sie geben die Melodie vor, Major, ich summe sie nur mit.«

57

Beta fuhr mit dem Land Rover ins Zentrum der Stadt Pollatë und parkte vor dem Postamt. Er stieg nicht aus, sondern telefonierte auf der sicheren Linie mit seinem Vorgesetzten. Das Gespräch war kurz. Danach stieg er aus und schlenderte dorthin, wo er sich an eine Apotheke erinnerte. Der Kosovo hatte ein erstaunlich fortschrittliches Gesundheitswesen. Nicht, dass ihn das besonders interessierte. Teil seiner Basisinstruktion bildete ein Sanitätsbefehl über Spitäler, Notfallzentren, Apotheken und Rettungsdienste. Was er gelesen hatte, war eindrücklich, aber seine Gedanken konzentrierten sich jetzt darauf, was sein Kommandant ihm gerade mitgeteilt hatte, und er machte sich eine mentale Notiz, die er später in sein Tablet schreiben und mit dem Kartenausschnitt, den sie ihm früher gegeben hatten, überprüfen würde.

Ein paar Minuten später betrat er die Apotheke, die frisch renoviert aussah, und wartete geduldig in der Schlange, um von der einzigen Verkäuferin bedient zu werden. Er betrachtete ihr glattes schwarzes Haar, ließ dann den Blick auf dem hübschen Gesicht ruhen und schaute schließlich neugierig auf ihr Namensschild. Liljana. Er lächelte sie an, dachte, wie gegensätzlich die Natur spielte wie beim behäbigen Körper mit den breiten Hüften der Bäuerin gleichen Namens.

Die junge Liljana hinter dem Tresen hatte einen Titel bei ihrem Namen, Pharmaassistentin. Er schaute auf seine Uhr und räusperte sich. »Sind Sie ganz allein?«

Sie runzelte die Stirn, war ganz offensichtlich unter Stress. »Nein, mein Chef ist jederzeit zurück, Sir.« Sie zeigte zur Ecke. »Benutzen Sie einfach den Wasserspender, wenn Sie möchten. Es hilft, die Zeit totzuschlagen.« Sie sprach mit einem charmanten Lächeln, von dem sie hoffte, es würde den rastlosen Kerl besänftigen.

Tatsächlich schlurfte nach einigen Minuten ein älterer Herr mit schütterem Haar und randloser Brille zu seiner Assistentin, und sie zeigte auf den neuen Kunden.

»Ja, wie kann ich Ihnen helfen, Sir?«

»Nun, ich hoffe, Sie können mir etwas grünes Chilipulver geben.«

Er warf ihm einen professionellen Blick zu. »Normalerweise verkaufen wir das rote für Chili con Carne, das grüne habe ich zufällig da. Darf ich Sie fragen, wofür Sie es brauchen?«

»Klar.« Beta hatte die Frage erwartet. »Es ist für einen befreundeten Bauern, der ein Problem mit den Wölfen hat, die hinter seinen Schafen her sind. Er darf die Raubtiere nicht erschießen, das sei illegal, aber das grüne Chilipulver versetzt sie anscheinend in Apathie.«

Der Apotheker hob die Hand: »Sagen Sie nichts, ich weiß es, und vor allem, dass ihre Nasen dann nichts mehr wittern können.«

»Oh, das habe ich nicht gewusst. Also, da kann er sie wohl einfangen und loswerden. Ohne einen einzigen Schuss.«

Der Apotheker nickte mit einem wissenden Lächeln, schlurfte wieder nach hinten und kam kurz darauf mit einer bunten Schachtel zurück. »Dreihundert Gramm, fünfunddreißig Euro, wenn ich bitten darf.«

Beta legte die Geldscheine auf den Tresen, warf der Assistentin einen freundlichen Blick zu und verließ die Apotheke. Auf dem Weg zurück zu seinem Land Rover las er die Aufschrift auf der Packung und malte sich aus, wie seine neuen Bekannten das Pulver verwenden könnten. Wenn die beiden harmlose Touristen waren, wie sie vorgaben, war er der Weihnachtsmann. Der Mann hatte das Gebaren eines Geheimdienstlers, das roch er hundert Meter im Gegenwind, und die blonde Tussi, verdammt noch mal, die hatte einen drauf, als sie ihm die Glock vor die Nase knallte.

Er setzte sich hinter das Steuer, um zu diesem verlorenen Ort Zhiti zurückzukehren.

Während er ruhig und nicht zu schnell fuhr, dachte er über den Anruf nach, den er vor dem Postamt gemacht hatte. Betas Name war Mortimer, und sein Job waren Aufklärung und Erkundung. Sein Kommandant hatte ihn am Telefon gedrängt, er hasste diesen Druck. Er wollte wissen, ob der Doc, wie sie das Ziel kodierten, sich auf dem Gelände befand. Er brauche die Bestätigung spätestens bis heute achtzehn Uhr. Mortimer war sonnenklar, dass er das Ziel für einen Drohnenangriff einfärben musste. Das hieß primär, genaue Koordinaten angeben und den optimalen Angriffszeitpunkt durchgeben, und das war der Knackpunkt. Das hieß nämlich, dass er zuverlässig feststellen musste, ob die Zielperson sich im Fadenkreuz der Raketen aufhielt. Händchenhalten mit dem Doc, grinste er sich zu, und dann raus aus der Killing-Zone … Er wiegte nachdenklich seinen Kopf. Der Doktor war doch ein ganz patenter Kerl, blitzgescheit und hat dort auf dem Hügel mit seinen Anlagen etwas vollbracht, von dem das Land nur profitieren kann … Er schüttelte den Gedanken ab. *Halte dich an den Auftrag.*

Mortimer und sein Sergeant Zekaj hatten vor etwa zwei Monaten ein Briefing in Pristina erhalten. Dann gab man ihnen das Fahrzeug, an dem hinten am Heck gut sichtbar das Kennzeichen einer UNO-KFOR-Mission angebracht war. Zudem war es mit ausgefeilter Elektronik zur gesicherten Kommunikation ausgerüstet. In Pristina hatten sie ihn allerdings nicht darüber informiert, warum sie den Doc und seine Labors als Ziel einer Aufklärungsmission mit höchster Priorität einstuften. Sein Kommandant, Codename Nero, verriet ihm auch nichts Genaues über den Zweck, und als Armeeregel und besonders bei einer Geheimdienstmission gilt, dass man nicht zu viele Fragen stellte. Man konzentriert sich einfach auf die Mission. Aber Mortimer war ein alter Fuchs in diesem Geschäft, und alles deutete darauf hin, dass ein Angriff auf das Aufklärungsziel geplant war, sofern seine Erkundung sichere Ergebnisse lieferte. Für naheliegend hielt er einen Drohneneinsatz mit Luft-Boden-Raketen.

Mortimer beschleunigte, als er auf die Straße nach Zhiti abgebogen war. Hinten in der Kabine türmten sich große und kleinere Schachteln. Sie enthielten die vom Doc bestellten Sachen. Das war Routine. Seit Wochen brachten Mortimer und Zekaj Nachschub in die Festung oberhalb Brece. Sie hatten sich den Job durch kluge Abklärungen gesichert, nachdem sie erfahren hatten, dass die Festung Spediteure für periodische Materiallieferung suchte. Sie hatten den Doc besucht, und der Umstand, dass Zekaj etwas von Klempern verstand und sie die Konkurrenz subtil ausgeschaltet hatten, als wolle sich keiner um den Job reißen, brachte sie ins Geschäft.

Mortimer hatte wie üblich die Ware an der Tankstelle übernommen, wo ihm Sherka, der Mechaniker, bestätigte, dass sich der Hyundai der Touristen unverändert an dem schon am Vortag georteten Standort befinde. Keine Überraschung. Jede Bewegung seiner neuen Bekannten weg vom bekannten Standort hätte ihm Sergeant Zekaj ohnehin sogleich mitgeteilt.

Was erregte das Interesse des plötzlich aufgetauchten Paares an der Festung? Die Frage bedurfte der sorgfältigen Abklärung. Er überlegte eine Weile, dann nahm er das Telefon in die Hand und wählte. Nero meldete sich prompt, und Beta informierte, dass die mit Decknamen *Snoopers* bezeichneten neuen Gesichter beabsichtigten, heimlich in die Festung einzudringen, was eventuell die Aktion durchkreuzen könne, und schlug vor, den Abenteurern ganz normal den Zugang durch die Pforte zu ermöglichen, wenn er für die Warenlieferung durchgewinkt werde. Er hätte sie dann unter Kontrolle. »Zudem können wir auf diese Weise am ehesten herausfinden, was die *Snoopers* im Schild führen.«

Nero stimmte zu: »Einverstanden, Beta, aber Sie sind für ihre Sicherheit nur verantwortlich, solange und sofern ›geölter Blitz‹ durch die *Snoopers* nicht gefährdet wird. Sie müssen Kollateralschaden in Kauf nehmen.«

Eine halbe Stunde später parkte Mortimer den Land Rover in Zhiti vor dem Platz des Neubaus. Er rieb sich das Kinn und wunderte sich über die Fantasie seiner Bosse, was Codenamen anbelangte. Der ›geölte Blitz‹ erinnerte ihn an das Musical *Grease* mit John Travolta. Ob in der geplanten Aktion alles wie geölt ablaufen würde, bezweifelte er allerdings. Er stieg aus, um sich mit den *Snoopers* zu besprechen.

58

Beta fand Zekaj alias Alpha in der Küche. Liljana bot ihm eine Tasse Kaffee an. Er setzte sich, fragte zu Winter gewandt: »Wo ist Ihr Mann?«

»Ach, am Telefon, wie meistens. Haben Sie das Pulver?«

»Sicher.« Er zog die Schachtel mit dem grünen Chilipulver aus der Tasche und legte sie auf den Tisch. »Der Apotheker wollte wissen, wozu ich es brauche«, grinste er. Der fragende Blick von Winter ließ ihn fortfahren, »gegen die Wölfe … gab ich an.« Er schaute Liljana forschend an, die prompt antwortete: »Es gibt wirklich Wölfe in der Gegend.«

»Schwein gehabt«, spaßte Beta, nahm einen Schluck Kaffee, reckte das Kinn zu Zekaj, der die Geste verstand, und entschied: »Wir brechen gleich auf, ich geh schon mal zum Wagen.« Er wandte sich dann zu Liljana: »Deine Schachtel steht drüben vor der Haustür. Dreißig Euro.«

Zekaj zwinkerte Winter zu, die beobachtete, wie Liljana die Scheine auf den Tisch blätterte, danach wortlos hinausging.

Winter hatte mit Cooper den Trick besprochen, fand ihn gut. Lächelnd fragte sie Alpha: »Können Sie Ihre Kontaktdaten mit mir teilen?«

Sie wusste, es war ein nutzloses Ansinnen, aber sie musste Zeit gewinnen. Alpha schüttelte bedauernd den Kopf, konnte aber die Augen nicht vom reizenden Anblick seines Gegenübers abwenden. »Später, vielleicht … in Pristina hat's gute Restaurants. Da könnten wir uns amüsieren und austauschen …«

Winter stand auf. »Ich möchte gleich jetzt mit Ihnen etwas anfangen.«

Alpha starrte entgeistert auf die Pistole in ihrer Hand, dann auf ihr todernstes Gesicht. Er blieb sitzen, protestierte: »Solche Witze mag ich nicht.«

»Ich mache keine Witze, los umdrehen, Hände auf den Rücken. Als er zögerte, hieb sie ihm die flache linke Hand ins Gesicht. Alpha fluchte knirschend durch die Zähne, ließ sich aber widerstandslos fesseln. Winter war im schnellen Anbringen der Plastikhandschellen geübt, und hätte Alpha noch die übliche Gegenwehr im Sinne gehabt, er kam nicht mehr dazu.

Der zweite Teil des Coups fand draußen statt. Als Mortimer alias Beta Minuten später die Fahrertür seines Land Rovers öffnete, sah er nicht Sergeant Zekaj auf dem Beifahrersitz, sondern blickte in die Laufmündung von Coopers automatischer Pistole.

»Was zum Teufel …«

»Los, einsteigen. Hinter das Lenkrad.«

Widerwillig kletterte Mortimer alias Beta auf den Fahrersitz, schloss die Tür, ohne Cooper aus den Augen zu lassen.

»Sie fahren wie geplant zur Festung und sorgen dafür, dass wir hineinkommen.«

»Sie sind verrückt.«

Das hatte ihm Winter auch gesagt. Die Leute vom Doc hätten Gewehre, nicht Pfeil und Bogen, er solle an eine bewaffnete Konfrontation denken, ob er denn noch bei Sinnen sei.

Beta rollte die Augen zur Decke, startete den Motor, legte den Gang ein. Cooper legte den Ganghebel zurück auf N, wartete, bis sie hörten, wie hinten die Tür aufging, jemand Gepäck hineinwarf, Stoff knisterte, die Tür zuknallte.

»Los, abfahren.«

Mortimer startete abrupt, dass es Cooper in das Polster drückte.

»Wie soll das gehen? Was haben Sie verdammt noch mal vor?«, fragte Mortimer.

»Ich weiß, wer Sie sind. Weder Klempner noch Spediteure. Agenten. Das britische Autokennzeichen hat Sie verraten. Fragt sich nur, für wen Sie arbeiten. Also, ich denke, Sie werden schon klarkommen.«

Der Fahrer sagte nichts, mahlte mit dem Kiefer, beschleunigte, als er die Landstraße erreichte. Cooper beobachtete sein Gesicht, rot wie Ziegelstein, die Stirn in Falten gelegt. Wut und Gedankenwälzen las er darin.

Nach einer Weile brach Beta das Schweigen. »Wie lautet Ihr Plan, falls ich Sie nach oben bringe? Wir wissen auch, dass Sie keine harmlosen Touristen sind. Man sucht Sie und Ihre Frau. Also, worum geht's?«

Cooper hielt die Waffe unverändert auf ihn gerichtet und antwortete gelassen: »Wir sind Ermittler der Militärjustiz. Der Doktor ist ein Deserteur. Ist aus seiner Dienststelle in einem geheimen Armeelabor getürmt, hat brisantes Material entwendet. Auch sonst hat er einiges auf dem Kerbholz. Mein Auftrag? Okay. Verhaftung und Rückführung in die Schweiz vor ein Militärgericht.«

»Aha, nichts weiter als das, ein klitzekleines Problem«, höhnte Beta. »Der Doc hat eine bewaffnete Mannschaft auf Posten. Haben Sie die auf der Rechnung? Arbeiten Sie mit dem Provost Marshal zusammen?«

»Nein.«

Der Provost Marshal war der ranghöchste Militärpolizeibeamte der Kosovo Force (KFOR). Cooper hatte weder im Sinn noch den Auftrag, die im Kosovo stationierte Militärkriminalpolizei der Schweiz in den Fall Amos einzubeziehen.

Er sagte: »Eins nach dem anderen, Mann. Zunächst bringen Sie uns zum Doc, das werden Sie wohl noch fertigbringen.«

Beta warf ihm einen feindseligen Blick zu. »Wenn Sie denken, ich unterstütze Sie …«

»Denke ich nicht, aber hoffe, dass Sie uns nicht behindern.«

»Uns?«

Cooper nickte und machte eine Kopfbewegung nach hinten. »Meine Partnerin. Sie ist Teil der Fracht …«

»Scheiße …«

Cooper grinste: »Wissen Sie, Beta, wenn Scheiße passiert, düngen Sie damit am besten Ihren Baum der Lebenserfahrung.« Als ihm Beta nur einen mitleidigen Blick zuwarf, fuhr er fort, »vielleicht können Sie und Ihr Kumpel von uns profitieren. Was glauben Sie, wie es ihm geht?«

»Wie soll es ihm denn gehen? Er tut das, was zu tun ist.«

»Momentan ist er wohl etwas behindert. Meine Partnerin hat seine Bewegungsfreiheit ein wenig eingeschränkt. Er kann nicht tun, was zu tun ist.«

Beta warf ihm einen vernichtenden Blick zu, ballte die Fäuste auf dem Lenkrad. Da spürte er den Pistolenlauf zwischen den Rippen. »Easy, Beta«, drohte Cooper. »Kein Theater. Alpha ist für eine Weile außer Gefecht.«

Beta schwieg verbissen. Cooper fragte: »Was ist das Interesse Ihrer Dienststelle an der Festung? Was planen Sie mit dem Doktor? Kidnapping?«

Sie gelangten zur Abzweigung, Beta fuhr langsamer und spähte durch die Windschutzscheibe in den Himmel. Er lag tief. Eine graue Wolkenschicht lag über dem Hügel weiter nördlich, wo sich nach Coopers Orientierung die Festung befinden musste.

Beta knirschte: »Glauben Sie im Ernst, ich würde aus der Schule plaudern?« Er bog ab und beschleunigte wieder.

Cooper überlegte. Die CIA war bestimmt am ehesten scharf auf die Forschung von Jens Amos. Seine Labors bargen wahrscheinlich brisante Daten, an den alle Geheimdienste interessiert waren. Vermuteten die Amerikaner eine heimliche Produktion von biologischen Kampfstoffen? Das wäre ein Motiv, doch sie bräuchten zuverlässige Informationen. Die CIA, wenn es denn die CIA ist, schickte nicht zwei Agenten gestützt auf Spekulationen ins Feld. Er fragte: »Was wissen Sie über die Forschung von Jens Amos?«

Beta schüttelte genervt den Kopf, tastete mit einer Hand nach der Jackentasche. »Kein Kommentar«, brummte er.

»Meinetwegen. Sie sind auf einer Erkundungsmission, Beta.« Cooper tippte mit dem Pistolenlauf auf einen flachen grauen

Behälter, der unter dem Armaturenbrett hing, und sagte: »Long Range und Zwei-Weg-Codierung, NATO-Standard. Armee-Nachrichtendienst. Sie übermitteln Zielkoordinaten. Für einen Luftangriff, wann, durch wen und warum?« Cooper erwartete keine Antwort, aber das Gesicht von Mortimer hatte sich plötzlich verändert, als wäre er bei verbotenem Tun ertappt worden.

Die Landstraße hatte sich verengt. Sie folgten einem kleinen Fluss. Die Gegend schien verlassen. Das abgelegene Tal zog sich dahin, in der Ferne deuteten sich dunkel umwölkte Hügel an. Ziemlich trostlos.

Cooper hatte mit Winter einen einfachen Plan zurechtgelegt. Wenn sie es bis oben schafften, würden sie Jens Amos konfrontieren. Vermutlich zunächst in ein Gespräch verwickeln, dabei die Lage sondieren. Mit Widerstand war zu rechnen, aber er würde die Autorität der Militärjustiz in die Waagschale werfen, dann weitersehen. Amos war schließlich kein Terrorist, oder doch? Magere Planung, das war er sich bewusst, aber man musste es nehmen, wie es kommt … Cooper war gewohnt, Risiken einzugehen. Wer nichts wagt …

Plötzlich lag das Dorf vor ihnen. Ein paar Gehöfte und kleinere gemauerte Häuser säumten die Straße am braunen Fluss. Beta ging vom Gas runter. »Da vorne führt die Straße hoch zur Festung.«

Cooper sah sie noch nicht. Erst als Beta die Kurve nahm, erkannte er auf der linken Seite die höher gelegenen Häuser und die Kirche. Er sah die Pläne vor sich, die er in der Unterkunft studiert hatte, und erwartete jeden Moment, die Eingangspforte zu entdecken.

»Da sind wir«, meinte Beta prompt. »Stecken Sie die Kanone weg.« Er rollte langsam auf das Gittertor zu, hielt neben einer Säule an, drehte die Scheibe herunter und drückte mit dem Finger auf die Gegensprechanlage.

»Kein unnötiges Geschwätz«, warnte Cooper. Beta entging nicht, dass er seine Waffe unter der Jacke im Anschlag hielt.

Die Konversation auf Albanisch war kurz, das Tor öffnete sich, und ein bärtiger Kerl mit Mütze und einer umgeschlungenen Kalaschnikow verhinderte mit erhobener Hand die Weiterfahrt.

Beta hielt an, der Kerl kam näher, spähte in die Fahrerkabine hinein, deutete auf Cooper. Beta gab ihm eine Antwort, der Bärtige nickte mürrisch, trat zurück und winkte sie mit unfreundlichem Handschlenker durch.

Beta fuhr los. »Was haben Sie ihm gesagt?«, fragte Cooper.

»Was schon? Sie seien mein Kumpel. Warenlieferung wie immer.«

Okay. Doch Cooper begriff, dass der leichte Zugang nichts bedeutete. Er dachte nach, wie sie sich Jens Amos erklären müssten. Stünde er auf der Gegenseite, würde er die unerwarteten Besucher filzen und ausquetschen, ein paar Bewaffnete in Sichtweite halten …

59

Sie fuhren durch ein Waldstück und erreichten nach einer lang gezogenen Kurve ein offenes, steiles Gelände. Die Straße ging stetig bergauf. Beta zeigte nach vorne auf die etwa dreihundert Meter entfernte Plattform: »Das ist das Ende der Reise.« Cooper sah hin, und er brauchte sein Fernglas nicht, um zwei Männer zu sehen, bärtige, in einer Art Kampfanzug, mit umgehängten AK-47-Gewehren.

Beta manövrierte den Wagen eng an eine Laderampe, gut hundert Meter von den Bärtigen entfernt. Er räusperte sich: »Ihre Frau sprach Sie mit Major an. Komisch für ein Ehepaar? Wo haben Sie gedient, Sir?«

»Ich erinnere mich an eines der ersten Dinge, die ich in der Armee gelernt habe. Ein Soldat ist eine Person, die auf das Feuer zuläuft, nicht davon weg«, antwortete Cooper und öffnete die Beifahrertür.

»Okay, das klingt für mich wie das Mantra eines Rangers. Delta Force? Green Beret?« Cooper legte zwei Finger an die Schläfe und stieg aus, ging nach hinten, wo Winter gerade aus der Kabine kletterte. Sie drängten sich in den engen Raum zwischen Laderampe und Land Rover und rückten langsam vor. Die lange Rampe hatte unter anderem zwei Stützen aus Beton in der Mitte, dazwischen klaffte ein Hohlraum, der mit Unkraut und Müll übersät war.

Winter blieb auf der Höhe der Fahrertür stehen, spähte kurz in die überwucherte Finsternis unter der Rampe, riss dann kurz entschlossen den Klettverschluss ihres Gürtels auf, schlang ihn hervor, schaute nach vorne, fühlte sich unbeobachtet und warf den mit sechs Rollbomben gefüllten Tragegurt geschickt hinter ein morsches Holzfass. Das Gleiche tat sie mit ihrem Rucksack, unbemerkt von Cooper, der vorausgehend mit seinem Körper ihre Aktionen vor unerwünschten Beobachtern verdeckte. Da schreckte sie Betas Stimme auf, »Ma'am, machen Sie, dass Sie vor Mitternacht rauskommen.« Verdutzt wandte sie sich um. Sah sie eine ernste Botschaft in seinen Augen? Doch die hochgehende Scheibe verdeckte sein Gesicht.

Vor dem Land Rover blieben Cooper und Winter eng nebeneinander stehen.

»Sie nehmen den Typen links. Ich zähle bis drei …«

»Mike, weiter hinten wimmelt es bestimmt von schießfreudigen Kerlen, die über uns herfallen, wenn …« Flüsternd fuhr sie fort, »erinnern Sie sich daran, dass Alpha von einem Dutzend Bewaffneten gesprochen hat.«

Sie bewegten sich langsam vorwärts.

Cooper schaute wieder auf die beiden Ziele und rechnete nach. Der erste Schuss ist für alle eine große Überraschung, außer für den, der ihn abgefeuert hat. Das zweite Ziel hat einen Sekundenbruchteil Zeit zu reagieren, bevor der zweite Schuss seine Brust durchschlägt.

Einer der Männer rief ihnen etwas zu und gab ihnen ein Zeichen, näher zu kommen.

»Mike …«

»Ich glaube, ich kann es mit beiden aufnehmen. Machen Sie sich bereit, auf die Terrasse zu springen und sich eine AK zu schnappen.«

Die Terrasse war noch dreißig Meter entfernt.

»Das wird nicht funktionieren, Mike.« Sie holte tief Luft, um dann zu sagen: »Wir sind Touristen, Mr Berger. Das hat eine bessere Chance, uns hier wieder rauszubringen, als ein chancenloses Feuergefecht.«

Er antwortete nicht, aber er bewegte seine rechte Hand an seinem Bein entlang in Richtung der offenen Tasche, und seine Finger fühlten den Handgriff der Glock.

Winter argumentierte ruhig: »Mike … nein. Sie wollten Jens Amos treffen. Mr Berger und Ms Blum können das richten.«

Er sah sie an.

Da trat ein Mann aus dem Haus, groß, muskulös, mit schwarzem T-Shirt, grimmigem Gesicht. In seiner linken Hand hielt er lässig eine Schrotflinte. Eine italienische *Benelli*, Armeemodell, erkannte Cooper.

Der Moment des Kampfes, falls es ihn je gegeben hatte, war vorbei, und da es keine weiteren Optionen mehr zu erwägen gab, befand sich Cooper in einem seltsam ruhigen Geisteszustand.

Der mit der Schrotflinte und der Attitüde eines grobschlächtigen Chefs rief etwas, und Winter legte die Hände auf den Kopf, also machte Cooper dasselbe.

Wenn dies nur eine Durchsuchung wäre, könnten Herr Berger und Frau Blum, die dümmsten Touristen auf dieser Welt, einfach zurückgeschickt werden. Nicht wahrscheinlich, aber doch möglich.

Cooper blickte sich um und bemerkte einen grünen Metalltisch auf der steinernen Terrasse und ein halbes Dutzend passender Stühle. Das Haus war noch größer, als er es von den Bildern in Erinnerung hatte. Ein Haupteingang, eine Reihe Fenster und eine zweite Etage unter dem hohen Dach. Die Terrasse erstreckte sich über die ganze Länge des Wohnhauses. Die Entfernungen waren auch größer, als er es sich in Liljanas Unterkunft vorgestellt hatte.

Der Grobschlächtige reichte seine Schrotflinte einem vierten Mann, der aus einem Nebeneingang gekommen war, dann ging er zu Cooper, blickte ihn an, dann zog er ihm das Fernglas vom Hals, untersuchte es und reichte es einem seiner Männer. Der Chef nahm Cooper die Armbanduhr ab, durchsuchte dann seine Hosentaschen und holte Bargeld, sein Handy und sein Swiss Army Knife heraus und steckte alles ein. Er sah Coopers gefälschten Pass durch, griff danach in Coopers untere Hosentasche. Er fand die Glock und ein zusätzliches Magazin, das er herauszog und seinen Männern präsentierte, als ob er wirklich gut darin wäre, Sachen zu finden. Er steckte die Waffe in seinen Hosenbund und wandte seine Aufmerksamkeit nun Winter zu. Er tastete sie zuerst genüsslich ab, bevor er ihre Taschen durchsuchte. Wie zuvor bei Cooper zog er zuerst die Glock und das Magazin heraus, dann ihr Bargeld, ihr Handy und ihren Pass, den er sich ansah, dann warf er einen Blick auf sie und Cooper und erkannte, dass die beiden nicht Mann und Frau waren. Er übergab Winters Glock einem seiner Leute, danach zog er den letzten Gegenstand aus ihrer Jacke, das Satellitentelefon. Er starrte es an, als wäre es interessanter als die Pistole.

Von irgendwo hinter dem großen Haus hörte Cooper Hundegebell, und viel weiter entfernt, teilweise von großen Bäumen verdeckt, bemerkte er ein separates Gebäude, modern und quadratisch, und er beschloss, dass dies der Ort war, zu dem sie gehen wollten.

Der sich als Chef gab, sprach wieder mit Winter, und sie zögerte, zog dann ihre Jacke aus, dann ihr T-Shirt und ließ die Hose fallen. Winter stand in BH und Slip da und hielt Blickkontakt mit dem, der sich jetzt von ihr abwandte und zu den Männern sprach, die daraufhin lachten. Er schaute Winter begehrlich an, dann sagte er etwas in einem befehlenden Tonfall.

Winter schüttelte entschieden den Kopf, nickte in Richtung Cooper, der verstand, dass sie sich weigerte, ihren BH und ihr Höschen vor all den Männern auszuziehen, während ihr Freund danebenstand.

Cooper fragte sich, ob Laura Winter jetzt dachte, dass ein Feuergefecht eine bessere Option gewesen wäre als dies.

Der Grobschlächtige sah Cooper an, grinste blöd und gab Winter ein Zeichen, sich anzuziehen. Die Männer gaben Laute der Enttäuschung von sich, während Cooper über seine Schulter blickte, um nach Beta zu suchen, aber er konnte ihn nirgends entdecken.

Winter sagte etwas zu ihrem Peiniger, was ihn offenbar erst überraschte, dann amüsierte. Er antwortete: »Tarik.«

Es war ein guter Schachzug, den Namen des Typen zu erfahren. Sie sah Tarik an und sprach ihn mit Namen an, dann senkte sie die

Arme und begann, mit ihm in einem respektvollen, aber deutlichen Ton zu sprechen. Cooper hatte nicht die leiseste Ahnung, worum es in dem Gespräch auf Albanisch ging, verstand aber, als sie ein paarmal respektvoll »Doc« und »Jens Amos« einwarf. Tarik war sicher nicht das schärfste Messer in der Schublade, aber er schien zuzuhören und zu versuchen, sich seinen nächsten Zug zu überlegen. Cooper vermutete, dass Tarik jemand Höherem gegenüber Rechenschaft ablegen musste, und hoffte, dass die höhere Instanz Doktor Amos war; denn, wenn diese Typen für ein Drogenkartell oder eine Untergrundarmee arbeiteten, um die Serben aus dem Land zu jagen, dann war Laura Winter in größerer Gefahr als Cooper, den sie einfach erschießen und in eine Grube werfen konnten.

Zumindest mit Jens Amos würden Cooper und Winter ein zivilisiertes Gespräch auf Englisch führen, bevor er entschied, ob sie Berger und Blum hießen oder jemand anderes waren.

Tarik zeigte mit einem Finger auf das Satellitentelefon, das er in der anderen Hand hielt, und sagte etwas zu Winter. Winter schien ruhig, als sie zuerst auf Albanisch antwortete, und Cooper vermutete, dass sie ihn drängte, sie irgendwo hinzuführen, wo sie mit dem Doc sprechen konnte. In der Tat fügte sie auf Englisch hinzu: »Bitte informieren Sie den Doc, wir seien Besucher aus Italien.«

Das war der zweite kluge Schachzug; denn die Italiener waren im Kosovo stark vertreten, nicht nur als großes KFOR-Kontingent, sondern auch in ihren angestammten Bereichen … und es schien Wirkung zu zeigen. Die drei anderen Männer hörten Tarik und der attraktiven Blonden gespannt zu, senkten oder schulterten ihre AKs, was Tarik offenbar tolerierte. Die Nachlässigkeit erhöhte Coopers Chance auf einen Gegenschlag, doch dazu kam es nicht.

Tarik raunte dem Kerl, der als Letzter aufgetreten war und den die anderen Bamir nannten, etwas zu. Bamir nickte, verschwand in der Küche, kam wenig später mit einer Ledertasche zurück, schwang sie mit den langen Schlaufen auf den grünen Metalltisch. Tarik stopfte die eingesammelten Waffen und Gegenstände der Besucher hinein, schnauzte Bamir an, der die Tasche über die Schulter schlang und in Richtung der großen Bäume davonrannte.

60

Für Cooper war es an der Zeit, die Würfel zu werfen, wie er es in Italien getan hatte. Er sagte zu Tarik: »Hör zu, wir sind hier …«

»Halt die Klappe!«

»… um mit Doktor Amos zu sprechen.«

Tarik schaute ihn an, dann seine Männer, dann schnauzte er Winter an, die nicht reagierte, sondern nur antwortete: »Doktor Amos, sofort.«

Tarik schien nicht zu wissen, was er als Nächstes tun sollte, aber als Soldat wusste er, wie er sich den Arsch absichern konnte, also zog er ein Walkie-Talkie aus seiner Tasche, sagte etwas, hörte zu und steckte das Gerät wieder zurück. Er gab seinen Männern mit Handzeichen den Befehl, ihre Gewehre schussbereit anzuheben, dann forderte er Cooper und Winter auf, ihm zu folgen.

Bald erkannte Cooper, dass der eskortierte Marsch auf das moderne, quadratische Gebäude zusteuerte. »So weit, so gut«, murmelte er.

Tarik ging bis zum Ende der Terrasse und dann auf einem gepflasterten Weg entlang eines steil ins Tal abfallenden Weinbergs. Als sie die großen Eichen erreichten, sah Cooper den Eingang. Er sah so aus, wie er es gewohnt war, gesicherte Türen zu sehen.

Tarik wartete einfach davor, bis er das Surren der Riegel hörte, dann zog er die Tür weit auf. Drinnen befahl er Cooper, sich vor den großen Holztisch zu stellen, während er mit seinen Männern an der Tür Position bezog, als gelte es, einen Gefangenenausbruch zu verhindern.

Am Ende des langen Tisches stand ein großer Bildschirm, auf einer Anrichte eine Kaffeemaschine, und an der gegenüberliegenden Wand hing eine schwarze Tafel voller Kritzeleien und Formeln in weißer Kreide.

»Das sieht ernst aus«, staunte Winter. »Wie ein Vorstandszimmer eines Pharmaunternehmens.«

»Sieht für mich eher aus wie die Kommandozentrale einer kriminellen Organisation«, sagte Cooper laut und deutlich und wirbelte herum, als eine Stimme in seinem Rücken höhnte: »Meine Leute haben mir nicht den Besuch eines Idioten angekündigt. Was zum Teufel haben Sie hier zu finden geglaubt?«

Winter war perplex. Sie gab sich versöhnlich: »Das war gewiss nicht, was wir im Sinn hatten, Doktor Amos. Wir sind hergekommen, um mit Ihnen zu reden.«

Cooper ergänzte: »Aber wir wurden wie Kriminelle behandelt. Meine Partnerin musste sich vor Ihren Schergen ausziehen. Unser ganzes Zeug wurde beschlagnahmt. Das ist nicht das Verhalten von gesetzestreuen Bürgern.«

Amos war das völlig egal. Er wies sie an, sich zu setzen und legte einen Laptop, den er unter den Arm geklemmt hatte, auf den Tisch.

Winter informierte Amos, dass sie über seine Tätigkeit im ABC-Labor in Spiez Bescheid wusste, auch über seinen Kumpel Max Affolter. Amos verhielt sich, als würde ihn das und alles Weitere, was Winter berichtete, weder überraschen noch interessieren, und Cooper wurde das Unbehagen zwischen den Rippen nicht los, dass Doktor Amos geheimdienstliche Kontakte pflegte. Mit der CIA? Oder eher mit dem italienischen Auslandsnachrichtendienst AISE? Jedenfalls hatte er auf ihren Besuch nicht wie einer reagiert, der aus allen Wolken fiel, auch die Frage, wer sie seien, nicht gestellt, und war vermutlich über den Besuch von der Militärkriminalpolizei gewarnt worden.

Wie zur Bestätigung sagte Amos: »Sie sind mir hier ausgeliefert. Machen Sie sich keine Illusionen. Ich zeige Ihnen, was es mit diesem Ort auf sich hat.«

Er klappte den Laptop auf, nahm eine Fernbedienung in die Hand und sagte: »Schaut und hört einfach zu.«

Der flimmernde Bildschirm wurde scharf. In einem ehrwürdigen Hörsaal saß Amos vorne an einem langen, alten, dunkelbraunen Korpus vor einer blauen Wand. Er räusperte sich und begann seinen Vortrag.

»Vor Monaten, als ein Forscherkollege aus Wuhan in Mailand totgeschlagen und ausgeraubt wurde, dachte niemand an eine Epidemie, die sich ausbreitet und ihren Charakter laufend verändert. Doch genau das ist geschehen. Das Virus bewegt sich ungehindert, mutiert in Tausende Varianten, rastlos und unaufhörlich. Wir befinden uns auf einem Kriegsschauplatz, wo der komplizierte Gegner Widerstandsformen entwickelt und unser Verhalten zwangsläufig unberechenbare Folgen hat. Wir waren in Europa zu lange untätig oder begnügten uns mit der Bekämpfung der Symptome der schleichenden Seuche. Der Schlüssel, um der rapiden Evolution des Virus entgegenzutreten, liegt in der Biotechnologie.«

Jens Amos schaltete mit einem theatralischen Tastenhieb das Video weg. »Das dozierte ich am Robert Koch-Institut in Berlin, vor ein paar Monaten.«

Cooper trommelte mit zwei Fingern auf die Tischplatte. »Mag sein, dass Sie ein berühmter Wissenschaftler sind, aber für mich sind Sie ein feiger Deserteur, skrupellos, und einer, der mit der Camorra krumme Geschäfte macht.«

Winter versuchte zu besänftigen. »Ich war längere Zeit hier im Dienst als Mitglied der Swiss International Army. Ich habe seither gute Kontakte zur militärischen Kriminalpolizei der KFOR-Truppen, dem Provost Marshal, und da erfuhren wir vom Unfall dieser Frau im Minenfeld, und ich wollte …«

»Schweigen Sie!«, brüllte Amos, hielt ihr die Handfläche wie ein Schild vors Gesicht, dann befahl er Tarik mit einem Wink, seine Wache abzuziehen.

Erst als Tarik die Tür hinter sich zugemacht hatte, ließ Jens Amos seine Bombe platzen: »Larissa Konsalik war meine Frau.« Er setzte sich und ließ die Enthüllung einsinken.

Winter schaute erschrocken, dann schloss sie die Augen, um sich mit einer meditativen Übung zu entspannen. Cooper lehnte sich stirnrunzelnd in die Sitzlehne zurück.

Schließlich räusperte sich Winter: »Niemand im ABC-Labor wusste davon, unglaublich. Es gab ja auch nichts, was darauf hindeutete.«

»Im Interesse unserer Forschung hielten wir unsere Ehe konsequent geheim. Wir wohnten separat, trafen uns heimlich in der Freizeit. Wir mieden die Öffentlichkeit, es hat so weit gut geklappt.«

Cooper wandte ein: »In jener Nacht, als Larissa im Minenfeld umkam, mussten Sie doch reagieren. Sich outen als ihr Ehemann.«

Jens Amos redete, als sei ihm die Kehle zugeschnürt. »Es war entsetzlich. Ich war aufgewühlt, fassungslos, wollte es nicht wahrhaben. Doch wir hatten eine Abmachung.«

Cooper sagte nichts. Lass ihn reden, dachte er. Winter hingegen konnte ihre Neugier nicht zügeln. »Abmachung?«, fragte sie sichtlich entgeistert.

»Hören Sie, ich muss vielleicht etwas ausholen.« Er schaute sie unablässig an, dann fuhr er fort: »Ich entwickelte ein marktfähiges Corona-Gegenmittel. Larissa forschte an Mikroben. Ihre Arbeit fand im Rahmen eines Projekts des ABC-Labors statt. Streng geheim. Es ging darum, mit gentechnisch veränderten Mikroben Plastik zu eliminieren. Die Weltmeere sind voll davon, und sie war überzeugt, eine verhältnismäßig günstige Lösung gefunden zu haben.«

»Larissa forschte daran allein im Labor Spiez?«, fragte Cooper.

»Nein, sie leitete ein kleines Team, das auswärts in einem unterirdischen Bunker experimentierte.«

Winter bemerkte: »Ich weiß, dass Spiez in den Bergen eine unterirdische Anlage betrieben hatte. War sie da tätig?«

»Ja, das war sie. Dann gab es Probleme.«

»Erzählen Sie«, ermunterte Cooper.

Amos dozierte: »Es geht um *genetically engineered anti-material agents*, Larissa nannte sie kurz Gamas. Die haben ein großes Anwendungsgebiet, und das erweckt Begehrlichkeiten.«

»Zum Beispiel?«, fragte Winter.

»Gamas können zum Beispiel Munition zerfressen, ganze Lager, Antiradarbeschichtungen an Kampfflugzeugen auflösen und Kunststoffe aller Art unbrauchbar machen, und dann …« Er brach ab, nahm einen Schluck Wasser. »Sie hat mir noch von einem kuriosen Vorfall berichtet.« Als Amos ihre ungeteilte Aufmerksamkeit hatte, schilderte er den Vorfall. Larissa habe ein Sprachaufnahmegerät gehabt, ein übliches Festkörperbauelement, das plötzlich nicht mehr funktionierte. Sie habe es einem Hardware-Spezialisten zur Überprüfung gegeben. Das Resultat sei gewesen, dass der Chip komplett zertrümmert war, praktisch aufgelöst. »Ihr war klar geworden, dass das Gerät mit den Gamas in Berührung gekommen war. Sie hatte dann einen alten Laptop in eine Schale gelegt und ihn mit den Mikroben bestreut.«

Cooper ahnte, was kam, und meinte: »Der Laptop war nicht mehr brauchbar.«

»Genau. Der Befund des Technikers lautete, dass der Computer korrodiert sei oder so. Jedenfalls waren sämtliche Speicherchips pulverisiert.«

Winter hob die Hand für eine Frage, aber Jens Amos winkte unwirsch ab. »Das war nicht weiter erstaunlich. Aber die Brisanz von Larissas Forschung lag darin, dass Gamas auch gegen Menschen eingesetzt werden können.«

»Biologische Waffe?«, fragte Cooper rhetorisch.

»Natürlich, und da kommen die Geheimdienste ins Spiel.«

»Inwiefern«, bohrte Winter weiter.

Jens Amos zögerte, bevor er antwortete. »Sie können sich vorstellen, in welchem Spannungsfeld Larissa arbeitete.«

Cooper fragte stirnrunzelnd: »Wieso Spannungsfeld. Wo sind die Pole?«

Amos lachte laut. »Pole ist gut. Nennen Sie die CIA jetzt einen Pol?«

»Warum CIA?«, fragte Winter verständnislos.

Amos stand auf, machte ein paar Schritte zum Fenster und drehte sich um. »Larissa hatte einen Auftrag der CIA. Sie musste berichten, womit die Schweizer experimentierten.« Er pausierte für den nächsten Effekt und fügte dann hinzu: »Die CIA argwöhnte offensichtlich, dass im renommierten ABC-Labor der Armee an biologischen Waffen geforscht wurde, was ein eklatanter Verstoß gegen die Biowaffenkonvention gewesen wäre.«

Cooper rieb sich das Kinn, stand auf und trat zu Amos. »Ich sehe, wo der Hase im Pfeffer liegt. Larissas Mikroben, die sogenannten Gamas, besaßen das Potenzial von Biowaffen.«

Amos zuckte gelangweilt mit den Schultern. »Das können Sie so sehen. Aber Larissas Verfahren zur friedlichen und ökologischen Verwendung der Gamas hatte ein Milliardenpotenzial, falls ihre Patente zur Zerstörung von Mikroplastik umgesetzt würden. Leider hatte ihre wissenschaftliche Pionierleistung zwei Gesichter.« Sein Blick schweifte über ihre Köpfe hinweg. Er hing seinen Gedanken nach. Dann gab er sich einen Ruck und fuhr fort: »Einerseits die sie bedrängende CIA. Die Schlapphüte verlangten von ihr Ergebnisse, lieber gestern als heute, und sie weigerte sich. Andererseits kam sie einer Verschwörung innerhalb des ABC-Labors auf die Schliche, die sie als kriminell betrachtete.«

Coopers Gesicht spiegelte Fassungslosigkeit. Er setzte sich und winkte Amos zu sich. Der nahm wieder Platz und erklärte, dass Larissa genaue Aufzeichnungen gemacht hatte. »Larissas Dokument ist Dynamit und erklärt ihren Tod. Die Ermordung meiner Frau.«

Nach einer Pause betretenen Schweigens mahnte Cooper: »Sie sind verpflichtet, uns alles offenzulegen, die Wahrheit und nichts als die Wahrheit.«

Winter plädierte: »Wir können die Verantwortlichen für das Verbrechen an Ihrer Frau vor Gericht zitieren, damit Gerechtigkeit geschieht.«

Amos winkte ab: »Das bringt mir Larissa nicht zurück. Gerechtigkeit liegt hoch auf einem Gipfel, zu dem Gerichte keinen Zutritt haben.«

Winter beugte sich vor, schaute Amos tief in die Augen. »Haben Sie Namen? Einen Verdacht? Bitte, befreien Sie sich von dieser Last.«

Cooper studierte Amos' Gesicht. Er war erregt, Schweißtropfen perlten an den Schläfen herunter, seine Augen schienen feucht. Er fragte sich, ob seine Festnahme und die Deportation in die Schweiz die Aufdeckung der behaupteten Verschwörung torpedieren könnte. Vorerst galt es, mögliche Täter zu identifizieren und den Fall sorgfältig zu analysieren. Er fragte: »Unterstehen die Verdächtigen dieser Verschwörung, die Larissa aufdeckte, der Schweizer Militärjustiz?«

Amos nickte. »Ohne jeden Zweifel.«

»Gut, dann müssen Sie uns weiterhelfen. Ihre Aussage verpflichtet mich und meine Partnerin zu ermitteln. Es geht um Mord.«

Amos schien zu überlegen. Sein Gesicht war reglos, die Muskeln beherrscht. Verbarg er irgendetwas?

»Bitte«, drängte Winter.

Amos trat zu einem Spind, öffnete ihn. Dahinter verbarg sich ein Safe, den er mit einem Code öffnete und daraus ein fingerdickes Dossier entnahm. Er legte es auf den Tisch, pochte darauf.

»Es handelt sich um einen Einzeltäter«, erklärte er mit unterdrückter Stimme. »Dieser Mann setzte Larissa unter Druck, ihre Mikroben in unauffälligen Feldversuchen auch an Menschen zu testen. Der Hund war gewissermaßen ihr Aufseher und verlangte, dass solche Experimente durchgeführt wurden.«

»Larissa weigerte sich«, vermutete Winter.

Amos atmete tief. »Natürlich. Solche Experimente waren viel zu gefährlich. Sie berichtete mir, die Auswirkungen seien noch nie wissenschaftlich untersucht worden.«

»Wie muss ich das verstehen?«, fragte Cooper.

»Diese besondere Art von Mikroben, die Larissa untersuchte, können im Menschen entweder Apathie oder Aggression auslösen. Man könne Kampftruppen lahmlegen oder in aggressive Monster verwandeln, erklärte Larissa. Was wann geschehe, ob Apathie oder Aggression, sei überhaupt noch nicht erforscht, aber dieser saublöde Stinker wollte es unbedingt gegen ihren Willen ausprobieren.«

61

Winter ging ein Licht auf. Sie sagte: »Ich war in der Nacht, als Larissa starb, mit meiner Swisscoy Einheit in der Gegend im Einsatz. Es hieß, Oberst Krall, vom ABC-KAMIR-Zentrum leite eine Minenräumaktion … Dann erhielten wir die Meldung vom Unfall. Es sei ein Unfall gewesen, lautete die offizielle Mitteilung.«

Amos legte seine Stirn in Falten, wischte sich Tränen aus den Augen. »Es tut weh, darüber zu sprechen. Larissa berichtet in ihren Aufzeichnungen von einer Nacht ein paar Tage vor ihrem Tod. In dieser Nacht wurden oben an der serbischen Grenze etwa ein Dutzend Dorfbewohner zusammengetrommelt, angeblich für eine Information über bevorstehende Minenräumungen. Dann wurden die Mikroben freigesetzt … Die Einzelheiten stehen im Bericht.« Er hustete und würgte die Worte hervor: »Was mich frösteln ließ, war Larissas Beschreibung eines Mädchens. Ihr

Körper krümmte und wand sich. Sie gab Würgelaute von sich, als müsste sie sich übergeben. Ihre Beine zuckten krampfartig, und sie fing an zu keuchen. Sie verdrehte die Augen. Furchtbar.«

»Wollen Sie sagen, dass Oberst Krall die Mikroben gegen Larissas Willen eingesetzt hat?«

Amos bestätigte nickend. »Der Scheißkerl habe eiskalt zugeschaut. Larissa raste dann sogleich in ihrem Suzuki davon, telefonierte hektisch den Notfall.«

»Was geschah dann?«

Erst am nächsten Tag flogen Sanitäter und Ärzte per Heli ein. Was sie vorfanden, war schrecklich. Sechs Tote, und die anderen lagen leblos am Boden. Nicht ansprechbar. In der Notfallaufnahme in Pristina gelang es, sie allmählich wiederzubeleben. Die Ärzte standen vor einem Rätsel. Man fand bis heute nicht heraus, was die Ursachen sein könnten.«

Winter klopfte mehrmals mit der Faust auf den Tisch. »Ungeheuerlich. Wann erfuhren Sie genau von dieser Katastrophe?«

Amos kniff die Lippen zusammen, rieb sich die Augen. Mühsam brachte er hervor: »Larissa kam am Tag nach dem Drama zu mir, hier auf die Festung. Was Sie mir schilderte, hätte mich warnen müssen. Ich Idiot sah nicht durch. Ich bin schuld an ihrem Tod.«

»Warum, um Himmels willen?«, platzte Winter heraus.

»Sie hatte Streit mit Oberst Krall und drohte, ihn zu denunzieren. Verbrechen an der Menschlichkeit und so weiter. Sie verdächtigte auch einen CIA-Agenten. Jack Cole hieß der Bastard.«

Winter fuhr aus dem Sitz hoch. »Jack Cole? Was hatte er damit zu tun?«

»Dieser Unmensch drohte ihr, sie als CIA-Informantin auffliegen zu lassen, wenn sie nicht schweige. Er hat es mir gestanden.«

»Gestanden, wann? Wo?«

»Drüben in der Hütte, meine Leute nennen sie Grillstube. Cole war dabei, als Larissa umkam. Er gestand, dass es er ihren Tod wollte.«

Sie schwiegen betreten. Cooper kratzte sich am Hinterkopf und durchbrach die beklemmende Stille: »Sagen Sie, Professor, warum kam denn Cole zu Ihnen?«

»Einfach, er wollte mir *Xaurum*, meine Anti-Corona-Pille, abluchsen. Machte mir ein attraktives Angebot, wonach die Pille in den USA, Nord- und Südamerika vertrieben würde, ich musste nur die Patente und das Know-how an eine US-Agentur abtreten. Nicht nur das, er hatte den Verdacht, dass alle Geheimnisse über Larissas Mikroben bei mir aufbewahrt werden. Er verlangte die Herausgabe an eine Agency in den USA, hatte einen Vertrag vorbereitet, den ich unterschreiben sollte. Die Bezahlung war unverschämt hoch.«

Cooper dachte an Amos' Verbindungen zur Camorra, mit der er sich arrangierte, um die Pillen in Italien marktfähig zu machen. An der Verlässlichkeit der Information, die ihnen Serenella Pacifici in der Nacht nach ihrer Befreiung gegeben hatte, zweifelte er keinen Moment mehr. Er fragte: »Warum lehnten Sie ab?«

»Richtig, ich lehnte ab. Alles andere wäre Verrat an Larissa gewesen. Sie war ja an *Xaurum* auch beteiligt, aber eben … Nicht nur das …« Wieder verstummte Amos. Er rieb sich die Augen.

»Wir machen eine Pause, Doc«, schlug Winter mitfühlend vor.

Amos schüttelte den Kopf. »Larissa hat Jack Cole ertappt, wie er mit Oberst Krall in einen Helikopter stieg. Sie war überzeugt, dass die beiden gemeinsame Sache machten.«

»Das heißt, Cole und Krall wollten die Experimente an den Menschen durchführen?«

»Ja, das hat mir Larissa bestätigt. Und sie hatte Angst, wirklich große Angst … und ich, wie gesagt …« Er bedeckte sein Gesicht mit beiden Händen.

Cooper geriet ins Grübeln. Wenn Jens Amos wegen Desertion vor Militärgericht käme, wären die Richter von seinem Bericht über die letzten Tage seiner Ehefrau gewiss beeindruckt, und die Anklage hätte einen schweren Stand, eine Verurteilung zu erwirken.

Winter sagte tonlos: »Dann war Jack Cole an der Ermordung von Larissa mitschuldig.«

Amos legte die Hände an den Hinterkopf und nickte. »Cole hat gestanden, dass er dabei war, als Krall in jener Nacht Larissa mit Waffengewalt ins Minenfeld gestoßen hatte, wo dann ein Sprengsatz explodierte. Sie planten eiskalt, die gefährliche Zeugin zu eliminieren.«

»Der Schweinehund«, knirschte Cooper. »Aber wie können wir es beweisen? Wird Cole gegen Oberst Krall aussagen?«

Amos grinste hämisch: »Cole liegt in einem Sarg, den meine Leute bei Nacht und Nebel vor der US-Botschaft in Pristina deponiert haben.« Dann fügte er hinzu: »Ein anständiges Begräbnis hat der Killer allerdings nicht verdient.«

Cooper tauschte Blicke mit Winter aus. Vielsagende Blicke. Wie lautete ihr Plan eben noch? Jens Amos festnehmen, ihm die Rechte vorlesen, dann, wie in Neapel besprochen, Oberst Krall benachrichtigen, damit er ein Privatflugzeug starten und den Gefangenen für den Transport in die Schweiz abholen könnte. Es war wie auf dem Gefechtsfeld, wo nach dem ersten Schuss der schönste Plan oft nur noch Makulatur ist. Auf der anderen Seite war sein Prinzip, sich so lange wie möglich an den Plan zu halten, und momentan sah er keine Alternative, als mithilfe von Krall den Deserteur auszufliegen.

Jens Amos erhob sich abrupt. »Ich zeige Ihnen, wo sie allein sein können. Später erklären Sie mir vielleicht Ihre Schnapsidee, hier einzudringen, um die Moralkeule zu schwingen …« Entschlossen ging er voran zur Tür, hob dort die Ledertasche auf. Cooper beobachtete, wie er das fingerdicke Dossier zu ihren Sachen legte.

Sie traten hinaus ins Freie. Sogleich war die Eskorte mit vorgehaltenen Gewehren zur Stelle.

Cooper zeigte auf die Tasche: »Dann geben Sie uns unsere Sachen zurück, Doc«, aber Amos gab keine Antwort darauf.

Nicht gut.

62

An Cooper nagte ein beunruhigender Gedanke. Bis jetzt hatte er viel gesehen, viel gehört, und er beobachtete weiter aufmerksam die Lage des Geländes, während er hinter Amos zum Hauptgebäude hinüberging. Das Zugangsgebäude, den Geräteschuppen, die Baracken, die Einfahrt in die Tiefgarage, den Hundezwinger und einen Streifen gerodeten Waldes entlang des hohen Sicherheitszauns, mit gesichertem Tor. Cooper konnte das Knallen von Einzelschüssen hören, also übten Amos' Männer jetzt Treffsicherheit, anstatt mit der Vollautomatik Ziele niederzumähen. Worum ging es also an diesem Ort? Sie verbanden ihnen nicht die Augen. Er und Winter und alle wussten, wenn einem die Augen verbunden werden, konnte das bedeuten, dass die Entführer einen am Leben lassen. Aber wenn man alles sah, was man nicht sehen sollte, wäre das das Letzte, was man sah.

»Der Land Rover ist noch an der Rampe«, flüsterte Winter, »ich glaube, der Fahrer hat die Kisten noch nicht ausgeladen.«

Das bedeutete, dass Beta sich noch auf dem Gelände herumtrieb und als Zeuge aussagen könnte, wenn sie getötet würden, es sei denn, der Mistkerl scherte sich einen Dreck um Berger und Blum …

Sie hatten noch eine Karte übrig, die Karte des guten Polizisten, die meistens bei einem Kriminellen funktionierte. *Sag uns, Jens, was ist passiert, dass du das tust. Wer hat dich dazu gebracht? War es Oberst Gregor Krall? Erzähle uns davon …*

Doch Amos hatte ihnen bereits Hinweise gegeben, und es bedurfte weiterer Überredungskunst, um ihm mehr zu entlocken.

Sie erreichten die großen Eichen. Dort trieb man sie auf einen Pfad, an dessen Ende sich eine kleine Hütte ohne sichtbare Fenster befand, und Cooper vermutete, dass es sich dabei um die Grillstube handelte, von der Amos gesprochen hatte. Er spürte, wie sich sein Bauch zusammenzog.

»Was ist?«, fragte Amos, »die Eiche rauscht, der Brunnen plätschert, die Vögel singen, das taten sie schon immer. Glauben Sie, Cooper, Sie können diese Sorglosigkeit stören?« Er schritt davon, ohne eine Antwort abzuwarten.

Tarik blieb vor besagter Hütte stehen, öffnete die feste Tür und stieß die Gefangenen mit einem Schwenker der Schrotflinte hinein.

Cooper trat als Erster mit geducktem Kopf ein, gefolgt von Winter. Der Raum war dunkel, roch schwach nach Urin, Schweiß und Angst. An der Wand befand sich eine schmale eiserne Pritsche, nur aus Gestängen bestehend, ohne Matratze, etwa anderthalb Meter lang. Sie reichte fast von Wand zu Wand.

Tarik zeigte mit dem Gewehrlauf auf die Pritsche. Cooper und Winter setzten sich darauf mit dem Rücken zur Wand, und Cooper bemerkte im schummrigen Licht, dass zwei Ketten an das Gestell geschraubt waren, und das Ende der Ketten bildeten Beinfesseln und offene Vorhängeschlösser.

Tarik befahl etwas, und Winter reckte sich und legte sich eine Fußfessel um den linken Knöchel, dann schnappte das Vorhängeschloss zu. Cooper folgte ihrem Beispiel. Tarik schien froh zu sein, dass die beiden nun nicht mehr sein Problem waren, obwohl Cooper vermutete, dass Tarik immer noch Visionen von Winter in ihrem BH und Höschen hatte. In der Tat sah Tarik sie anzüglich an und sagte etwas Schlüpfriges, das seine Kumpel zum Grinsen brachte.

Cooper schätzte aus Gewohnheit und Training heraus die Situation ein. Hinter Tarik, der in der Tür stand, warteten draußen zwei andere Bewaffnete. Cooper dachte, wenn Flucht das Ziel war, mussten sie vorerst in Ruhe gelassen werden, um das Gefängnis zu erkunden und auch um zu sehen, welche Art von Wache postiert war.

Tarik wurde plötzlich aggressiv, zeigte auf einen Plastikeimer als Toilette und einen Plastikkrug mit Wasser. Dann murmelte er etwas zu Winter, warf einen letzten Blick auf Cooper und ging hinaus. Die Tür knallte zu, Tarik schloss ab und entfernte sich mit seinen Leuten.

Die geschlossene Tür brachte Dunkelheit in den kleinen Raum, nur durch einen Türspalt fiel schwaches Licht.

»Jack Cole war zuletzt in diesem Raum. Amos hat ihn umgebracht.«

Winter schauderte: »Furchtbar.«

63

Cooper untersuchte das Pritschengestell, stellte seine Füße darauf und drückte dagegen, wobei er feststellte, dass es ziemlich schwer war und bei einer Länge von einem Meter fünfzig wahrscheinlich über achtzig Kilo wog. Mit Winters Hilfe konnte er das Eisengestell anheben und gegen die Tür rammen und sie aufbrechen, ob sie nun verschlossen war oder nicht.

Er erklärte ihr den Plan. Sie bemerkte, dass sie mehr Möglichkeiten hätten, wenn sie nicht gefesselt wären, und fragte, wer die Schlüssel zu den Vorhängeschlössern habe.

Vielleicht die Wache, falls es eine gab. Oder wer auch immer kam, um ihre Fesseln zu lösen, um sie irgendwohin abzuführen.

Das Gefängnis sah nicht beeindruckend aus. Mitten in der Nacht auszubrechen war möglich, aber Cooper musste mit einer bewaffneten Wache rechnen, ganz zu schweigen von den Fußfesseln.

Er fragte Winter: »Sind Sie bereit, einen Fluchtversuch zu wagen, und sind Sie bereit, bei dem Versuch draufzugehen?«

»Mike, lassen Sie uns darüber schlafen.« Sie kritisierte: »Sie sind impulsiv und gehen zu viele Risiken ein.«

»Das ist nicht wahr.«

»Warum sind wir denn in diesem Scheißloch gelandet?«

Er zuckte mit den Schultern. »Pech gehabt.«

»Nein, wir sind hier gelandet, weil Sie das Masken-Lager von *Sistema Abruzzi* überfallen wollten, dann haben Sie den Piloten dazu gebracht, uns in diese Problemzone zu fliegen, dann haben Sie ein Auto gemietet, das verwanzt war, und haben uns an diesen beschissenen Ort gebracht …«

»Alles klar. Scheiße gelaufen … Ich habe ein paar schlechte Entscheidungen getroffen, aber Sie sind mir gefolgt, und ich habe in ein paar Tagen entdeckt, was Oberst Krall und seine Leute nicht gefunden haben … Wir fanden Jens Amos, und wir entdeckten diese riesige Mikroben-Zeitbombe im Hochsicherheitstrakt, vermutlich brennt die Lunte schon …«

»Glückwunsch.«

»Danke. Wenn wir lange genug am Leben bleiben, werden wir vielleicht gerettet. Sie haben Kottmann die Koordinaten durchgegeben, und wenn er nichts von uns hört, wird er bestimmt etwas unternehmen.«

»Wieso sitzen wir auf einer Zeitbombe, Mike?«

»Weil Amos alles, was mit den gentechnisch veränderten Mikroben zu tun hat, nebenan im Hochsicherheitslabor aufbewahrt. Die Zellkulturen, die Dosen, die Sprayer, die Formeln … wer das alles in Besitz nimmt, hat unvorstellbare Macht, nicht zu reden von den Milliardengewinnen, die winken, wenn die Mikroben kommerziell gegen die Plastikplage eingesetzt werden.«

Winter meldete ihre Zweifel an, dass jemand die Festung zerstören wolle. »Das bringen nur gut ausgerüstete Terroristen oder Geheimdienste fertig. Doch Geheimdienste benötigen Genehmigungen für einen Angriff auf eine zivile Einrichtung, und da wird's politisch. Praktisch unmöglich. Wer, denken Sie, Major, käme infrage?«

Cooper erklärte, das Militär setze verstärkt auf Drohnen für Angriffe, Verteidigung, Spionage und Gegenspionage. »Sie könnten diesen Hochsicherheitstrakt schon längst überwacht haben, und sie können ihn jederzeit angreifen.«

»Himmel noch mal, von wem reden Sie?«

»Ich rede von unseren Freunden vom griechischen Alphabet. Beta und sein Kumpel Alpha sind vermutlich keine Briten, eher arbeiten sie für die CIA, und ich habe die Kommunikationsgeräte im Land Rover gesehen. Das Neueste und Beste. Die beiden erkunden die Festung und sind in der Lage, unbemannte Flugkörper ins Ziel zu leiten.«

»Raketen?«

»Ja, klammheimlich von Drohnen abgeschossen.«

»Wieso klammheimlich?«

»Nehmen wir an, die CIA will die Mikroben-Hochburg vernichten. Alles in Schutt und Asche legen. Sie machen sich die Hände selbst nicht schmutzig. Sie suchen Auftragskiller, in diesem Fall Terroristen, die den Drohneneinsatz beherrschen wie ISIS oder Hisbollah.«

»Diese Terrorbanden haben doch ihre Todfeinde woanders, nicht im Kosovo.«

»Stimmt, deshalb tippe ich auf die Serben.«

Er spürte Winters fragenden Blick und fuhr fort, »weder die USA noch sonst ein NATO-Land können es sich leisten, die Festung zu zerstören. Das gäbe den größten denkbaren Shitstorm. Die Briten, zum Beispiel, müssten den Einsatz mit zwei Typhoons von Akrotiri auf Zypern oder vom US-Stützpunkt in Aviano nördlich von Venedig fliegen, und die ganze Welt schaute zu …«

»Ganz klar ein absolutes No-Go.«

»Eben, die Serben besorgen es. Sie haben die chinesischen Drohnen. Vom Typ CH-92A, Nato-Code Rainbow. Aber neuerdings auch die türkischen Kampfdrohnen Bayraktar.

Wenn nach dem Drohnenangriff hier nur noch Trümmer rauchen, werden die Militärs der KFOR-Staaten von einer nicht identifizierten Terrororganisation sprechen … Man wird darüber spekulieren und sich dann auf die Slavic Brotherhood festlegen.«

»Slavic Brotherhood? Sie sind wieder zu wortgewandt für mich, Mike.«

»Slavic Brotherhood ist der ideale Sündenbock, eine paramilitärische Terrortruppe; denn unbemerkt von der Öffentlichkeit proben Russland, Weißrussland und Serbien seit geraumer Zeit den militärischen Ernstfall auf dem Balkan. Und im Fokus der drei Länder befindet sich das Kosovo. Schließlich müsse das Kosovo als ein ›integraler Bestandteil Serbiens‹ angesehen werden. Sie sehen, Laura, das passt …«

»Und die Serben machen da einfach mit?«

»Offiziell gewiss nicht und nur gegen Kompensation. Alles hat da seinen Preis. Es gibt immer eine Wunschliste, wobei der Wunsch Befehl ist. Meistens stehen Waffen, Elektronik, panzerbrechende Munition und andere hübsche Dinge auf der Liste.«

»Man wird herausfinden, wer hinter der Zerstörung steckt. Und warum.«

»Schwerlich. Echte geheimdienstliche Operationen bleiben geheim, für immer.«

»Wir sind einfach in etwas hineingestolpert, Mike, weiß der Himmel, wie wir damit fertigwerden wollen.«

»Momentan denke ich, dass uns eine strategische Operation droht. Im Gegensatz zu einem Handstreich, aber je länger ich darüber nachdenke, desto dubioser erscheint mir die Rolle von Brigadier Vonkeck.«

»Wieso er?«

»Erinnern Sie sich? Wie er darauf beharrte, kein internationales Aufsehen zu erregen? Wir machen das schön allein. Wir holen Amos ohne Rechtshilfe nach Hause. Warum diese Hemmung, bilateral zu kooperieren? Die Angst vor diplomatischen Wirren, vor unerwünschter Publizität?«

Winter stieß ihn mit dem Ellbogen an. »Konkurrenz, Mike. Nennen wir es ein Rennen. Wer Amos und seine Mikroben, seine Wundermittel zuerst erwischt, hat gewonnen.«

Cooper dachte, die CIA hätte genügend Gründe, Amos entweder zu entführen oder umzubringen und seine Forschungsstätte, wo sie die Entwicklung von B-Waffen vermutete, auszulöschen. Er stimmte ihr zu: »Vonkeck will das Rennen gewinnen, er will nichts aus den Händen geben.«

»Und wir sollen es richten.« Winter war ungehalten. »Mikroben? Wo liegt der Sinn?«

»Der Sinn ist der Konkurrenz vermutlich längst aufgegangen. Ich denke, wir haben Amos unterschätzt, und Sie unterschätzen Vonkeck, Laura. Wir sollen Amos zurückbringen, heil und munter. Man will ihn lebend, man will nicht, dass die anderen ihn bekommen … Wir sind Mitwisser, Laura. Und Mitwisser stellt man kalt, am besten für immer …«

Er machte eine Pause, dann fuhr er fort: »Schauen Sie, nach dem Krieg rissen sich die Amerikaner um die deutschen Raketenwissenschaftler wie Wernher von Braun und viele andere, ungeachtet ihrer Nazi-Kriegsverbrechen. Damals begann eben der Wettlauf zum Mond … und die gentechnisch veränderten Mikroben … diese Gamas, die neue Wunderwaffe, um die Ozeane von dem verfluchten Plastik zu reinigen … die sind wichtiger als ein Flug zum Mars, und wer dabei ist, um die Ozeane vom Plastikmüll zu befreien …«

»Larissa war dabei …«

»Eben, und ich denke, Vonkeck lässt die Anklagen gegen Amos fallen, vorausgesetzt, er arbeitet weiter mit Larissas Mikroben. Vorausgesetzt, er übergibt die Proben und Formeln, die Tests, Produktionsverfahren, die Anwendung dem ABC-Labor, und jemand in der Schweiz wird einen Trust errichten, um Larissas Leistungen weltweit auszunutzen.«

»Amen.« Winter legte ihre Hand auf seine Schulter. »Die Gerechtigkeit bleibt auf der Strecke.«

»Natürlich. Realpolitik besiegt Gerechtigkeit.«

Nach einem Moment der Stille fragte Winter, wie Cooper sich fühle.

»Es ging mir schon mal besser. Hören Sie, wir verlangen Wasser, und wenn die Wache den Kopf zur Tür hereinsteckt, rammen wir beide ihr die Pritsche in die Fresse.«

»Mike, wir sind doch an dieses Gestell gekettet.«

»Die Wache wird die Schlüssel haben.«

Winter wollte, dass Cooper es auf sich beruhen lasse, aber er stand auf, ging in die Hocke und betrachtete die Ketten. Sie waren lang genug, dass sie das Gestell sicher bis auf Hüfthöhe oder höher heben konnten und trotzdem noch Bewegungsfreiheit mit den Beinen hatten.

»Stehen Sie auf, Laura.«

Sie zögerte. »Ich weiß nicht …« Doch dann stand sie auf.

»Okay, gehen Sie in die Hocke, und wenn ich jetzt sage, heben Sie an.«

»Mike …«

»Wir müssen so früh wie möglich ausbrechen, bevor wir vor Hunger oder schlechter Behandlung zu schwach werden. Okay? Fertig?«

Sie holte tief Luft, ging in die Hocke, und beide tasteten mit den Händen nach einem Griff unter dem Gestell.

»Eins, zwei, hoch …«

Sie ruckten, und die Pritsche kam vom Boden hoch. Sie schafften es, sie an die Hüften zu stemmen. »Okay?«

Sie nickte.

Cooper schwang das Gestell mit kleinen Schritten hin und her, bis es auf die Tür gerichtet war, die etwa einen Meter entfernt war. Winter leistete ihren Teil, indem sie ihr Ende oben hielt, und Cooper folgte.

Der Übungslauf verlief zufriedenstellend, und sie bewegten das Gestell wieder dorthin, wo es vorher gestanden hatte, und ließen es dann mit einem dumpfen Geräusch auf den Boden fallen, wobei die Ketten klapperten.

Draußen vor der Tür bewegte sich nichts, keine Wache schien etwas gehört zu haben, und Cooper sagte: »Jetzt haben wir eine Waffe in unserem Arsenal. Wir werden sie benutzen, wenn es wirklich dunkel ist. Die Dunkelheit ist der Freund des Flüchtenden.«

Winter meinte: »Sie ist auch die bevorzugte Stunde für einen Angriff. Wir sollten von hier verschwinden, bevor sie Bomben abwerfen und bevor ein S.W.A.T.-Team aus der Luft landet.«

»Ich denke, vor vier Uhr morgens passiert nichts«, beruhigte Cooper.

Doch er irrte.

65

Wenig später drehte sich der Schlüssel im Türschloss. Tarik öffnete, trat ein und sagte »Abendessen« in einem Ton, als wäre er verdrossen. Tscheki überwachte die beiden mit dem Gewehr im Anschlag, während Tarik im Schein einer Stablampe mit seinen Schlüsseln die Vorhängeschlösser öffnete. Winter und Cooper befreiten sich, standen auf und trotteten in Einerkolonne zum Haus hinüber. Tarik ging voran, Tscheki machte mit der AK-47 den Schluss.

Sie überquerten die lange Terrasse und betraten eine große Küche. Es roch nach fettigen, kräftigen Speisen. Zwei Töpfe dampften auf dem Herd. Auf dem soliden Eichentisch waren

Gedecke aufgetragen. Kristallgläser funkelten im Schein des Kaminfeuers.

Amos stand zwischen Tisch und Herd, hielt ein Glas Rotwein in der Hand und sagte amüsiert: »Nehmen Sie doch Platz zum Essen. Betrachten Sie es als Ihre Henkersmahlzeit.«

Cooper hatte keinen Appetit. »Wir müssen reden, Hauptmann Amos«, sagte er streng zum zweiten Mal an diesem Tag.

»Vielleicht.«

»Bitten Sie die Dame, sich zu setzen.«

Amos schaute zu Cooper, dann wieder zu Winter und wies auf die schwarzen Schalenstühle. Tarik stand in respektvollem Abstand hinter seinem Chef, die Hand an Coopers Glock, die immer noch in seinem Hosenbund steckte.

Sie setzten sich. Amos zog ihre Pässe aus der Ledertasche am Boden, blätterte darin und sah sich die Fotos an.

»Tarik sagte mir, Sie seien Touristen.«

Cooper erwiderte: »Das sind wir natürlich nicht.«

»Also?«

»Ich bin Major Michael Cooper, Chief Military Investigator, und das ist Hauptmann Laura Winter, ebenfalls CMI, stationiert in Bern.«

»Nicht CIA?«

»CMI.«

»Vielleicht Militärgeheimdienst, oder FBI?«

»Immer noch CMI.«

»Sie sind also hier, um mich zu verhaften.«

»Das ist der Plan.«

»Na gut, soll ich einfach friedlich mitkommen?«

»Das wäre gut.«

Er gab der Frau am Herd einen Wink. »Martina hat Schweinsfüße und Kalbskopf vorbereitet.«

»Und Pasta«, fügte Martina stolz hinzu, trug den Fleischtopf mit beiden Händen zum Tisch, wobei ihre Brüste unter der transparenten Bluse hin und her wogten. »*Pasta d'Italia*«, sagte sie stolz und holte den zweiten Topf.

»Die Italiener versorgen uns gut mit Pasta und Salami«, grinste Amos. »Nun, bedienen Sie sich.« Auf ein Handzeichen hin trat

Tarik heran, nahm die Flasche vom Servierboy und schenkte mit seiner klobigen Hand ein. »Auch Vino«, schmunzelte Amos, wischte stirnrunzelnd einen Tropfen vom Handgelenk.

Sie aßen, Amos schlang heißhungrig sein Essen hinunter, und Winter kaute tapfer an einem Schweinsfuß, nahm einen Schluck Rotwein und fragte: »Nun, Doktor, kommen Sie mit uns?«

Amos tat so, als würde er darüber nachdenken, und genoss es sichtlich. Er nahm einen kräftigen Schluck, dann sah er Cooper und Winter an. »Korrigieren Sie mich, wenn ich falschliege, aber es scheint mir, dass Sie meine Gefangenen sind. Wie kann ich also Ihr Gefangener werden?«

Winter antwortete, ohne zu zögern: »Ich bin froh, dass Sie fragen. Sie müssen unsere Autorität akzeptieren, Hauptmann Amos, unsere Waffen zurückgeben und Ihre Pflicht als Offizier erfüllen, indem Sie sich in unseren Gewahrsam begeben, um in die Schweiz zurückgebracht zu werden.«

Amos schien darüber nachzudenken, dann erklärte er: »Ich bin Jens Amos, ich habe meinen Armeerang und mein Offizierspatent niedergelegt. Ich glaube also nicht, dass die Armee irgendeine Autorität über mich hat.«

66

Cooper hielt einen Themawechsel für taktisch klug. Er sagte: »Die Italiener beliefern Sie vermutlich nicht nur mit Pasta und Vino. Auch mit Medikamenten aus der *Farmacia*.«

Amos warf ihm einen raschen Blick zu. »Ich weiß, dass Sie dort waren und auf dem Gelände von *Sistema Abruzzi* herumschnüffelten. Ich liefere *Lo Zoppo* weit mehr, als mir das Hinkebein liefert. Er weiß es, aber dafür übermittelt er mir auch Infos. Seine Organisation bekommt unsere einmaligen *Xaurum*-Kapseln. Wir produzieren sie in Grenoble. Das Mycobacterium *Xaurum* schützt die Menschen vor den Coronaviren.«

Cooper wiegte den Kopf hin und her. »Wenn's denn nützt. Die Camorra vertreibt Zeugs an die Apotheken und Drogerien, das vermutlich mehr schadet als nützt.«

»Sie sind ein Banause, Cooper. Womöglich noch Impfgegner. Ich bin Wissenschaftler, und die Bestimmung des Wissenschaftlers sind Denken und Innovation. *Xaurum* ist von der Heilmittelbehörde in Pristina zugelassen. Der Capo in Neapel erhält folglich von mir einen geprüften Wirkstoff.«

»Ich verstehe nicht«, sagte Winter kopfschüttelnd.

Amos lachte und verschluckte sich. Er hustete, nahm einen Schluck Wasser und sagte: »Nun, ich helfe gerne nach. Schauen Sie, das Gesundheitssystem des Kosovo ist äußerst fortschrittlich. Nicht zuletzt dank der Schweiz, Deutschland und Italien. Ich kenne den neuen Gesundheitsminister, früher Chef der Heilmittelbehörde. Ich organisierte Gelder, Ausrüstungen für die Spitäler, ich meine Gelder von meinem Sponsor, einer Health-Corporation. Ihre Aktien könnten an der New York Stock Exchange markant steigen, wenn wir *Xaurum* dereinst in den USA vertreiben … Übrigens, was meinen Sie, warum ich hier oben eine Forschungsanlage bauen und betreiben konnte? Man sah darin eine gewünschte Auslagerung gewisser Aktivitäten. Deshalb, denke ich, hat man uns in den Beirat des Spitalverbands von Pristina berufen.«

»Sie und Larissa?«

Amos nickte: »Und ein Kollege von der Universität Turin.«

»Aha. Um auf Larissa zurückzukommen. Ihre Frau forschte also in den Labors, die Sie da gebaut hatten. Demnach ist die Festung eine Mikroben-Hochburg?«

Amos legte die Stirn in Falten, nickte. »Die Hochburg, um Ihren Begriff zu verwenden, macht uns auch zur Zielscheibe …«

Cooper schlug mit der Faust auf die Tischplatte. »Hören Sie, Doc, Ihre Geschichte hat einen logischen Fehler.«

Amos zuckte zusammen: »Wie meinen Sie das?«

»Ich meine, dass Sie gewarnt waren. Durch die Aufzeichnungen von Larissa. Sie wussten, dass Oberst Krall Ihre Frau unter Druck setzte, richtig?« Als Amos nur nickte, fuhr Cooper wütend fort: »Sie wussten auch, dass Krall die Mikroben freisetzte, das sagten Sie eben drüben im Labor.«

Amos machte eine unwirsche Handbewegung und fragte, was an seiner Geschichte nicht logisch sein sollte.

»Logisch wäre gewesen, dass Sie etwas gegen Oberst Krall unternommen hätten. Er war des Mordes an Ihrer Frau verdächtigt. Aber Sie blieben untätig. Das begreife ich nicht. Also, was war los?«

Amos blickte hilfesuchend zu Winter, als erwartete er eine Antwort. Dann fluchte er: »Der verdammte Schleimscheißer war wie vom Erdboden verschwunden. Hat sich aus dem Staub gemacht. Was sollte ich denn tun?«

»Sie antworten auf meine Frage mit einer Gegenfrage.«

»Na schön, ich kehrte in die Schweiz zurück. War ohnehin vorgesehen. Ich hatte nur ein paar Tage Urlaub. Dann begann ich nachzuforschen, wo sich der Schweinehund versteckte.«

Winter sagte: »Deshalb entführten Sie Elmar Ludwig aus dem VIMF-Institut, um ihn draußen im Wald zu foltern. Wissen Sie, dass er ums Leben kam, als er benommen auf die Straße hinaus vor einen Laster torkelte?«

Amos schüttelte den Kopf, das sei ihm egal, Ludwig habe als Sicherheitschef der ABC-Labors mit Krall unter einer Decke gesteckt. »Ludwig musste wissen, wohin sich Krall abgesetzt hatte. Und am Ende hat er es mir verraten.«

Cooper reagierte zornig: »Nach Neapel, und Sie folgten seiner Spur bis ins Luxusbordell *Villa la Favorita*. Wir haben da nachgeforscht. Lia, die hübsche Prostituierte, die Sie gut kennen, gab den Hinweis, dass Sie mit ihr nach Pristina geflogen sind. So fanden wir dieses abgelegene Nest.«

Amos rieb sich mit den Händen die Schläfen und gelobte feierlich: »Ich werde das Schwein aufspüren, dann mit ihm abrechnen.«

Cooper legte sein Besteck hin, nahm einen Schluck Wasser. Winter stand auf, trat hinter Amos, um ihm eine Hand auf die Schulter zu legen, doch Tarik sprang heran und drückte sie in den Stuhl zurück. Keuchend stieß sie hervor: »Dazu wird es nicht kommen, Doc.«

Amos machte abschätzig einen Handschlenker. »Ersparen Sie sich Ihr Psychogeplapper.« Cooper sah, wie ein hämisches Grinsen über sein Gesicht schlich, und ahnte, dass er Winters Absicht durchkreuzen könnte.

Amos fuhr fort: »Lasst uns das Essen beenden. Noch etwas Kalbskopf, Frau Winter? Ach, nein? Dann wird es Zeit, dass Tarik Sie in Ihr Nachtlager zurückbringt.«

Er nahm genüsslich einen Schluck Wein, dann belehrte er Cooper: »Tarik hat sich übrigens richtig verhalten. Eine Leibesvisitation ist kein Missbrauch. Es ist eine Standardprozedur bei Verdächtigen.« Er lächelte Winter an: »Hat Tarik Sie in irgendeiner Weise angefasst?« Winter antwortete nicht, und er sagte ihr: »Es scheint, dass alles richtig gemacht wurde, außer dass er die Untersuchung der Körperöffnungen vergessen hat.« Er fügte nonchalant hinzu: »Das sollte das geringste Ihrer Probleme sein.«

Cooper war noch nicht fertig. »Noch eine Frage, Doc, bevor Sie uns ins Loch zurückschicken.«

»Ich höre.«

»Nach allem, was man hört, waren Sie ein guter Offizier und angesehener Wissenschaftler. Warum sind Sie also desertiert?«

»Das bin ich nicht.«

»Wurden Sie etwa entführt?«

»Nein, ich habe versucht, nicht entführt zu werden.«

»Von wem?«

Amos antwortete nicht. Stattdessen holte er das Satellitentelefon aus der Ledertasche unter dem Tisch. »In diesem Telefon ist eine Nummer gespeichert, und ich vermute, es ist die von Oberst Krall.«

»Gut geraten.«

»Hat er Ihnen gesagt, dass er mich umbringen wollte?«

»Nein, aber wenn das stimmt, ist es besser, dass wir Sie finden, bevor Krall es tut.«

»Er hat Larissa daran erinnert, dass er dafür sorgen würde, dass sie für immer verschwinde, wenn sie irgendjemandem ein Wort über das Mikroben-Projekt verrate, bei dem es um Menschenversuche mit gentechnisch veränderten Mikroben ginge. Er sagte ihr, sie solle an mich und ihre Kollegen denken. Er sagte ihr auch, und ich bin mir nicht sicher, ob ich das glaube, dass sie mit dem, was sie gemacht haben, einverstanden gewesen sei, und nicht damit, dass sie Stunk mache …«

Amos schaltete das Telefon ein und wählte die einzige Nummer im Telefonbuch.

Cooper hörte das Rufzeichen aus dem Lautsprecher, dann ein Klicken. »Cooper, wo zum Teufel sind Sie?«

Amos sagte: »Guten Abend, Oberst Krall.«

Es herrschte eine betretene Stille, dann fragte Krall: »Wer ist da?«

»Ihr denkbar schlimmster Albtraum.«

Es gab eine weitere Pause, dann fragte Krall weiter: »Wo sind Major Cooper und Frau Winter?«

Amos legte das Telefon von einer feuchten Hand in die andere und antwortete: »Genau hier. Sie flehen, hier lebend rauszukommen.«

Krall bat darum, mit ihnen zu sprechen, um zu sehen, ob sie tatsächlich bei Amos und am Leben seien. Cooper zog das Telefon heran und rief: »Hallo, Oberst, tut mir leid, dass ich Sie beim Trinken störe«, und Winter sagte nur: »Affenarsch.« Danach ging Amos wieder ans Telefon. »Zufrieden?«

»In Ordnung, ich werde Sie finden, Doktor Amos«, drohte Krall.

»Nicht, bevor ich Sie gefunden habe.« Er legte auf.

Amos schaute zu Cooper, dann zu Winter. »Ich glaube, Sie beide brauchen mehr Zeit im Kittchen.« Er warf einen Blick auf seine Uhr. Offenbar genoss er die Unterhaltung nicht mehr.

67

Es gab keine Nachspeise. Keinen Gaumenschmeichler. Amos befahl Tarik, die beiden Militärermittler in die Hütte zurückzubringen, worauf er vor die Tür trat und die herumlümmelnden Wachen anschrie. Sie zuckten zusammen, ließen ihren Frust an Cooper aus, packten ihn sofort heftig am Arm.

Winter sah sich noch einmal um, bevor sie folgte. Eine Tür stand zu einer Halle offen, bot Sicht auf andere Türen und eine Treppe. Sie spürte, wie Amos hinter ihr herschaute. Sie drehte sich um. Amos senkte wie ertappt den Blick, entnahm dann einer Schachtel am Boden einen Aktenkoffer, hielt ihn auf den Knien. Winter sah die Ledertasche mit ihren Sachen. Tarik hatte sie dort hingestellt und vergessen.

Die Wachen stießen das Paar mit den Gewehrkolben vor sich her bis zur Hütte. Tarik machte den Karzer auf, schubste die Gefangenen hinein, überwachte das Anlegen der Fußfesseln, sah zu, wie bei Cooper das Vorhängeschloss einschnappte, und als er vor Winter kniete, um ihre Fesselung zu verriegeln, raunte er ihr eine Bemerkung zu, auf die sie etwas entgegnete, was Cooper nicht unfreundlich empfand.

Die Tür wurde zugemacht, verriegelt, und es roch übel wie in einer Latrine. Sie blieben stumm, Cooper auf dem Metallgestänge, Winter am Boden kauernd. Dann beendete Winters Stimme die Stille. Sie klang verzweifelt: »An was denken Sie, Mike?«

Sein Instinkt hatte ihm von Anfang an gesagt, dass mehr hinter diesem Fall steckte und dass es für viele Leute vermutlich das Schlimmste wäre, Jens Amos vor ein Militärgericht zu stellen. Und jetzt verstand er auch, warum. Was machte das aus ihm und Winter? Sie wurden beide auf eine Mission geschickt, von der man annahm, dass sie scheitern würde.

Er fragte: »Wie kam es, dass Sie meine Partnerin wurden?«

»Nun, Jack Cole schlug vor, ich solle mich für den Job bewerben.«

»Richtig. Wenn man einen Maulwurf im Justizsystem platziert, setzt man ihn neben den Besten aller Kerle, den Besten für die heikle Mission und neben den, der am ehesten beschuldigt und abserviert werden kann, wenn die Dinge schieflaufen.«

»Sie unterstellen, dass meine Versetzung in Ihren Stab von der CIA eingefädelt wurde, weil ich Jack Cole kannte … Eine ziemlich abenteuerliche Theorie, Major. Ich habe vorher noch nie von Ihnen gehört, und als ich mich erkundigt habe, bekam ich alles von brillant und hart bis hin zu arrogantem Arschgesicht.«

»So reden eifersüchtige Leute.«

»Eine Ermittlerin sagte, Sie seien charmant, gut aussehend.«

»Wer war das?«

»Sage ich nicht. Sie meinte auch, dass Sie weibliches Personal als gleichwertig ansehen, solange sie ihr Bestes geben. Das gefiel mir.«

»Wer war die Dame?«

»Keine, mit der Sie geschlafen haben.«

»Das grenzt es ein.«

»Mhm. Tut mir leid wegen der Leibesvisitation heute Nachmittag.«

»Ich habe nur mit einem Auge zugesehen, ich werde erst hinschauen, wenn wir zusammen allein in Ihrer Wohnung sind … aber im Ernst, Tarik möchte vielleicht, dass Sie es wiederholen … Was hat er Ihnen gesagt, als er Ihre Füße fesselte?«

»Er hat mir eine Dusche und ein bequemes Bett angeboten …«

»Das ist schwer abzuschlagen …«

»Ich mache, was gemacht werden muss. Wenn es hilft, dass wir hier rauskommen.«

Cooper überlegte. Tarik könnte zurückkommen, wenn draußen alles ruhig ist. »Wissen Sie, wie spät es ist?«

Sie schüttelte den Kopf. »Schwer zu sagen. Wir haben die Küche kurz vor Mitternacht verlassen. Ich denke, der Lustmolch kommt zurück … Dann werden wir sehen. Warum fragen Sie nach der Uhrzeit?«

Weil ich einen Fehler bei der Einschätzung eines möglichen Luftangriffs gemacht habe. Es kommt nicht auf die schwache Morgenstunde an, wo die Wachsamkeit der Wachen erstarrt, wie bei einem Infanterieangriff, sondern auf die Satellitenposition. Drohnen brauchen GPS-Lenkung, um die angegebenen Koordinaten zu finden. Ein Angriff kann jederzeit ausgelöst werden.«

Da fiel es ihr wieder ein. »Mike«, flüsterte sie, »als wir an der Laderampe ausstiegen, hat mir Beta zugeraunt, wir sollen machen, dass wir vor Mitternacht rauskommen.«

Cooper sagte nichts.

Sie suchte seine Augen im Dunkeln, stieß einen langen Seufzer aus und brachte hervor: »Wir sind dem Untergang geweiht. Schutzlos.«

68

Da hörte Cooper Tariks Stimme.

Es klang wie ein einseitiges Gespräch. Wahrscheinlich hing Tarik an einem Walkie-Talkie.

Cooper fragte: »Bereit, hier auszubrechen?«

Sie blieb stumm.

»Sie schaffen das, Laura. Bereit?«

Cooper ging in die Hocke und schob seine Arme unter die Pritsche, und Winter tat dasselbe.

Er drängte: »Stellen Sie sich vor, auf dieser Pritsche liegt ein Kamerad, schwer verletzt, in der Brust getroffen, Sie müssen ihn auf eine Trage hieven … Okay, eins, zwei, und … anheben!«

Sie hoben die Liege hoch, und es fühlte sich schwerer an als beim Übungslauf.

»Halten Sie sich fest, Laura.« Er ging mit der Pritsche herum, sodass ihr Ende etwa einen Meter entfernt auf die Tür zielte.

»Rufen Sie Tarik, er soll reinkommen.«

»Meine Knie knicken ein …«

»Rufen Sie, Laura, denken Sie an den Verwundeten, Sie müssen ihn hinaufstemmen, in den Hubschrauber … Rufen Sie jetzt Tarik.«

»Meine Arme …«

»Okay, hinknien. Wir nehmen es auf unsere Schultern. Die Ketten reichen. So. Okay? … Sie schaffen das.«

Sie knieten beide, hoben das Gestänge an, drückten es hoch, bis die Metallstange auf ihren rechten Schultern ruhte.

Jetzt standen sie, und Winter sagte: »Es funktioniert.«

Tarik muss sie gehört haben, denn er rief etwas durch die Tür.

Winter holte tief Luft und rief, dass sie Wasser wolle und ja, auch duschen …

Cooper sah seine Silhouette durch den Türspalt, als Tarik nach der Klinke griff.

Er hoffte, dass er allein wäre und die Schlüssel dabeihätte. Nur beides wäre ein Erfolg.

Cooper flüsterte: »Auf mein Kommando treten Sie mit kurzen Schritten vor.«

»Okay.«

Die Tür öffnete sich, Tarik trat ein, blinzelte. »Was?«

»Los!«

Cooper stürzte nach vorne. Die Metallpritsche fest auf seiner Schulter. Das Ende des Gestells traf Tariks Gesicht, zerquetschte seinen Kiefer, den Cooper knacken hörte.

Tarik fiel zurück, als wäre er von einer achtzig Kilo schweren Metallstange getroffen worden. Er lag halb in der Tür und halb draußen. Cooper sah niemanden in der nächsten Umgebung, hörte keine Stimmen.

Winter war auf die Knie gesunken und ließ die Pritsche von ihrer Schulter gleiten.

Das schwere Metall fiel auf ein Bein von Tarik, was ihn aufstöhnen ließ.

Cooper löste sich seinerseits von der Pritsche, durchsuchte schnell Tariks Taschen. Er fand die Schlüssel, schloss das Vorhängeschloss an seiner Fessel auf und gab die Schlüssel Winter.

Cooper knipste Tariks Stablampe aus, nahm seine Glock aus dessen Hosenbund und fand auch das zusätzliche Magazin in der Hosentasche.

Gemeinsam rissen sie mit beiden Händen an den Ketten und zerrten die Pritsche von der Tür weg. Danach packte Cooper Tarik an den Knöcheln, zog ihn hinein und schloss die Tür ab.

Tarik atmete noch, sein Gesicht war eine blutige Masse.

Winter kniete sich neben ihn, nahm Coopers Uhr von seinem Handgelenk und sagte: »Wo du hingehst, wirst du sie nicht mehr brauchen.«

Sie reichte Cooper die Uhr, durchwühlte Tariks Taschen und fand ihr Schweizer Armeemesser, das sie einsteckte, ignorierte sein Feuerzeug und die Zigaretten, dann löste sie Tariks Funkgerät und das Kampfmesser von seinem Gürtel.

Cooper zerrte die Pritsche zurück an die Wand und bat Winter, ihm zu helfen, Tarik darauf zu heben.

»Warum?«

»Um den Tatort zu vertuschen. Falls jemand den Kopf hereinsteckt, sieht er einen Körper auf der Pritsche und hält ihn für einen Gefangenen.« Er fügte hinzu: »Es wäre besser, wenn er nicht atmen würde.« Winter schüttelte energisch den Kopf. »Das machen wir nicht. Wir haben getan, was wir tun mussten, das genügt.«

Cooper stimmte widerwillig zu, als er albanische Wortfetzen hörte. Er zog seine Glock und sprang zur Tür.

Winter beruhigte, es sei Tariks Funkgerät. Sie lauschte und suchte die Kanäle ab. »Nur Gerede.«

»Okay, schalten Sie es aus.« Cooper blieb an der Tür und lauschte. »Okay … los geht's.«

Sie verließen die Hütte. Winter schloss die Tür. Cooper sah sich um. Vor ihm führte der Weg etwa zweihundert Meter zu den Eichen. Er ging voraus. Nach wie vor herrschte Stille. Nach etwa der Hälfte der Strecke bemerkte er auf der rechten Seite zwei gepflasterte Radspuren, die hinter das Haus führten.

Er gab Winter ein Zeichen, und sie liefen jetzt eng zusammen auf dem Fahrweg, der in den Hinterhof führte. Cooper hielt seine Glock an der Seite. Ein spärlicher Lichtschein drang aus einem Fenster.

69

Winter flüsterte: »Wohin gehen wir?«

»Zurück in die Küche.« Cooper blieb nach zwanzig Metern hinter einem Berg schwarzer Müllsäcke stehen und spähte auf den Hintereingang. Es gab eine Tür mit einer verschmutzten Mattscheibe, durch die das Licht schimmerte, das sie bemerkt hatten. Rasch trat Cooper heran und prüfte die metallene Klinke. Sie gab seiner Hand zu verstehen, dass kein Riegel vorgeschoben war. Vorsichtig drückte Cooper die Tür auf, sie war alt, die Scharniere knirschten. Er gab Winter ein Handzeichen. Sie tappten geduckt hinein, blieben stehen, während Cooper mit der Stablampe Licht gab.

»Sieht nach Waschküche aus«, glaubte Winter. Der Lichtstrahl beleuchtete eine Waschmaschine, einen mit Wäsche gefüllten Korb, streifte Haken an der Wand, die Drähte spannten. Winter zog ihr Swiss Army Knife aus der Tasche, schnitt ein Stück der Kunststoffwäscheleine ab, wickelte sie um ihre Taille, für den Fall, dass sie einen Strick für irgendetwas brauchten. Wie das Fesseln von Jens Amos.

Die nächste Tür war verriegelt. Cooper inspizierte das Schloss, das genauso marode war wie die Scharniere der Hinterhoftür. Einfach zu knacken. Er zog das Kampfmesser aus der Scheide. Die schmale Klinge drang in den Spalt ein, malträtierte den Riegel, bis er mit einem Klack kapitulierte. Cooper drehte am Knauf. Die Tür gab nach, führte aber nicht direkt in die Küche. Es war eine Vorratskammer. An zwei Wänden standen bis zur Decke vollgepackte Regale. »Notvorräte, da würde ich auch abschließen«, flüsterte Winter, als Cooper den Finger zuerst auf seinen Mund, dann auf einen roten Knopf drückte.

Fast geräuschlos schob sich eine schwarze Wand zur Seite und gab den Blick in die Küche frei. Winter ging vor, trat nach links zum Herd, Cooper sprang mit der Glock in der Hand nach rechts, wo das Spülbecken matt glänzte. Im Kamin schwelten die Holzkohlenreste, und eine Lampe in der Halle spendete genug Licht für Winter, um den Raum zu erfassen. Der Tisch, an dem sie vor Stunden gesessen hatten, war nicht abgeräumt. Die Stolperfalle einer Kartonschachtel lag noch dort, wo sie Amos aufgerissen hatte. Ebenso wartete die Ledertasche neben Amos' verlassenem Stuhl auf jemanden, der sie an sich nahm. Winter zögerte keine Sekunde. Sie angelte die Tasche, die ihre Waffe und Pässe enthielt, zwischen Tisch- und Stuhlbeinen hervor. Sie schlang die Tragriemen um die Schulter, als ihr Cooper mit der Stablampe aus der Halle ein Warnzeichen gab: lang, kurz, lang. Morse Code für k – Kontakt.

Sie bewegte sich vorsichtig zum Durchgang, passierte ihn, ohne mit ihrer Beute anzuschlagen. Sie stand in der Halle mit dem Treppenaufgang, den sie beim Abendessen erspäht hatte. Da fühlte sie eine Hand, deren Kraft sie in eine finstere Nische zerrte. Cooper hauchte so nah in ihr Ohr, dass sie seine Lippen spürte, was sie elektrisierte. Er zeigte dabei auf den schmalen Lichtspalt auf der anderen Seite der Treppe.

Und jetzt hörte Winter es auch. Stimmen. Unterschiedliche Stimmen. Gelassen, heiter, dann wieder erregt. Stille, dann klang es plötzlich nach Streit.

»Kommen Sie.« Cooper schlich zur Tür mit dem Lichtspalt. Winter hielt sich dicht an ihn und strich mit der Hand über glatte Kacheln, bis er die Klinke fand und sie behutsam drückte. Geräuschlos. Cooper schob die Tür ein paar Zentimeter auf. Sogleich klangen die Stimmen lauter.

Zuerst nur unverständliches Gemurmel … Höhnisches Lachen … »dann fliegt alles in die Luft …«

Kurzes Lachen … »dann bleibt von Ihnen auch nichts übrig …«

»… Hören Sie, Doc. Larissa ist tot. Es ist vorbei. Diese Wie-heißen-sie-schon-wieder-Ermittler der militärischen Kriminalpolizei …?«

»Major Cooper und Frau Winter …«

»Eben, die verschwinden, dafür haben Sie gesorgt, man wird sie nie finden.«

»Wer garantiert das?«

Die andere Stimme war jetzt deutlicher zu hören. »Niemand, Doc. Wir garantieren nie etwas. Schon gar nicht, wenn man unsere Agenten eliminiert … Kapiert? Sie haben unseren besten Agenten umgebracht. Jack Cole … Schweigen Sie! Jetzt hören Sie zu … Sie erledigen die beiden Armeeschnüffler für uns … Wollten Sie das nicht ohnehin? Dann, Doc, unterschreiben Sie. Was Sie Jack verweigerten, holen Sie schön nach … Sie laufen über, mit Haut und Haar und noch vielem mehr. Nämlich mit Ihrem Wissen und all dem Mikroben-Know-how. Wir garantieren Ihnen Sicherheit und ein neues Leben in Rastenburg, Bundesstaat Montana, wo es die besten Anlagen gibt, und Sie forschen exklusiv für uns …« Eine Pause, dann der Satz, »Montana ist schöner als Guantanamo …«

Nach Sekunden totaler Stille fuhr die Stimme fort, »… vorausgesetzt, Sie übergeben uns die kompletten Forschungsdaten und die Codes. Sie liegen in Ihrem Koffer …«

»Wenn nicht?«

Es kam keine Antwort, und Cooper befürchtete, dass die Männer im Besprechungszimmer etwas bemerkt hatten, einen Luftzug vielleicht, oder die angelehnte Tür …

Cooper half Winter, die Ledertasche abzulegen. Winter nahm zuerst ihre Glock heraus, dann suchte sie nach den Reservemagazinen, fand sie, aber auf dem Weg in ihre Jackentasche entglitt ihr ein Clip. Gefüllt mit fünfzehn Neunmillimeter-Patronen. Der Aufprall auf den Steinplatten klang in Coopers Ohren wie ein Schuss. Er musste die Männer hinter der Tür aufschrecken. Wie sollte er reagieren? Cooper verwarf sogleich den Gedanken, in den Raum zu stürzen. Er wusste ja nicht, mit wem er es zu tun hatte. Zwei Stimmen zu hören, hieß noch lange nicht, dass nicht auch eine dritte oder vierte Person anwesend wäre. Die Lage war verworren. Angriff in nicht abgeklärter Lage? Cooper flüsterte: »Lassen wir sie den ersten Schritt machen.«

Jemand rief: »Tarik? Bashir?« Es war Amos. Stühle rückten. »Ist da jemand? Martina, komm rein.«

Cooper und Winter hatten sich zu beiden Seiten der Zimmertür an die Wand gedrückt. Cooper umklammerte mit der Faust den Lauf der Glock.

Winter deutete mit zwei Fingern nach oben. »Schlafzimmer? Die Köchin?«

Da ging die Tür auf. Die Person, die erschien und in die Halle spähte, sah nur Dunkelheit, dann versank sie in völliger Finsternis. Winter hatte den Mann blitzschnell an der Jacke nach vorne gezerrt, während Cooper ihm die Glock über den Schädel zog. Kein Schrei ertönte.

Cooper überließ den Bewusstlosen seiner Partnerin, sprang in das Zimmer hinein: »Keine Bewegung! Hände über den Kopf!«

Jens Amos erhob sich zögerlich aus dem Sofa, legte das Walkie-Talkie weg und hielt die Arme hoch. Ungläubig schüttelte er den Kopf. »Sie sind ein verdammter Rambo, Major.« Er sprach mit erstaunlicher Gelassenheit, fast heiter, als hätte er den Überfall selbst geplant. »Wie haben Sie's aus dem Knast geschafft?«

»Wir haben nach Tariks Schlüsseldienst gerufen.«

»Es ist Beta«, sagte Winter atemlos, nachdem sie den leblosen Körper ins Innere geschleppt und die Tür zugemacht hatte.

Cooper sah zu, wie Winter ihm mit der Wäscheleine die Hände auf den Rücken fesselte, dann ihr Schweizer Taschenmesser nahm, Mortimers Hose herunterzog und seine Boxershorts aufschnitt, dann ihm die Hose wieder über den nackten Hintern zog.

Cooper fragte: »Lernt man das im Überlebenstraining? Oder irgendwo anders?«

Sie antwortete nicht, sondern begann, Mortimers Jacke abzutasten. Sie fand seine Waffe, eine SIG Sauer P226, und was sie sonst noch in seinen Taschen fand, warf sie in die schwarze Ledertasche.

»Alles fliegt in die Luft …«, rief sie alarmiert. »Beta hat's gesagt.«

»Leere Drohung«, schnaubte Amos verächtlich, aber Cooper sah es anders. »Kommen Sie, Jens, wir hauen ab. Was hängt an der Kette?«

Er hob den linken Arm. Die silberne Kette, die das Handgelenk mit einer Schnalle umschloss, führte zu einem kleinen viereckigen Aluminiumbehälter, etwa von der Größe zweier Schuhschachteln. »Alles Geheimnisse«, knurrte Amos.

Die neue Lage war die Herausforderung, die alles Bisherige in den Schatten stellte.

70

Die Situation war kritisch. Irgendwo lungerten Amos' Leute herum. In den Barracken oder drüben im Frauenhaus. Das Fehlen von Tarik in ihrer Runde musste sie beunruhigen. Sie würden einen von ihnen abordnen, um ihn ausfindig zu machen. Es war nur noch eine Frage von Minuten, bis sie ihn in erbärmlichem Zustand in der Hütte vorfanden. Dann würden sie aufgeschreckt ihren Boss alarmieren und in höchster Alarmbereitschaft mit den Kampfhunden die Gebäude und das ganze Gelände nach den entwichenen Gefangenen absuchen.

Cooper zweifelte keine Sekunde an der unmittelbaren Gefahr. Er musste rasch seinen Plan umsetzen. Er trat zu Amos, packte ihn am Arm. »Los, Doc, Bewegung.«

Amos ließ sich widerstandslos in die Halle führen.

Als sie dort waren, entdeckte Cooper die Tür. Er entschied: »Wir gehen runter in die Tiefgarage. Wo geht's lang?«

Amos hatte nur ein Grinsen übrig, aber Winter hatte die Tür bereits geöffnet und rief: »Es gibt eine Treppe.«

Cooper bugsierte Amos zum Treppenabsatz, Winter – die Ledertasche umgeschnallt – ging bereits voran die Stufen hinab. »Was machen wir mit Beta?«, fragte sie über die Schulter.

Cooper gab keine Antwort. Er nahm mit Amos im Schlepptau vorsichtig Stufe um Stufe, bis sie das Treppenende erreichten. Winter stand bereits unten in einem leeren, feuchten Vorraum vor einer verschlossenen Tür. Es war nicht die einzige. Zwei andere Türen schlossen auf den beiden Seitenwänden einen Zugang ab.

Cooper öffnete kurz entschlossen die, vor der Winter stand. Er trat über die Schwelle, fand einen Lichtschalter. Grelles Licht beleuchtete eine lange, breite Halle. Das unterirdische Parkhaus. »Los, vorwärts.«

Der Land Rover stand neben einer Säule. Drei andere Fahrzeuge, darunter ein nobler, schwarzer Mercedes, parkten gegenüber.

Winter blieb stehen. »Wo geht's zur Laderampe. Doc, sagen Sie's schon.«

Amos zögerte, aber dann deutete er mit der freien Hand nach hinten in den Vorraum, den sie eben verlassen hatten.

Winter begriff und informierte Cooper, dass sie gleich zurück sei. Sie ließ die Ledertasche stehen, rannte in den Vorraum, probierte die breite Tür zu ihrer Rechten. Sie öffnete sich zu einer Treppe, neben der ein Förderband ruhte. Winter knipste das Licht an und sprang die Stufen hoch. Atemlos gelangte sie oben zu einem metallenen Tor, das zum Glück nicht verriegelt war. Sie stieß es auf und befand sich auf der Laderampe.

Sie atmete durch. Vor ihr lag der Nachthimmel, von einem zunehmenden Mond beschienen. Ideal für einen Drohnenangriff, reflektierte sie automatisch, dann sprang sie über die Kante auf den Boden hinunter. Rasch spürte sie das verrottete Fass auf, suchte unter dem Unkraut ihr Gepäck, ergriff es und trat zurück. Sie schlang den Gürtel mit den Rollbomben um, schulterte den Rucksack, kletterte zurück auf die Rampe.

Da hörte sie die aufgeregten Stimmen, Schreie, als belle jemand Befehle. Sie kamen von jenseits der großen Terrasse. Sie verharrte und spähte nach vorne. Sie wollte zurück zur Treppe, als zwei Gestalten in ihr Blickfeld traten. Sie gestikulierten, wetterten, vor allem kamen sie rasch näher.

Winter hatte keine Wahl. Wie in Trance fand ihre Hand den Klettverschluss des Gürtels, packte eine Rollbombe heraus, dann eine zweite. Sie erinnerte sich an Coopers Instruktion in der Unterkunft. Splint herausziehen, sieben Sekunden … Sie machte genau das. Als der Splint der ersten Sprengladung gezogen war, zählte sie bis vier, dann warf sie das Geschoss den Männern entgegen. Sie zielte bewusst zu kurz, wollte die Gegner nur in Deckung zwingen. Sekunden später wiederholte sie die Kampfhandlung und warf sich zu Boden. Die zweite Bombe landete am gleichen Ort, als die erste gerade hochgegangen war.

Sekunden später sprang sie hoch, hielt die Glock in der Hand und zielte auf die Gegner. Umsonst. Von den Männern war nichts mehr zu sehen. Jetzt galt es, keine Zeit zu verlieren. Sie erreichte das Tor und sprang die Stufen hinunter in den Vorraum, schloss die Tür und rannte in das Parkhaus.

Cooper wartete ungeduldig vor dem Land Rover. Neben ihm stand Jens Amos. Von seinem Handgelenk baumelte die silberne Kette hinunter zum Koffer auf den Fußboden.

Cooper hatte sogleich den Sinn von Winters Abstecher auf die Laderampe erkannt, die dumpfen Explosionen registriert. Sein Plan blieb gültig. Mit dem Deserteur im Land Rover aus der Tiefgarage herausfahren, dann auf Teufel komm raus nach unten zum Tor preschen …

Er setzte Amos auf den Beifahrersitz. Winter packte die Ledertasche, die Cooper übernommen hatte, und stieg hinten ein.

»Um Beta sollen sich die anderen kümmern«, rief er ihr noch zu, startete den Motor, wollte den Gang einlegen, kam aber nicht mehr dazu.

In kurzer Folge erschütterten zwei Explosionen das Gebäude. Winter schrie. Er hörte sie entsetzt rufen. »Sie greifen an, alles fliegt in die Luft. Was machen wir jetzt?«

Cooper hielt sich an den Plan, fuhr zügig los. Wieder eine ohrenbetäubende Explosion. Diesmal näher. Er erreichte die Rampe zur Ausfahrt und stoppte abrupt. Trümmer versperrten definitiv die Weiterfahrt. Er legte den Rückwärtsgang ein, fuhr den Land Rover in die Halle zurück. »Aussteigen!«

Er schaute sich um. Die Decke hatte gefährliche Risse, Staub und Mörtel lagen auf der Parkfläche. »Noch ein Angriff, und alles stürzt ein.«

»Was ist Ihr Plan, Major?«, fragte Winter jetzt seltsam gelassen.

Amos kam ihr zu Hilfe. Er deutete zum Vorraum. »Untergeschoss«, keuchte er und rannte los. Cooper und Winter folgten ihm auf den Fersen. Im Vorraum öffnete Amos die Tür auf der linken Seite. Er machte Licht. Stufen führten nach unten. Cooper ging voran und nahm vorsichtig die erste Stufe. Da explodierte das Gebäude über ihren Köpfen. Die Erschütterung war gewaltig, Mauern barsten, das Krachen war apokalyptisch. Die Luft war erfüllt von Staub und dem Geruch von explodiertem Sprengstoff.

Dann ging das Licht aus.

Das Treppenhaus blieb intakt. Winter leuchtete mit der Stablampe. So rasch es ging, stiegen sie weiter in die Tiefe.

»Wer zum Teufel macht so etwas?«, keuchte Amos. »Die Schweine machen alles kaputt.«

»Wir müssen da raus. Kennen Sie sich da unten aus, Doc«, drängte Cooper, als seine Füße flachen Boden berührten.

»Weiter. Weiter vorne kommt die Anlage«, rief Amos in die unheimlichen Geräusche des zerberstenden Gebäudes hinein.

Cooper stellte sich im Geiste die Pläne der Festung vor, erinnerte die Auskünfte von Alpha über den Abwasserkanal, der am nördlichen Rand der Festung gebaut worden war. Er lag deutlich unter dem Niveau der Parkebene. Die periphere und tiefe Lage bot die Chance, dass der Raum, wo der Kanal verlief, der massiven Zerstörung standhielt wie ein im Untergrund eingebetteter Kriegsbunker. Er sollte recht behalten. Nach etwa fünfzig Schritten leuchtete der Halogenstrahl der Stablampe eine Art Kaverne aus. Man sah die Umrisse einer modernen technischen Anlage, glänzende Geräte, dicke Leitungen.

Cooper sagte: »Das ist die neue Kläranlage, von der Alpha geredet hat.« Er ging weiter in den Technikraum hinein. »Da drüben ist der Kanal.«

Winter warf den Lichtstrahl in die angegebene Richtung und fuhr von oben nach unten über die klaffende Öffnung, die ihnen entgegengähnte. »Das ist der Einlass.«

Sie rückten näher zusammen wie eine verlorene Schicksalsgemeinschaft und besprachen sich. Dann trat Cooper näher zur Einstiegsöffnung. Die Erbauer des Kanals hatten die Weitsicht oder eher den Geschäftssinn gehabt, den Kanal breit und hoch genug zu erstellen. Vielleicht dachten sie auch an die Erhaltung und an die Monteure, die den Zustand kontrollieren oder Ausbesserungen vornehmen mussten. Cooper war klar, dass sie auf den Knien kriechend vorwärtskamen, und war im Begriff, Anweisungen zu geben, als sie lautes Stöhnen aufschreckte. Es klang schmerzerfüllt und kam näher.

Winter wirbelte herum und leuchtete nach der Ursache.

Eine Gestalt torkelte im gespenstischen Licht in den Technikraum, taumelte nach wenigen Schritten und fiel nach vorne.

Rasch war Winter bei ihr. Das Halogenlicht zeigte ein zerrissenes, schmutziges T-Shirt, Mörtelsplitter im Haar, gefesselte Hände, einen blutenden Oberarm. Sie erkannte die Hose, die sie vor wenigen Minuten dem Mann abgestreift hatte. Cooper ging neben ihr in die Hocke, und gemeinsam drehten sie den Verwundeten auf den Rücken. Winter hob sein Gesicht, leuchtete es an. Es war blutüberströmt, ein Arm blutete.

Amos knurrte: »Es ist Mortimer«, und Cooper stellte fest: »Beta.«

Rasch durchschnitt Cooper mit dem Kampfmesser die Fessel, dann richteten sie Mortimer in eine Sitzstellung auf. Winter wühlte in ihrem Rucksack, fand ein Erste-Hilfe-Paket, öffnete es und nahm eine Rolle Verbandstoff heraus. Rasch band sie dem Verwundeten den Oberarm ab, legte eine Kompresse auf die Wunde und fixierte sie fachgerecht. Dann besichtigte sie die Kopfwunde. Eine Schramme zog sich über die linke Backe, blutete zum Glück nur leicht. Sie versorgte auch diese Wunde mit einem Pflaster, dann sprach sie Beta an. »Wie heißen Sie? Sagen Sie mir Ihren Namen!«

Nur ein Stöhnen.

»Sie müssen aufstehen, Mortimer. Versuchen Sie es.«

Cooper und Amos packten zu. Mühsam gelangte Mortimer auf die Beine, wankte, doch dann wagte er ein paar Schritte. »Geht schon«, keuchte er.

Cooper musste ihn nicht fragen, was passiert war. Mortimer wusste, wo es langging zur Parkebene. Als die ersten Raketen einschlugen, musste er sich aufgerappelt haben, um nach unten zu gehen. Trümmer hatten ihn auf der Flucht in die Sicherheit des Untergrunds getroffen.

»Wir sind jetzt zu viert«, stellte Winter lakonisch fest.

71

Zur gleichen Zeit stieg Hauptmann der Luftwaffe Alexander Pavlovic – auf dem Waffenplatz Pester im serbischen Westen – durch die Hecktür ins Innere seines BMP-Kommandopanzers, setzte sich an den Kartentisch und stülpte sich die Kopfhörer über. Sein Telematik-Offizier grüßte stramm, bot ihm einen Becher Kaffee an.

»Danke, nein danke, Oberleutnant … Und, haben wir getroffen?«

Auf den Monitoren prüfte Pavlovic das abgerufene Satellitenbild des Zielgeländes. Brece lag rund hundertvierzig Kilometer Luftlinie östlich der Startbahnen, von wo die zwei Drohnen vom Typ CH-92 vor zwanzig Minuten abgehoben hatten. Er inspizierte sorgfältig die Lage der getroffenen Ziele, angeblich ein Stützpunkt gefährlicher UCK-Terroristen, die seiner Regierung Kopfzerbrechen verursachten.

Der Oberleutnant meldete: »Abgefeuert sechs, vier voll im Ziel, ein Fehlschuss.«

Pavlovic beobachtete die Zerstörungswirkung aufmerksam. »Kein Stein blieb auf dem anderen, scheint mir. Aber schauen Sie genau hin, Oberleutnant, da nördlich, die Rampe ist intakt. Können Sie das heranzoomen?«

Der Oberleutnant bestätigte schneidig und vergrößerte das Ziel. Jetzt sah der Hauptmann die Situation deutlicher. Neben einer oberflächlichen Rampe verschwand eine betonierte Einfahrt in der Struktur, die er als Anbau beurteilte. Er tippte mit einem Stift darauf. »Sehen Sie's? Darunter könnte eine Tiefgarage liegen.«

»Richtig, Hauptmann, der Bau darüber ist nur leicht beschädigt.«

Der Angriffsplan war im Grunde auch ein Test, oder, wie es Pavlovic vermutete, eher ein Wettstreit zwischen den chinesischen CH-92 und den kürzlich von der Türkei gelieferten Bayraktar TB2-Kampfdrohnen. Wer auch immer die Verantwortung für die Drohneneinsätze trug, wollte vermutlich die türkischen Drohnen mit den bewährten chinesischen im scharfen Einsatz erproben. Sie hatten ihm freie Hand gegeben, um selbst zu entscheiden, wie er den Auftrag, die Ziele zu vernichten, erfüllte. Bedingung war einzig, dass beide Arten von Kampfdrohnen zum Einsatz kamen. Als Offizier war ihm der Auftrag klar, aber er brauchte trotzdem Rückendeckung. Er betätigte eine Taste am Funkgerät und rief seinen Vorgesetzten an. Das Gespräch, das der Oberleutnant mithörte, war kurz. Ziemlich barsch wurde der Hauptmann angewiesen, nicht zu trödeln, sondern den Befehl für den Einsatz der zweiten Staffel ohne Zeitverzug zu erteilen.

»Okay, Oberleutnant, definieren Sie das neue Ziel. Schwerpunkt ist der nördliche, noch ziemlich intakte Komplex. Ich gehe dann zur Startbahn.« Er zog sein Handfunkgerät hervor. »Geben Sie mir okay durch, wenn die Zielkoordinaten von der Feuerleitstelle bestätigt sind.«

»Verstanden, Hauptmann.«

Als Pavlovic auf der Bank zum Ausgang rutschte, hörte er den Oberleutnant sagen, »Hauptmann, haben Sie sich gefragt, wer uns diese Befehle erteilt?«

Er erhielt keine Antwort.

Auf dem Weg zur hundert Meter entfernten Startbahn, wo zwei Bayraktar TB2 ihre Triebwerke testmäßig dröhnen ließen, dachte er über die Frage nach, die ihn schon lange beschäftigt hatte. Er wusste, dass die Zielkoordinaten von Nero übermittelt wurden. Mehr nicht. Wer dagegen den Drohnenangriff dem Luftwaffenkommando befohlen hatte, war ihm schleierhaft. Der Ministerpräsident? Nicht plausibel. Der Verteidigungsminister? Regierungen versinken zwar oft im Wahnsinn … Doch Pavlovic konnte sich schwer vorstellen, dass Belgrad diesen Angriff offiziell bewilligt hat. Naheliegender war, dass die Generäle mit dem Geheimdienst ein Spiel abgekartet hatten.

Pavlovic schüttelte den Gedanken ab. Was soll's, er war Offizier und wollte den Luftangriff wie befohlen ausführen. Nicht grübeln, handeln.

Er sah den Einsatzleiter am Pistenrand im Standlicht eines der vierachsigen, langen Tieflader stehen. Pavlovic salutierte, dann hörte er sich das Zustandsbriefing an. Die Wetterlage am Ziel sei noch eine Stunde günstig, die Bayraktars 1 und 2 einsatzbereit, alle Tests erfolgreich verlaufen. Außer vier Mechanikern, die sich jetzt von den Drohnen entfernten, war kein anderes Bodenpersonal im Einsatz. Ebenso wenig war etwas von der Flugplatzsicherungskompanie zu sehen, die das Gelände absperrte. Nur die Panoramakuppel des Kontrollturms schimmerte aus dreihundert Metern Entfernung grünlich.

Pavlovic schaute auf sein Funkgerät, vertrat sich ungeduldig die Beine. Endlich hörte er die klare Stimme des Oberleutnants. »Hauptmann, Startfreigabe wurde eben übermittelt.«

»Verstanden, Ende.« Pavlovic trat vor den Einsatzleiter, streckte beide Arme unübersehbar in die Höhe, dann ließ er sie abrupt fallen und rief: »Go!«

Sekunden später heulten die Triebwerke auf, katapultierten die erste Drohne vorwärts. Der glühend rote Schweif raste die Startbahn herunter, hob sich in den Nachthimmel, wurde schwächer, entschwand wie ein Stern im All. Zwei Minuten später startete die zweite Drohne, ebenfalls mit zwei Luft-Boden-Raketen russischer Fabrikation.

Irgendwie kam sich Hauptmann Pavlovic feige vor, wenn er an die Menschen dachte, die der Zerstörungswucht seiner Drohnen wehrlos ausgeliefert waren. Er steckte sich eine Zigarette in den Mundwinkel, gab sich Feuer. Dann marschierte er zu seinem

Kommandofahrzeug zurück. Kaffee? Wäre ja gelacht. Seine Kehle war trocken, sein Gehirn wie verdorrt. Einzig Wodka in guter Menge konnte seinen Geist beleben, die Unvernunft bestärken, ihm seine Balance zurückbringen.

72

Im Technikraum ging Cooper in die Hocke und leuchtete mit der Stablampe in den Kanal. Der Strahl verlor sich in der Finsternis. Winter packte hastig die Sachen aus der Ledertasche in ihren Rucksack, Pässe, ihr Kampfmesser, das Satellitentelefon und die anderen Gegenstände, die ihnen Tarik abgenommen hatte. Das Dossier AM ENDE SIEGEN DIE MIKROBEN verstaute sie neben Mortimers P226 tief im Gepäck.

Amos und Mortimer mussten sich Rücken an Rücken setzen, und Cooper hielt sie mit der der Pistole in der Hand in Schach.

Winter musste ein Lachen verkneifen. Amos sah so jämmerlich aus, dass er nicht mehr zum Fürchten, sondern nur noch ohne alle menschlichen Züge war.

Der horrende Lärm der Raketenexplosionen war verklungen. Aber unheimliche Geräusche verhießen nichts Gutes. Es hörte sich an, als knackte die Decke, weiter weg polterten immer noch Steinbrocken, ab und zu ein lautes Krachen, und ein beißender Schwefelgeruch hatte sich bis nach unten zur Fluchtgruppe am Kanaleingang verbreitet.

Cooper stellte fest, dass der Kanal quadratisch konstruiert war. Er maß mit gespreizter Hand eine Seite ab. Rund sechzig Zentimeter, schätzte er. Zur Probe ging er auf die Knie und kroch ein paar Meter in die Dunkelheit hinein. Es war machbar, er kam mit geducktem Kopf vorwärts. Dann robbte er zurück, drehte sich vor dem Eingang in den Schneidersitz.

»Wir gehen wie folgt vor«, erklärte er. »Laura, Sie übernehmen die Spitze, dann folgt Mortimer, dann Amos. Ich mache den Schluss.«

Keiner widersprach. Amos blickte angstvoll zur Decke. Mortimer ging auf die Knie. Winter schnallte ihren prallen Rucksack vor die Brust, übernahm von Cooper die Stablampe, ließ sich vor dem Eingang auf die Knie fallen. »Sind alle bereit? Okay. Ich gehe vor.« Sie robbte auf den Ellbogen, Mortimer folgte ihr dichtauf. Amos hatte die Kette vom Handgelenk gelöst. Er kroch hinein, schob dabei den Metallbehälter, der seine Geheimnisse barg, vor sich her.

Cooper steckte die Glock hinten in den Hosenbund, knöpfte die Weste zu, warf einen letzten Kontrollblick in den Technikraum. Aus den Doppelrohren spritzte an mehreren Stellen Wasser, ein rotes Alarmlicht blinkte. Die Anlage war nicht mehr stabil. Ein gezielter Raketeneinschlag auf die darüber liegende Tiefgarage würde dem Technikraum den Rest geben. Ihnen blieb definitiv keine andere Wahl, als die Flucht durch den Kanal zu versuchen. »Ich komme nach«, rief er und tauchte ein.

Sie kamen langsam, mühsam voran. Die Luft schien Cooper dünn und feucht. Es gab keinen Durchzug. Er hörte nur Stöhnen und Ächzen, als sich die Gruppe Meter um Meter vorarbeitete. Der Kanal hatte anfänglich nur leichtes Gefälle, doch nicht lange, denn Winter rief schon nach paar Minuten, es werde steiler.

Cooper versuchte, sich zu orientieren. Vermutlich hatten sie das erste Drittel der Kanalstrecke zurückgelegt und kämen demnächst zur ersten Biegung.

Plötzlich ein gellender Schrei, dann Winters entsetzte Stimme: »Nein … Ratten, Hilfe!« Die schlechte Nachricht war, dass sie hysterisch auf die grässlichen Viecher reagierte. Mortimer schloss dichter zu ihr auf, sprach ihr gut zu, dann schlug er mit einem Gegenstand mehrmals an die Wand, dass es widerhallte. Offenbar half das Rezept. Winter schimpfte lautstark, ein gutes Zeichen, und sie robbte weiter. Die gute Nachricht war, dass es eine Öffnung geben musste, wo nicht nur Ratten eindrangen, sondern auch Luft.

Der Kanal senkte sich jetzt deutlich ab, und die Schwerkraft erleichterte das Vorwärtskriechen, trieb sie an. Ermutigt robbten sie schneller, keuchend und schwitzend. Wie auf einer Kampfbahn, dachte Cooper und schätzte, dass sie ungefähr zehn Minuten unterwegs waren.

Da rief Winter: »Es geht nicht weiter.«

Die Stimmung sank unter den Gefrierpunkt.

Cooper drängte nach vorne: »Was ist los, Laura?«

»Blockiert. Der Kanal ist verstopft. Zugeschüttet, verdammt noch mal. Kein Weiterkommen.«

»Wir sind verloren«, stöhnte Amos fast tonlos. »Ich will zurück ... kriege keine Luft.«

Cooper überlegte. Es war nicht die erste Krise, die er bewältigen musste, auch nicht die schwerste. Aber Panik war das Letzte, was er jetzt brauchen konnte. »Laura, wie beurteilen Sie die Blockade? Massiv? Locker? Können Sie sie wegschaufeln?«

Es dauerte eine Weile, bis die Antwort kam. »Ich habe versucht, Steine herauszustemmen, unmöglich. Nichts bewegt sich.«

Es gab nur einen Ausweg, und Cooper war überzeugt, dass Winter die Möglichkeit bereits erkundet hatte. »Wir sprengen das Hindernis, Laura. Einverstanden?«

»Ich habe noch zwei Rollbomben, Mike. Wir müssen zurück, um möglichst viel Abstand zum Explosionspunkt zu gewinnen.«

»Richtig, es bleibt uns keine Wahl. Los, alle rückwärts.«

Mühsam drehten sie sich um und krochen aufwärts, bis der Kanal wieder flacher wurde. Dann noch ein paar Meter weiter.

Als sie dicht gedrängt verschnauften, gab Cooper Anweisungen. Das Problem hieß Druck und Splitter. Sein Plan stand rasch fest. Er erklärte ihn Winter. Die beiden Gefangenen widersprachen nicht, Amos murrte, der Teufel solle Cooper holen.

»Das wird er, Doc, wenn Sie nicht genau befolgen, was ich sage.«

Winter legte sich auf den Bauch, presste ihre rechte Seite gegen die Wand. Mortimer schob sich bäuchlings neben sie, sein Körper berührte sich seitlich ein wenig mit Winters.

Hinter ihnen legte sich Cooper neben Amos in Deckung und reichte dessen Metallkoffer nach vorne. Winter baute damit und mit ihrem prallen Rucksack einen Schutzwall vor sich auf. Dann öffnete sie den Klettverschluss ihres Lendengürtels ein zweites Mal an diesem Tag, entnahm eine Rollbombe, legte sie sorgfältig auf den Rucksack und rief: »Ich bin bereit.«

73

Zur gleichen Zeit hörte Hauptmann Alexander Pavlovic in seinem BMP-Kommandopanzer auf dem Waffenplatz Pester im Funk die Meldung: »B 1 erreicht Ziel in sechs, B 2 in zehn.« Er starrte auf den Monitor. Das Satellitenbild des Zielgeländes war verschwommen, unbrauchbar. Er nahm einen Schluck Wodka und stellte innerlich fluchend den Timer seines Smartphones auf sechs Minuten.

Im finsteren Kanal nahm Winter die Rollbombe fest in ihre rechte Hand, richtete sich auf, stieß dabei mit dem Kopf an die Decke, übte unverdrossen zwei Mal die Wurfbewegung.

Mortimer hatte die Stablampe übernommen, leuchtete nach hinten, sah Cooper und Amos dicht nebeneinander flach ausgestreckt und gab Winter mit dem Daumen das Alles-gut-Zeichen.

Winter machte sich erneut bereit, dann zog sie den Splint heraus, schrie: »Achtung! Ladung«, warf die Bombe, presste sich hinter dem Gepäck auf den kalten Steinboden, hielt die Ohren zu.

Das Kollern der Sprengladung war deutlich zu hören, dann war es plötzlich still.

»Kopf runter, Mortimer!«, schrie Winter.

Ein Bruchteil einer Sekunde später explodierte der Kanal.

Mund offen halten, sonst platzt das Trommelfell, Kopf flach auf den Boden pressen, hatte Cooper angeordnet.

Der Knall war ohrenbetäubend, der Druck wie ein heftiger Faustschlag spürbar, doch das Gefälle einerseits sowie Amos' Koffer und Winters Rucksack andererseits hatten die Druckwelle abgelenkt. Dann hagelte es Gesteinsbrocken und Erde. Sie husteten, rangen nach Luft. Der penetrante Gestank, die Hitze drangen in ihre Lungen.

Winter hatte sich bereits aufgerappelt, packte ihren Rucksack und Amos' Koffer, schob beides vor sich her und robbte entschlossen zum Hindernis. Cooper schien es eine Ewigkeit zu dauern, bis ihre klare Stimme zu ihm drang. »Es gibt ein Loch, ich atme frische Luft.«

Aufatmen, Ächzen, erlöstes Gemurmel.

Cooper und Amos waren rasch auf den Knien, robbten an Mortimer vorbei. Die Stablampe lag neben ihm. Cooper nahm sie auf, kroch weiter und erreichte Winters Standort.

Die Bombe hatte eine Seitenwand des Kanals aufgerissen. Ein Loch klaffte, das groß genug schien, um durchzukommen.

Die Erleichterung war mit Händen greifbar. Cooper drückte Winters Arm. Sie schenkte ihm ein kurzes Lächeln.

Die *Army* hatte Cooper die Einsamkeit des Kommandeurs gelehrt. Die Last der Verantwortung für seine Leute drückte ihn manchmal fast zu Boden. Es ist das schlimmste Gefühl, das er sich vorstellen konnte, aber, na ja, er hatte diesen Auftrag angenommen, sich alles selbst aufgebürdet, und er hatte nie gedacht, dass es einfach werden würde. Immerhin war der Ausbruch aus dem Kanal gelungen.

Da riss die nächste Explosion sie alle von den Füßen. Winter warf es in den Kanal zurück. Verzweiflung schnürte ihr die Kehle zusammen.

Da schlug auch schon eine zweite Rakete ein.

»Verdammt, noch ein Angriff«, fluchte Cooper. Immer näher schlug es ein, so kam es ihm vor. Er hatte recht. Im gewaltigen Getöse hörte er plötzlich ein unheilvolles Bersten. Als fiele der ganze Hügel über ihm zusammen. »Zurück in Deckung«, schrie er. Sie warfen sich zu Boden. Da krachte schon ein Baumstamm tosend auf die Erde. Holzsplitter und Erdklumpen spritzten in den Kanal.

Winter erhob sich benommen, rieb sich Staub aus den Augen und sah es. Das Ausstiegsloch war von einem dicken Stamm komplett verbarrikadiert.

Cooper keuchte: »Es ist noch nicht vorbei. Die verdammten Schweine. Der Technikraum ist verschüttet, denke ich, und die Flammen kommen näher. Wir müssen da raus. Laura? Lagebeurteilung?«

»Wo ist Mortimer?«, fragte Amos, und erst jetzt realisierten Winter und Cooper betroffen, dass Beta fehlte.

Cooper robbte hektisch aufwärts zurück, wo er Mortimer zuletzt gesehen hatte. Er lag immer noch dort. In unveränderter

Stellung, reglos. Cooper tastete ihn ab, leuchtete in sein Gesicht. Eine klaffende Stirnwunde blutete stark. Er schnitt mit dem Kampfmesser Mortimers T-Shirt auf, riss es ihm vom Leib, presste den Fetzen auf die Kopfwunde. Ein Splitter musste ihn getroffen haben. »Konnte der Kerl den Kopf nicht unten halten«, fluchte Cooper.

Da erschütterten zwei Explosionen kurz nacheinander die Grundfesten. Die Kanalwand bebte. Cooper hörte das Brechen von Mauerwerk, und als er in Richtung Technikraum leuchtete, sah er nur einen Haufen Trümmer. Hastig verknotete er den Fetzen vom T-Shirt an Mortimers Hinterkopf, dann kniete er sich vor den Leblosen, zerrte an ihm mehrmals, bis sich das offenbar verklemmte Bein löste, dann begann er, ihn nach unten zu ziehen. Staub und Mörtel fielen von der Decke. Er schaffte es mühsam.

»Es hat ihn erwischt«, keuchte er, unten angekommen. »Wir müssen raus. Der Kanal kann jederzeit einbrechen.«

Winter beugte sich über Mortimer. »Er atmet schwach, ich glaube, sein Fuß ist zerquetscht, wir müssen ihn bergen.«

Das war auch Cooper klar. Soldaten sorgen füreinander. Aber zuerst mussten sie raus aus dem Kanal.

Winter hatte bereits ihre letzte Ladung aus dem Lendengürtel ausgepackt, hielt sie in der Hand, während Cooper sich hinauslehnte und die Lage des Baumstamms untersuchte. Er lag zum Glück rechts auf einem Trümmerbrocken, daneben gab es eine drucklose Stelle mit aufgewühlter Erde, die Cooper und Winter hastig mit den Händen freischaufelten. Amos leuchtete mit der Stablampe. Winter keuchte, biss sich auf die Lippe, packte dann sorgfältig ihre letzte schwere Ladung und legte sie behutsam in das gegrabene Loch. Ihre Stirn berührte die grobe Rinde, wie Dachziegel übereinandergelappt, in rötlicher, hellbrauner Farbe, grün gesprenkelt mit Moostupfern … Nie in ihrem Leben würde sie diesen Anblick, den Geruch von Harz vergessen.

Cooper dämmte die Rollbombe fest mit fester Erde und Mauerbrocken, bis nur noch der Splint herausragte.

Winter zog den Splint, schrie eine Warnung, warf sich im Kanal in Deckung.

Die Explosion zerriss, zerfetzte den Stamm. Die Bresche war geschlagen.

Mit vereinten Kräften hievten sie Mortimer ins Freie. Dann kauerten sie eng beisammen und schauten sich um.

Der Wald brannte, das lodernde Feuer machte die Nacht zum Tag. Von weit oben hörten sie Schreie.

Cooper war aufgestanden, entfernte sich tastend, dann blieb er stehen. Ein warmer Regen fiel auf den Waldboden. Oder waren es erloschene Funken? Er sah einen Ausweg. Die Böschung fiel steil ab. Wohin? Cooper erinnerte sich an die Pläne, den Graben, den kleinen Fluss, in den der Kanal mündete.

Geduckt stapfte er durch das Unterholz zurück, packte Winter am Arm, »Laura, da lang, die Böschung runter«, wies er sie ruhig an. »Doc, nehmen Sie den Koffer, folgen Sie Laura.«

Cooper beugte sich über Mortimer. Rücklings lag er auf dem Waldboden und rang nach Luft. Ein leerer Blick traf ihn. Cooper schlug die flache Hand in sein Gesicht, redete ihm gut zu, dann richtete er ihn in Sitzstellung, bückte sich, packte einen Arm, hielt ihn fest und zog den schlaffen Körper auf seinen Rücken. Mit dem andern Arm fuhr er ihm durch den Schritt, umklammerte ein Bein. Schließlich kam er hoch, stand auf und fasste nach Mortimers Arm und presste ihn mit der Hand gegen dessen Bein. Cooper hatte mit dieser bewährten Bergungsart den Körper fest im Griff und stapfte vorsichtig los. Winter wartete, leuchtete mit der Stablampe den Weg aus. Amos war erstaunlich fit, aber machte keine Anstalten, Cooper zu unterstützen.

Nach einer Viertelstunde hörten sie den Fluss sprudeln. Er war schmal, führte wenig Wasser, und man konnte gut darin waten. Cooper legte Mortimer sorgfältig auf den von Moos und krautigen Pflanzen bedeckten Waldboden. Er plante, dem Gewässer zu folgen, bis sie genügend Distanz zum Festungskomplex gewonnen hätten. Dann würde er den Weg zur Landepiste erkunden.

Amos setzte sich auf seinen Koffer, schaute apathisch zu, wie Winter Mortimers Verletzungen untersuchte, seinen Puls fühlte, zu ihm sprach. Erfolglos. »Die Kopfwunde ist schlimm, ein Abpraller vermutlich, lebensgefährlich, denke ich. Er ist bewusstlos. Schlimm ist sein Knöchel … Wie zu Brei gequetscht. Ein harter Brocken muss ihn getroffen haben … Er muss unters Messer … Ich versorge die Wunde provisorisch.« Sie öffnete ihren Rucksack.

Da schreckte sie wütendes Hundegebell auf.

»Wo kommen die her?«, rief Winter entsetzt.

Cooper dachte an das Tor im Sicherheitszaun, der sich hinter den Gebäuden den Wald entlangzog. »Der Hundezwinger lag ziemlich hinten, und die Baracken wurden vermutlich nicht alle getroffen.«

Amos rief hämisch: »Die Dobermänner kennen Ihren Geruch, Major. Auch den Ihrer Blondine.« Er lachte verächtlich: »Mich kennen sie. Ich kann sie aufhalten, wenn Sie sich ergeben. Ich denke, das Blatt hat sich gewendet. Sehen Sie das nicht auch so?«

»Klappe halten, Doc«, herrschte ihn Winter an, packte sein Hemd unter der Jacke, zerrte es heraus und schnitt mit ihrem Messer einen Fetzen weg. Dann umschlang sie damit Amos Mund, straffte und verknotete den Knebel.

Die Hunde kamen näher. Das stand außer Zweifel. Ebenso die aufpeitschende Stimme des Hundeführers. Ergeben? Wäre doch gelacht!

Cooper blickte auf Mortimers lockeren Kopfverband. »Laura, geben Sie mir das Chilipulver«, befahl er, dann bückte er sich, riss Mortimer das blutgetränkte T-Shirt vom Kopf, legte es auf eine gut sichtbare flache Stelle des Waldbodens. Winter reichte ihm die Schachtel, und Cooper streute den ganzen Inhalt auf den blutigen Fetzen, richtete sich auf. »Doc, helfen Sie mir.«

Mit dem Zupacken von Amos ging diesmal das Schultern von Mortimer schneller vor sich. Cooper hatte festen Stand mit seiner Last, dann stapfte er an das Flussufer. »Wir gehen ein gutes Stück im Wasser«, beschloss er und begann zu waten. Amos folgte widerwillig.

Winter mit der Glock in der Hand folgte ihm dichtauf. Sein Koffer erwies sich je länger, desto mehr als Klotz am Bein.

Der Hundeführer war immer noch verwirrt über das Verhalten seines Rudels, als er Minuten später am Bach stand. Er schnappte sich das blutbefleckte T-Shirt und hielt es sich an die Nase. Dann zuckte er mit dem Gesicht weg. Er schrie: »Verdammt, Mann!

Chilipulver, fein gemahlenes grünes Chilipulver. Der Stoff ist steif mit dem Zeug. Kein Wunder, dass die armen Schweine heulen. Das ist keine Aufregung; sie haben Schmerzen.«

»Wann wird ihre Witterung wieder funktionieren«, fragte Pepe.

»Nun, nicht heute, Chef, vielleicht auch nicht morgen. Der Mistkerl hat sich geschnitten, ja, das hat er getan. Er schnitt sich mit einem Messer, dann lief das Blut über das Hemd, er wusste, dass das die Hunde verrückt machen würde. Menschenblut tut es immer, wenn sie auf einer Tötungspatrouille sind.«

Der Hundeführer straffte die Leine und zerrte die jaulenden Dobermänner vom blutigen T-Shirt weg.

»Wir gehen zurück«, entschied Pepe.

74

Sie waren eine gute Strecke gewatet. Cooper hatte die Spitze übernommen, Amos die Mitte, und Winter machte den Schluss. Von den Verfolgern war nichts mehr zu hören. Winter stieß Amos vorwärts und sagte: »Wir machen uns jetzt auf den Weg, um die Landebahn zu finden, und ich werde den Knebel abnehmen, wenn Sie zügig vorwärtsgehen.«

Amos nickte.

Cooper fügte hinzu: »Also, Doc, verstehen wir uns, kein Simulieren, nur Gehorsam. Auf Simulieren, das nach dem Militärstrafgesetzbuch mit einem Monat Gefängnis geahndet wird, steht hier die Todesstrafe. Verstanden?«

Amos nickte, doch Cooper sah keine Niederlage in seinen Augen, er sah Feuer und Trotz. Er hoffte, dass Amos möglichst lange im Knast schmoren würde, denn wenn er freikäme, würden Cooper und Winter sich zu Gregor Krall auf Amos' Todesliste gesellen.

Der Fluss blieb seicht und hatte wenig Strömung.

Nächster Halt war die Landepiste, die Cooper zuvor auf der digitalen Karte erkundet hatte. Die Koordinaten der abgelegenen

Piste hatte er auf dem Satellitentelefon gespeichert. Soweit schien sein Plan aufzugehen. Ein ungewisses Rendezvous mit dem Schicksal erwartete sie. Konnte es noch besser werden als jetzt? Ja, das konnte es, aber vielleicht nicht heute.

Nach etwa einer halben Stunde flussabwärts hielt Cooper an. Er hatte die Halogenlampe Winter überlassen und sich das Nachtsichtgerät aufgesetzt, das sich in Lauras Rucksack befand. Der lichterloh brennende Hügel in ihrem Rücken verbreitete einen gespenstischen Schein über den an beiden Ufern dichten, undurchdringlichen Wald.

Plötzlich blieb Cooper stehen und zeigte nach vorn. »Sieht aus wie eine Lichtung. Schauen wir uns das mal an.« Winter kam nach vorne, leuchtete die Böschung aus, dann kletterte sie das Ufer hoch.

Das Gelände stieg von der Lichtung bergauf. Am anderen Ende fand Winter einen Pfad, der so schmal war, dass er fast nicht existierte. Aber es gab keine andere praktikable Möglichkeit. Cooper überprüfte seine Uhr. Wenn dieser Pfad in einen breiteren Weg mündete, kämen sie schneller voran und würden die Landebahn voraussichtlich am späteren Vormittag erreichen.

Am Anfang des Pfads hielten sie inne, und Winter nahm Amos den Knebel ab. Cooper legte Mortimer sorgfältig auf den von wildem Kraut übersäten Boden. Winter untersuchte den stöhnenden Verletzten. »Er atmet, aber blutet immer noch stark. Der Splitter im Kopf steckt tief. Schweres Gehirntrauma. Der Knöchel sieht schlimmer aus, als ich dachte.«

Cooper schaute zu, wie sie Verbandstoff aus dem Rucksack zauberte und Mortimers Fuß damit straff umwickelte, ihm dann eine Kompresse auf die Stirnwunde presste und fixierte. Danach stand sie auf und wühlte im Rucksack. Cooper überprüfte inzwischen die Gitterkoordinaten des Satellitentelefons und die Akkulaufzeit und sah, wie Winter sich mit einer Spritze in der Hand wieder zu Mortimer niederließ.

»Morphium?«, fragte er.

»Genau. Dürfte ihn beruhigen und transportfähig machen.«

Amos sagte williger: »Wir können abwechseln. Ich trage ihn ein Stück weit.«

Cooper erwiderte nichts. Er wollte aufbrechen, da schlug Winter vor: »Wir sollten Kottmann anrufen.«

Ein letzter Anruf?

»Okay.« Cooper wählte Kottmann an, aber erhielt keine Antwort. Dann entschied er sich für eine Sprachnachricht. Er begann: »Auftrag erfüllt, aber ich verstecke mich im Schrank, und der Ehemann ist zu Hause.« Er warf einen Blick auf Winter, die wohl dachte, er hätte den Verstand verloren. Cooper fuhr fort: »Dieser Anruf wird möglicherweise überwacht. Okay, wir sind auf dem Weg zu einem Rendezvous für eine Luftevakuierung. Rufen Sie Oberst Krall für Details an. Oder rufen Sie mich an, so schnell wie möglich. Der Akku ist schwach. Winter und mir geht's gut, aber uns ist nicht nach Jodeln zumute.« Er fügte hinzu: »Übrigens, Laura Winter hat hervorragende Arbeit geleistet. Sie sollte offiziell gelobt werden.« *Und nein, ich habe nicht mit ihr geschlafen.* »Rufen Sie baldmöglichst an.«

Winter bemerkte: »Sie denken, unsere Anrufe werden von Kralls Spitzeln überwacht.«

»Ich weiß nicht, was sie können, aber es ist ihr Satellitentelefon.«

»Versuchen Sie doch auch Kottmanns Voicemail.«

»Guter Gedanke.« Cooper gab Kottmanns entsprechende Nummer ein und hinterließ die gleiche Nachricht. »Okay, doppelt genäht hält besser.«

Winter nickte, dann fragte sie: »Was war das mit dem Verstecken im Schrank?«

»Geheimcode. Bedeutet, dass es eine kritische Situation ist.«

»Okay … Ich habe verstanden. Danke, dass Sie mich Oberst Kottmann empfohlen haben.«

»Ich zolle Anerkennung, wo Anerkennung fällig ist.«

»Wie passt das zu Ihrem Bericht über meine Zusammenarbeit mit der CIA?«

»Es wird keinen solchen Bericht geben, denn Sie haben großartige Arbeit geleistet, Laura, und es ist nichts gewonnen, wenn man diesem Schlamassel noch eine weitere Anklage wegen Fehlverhaltens hinzufügt.«

Sie schaute ihn verschmitzt an: »Außerdem mögen Sie mich und würden gern mit mir schlafen.«

»Ja, das auch. Ich mag Sie sehr.«

»Das gilt auch für mich«, sagte Winter leise.

Cooper wollte sich auf den Weg machen, da summte das Satellitentelefon, und er ging ran.

»Wo sind Sie?« Oberst Kottmanns Stimme hatte sich noch nie so gut angehört.

»Tief in den Wäldern östlich von Brece.«

Es herrschte Stille, dann sagte Kottmann: »Sie haben also Amos.«

»Ja, das haben wir. Und er ist geknebelt auf dem Weg zum Rendezvous.«

»Haben Sie ihn verhört?«

»Der Verdächtige hat freiwillig und ohne Aufforderung geredet.«

»Gut. Was hat er gesagt?«

»Es ist eine sehr lange Geschichte, Oberst, und ich habe nicht genug Akku oder Speichel übrig, um sie Ihnen zu erzählen. Aber er hat den Mord an Larissa Konsalik aufgeklärt. Und Oberst Krall war ein großer Teil davon.«

»Heiliger Strohsack.«

»Ich glaube, Krall will nicht, dass Hauptmann Amos in die Schweiz zurückkehrt, um darüber auszusagen.«

»In Ordnung … Also, wie zum Teufel haben Sie sich Amos geschnappt?«

Cooper wurde klar, dass Krall Oberst Kottmann nie von dem Anruf erzählt hatte, den Krall von Jens Amos erhalten hatte – den Anruf, der getätigt wurde, als Cooper und Winter mit Amos zu Abend speisten. Was bedeutete, dass Krall davon ausging, dass Cooper und Winter nicht überleben würden, ebenso wenig wie Jack Cole.

Cooper fragte: »Hat Krall Ihnen denn nicht gesagt, dass Winter und ich von Amos' Männern gefangen genommen worden sind?«

»Was?«

»Amos hat unser Satellitentelefon benutzt, um Krall anzurufen, und Amos hat uns in die Leitung gesetzt, um mit Krall zu sprechen.«

»Sind Sie …«

»Ja, todernst. Und stinksauer.«

Nach einer Pause fragte Kottmann: »Warum hat Frau Winter früher auf Voicemail gesprochen und nicht auf mein Handy?«

»Nun … ehrlich gesagt, Oberst, wir dachten, Sie würden uns befehlen, nicht in die Festung einzudringen, diesen Befehl wollte ich nicht hören, also habe ich Laura gesagt, sie solle Voicemail benutzen.«

»Ich bin mir nicht sicher, wie ich darauf antworten soll, ehrlich gesagt.«

»Sie könnten sagen: Ende gut, alles gut.«

»Ich weiß nicht so recht … Okay, was hat es mit dieser Festung auf sich?«

»Lassen Sie es mich so ausdrücken: Es ist eine wissenschaftliche Anlage. Da wird eine Menge geheimer Forschung betrieben. Und Amos hat viel mit Mikroben zu tun. Solchen, die sich als Kampfstoffe eignen.«

»Also ist Amos auch ein Terrorist?«

»Das werden die Gerichte entscheiden.«

»Okay, Major, wie weit sind Sie vom Rendezvous entfernt?«

»Schwer zu sagen, drei Stunden, kann aber auch länger sein.«

»Und Sie wissen, wie Sie dort hinkommen?«

»Wir werden sehen. Ich gebe Ihnen jetzt die Koordinaten der Landebahn.«

»Okay … aber Krall hat sie doch.«

»Deshalb gebe ich sie Ihnen.«

Kottmann antwortete nicht darauf, sondern sagte: »Bereit zum Notieren.«

Cooper rief die Koordinaten aus dem Gedächtnis ab und verlangte dann: »Wenn die Evakuierung verzögert oder anderweitig beeinträchtigt wird, sehen Sie bitte zu, ob Sie eine Ersatzmaschine lockermachen können.«

»Verstanden.«

»Oberst, mein Akku ist fast leer. Können wir das beenden?«

»Okay. Übrigens, ich habe in die Scheidung eingewilligt. Es ist vorbei. Ich bin ein freier Mann.«

»Soll ich gratulieren?«

»Nein, aber rufen Sie mich von der Landebahn aus an. Ausgezeichnete Arbeit, Major. Ich informiere General Vonkeck. Ende.«

Cooper schaltete das Telefon aus.

Amos hatte im Unterholz einen abgebrochenen Ast gefunden. Er benutzte ihn als Stock, steckte diesen durch den Handgriff und schwang den Koffer über die Schulter. Cooper fand es gar nicht gut. Er versetzte Amos eine wuchtige Gerade in die Brust.

Amos taumelte, fiel rücklings auf den Koffer, rang nach Atem. Cooper fuhr ihn verärgert an: »Was haben Sie sich gedacht? Dieser Scheißkoffer hält uns auf. Wollen Sie das etwa, Doc? Schmeißen Sie ihn ins Gestrüpp.«

Amos sah ihn grollend an, protestierte nicht, aber Winter sah den Eklat differenzierter. Sie kniete neben ihn, befahl ihm, den Koffer zu öffnen. Cooper entging nicht, wie er den Inhalt sortierte, schließlich Winter einen grauen Laptop übergab. »Das ist mein ein und alles«, keuchte er. Er war dicker und größer als Winters Tablet. Sie rieb sich das Kinn: Wohin damit? Ihr Rucksack war vollgestopft. Da blieb ihr suchender Blick auf Mortimer haften. Er hatte alles, was sie brauchte, eine Jacke mit großer Innentasche … Sie verstaute Amos' Geheimnisträger darin, sicherte ihn mit Mortimers Gürtel, stand auf und fragte: »Worauf warten wir noch?«

Cooper schulterte Mortimer, suchte nach festem Tritt. In der gleichen Formation wie vorher begannen sie den Pfad hochzustapfen. Cooper setzte vorsichtig einen Fuß vor den anderen. Er wusste wie jeder Infanterist, dass es nicht darauf ankommt, wie stark deine Beine sind, sondern wie stark dein Wille ist.

75

Nach etwa einer Dreiviertelstunde endete der Wald, der Pfad mündete in einen schmalen Weg. Er zog sich im Mondschein als heller Streifen durch ein finsteres Feld.

Cooper beschloss zu rasten. Keuchend setzte er Mortimer ab, legte ihn mit dem Rücken an einen Stamm. Während Amos den Puls fühlte, in seine Pupillen leuchtete, machte sich Winter daran, einen frischen Wickel über den blutgetränkten Kopfverband zu legen. Mortimer blieb stumm, doch schien ihr, als habe sie ein Flackern in seinen Augen gesehen. »Halten Sie durch, Mortimer.«

»Weiter vorne sehe ich ein Bauernhaus. Wir gehen darauf zu, dann sehen wir weiter«, beschloss Cooper.

»Mein Instruktor im Überlebenskurs lehrte uns, Straßen zu meiden«, mahnte Winter.

Cooper dachte, wenn sie recht hat, hat sie recht. Er schaltete das Satellitentelefon ein und bekam einen Piepton, was die Art des Akkus war, ihm mitzuteilen, dass er bald seinen Geist aufgäbe. Er prüfte die Karte im Display. »Eigentlich haben Sie recht, Laura. Diese Straße ist leicht zu überwachen.« Er studierte die Lage des Geländes, entdeckte eine Baumgruppe; sah wie Trauerweiden aus. Etwa einen Gewehrschuss voraus, das hieß, sechshundert Meter. Er schob sein Nachtsichtgerät hoch. »Möglich, dass wir weiter vorne querfeldein abkürzen können.«

Winter mochte nicht wissen, wie lange sie seit dem Knastausbruch schon unterwegs waren. Es war ihr Training, das ihr gebot, Rückblicke zu unterlassen, das Maß aller Zeit lag in der Zukunft, weshalb sie sich nur darum kümmerte, ob und wann sie den Flugplatz erreichten. Sie verschloss ihren Rucksack und schnallte ihn um. Amos bot an, er sei an der Reihe, worauf sie Mortimer unter die Arme griff und ihn mit Coopers Hilfe auf Amos' Schultern hochstemmte. Dabei erblickte sie die Uhrzeit auf Mikes Swatch. Die Zeiger standen auf zehn nach sechs.

Unglaublich. Die Zeit verstrich wie der Rauch im Schlot.

Als sie auf der Höhe des Hofs anlangten, entdeckte Winter einen Brunnen. Er stand am Rand einer Weide und war vom Haus aus gesehen durch einen Schuppen verdeckt. Winter ging den kurzen Weg dahin, erfrischte sich und trank Wasser, füllte ihre graue Thermosflasche ab, während die Männer langsam weitermarschierten.

Cooper wunderte sich, wie es Amos ginge, ohne Anreiz einen stundenlangen Treck zu einem Flugzeug zu machen, das ihn ins Gefängnis bringen würde.

Als Winter sich wieder aufmachen wollte, hörte sie das Zuschlagen einer Tür. Sie spähte angestrengt um die Ecke des Schuppens. Eine Frau, mit langen Hosen, die in Stiefeln steckten, näherte sich dem Schuppen, schob das Tor zur Seite und ging hinein. Eine Lampe über dem Eingang flammte grell auf. Winter verharrte still.

Nach einer Weile knatterte ein Motor, dann kam ein Traktor zum Vorschein. In der erhöhten Kabine hockte die Frau, ein rotes Kopftuch bändigte ihren braunen Haarschopf. Sie fuhr den Traktor mit dem angekoppelten zweirädrigen Ladewagen auf den Vorplatz und hielt an.

Winter hatte eine Idee und trat vor, schritt entschlossen zum Traktor. Die Frau bemerkte sie und sprang vom Fahrersitz herunter. Sie wartete, bis die Fremde vor ihr stand, und fragte mit erhobenen Brauen: »Wo zum Leibhaftigen kommen Sie denn her?«

Winter spürte ihr Misstrauen, antwortete freundlich: »Wir haben einen Schwerverletzten«, und begann auf sie einzureden, gestikulierte. Die Frau machte rasch ein paar Schritte, um die Straße zu überblicken, und sah vermutlich die Männer. Sie schien unschlüssig, schüttelte den Kopf. »Ich bin allein, habe zu tun.«

Winter blieb dran, erklärte ihre prekäre Lage und schlang plötzlich ihren Rucksack nach vorne, öffnete den Verschluss einer Seitentasche und zog etwas heraus.

Die Frau vom Traktor war mittleren Alters, hatte ein hübsches, aber von harter Arbeit gezeichnetes Gesicht. Sie starrte mit großen Augen auf das Bündel Geldscheine, das Winter ihr entgegenhielt. Sie verschränkte ihre Arme: »Ist das legal, was Sie von mir verlangen? Ich will keine Schwierigkeiten.«

Winter sprach ihr zu, und plötzlich ließ die Traktorfahrerin ihre Arme fallen, nahm das Geld, steckte es ein, stieg auf ihr Gefährt hoch und winkte der Unbekannten gebieterisch zu. Winter ließ sich nicht zweimal bitten, kletterte in die Kabine und setzte sich hinter dem Fahrersitz auf einen Werkzeugkasten.

76

Unter den Trauerweiden, wo sie sich niedergelassen hatten, fragte sich Cooper, wie Jens Amos wohl in einem Gerichtssaal aussehen würde, gekleidet in Feldgrau und mit Krawatte. Die Anklage wegen Desertion könnte er abwehren, er sei unter Druck gestanden, die Folterung von Elmar Ludwig und die Tötung von Jack Cole waren vielleicht nicht leicht zu beweisen, aber wenn der Ankläger ihm genug vorwarf, könnte etwas hängen bleiben. Aber selbst wenn das der Fall wäre, könnte Jens Amos, ein renommierter Wissenschaftler mit beispiellosem Wissen, in ein paar Jahren freikommen. Immerhin wollten ihm die Amerikaner Asyl gewähren und ihn in Montana weiterforschen lassen. Cooper stellte sich gedanklich vor, wie Jens Amos eines Tages an seine Tür klopfen würde oder an Winters Tür, vorausgesetzt, sie hatten verschiedene Türen.

Da sah er einen Traktor näher kommen. Winter winkte energisch. Er packte Amos an der Schulter und drohte: »Okay, Doc, so sieht's aus. Hören Sie gut zu. Laura und ich werden bis zum Ende gehen. Irgendwo im Nordosten liegt die Landebahn. Wahrscheinlich kommt eine Cessna, die uns an einen schöneren Ort als diesen bringt. Wir werden diesen Flug nicht verpassen. Wenn Sie schlappmachen oder nicht mitkommen wollen, lassen wir Sie gefesselt liegen für das nächste Wildschwein, das vorbeikommt.« Er deutete auf den heranfahrenden Traktor und fuhr fort: »Sie halten die Klappe, verstanden? Kein Wort zur Bäuerin.« Er verschaffte seinen Worten Nachdruck, indem er Amos die Glock in den Schritt drückte.

Amos nickte, starrte apathisch auf die Straße.

Die Trauerweiden standen am Rand eines Grabens, den Cooper anfänglich als neue Route gesehen hatte. Doch er schien sich in einen Abgrund zu verlieren. Keine Option. Es blieb die Straße als einzige Möglichkeit zum Weiterkommen. Irgendwo müsste ein Weg zur Landebahn abzweigen.

Der Traktor hielt an. Winter rief herab: »Das ist Dijana. Sie nimmt uns mit.«

Dijana schaute bei laufendem Motor zu, wie zwei Männer den Verletzten auf den Ladewagen hievten, der eine hinaufkletterte, der andere nach vorne zu ihr kam. Winter stellte Cooper, der sich zu Kabine hochgeschwungen hatte, Dijana vor, die langsam losfuhr, dabei sich Winter zuwandte. Cooper rief: »Laura, Sie bleiben bei Dijana, Sie übersetzen, wenn wir etwas zu besprechen haben.« Sagte es und balancierte über die Anhängerdeichsel, kletterte in den Wagen hinein, lehnte sich an die Vorderkante, spähte nach vorne und studierte aus dem Gedächtnis die Karte, die er sich eingeprägt hatte.

Die Straße war jetzt asphaltiert und führte breiter durch Felder. Im Osten nahm die Dämmerung rötlich zu. Abseits tauchte ein Hof auf, Rinder weideten, der Himmel im Westen bedeckte sich zusehends, und Cooper schaute angestrengt nach vorne, um den erwarteten Geländepunkt auszumachen.

77

Der Traktor ratterte gut eine halbe Stunde gemächlich weiter. Plötzlich erspähte Cooper die Kreuzung. Als sie näher kamen, sah es nach einer guten Möglichkeit aus. Er war überzeugt, dass die nach Osten abzweigende Straße sich entweder mit der Landebahn kreuzte oder ihr nahe kam. Er bat Laura anzuhalten. Er balancierte über die Deichsel zur Kabine und zeigte ihr das Satellitenbild der Karte. »Wir sind nahe dran. Sehen Sie, der Weg führt nach dem Waldstück auf eine Ebene, nichts als braune Felder, und hier gegen Nordosten …«

»Die Piste. Einsam und verlassen.« Winter atmete durch. »Dann nichts wie los.« Sie sagte etwas zu Dijana, die auf ihre Armbanduhr schaute und den Kopf schüttelte.

»Was sagt sie?«

»Sie müsse umkehren, sonst komme sie zu spät, um das Futter zu laden.«

Cooper überlegte. Vielleicht war es besser, wenn Dijana sie nicht bis zur Piste fuhr. Sie könnte zu viel sehen, zu viel erfahren. Je weniger sie über die geplante Evakuierung wusste, desto sicherer. Winter hatte ihr darüber nichts offenbart. Er wandte sich an Dijana und schlug ihr vor, noch etwa fünf Kilometer bis ans Ende des Waldstücks zu fahren. Er rieb dabei seinen Daumen am Zeigefinger. Winter übersetzte das Angebot.

Dijana zögerte, schließlich zuckte sie mit den Schultern, legte den Gang ein und fuhr ruppig los. Schneller als bisher. Der Motor des alten John-Deere-Traktors röhrte zuverlässig auf der Kiesstraße dem Wald entgegen. »Gutes Mädchen«, brummte Cooper zufrieden.

Bevor die Straße am Ende des Waldstücks ins offene Gelände führte, hielt die Fahrerin auf einem Holzfällerplatz neben zersägten Stämmen an.

Cooper sprang von der Kabine herunter, Winter holte aus ihrem Rucksack fünf Zehneuroscheine hervor und drückte Dijana den Bonus in die Hand, umarmte sie, suchte mit den Füßen die Tritte und stand im Nu auf dem weichen, von Holzspänen übersäten Boden. Da rief ihr Dijana etwas zu, schwenkte eine Tüte in der Hand und warf sie Winter zu, die sie geschickt auffing.

Cooper und Amos bargen Mortimer vom Ladewagen und lehnten ihn in einer Sitzstellung an ein Haufen Holzsparren. Dijana wendete ihr Fahrzeug gekonnt, winkte und fuhr davon.

Sie kauerten sich neben Mortimer. Winter spähte in die Tüte, packte sie in den Rucksack, füllte Wasser in den Trinkbecher ihrer Flasche, und mithilfe von Cooper, der Mortimers Kopf zurechtlegte, flößte sie dem stöhnenden Verletzten das frische Wasser ein.

Dann besprachen sie die Lage. Die Straße, die sich durch die Ebene auf eine Anhöhe schlängelte, wirkte ockergelb. Niedere grüne Stauden bildeten die einzige erkennbare Vegetation. Cooper schätzte, dass sie eine gute Stunde brauchten, um die Piste, die noch nicht in Sicht war, zu erreichen. Das Vorankommen war im flach verlaufenden Wegstück jetzt weniger anstrengend.

»Wir sollten eine Meldung durchgeben«, schlug Winter vor, als sich Amos auf einmal erhob und in den Wald hineinlief. Alarmiert rannte Winter hinterher, die Glock in der Hand.

»Muss mal«, beruhigte sie der vermeintliche Flüchtling.

Als er zurückkam, den Hosenbund zuknöpfte, hatte Winter einen kurzen Strick in der Hand, den sie auf dem Holzstoß entdeckt hatte. Sie drehte Amos' Arme auf den Rücken und fesselte seine Hände mit dem Strick. Sicher war sicher. Er ließ es widerstandlos geschehen. Er sah fast professoral aus, was er auch tatsächlich war. Zerknirscht murmelte er vor sich hin: »Krall wird mich töten und euch beide auch.«

Cooper hatte das Satellitentelefon angeschaltet und nahm eine Rasterablesung vor, dann wählte er Kottmanns Voicemail-Linie und gab durch, dass sie den Evakuierungspunkt in sechzig erreichen würden. Das Piepen des Satellitentelefons ging weiter, und plötzlich blinkte die Batterieanzeige: leer.

Winter bemerkte, wie er die Stirne in Falten legte. »Alles klar?«

Er schüttelte den Kopf. »Der Akku ist leer. Die Verbindung zu Kottmann ist nicht mehr möglich. Wir sind abgeschnitten.«

Es war, wie es war. Kottmann würde die letzte Nachricht noch hören, vorausgesetzt, er hatte sein Telefon in der Nähe und lag, frisch geschieden, nicht in den Armen einer neuen Flamme. Oberst Krall würde dann irgendwo starten, hoffentlich nicht in Rom, sondern von einem Flugplatz näher am Evakuierungspunkt. Cooper zweifelte nicht daran, dass die Landung auf der definierten Piste für Krall auf höchster Dringlichkeitsstufe stand und er sich bestimmt eine gute Ausgangslage organisiert hatte. Wie auch immer, vor zwei Stunden war die Landung des Flugzeugs nicht zu erwarten.

Cooper schulterte Mortimer und marschierte los. Er hörte das Kreischen von Vögeln, die Luft roch nach Erde und Kräutern. Er hielt das Tempo langsam, aber beständig. Amos folgte, Winter machte den Schluss. Auf dem Ockergelb des Weges strebten sie der Anhöhe zu. Die Sonne stand jetzt über dem Horizont und kämpfte mit dunklen Wolken. Cooper sinnierte vor sich hin. Wäre er allein gewesen, als sie Amos und Mortimer im Wohnzimmer fanden, wäre Amos eine Sekunde, nachdem er die Hände gehoben hatte, tot gewesen. Schließlich wollte der Bastard sie umbringen. Er warf einen Blick zurück auf Winter. Sie hatte einen moralischen Kompass, auch wenn die Nadel ein wenig abschweifte. Er war sich sicher, dass er ihr in den kommenden Tagen dankbar dafür sein würde, dass sie ihn davon abhielt, seinen schlimmsten Instinkten zu folgen. Er hatte mal gelesen, ohne die Frauen gäbe es ständig Krieg und Chaos. Mit ihnen nur das Chaos …

78

Sie erreichten den Hügel nach gut einer Stunde. Die Landebahn lag vor ihnen wie ein riesiger Parkplatz eines Einkaufszentrums. Cooper hob die Hand, um Halt zu signalisieren. »Die Piste scheint mir in gutem Zustand zu sein.« Winter schien es zu gefallen. Sie drückte seinen Arm: »Wir haben es geschafft.«

Am Rand der Piste sahen sie eine Reihe weiß getünchter Mauerreste zerfallener Gebäude. Die Dächer waren eingebrochen. Cooper schritt voran. Die Ruinen waren das Überbleibsel einer Flugplatzeinrichtung, die mal Werkstätten und das Kommando beherbergt hatte. Alles sah trostlos aus. Er erreichte die nächstgelegenen Maurerreste und legte Mortimer sorgfältig davor ab. Amos setzte sich, lehnte sich erschöpft an die weiße Wand. Winter kauerte sich neben ihn, schnitt ihm die Fesseln auf. »Sie versprachen, schön ruhig zu bleiben.« Dann legte sie ihren Rucksack ab und öffnete ihn, während Cooper auf die Piste hinaustrat. Winter packte zuerst Dijanas Tüte aus, dann fasste sie nach Mortimers SIG-Sauer, prüfte sie, lud sie durch und versteckte die Pistole zwischen sich und Amos hinter einem abgebrochenen Mauerbrocken.

Cooper kam nach einer Weile zurück und erklärte: »Die Piste ist nahtlos mit Betonplatten, zwei auf acht Meter lang, zusammengebaut. Unverwüstlich. Vermutlich ein ehemaliger Luftwaffenstützpunkt der Serben. Jedenfalls lange und solide genug, dass ein größeres Flugzeug problemlos landen und starten kann.« So gut wie Gstaad-Airport, grinste er innerlich.

Amos raffte sich auf und beugte sich über Mortimer. Er fühlte dessen Puls an der Halsschlagader, legte dann sein Ohr auf sein

Gesicht und horchte. Schließlich stand er auf. Er schüttelte den Kopf. Sein Gesichtsausdruck verriet alles.

»Er lebt nicht mehr«, sagte Winter fassungslos.

Amos nickte. »Kein Puls, kein Atem.«

Sie schwiegen betreten.

Cooper sah die Dinge praktisch. Mortimers Überlebenschance hatte er von Anbeginn als gering eingeschätzt. Damit, dass er die Evakuation nicht schaffen würde, musste er rechnen. So tragisch sein Schicksal ihn traf, es hatte Cooper vor einer schwierigen Entscheidung bewahrt. Hätte der CIA-Agent überlebt, wäre er in der militärgerichtlichen Untersuchung zu den Vorfällen auf der Festung als Zeuge befragt worden. Er wusste Bescheid über die Raketenangriffe, mehr noch, er hatte mit seinem Kumpel Alpha der Drohnenbasis die Zielbestimmung durchgegeben. Vor allem hätte er mit seinen Aussagen Cooper und Winter in die Bredouille bringen und mit Schuldzuweisungen Jens Amos entlasten können. Ja, und dann hätte er seinem CIA-Boss alles über die Festung und den Doc berichtet ... Kein Grund also, Mortimer nachzutrauern.

Cooper ordnete an, den Leblosen in die Ruine zu schaffen, die neben der ihren lag. Dort betteten sie die Leiche dicht an die Mauer. Winter drückte Mortimer die Augenlider zu und zog ihm seine Jacke übers Gesicht. Dann hielten sie auf ihren Vorschlag hin eine Schweigeminute ab. Nach diesem ernsten Zeremoniell gingen sie zu ihrem Schuttplatz zurück.

Winter heiterte die Stimmung auf, indem sie das Brot aus der Tüte packte, es in drei Stücke brach und verteilte. »Dijana ist ein Goldschatz«, schwärmte sie, begann ehrfürchtig zu kauen, nahm einen Schluck Wasser und reichte die Flasche herum.

Sie räusperte sich: »Mike, glauben Sie wirklich, dass die CIA hinter dem Luftangriff auf die Festung steckte?«

»Wer sonst? Nur die CIA ist dazu imstande. Die haben jahrzehntelange Erfahrung in diesem Geschäft. Sehen Sie, zum Beispiel in den frühen Sechzigerjahren, da ließ die CIA Lumumba im Belgisch Kongo liquidieren, dann, denken Sie an den Putsch gegen Allende in Chile, oder wie die CIA das Regime in Guatemala stürzte, und so fort, die Liste ist endlos. Die Vernichtung einer hochsensiblen biotechnischen Anlage, wo vermutlich Terroristen mit B-Waffen experimentieren, ist dagegen von viel brennenderem Interesse und genauso dringend wie die zielgenaue Liquidierung eines Dschihadistenführers mit einer *Hellfire*-Rakete. Also gewiss kein Quantensprung in der Einsatzdoktrin von *Langley*, viel eher *business as usual.*«

Winters Kiefer klappte zu. »Wau! Ist das Ihre Erklärung?«

»Eine andere habe ich nicht.«

»Glauben Sie, dass das die Wahrheit ist?«

»Nein, die Wahrheit war das erste Opfer des Angriffs.«

»Aber sie nahmen zivile Opfer in Kauf, das ist doch kriminell.«

Cooper meinte, das geschehe bei jedem Einsatz, aber Amos schaltete sich ein und sagte friedlich: »Meine Männer sind kriegserprobt. Nach dem ersten Einschlag, oder schon vorher, als Sie auf der Laderampe die Bomben warfen, haben sie sich bestimmt in Sicherheit gebracht. Unter dem Schießstand hatten wir einen Schutzraum.«

»Hoffen wir, dass sie überlebten«, murmelte Winter.

Cooper schaute nach oben und spähte nach einem Flugzeug, aber er sah und hörte nichts. Er sah Amos an, der aufgewühlt wirkte, als wäre das Flugzeug seine Knastzelle.

Cooper schaute auf seine Uhr. Sie waren spät dran, aber das war durchaus im Rahmen dieses Rendezvous in einer abgelegenen und verlassenen Gegend. Wahrscheinlich war auch der Pilot spät dran, wenn er aufgrund von Kommunikationsproblemen einen verzögerten Start erwischt hatte. Er sagte ermutigend: »Wir werden rechtzeitig auf einem vernünftigen Airport landen und uns einen Drink genehmigen.«

Er schaute wieder in den Himmel, wusste nicht, wo der Pilot sie aufnehmen würde, und wies Winter und Amos an, sich hinzusetzen.

Amos grollte: »Wenn Sie Krall vertrauen, sind Sie nicht so schlau, wie Sie glauben.«

»Halten Sie das Maul, oder ich stopfe Ihnen Ihre Socken in den Rachen.«

Sie warteten eng beieinander. Das Satellitentelefon war tot. Keine Möglichkeit, einen Anruf des Piloten zu empfangen oder Kottmann anzurufen.

Winter fragte: »Major, sind Sie auf das Unerwartete gefasst?«

Er versicherte ihr zynisch, er sei immer für alles bereit, aber für nichts parat.

Amos sagte trotzig: »Es wäre eine Ironie des Schicksals, wenn Sie so weit gekommen wären und hier ins Gras beißen müssten.«

»Schnauze!«

Sie verharrten schweigend, das einzige Geräusch war ab und zu das Zirpen von Grillen. Kein Motorengeräusch.

Das funktionierende Satellitentelefon hätte den Landeanflug erleichtert. Cooper hätte sich informieren können, wer an Bord war, und dem Piloten Anweisungen zur Aufnahme der Passagiere geben können. Wie immer galt es zu improvisieren. Lange konnte es nicht mehr dauern.

Amos machte den Eindruck, als hätte er sich mit seinem Schicksal abgefunden oder würde in letzter Sekunde eine Flucht wagen oder sich erschießen. Verzweifelte Männer tun verzweifelte Dinge.

79

Tatsächlich konnte Cooper nun das Dröhnen des Flugzeugs hören, und innerhalb einer Minute entdeckten sie es. Es kam tief über die Baumgrenze des Waldes. Winter stand freudig auf, Amos erhob sich ebenfalls.

»Okay«, sagte Cooper, »wir rühren uns nicht von der Stelle.«

Das Flugzeug, eine einmotorige King Air, kam im Sinkflug herein und setzte hart auf den Betonplatten auf.

Cooper steckte die Glock hinten in den Hosenbund, machte ein paar Schritte zur Piste, um dem Piloten mit Armbewegungen seinen Standort zu signalisieren.

Die King Air bot genug Platz für ein halbes Dutzend Passagiere, wusste Cooper.

Der Pilot drehte die Maschine am Pistenende um, rollte langsam auf Cooper zu, dann lief der Propeller im Leerlauf aus.

Winter atmete schwer, sah Amos an. »Es geht nach Hause, Doc.«

Er schüttelte den Kopf. Trotzig widersprach er: »Ich komme nicht mit.«

Da machte Cooper kehrt und versetzte ihm ohne ein Wort der Warnung einen Schlag in die Magengrube, und als er zusammenbrach, nahm er den Gefangenen auf die Schultern und stapfte in Richtung der King Air. Winter schob ihre Glock in den Gürtel, bedeckte sie mit ihrem T-Shirt und folgte nach. Cooper warf Amos auf die Betonpiste und warnte ihn, sich nicht zu bewegen.

Sie blickten angespannt auf die King Air, die ihnen etwa zehn Meter gegenüber zum Stillstand gekommen war. Der Pilot winkte aus dem Cockpit.

Die linksseitige Kabinentür ging auf, und ein Mann sprang auf die Piste. Der Mann ging auf sie zu, und Cooper konnte sehen, dass er eine dunkle Sonnenbrille, ein Holzfällerhemd, schwarze Jeans und Kampfstiefel trug.

Es war Oberst Gregor Krall, der eine Pistole im Holster trug. Er winkte ihnen zu, aber sein Gruß wurde nicht erwidert.

Krall blieb etwa drei Meter entfernt stehen und betrachtete den wie tot am Boden liegenden Amos. Er meinte: »Ich bin überrascht, dass er friedlich mitgekommen ist.«

Cooper antwortete: »Ich sagte ihm, dass ich einen guten Anwalt kenne.«

Krall lächelte. »Sie haben mich überzeugt, Sie in diesem Scheißloch abzuholen.«

Cooper sagte: »Gut, und jetzt lassen Sie uns an Bord gehen.«

Krall antwortete nicht, sondern ging auf Amos zu und hockte sich hin. »Sie sehen nicht sehr glücklich aus, Doc.«

»Fick dich.«

Er sagte zu Cooper: »Ich muss ihn identifizieren.«

»Das und Ihre Beschimpfungen können Sie an Bord machen, lassen Sie uns von hier verschwinden.«

Amos brachte sich in eine sitzende Position, hielt die Hände hinter dem Rücken.

Krall, der es offenbar nicht eilig hatte, drehte sich wieder zu Amos um und höhnte: »Sie sind ein kranker Typ.«

Das war ja ein höllisches Wiedersehen, dachte Cooper, und er hatte ein ungutes Gefühl, wie es enden würde. »Zeit zu gehen«, beharrte er.

Krall sah Cooper an. »Ich glaube nicht, dass er nach Hause gehen will, Major Cooper.«

Er winkte in Richtung der King Air, worauf zwei Männer von der rechten Tür aus um das Flugzeug herumkamen. Cooper bemerkte, dass sie Stiefel und Tarnhemden trugen. Beide hielten AK-47er in der Hand. Die Männer positionierten sich weit hinter dem Flugzeugende, sodass im Falle eines Schusswechsels die King Air nicht getroffen werden konnte. Cooper war sich sicher, dass diese Typen nicht da waren, um für Sicherheit zu sorgen.

Er fragte Krall: »Was ist da los, Gregor?«

»Nun, was los ist, Mike, ist, dass Sie meinen Vornamen falsch verstanden haben. Ich heiße nicht Gregor, sondern Oberst.«

»Verstanden, Oberst.« Er fügte hinzu: »Sie sind und bleiben ein Arschloch.«

»Und Sie sind aufmüpfig. Ich hoffte, Ihre Partnerin würde Ihnen die Zügel straffen und etwas Disziplin beibringen.«

Winter schaute Krall in die Augen. »Jack Cole war Ihr Komplize, als Sie Larissa Konsalik im Minenfeld umbrachten.«

»Jack kann zur Hölle fahren.«

»Dort befindet er sich gerade.«

»Gut. Niemand hätte ihm geglaubt.«

Amos widersprach: »Ich habe ihm geglaubt. Er hat gestanden, bevor er aufgebrochen ist, um Luzifer zu treffen.«

Cooper behielt die beiden sogenannten Sicherheitsleute, alias Auftragskiller, im Auge.

Sie waren etwa zwanzig Meter entfernt, in effektiver Reichweite seiner Glock, aber nur, wenn sie stehen blieben, was sie nicht tun würden. Außerdem waren sie mit der russischen Tötungsmaschine mit fünfhundert Schuss pro Minute bewaffnet. Grund zur Beunruhigung.

Cooper fragte Krall: »Gibt es einen guten Grund, warum wir hier stehen?«

Krall antwortete: »Es gibt keinen Grund, warum Sie und Frau Winter noch stehen sollten.« Er schien sich zu amüsieren. Vielleicht wollte er noch etwas von Cooper und Winter erfahren, bevor er tat, was er vorhatte.

Krall zog seine Waffe und richtete sie auf Cooper. »Tut mir leid, Major Cooper, aber das wird kein ausgebuchter Flug werden.«

Cooper begriff, dass es nichts mehr gab, was Gregor von ihnen hören wollte. Sein erster Gedanke war, diesem Verräter den Kopf wegzupusten, aber es war zu spät für ihn, nach seiner Waffe zu greifen, doch er hoffte, dass Winter es tun würde.

Dann ging alles schnell, obwohl es wie in Zeitlupe schien.

Amos, der immer noch am Boden hockte, zog Mortimers SIG-Sauer unter seinem Hintern hervor, hielt sie in beiden Händen fest und zielte auf Krall.

Er feuerte mehrere Schüsse ab. Offenbar war er kein geübter Schütze. Er verfehlte auf kurze Distanz Kralls Körper. Nur eine Kugel traf ihn ins rechte Bein, was den Getroffenen aus dem Gleichgewicht brachte und es Cooper ermöglichte, seine Waffe zu ziehen. In schneller Kadenz feuerte er auf Krall, der überrascht noch auf die Waffe starrte, dann durch die Wucht der Einschläge hintenübertorkelte und zusammensackte.

Cooper warf sich blitzschnell zu Boden. Fast gleichzeitig zischte eine Garbe roter Leuchtspurgeschosse aus einer der AKs über seinen Kopf.

Winter lag bereits unten und erwiderte das Feuer, auch Cooper schoss, wobei er Kralls Körper als Deckung nutzte, dann, als ihm die Munition ausging, packte er Kralls Pistole und feuerte weiter.

Der King-Air-Pilot, der vermutlich nicht für einen Kampfeinsatz unterschrieben hatte, fing an, sein Flugzeug die Startbahn hinunterzubewegen, und die beiden schießwütigen Killer begannen, ihm hinterherzulaufen, und überließen es ihrem Chef, seine Probleme zu lösen.

Der eine holte die King Air auf der rechten Seite ein und verschwand im Flugzeug. Der zweite Kerl sprang in die offene Kabinentür auf der linken Seite, als die King Air an Geschwindigkeit gewann, und Cooper dachte, er hätte den letzten von ihnen gesehen, aber dann verspannte sich der Kerl in der offenen Tür und feuerte eine lange Reihe von Leuchtspuren ab. Ein paar Treffer prallten auf dem Beton vor Cooper ab, und der Rest traf Jens Amos, der keine Deckung hatte. Sein Körper zuckte bei jedem Treffer, und sein Blut spritzte auf Cooper.

Die King Air nahm Fahrt auf und hob nun, um einen Passagier leichter, mühelos vom Boden ab, gewann rasch an Höhe und verschwand über dem Wald im Dunst.

Cooper stand auf und ging zu Winter hinüber, nahm ihre Hand und half ihr auf.

»Sind Sie okay?«

Sie nickte nur, dann bemerkte sie Amos und eilte zu ihm hinüber. Sie kniete neben ihm und starrte auf seinen blutgetränkten Körper.

Cooper hockte sich dazu. »Können Sie mich hören, Doc?«

Amos nickte schwach. Er war mindestens sechsmal getroffen worden, erkannte Cooper, aber es war schwer zu sagen bei all dem Blut. Amos musste schwere innere Blutungen haben und würde in Kürze verbluten.

Cooper beugte sich über ihn. »Danke, Doc, für das, was Sie getan haben. Gregor Krall ist tot oder wird es bald sein.« Er schaute ihm in die Augen. »Wir bringen Sie nach Hause, Doc.«

Amos nickte erneut. Sein Gesicht war jetzt weiß.

Winter drückte seine Hand. »Wir lassen niemanden zurück.«

Amos' Körper hob sich leicht, dann fiel er zurück, und es war vorbei. Winter drückte ihm die Augenlider zu.

Cooper ging zu Krall hinüber, der noch lebte, und sagte: »Sie sind verhaftet für das, was Sie getan haben.«

Krall starrte zu Cooper auf und schüttelte den Kopf. Vielleicht rügte er Cooper dafür, dass er etwas vermasselt hatte, wofür Krall so hart gearbeitet hatte.

Krall brauchte lange, um zu sterben, also gingen Cooper und Winter zurück zu den Ruinen. Als sie sich wieder an die Wand setzten, fragte er an Winter gewandt: »Können wir sagen, Auftrag erfüllt?«

»Erst wenn wir in der Luft sind.«

Es begann zu nieseln. Über dem Wald im Westen zuckten vereinzelte Blitze. Sie zogen die Knie an, die Jacke über die Köpfe und verharrten schweigend eng nebeneinander.

Wieder wetterleuchtete es im Westen, der befürchtete Wolkenbruch fand nicht statt. Einstweilen.

Nach einer Pause des Schweigens fragte Cooper: »Sagen Sie, Laura, wie war das mit Mortimers Pistole? Wie konnte Amos sich ihrer bemächtigen?«

Winter errötete. »Nun, Mike, ich lud sie durch und legte sie neben ihn hinter einen Stein.«

»Sie sind ein erhebliches Risiko eingegangen. Unverantwortlich.«

»Kalkuliertes Risiko.«

»Verdammt, was haben Sie sich dabei überlegt, Laura?«

»Eigentlich nichts. Ich handelte intuitiv, spürte, dass es richtig war. Ich konnte nicht rational überlegen. Im Nachhinein gesehen, wusste ich wohl, dass die Waffe in der Hand von Amos primär eine Gefahr für Krall war, den er ja töten wollte, oder für ihn selbst. Er hätte sich damit umbringen können.«

»Er hätte in seiner Verzweiflung mich, dann Sie erledigen können. Nicht auszudenken!«

»Nein, das glaube ich nicht. Erstens behielt ich ihn im Auge, zweitens brauchte er uns noch bis zur Konfrontation mit Krall. Amos war nicht dumm. Nur wir kennen seine Geschichte, nur wir können ihn rechtfertigen oder gar rehabilitieren. Tot nützten wir ihm gar nichts.«

»Gut, aber das war gewagt.«

Sie lächelte entwaffnend: »Wie sagten Sie neulich, Major? Ende gut, alles gut.« Dann stand sie plötzlich auf und eilte zum toten Mortimer. Sie zerrte Amos' Laptop, den sie vor Stunden am Fluss in seiner Jackentasche verstaut hatte, hervor. Cooper ging ihr nach, fragte, was sie vorhabe.

»Wir nehmen den Computer mit. Er enthält bestimmt alle geheimen Forschungsdaten. Am Ende siegen die Mikroben ...«

»Wollen Sie sich unbedingt etwas aufhalsen?«

Winter wog den flachen Laptop unschlüssig in ihren Händen und schlug vor: »Wir können die Daten der CIA andrehen. Die wollten Amos ja einen Vertrag unterjubeln, mit obszön hoher Bezahlung, wie er uns sagte. *Wir* machen den Deal mit der CIA, Mike, und leisten uns mit dem Geld zuerst mal eine schöne Zeit auf Barbados.«

Cooper legte die Stirn in Falten. »Warum ausgerechnet Barbados?«

»Einfach so, klingt gut, muss tolle Strände haben. Barbados heißt übrigens die Bärtigen auf Portugiesisch …«

»Macht Sie das an?«

»Nein, aber Ihr Zweitagebart schon, Mike.«

Cooper nahm ihr den Laptop aus den Händen, stellte ihn senkrecht gegen die Mauer, zog seine Glock hervor, trat zehn Meter zurück. »Wir zerstören dieses unselige Ding. Ist nur eine Last, die wir herumtragen. Mikroben bringen uns definitiv kein Glück.« Er lud die Waffe durch und zielte.

»Moment, Mike. Vergessen Sie den Deal. Sie haben recht. Ist eine Büchse der Pandora. Bringt uns nur Unheil.«

»Eben. Und wir machen uns zur Zielscheibe, wenn Sie sich mit der CIA einlassen.«

»Aber es geht um wissenschaftliche Daten, die vermutlich unschätzbar sind. Mein Vorschlag, Sie liefern den Laptop dem *Shop* ab. Da ist er in Sicherheit.«

Cooper senkte den Arm. Die Idee hatte etwas für sich, aber er war trotzdem dagegen. Es gäbe zu viel Erklärungsbedarf … Zudem, was sollten seine Leute damit anfangen? Im *Bullshit Corner* abstellen? Oder die Daten auswerten? Wozu? Er hob die Waffe wieder an. »Ich will damit nichts zu tun haben. Vergessen wir alles. Keine Altlasten, Laura, treten Sie zurück.«

Laura ging resigniert nach hinten. »Ihre Entscheidung, Major.«

Cooper feuerte mehrere Schüsse. Der Laptop zersplitterte in tausend Stücke. Er steckte die Waffe ein. »Es ist besser so. Aus den Augen, aus dem Sinn.«

Sie setzten sich wieder.

Cooper verbarg sein Gesicht unter der schützenden Jacke, um gleich Winter verstohlen anzublinzeln. Ihr blondes Haar hing in widerspenstigen Strähnen ins Gesicht, verdeckte nur leicht den Schmutz und das Blut auf beiden Wangen. Er durchwühlte seine Hosentaschen und fand einen Lappen, den er zuletzt für die Reinigung seiner Glock verwendet hatte. Er drehte sich zu ihr um und sagte: »Schauen Sie mich an.«

»Mache ich doch die ganze Zeit.«

»Schönheit muss nicht leiden.« Er tupfte mit dem Lappen ihre Wangen ab, half mit etwas Spucke nach und versicherte: »Waffenfett riecht betörend auf zarter Haut.«

Sie rümpfte die Nase, lächelte ihn an, nahm ihm das verschmierte Baumwolltuch aus der Hand. »Sie sehen ja angsterregend aus. Schön stillhalten.« Jetzt reinigte sie sein Gesicht, so gut es ging, und wollte mit etwas Wasser aus der Flasche nachhelfen.

»Danke, schon gut. Wie fühlen Sie sich?«

»Wie durch die Mangel gedreht, ehrlich gesagt. Wir schrammten haarscharf am Tod vorbei. Wie geht es Ihnen?«

»Genauso.«

»Wir sind am Arsch … Entschuldigung.«

Cooper warf den Lappen weg. »Schon gut. Schauen Sie, Laura, als Sie sich für diese Mission angemeldet hatten, wussten Sie nicht wirklich, worauf Sie sich einlassen würden. Ich wusste es nicht, Amos auch nicht.«

»Wir sind immer noch verantwortlich für das, was wir tun.«

»Ja, das sind wir.«

Sie starrte auf den blutverschmierten Körper von Gregor Krall. »Wir lassen niemanden zurück. Nicht einmal ihn.«

Nun, Krall und Amos würden nicht im fahnengeschmückten Sarg nach Hause kommen wie all die Soldaten, die die *Army* in Afghanistan verloren hat. Aber sie würden etwas bekommen. Und was noch wichtiger war, sie würden hier nicht zurückgelassen werden.

Nach einem tiefen Seufzer sagte Winter: »Ich denke, dieser furchtbare Ort wird mich nie verlassen.«

»Sie können mit der Last umgehen.«

»Ich denke ans Aufhören, echt.«

»Und ich denke, ich habe eine gute Partnerin gefunden. Sie wollen tatsächlich alles hinschmeißen? Adieu, Militärjustiz. Und danach?«

Sie zögerte mit der Antwort, dann meinte sie: »Ich bewerbe mich bei Ihrer Geheimdienstbude … ja, dem *Shop*.«

Cooper zog überrascht die Brauen hoch. »Okay … Ich dachte, ich hätte meinen gottverdammten Verstand verloren. Sie wollten nie mehr mit mir zusammenarbeiten, wenn dies vorbei ist. Das haben Sie mir alles letzte Nacht an den Kopf geschmissen.«

Sie zuckte die Schultern. »Die Dinge könnten sich geändert haben. Ich schlafe darüber. Wir werden sehen.«

Winter wäre in der Tat eine gute Bereicherung für den *Shop*, daran bestand kein Zweifel, dachte Cooper. Und Laura würde immer in seiner Nähe bleiben.

Sie schwiegen ein paar Minuten, dann fragte Winter: »Denken Sie, jemand hilft uns aus der Patsche?«

»Habe es mir eben auch überlegt. Fakt ist, dass Kottmann, seit wir den Holzplatz verlassen haben, nichts von uns gehört hat.«

»Auch nichts von Oberst Krall.«

»Richtig. Das wird ihn ziemlich aus der Bahn werfen, aber nicht lange. Seine militärische Führungsroutine gebietet ihm, die Lage besonnen zu beurteilen. Er rechnet vermutlich gerade mit dem Schlimmsten.«

»Was glauben Sie, wird er tun?«

»Da die Verbindung zu uns tot ist, muss er die Initiative ergreifen. Ich denke, er wird höchstpersönlich in eine Maschine steigen und uns rausholen.«

Winter dachte darüber nach und sagte: »Die KFOR-Friedenstruppe der Schweizer Armee hatte zu meiner Zeit im Kosovo eine Super Puma der Luftwaffe zur Verfügung. Ein Superding, wie der Name sagt. Hauptsächlich für rasche Evakuierungen. Kottmann müsste eigentlich darüber Bescheid wissen. Er müsste die Einsatzmittel der Swisscoy-Truppe kennen.«

»Klingt plausibel. Wenn der Helikopter noch stationiert ist, wäre sein Einsatz in der Tat naheliegend.«

»Soviel ich weiß, steht der Heli immer noch bereit.«

Cooper rückte näher zu ihr, schlang seinen Arm um ihre Schulter. »Dann kann ja nichts mehr schiefgehen. Die Armee ist unterwegs.«

Sie legte ihr Gesicht an seine Wange. »Sie sind ein Teufelsbraten, Mike, unerschütterlich von sich eingenommen, ein Macho durch und durch, aber etwas bewundere ich. Sie sind ein unverbesserlicher Optimist. Für Sie gibt es keine Niederlage.«

Er spürte ihre verführerische Wärme, doch für den Beginn einer Romanze war der Ort zu schrecklich, die Zeit zu stressig.

»Laura, ich sehne mich nach dem Abendessen bei Ihnen zu Hause. Das wird richtig romantisch.«

Sie sagte nichts.

»Überlegen Sie nicht zu lange, sonst könnte ich gekränkt sein.«

Sie musste lachen, dann drückte sie ihre Lippen halb auf seine Wange, halb auf den Mund. Tief schaute sie ihm in die Augen. »Mehr folgt später, Mike, versprochen.«

ENDE